ULLSTEIN

Das Buch

Ellie, Hausfrau, Mutter und leidenschaftliche Leserin von Love-Stories, stößt in der Bibliothek von Chitterton Fells auf die Leiche der Bibliothekarin, Miss Bunch. Die liegt ausgestreckt neben einem aufgeschlagenen Liebesroman. Was kann es bedeuten, daß ihr Ableben ausgerechnet auf den Todestag des Bibliotheksgeists Hector Rigglesworth fällt, der als erklärter Feind von Liebesromanen schon seit hundert Jahren rachsüchtig durch die Räumlichkeiten spukt? Die Trauernden beschließen, zu Miss Bunchs Gedenken eine Statue in Auftrag zu geben. Als Vorbild für den Traummann aus Stein kann es nur einen geben: Karisma, den »sexy king« unter den Models. Die kühnsten Träume der Frauen von Chitterton Fells werden wahr, denn Karisma ist bereit, Modell zu stehen. Doch als der Beau tatsächlich kommt, ist das Unheil nicht mehr abzuwenden: Eine weitere Frau stirbt unter mysteriösen Umständen, und die Crew des schönen Karisma wird vergiftet aufgefunden. Schon bald muß Ellie erfahren, wer das nächste Opfer des Schurken sein soll – bevor sie ihm begegnet und ein höchst unromantisches Ende befürchten muß ...

Die Autorin

Dorothy Cannell wurde in Nottingham, England, geboren und lebt heute in Peoria, Illinois. Mit der Figur der schlagfertigen Ellie Haskell ist sie zur Topautorin der Frauenkrimiszene geworden. Mit Witz und Phantasie bringt ihre Heldin nicht nur jeden Schurken zur Strecke, sondern zieht auch ein Millionenpublikum aus aller Welt in ihren Bann.

Von Dorothy Cannell sind in unserem Hause bereits erschienen in der Reihe um Ellie Haskell:

Seltsame Gelüste
Femmes Fatales
Nur eine tote Schwiegermutter ...
Der Putzteufel geht um
Der Tote ist immer der Butler
Immer Ärger mit Harriet

Dorothy Cannell

So töte ich den Mann meiner Träume

Kriminalroman

Aus dem Amerikanischen
von Brigitta Merschmann

Ullstein

Der Ullstein Taschenbuchverlag ist ein Unternehmen der
Econ Ullstein List Verlag GmbH & Co. KG, München
1. Auflage 2001

Titel der amerikanischen Originalausgabe: How to Murder the Man of Your Dreams
(Bantam Books, New York)
Übersetzung: Brigitta Merschmann
Umschlagkonzept: Lohmüller Werbeagentur GmbH & Co. KG, Berlin
Umschlaggestaltung: Init GmbH, Bielefeld
Titelabbildung: Image Bank, München
Satz: Josefine Urban – KompetenzCenter, Düsseldorf
Druck und Bindearbeiten: Elsnerdruck, Berlin
Printed in Germany
ISBN 3-548-25056-4

Für meine Freundin Norma Larson,
aus allen möglichen Gründen

Prolog

Niemand im Dorf ahnte, daß es einen Mann im Leben von Miss Bunch gab. Weder sprach sie jemals von ihm noch nahm sie Kontakt mit ihm auf, wenn sie sich an ihrem Arbeitsplatz aufhielt. Doch wenn sie abends in ihr schmales Haus in der Mackerel Lane zurückkehrte, ließ Miss Bunch oftmals eilig den Hund in den Garten hinaus. Nachdem sie ihn wieder hereingeholt und gefüttert hatte, nahm sie zu ihrer eigenen bescheidenen Mahlzeit Platz. Nach dem Abwasch, froh darüber, daß sie diese Aufgabe erledigt hatte, kämmte sie sich dann vor dem Spiegel über dem winzigen Kamin die Haare, denn selbst eine füllige, nüchterne Frau will sich für den Mann, der den Schlüssel zu ihrem Herzen besitzt, von ihrer besten Seite zeigen. Dann setzte sie sich in ihren Sessel, nahm ein Buch zur Hand, das sie aufgeschlagen auf dem Lesetisch hatte liegenlassen, und blätterte atemlos eine Seite um. Kurz darauf hörte sie seine Schritte. Er war wieder bei ihr, murmelte mit seiner tiefen, zärtlichen Stimme Koseworte und schlug sogleich ihre Einsamkeit in die Flucht.

Manchmal trug er einen Umhang, von Mondlicht gesäumt, war ein Regency-Lebemann mit geschwungener Hutkrempe und Silbersporen an den spiegelblanken Stiefeln. Bei anderen Besuchen waren seine finsteren Züge hinter der Maske eines Wegelagerers verborgen, und sein kräftiges Haar wurde von einem nachlässig geknoteten Band zusammengehalten. An seinem Hals bauschte sich ein Jabot aus feinster französischer

Spitze, und in der Tasche seiner Reithose steckte eine gestohlene Perlenschnur. Gelegentlich kam er als arabischer Scheich mit einer Schwäche dafür, in seiner Wüstenheimat Sandstürme zu erzeugen. Ein Mann, der durch das Heben einer dunklen, sardonischen Braue den Lauf der Geschichte verändern konnte und dessen Lächeln den Schnee auf dem Kilimandscharo dahinschmelzen ließ.

Im Laufe der Jahre, die ihre Beziehung währte, hatte Miss Bunch ihn in unzähligen Verkleidungen und unter vielen verschiedenen Namen kennengelernt. Aber eines änderte sich nie: Er war der treueste aller Liebhaber, wartete stets in den schattigen Winkeln ihres Kopfes, bis sie einander das nächstemal trafen. Und das einzige, was ihr geheimes Glück seit einiger Zeit trübte, war, daß der große schwarze Hund jämmerlich winselte und versuchte, sich unter ihrem Sessel zu verkriechen.

1. Kapitel

Die Bibliothek von Chitterton Fells ist ein freundliches Tudorhaus an der Ecke Market Street und Spittle Lane. Es vergeht kaum eine Woche, in der ich mich nicht wenigstens einmal dort blicken lasse. Selbst wenn ich mit meiner Lektüre im Rückstand bin, statte ich alten Lieblingen auf den Regalen gern einen Besuch ab – so, als ob sie mir teure Anverwandte wären, die jetzt in einem Pflegeheim leben –, um ihnen zu zeigen, daß Ellie Haskell sie nicht vergessen hat. Darum bin ich in der glücklichen Lage, berichten zu können, daß unsere Bibliothek eine verlockende Auswahl an sorgsam abgestaubten Büchern beherbergt, eine Marmorbüste von William Shakespeare und einen ungehobelten Geist.

Die Geschichte, die in unserem am Meer gelegenen Dorf erzählt wird, besagt, daß Hector Rigglesworth, ein Witwer und seines Zeichens Teehändler, am Ausgang des neunzehnten Jahrhunderts, als er an der Schwelle des Todes stand, die Bibliothek verfluchte und gelobte, dort umzugehen, bis für seine irdischen Qualen angemessen Rache genommen war.

Unserer Bibliothekarin zufolge war der unvergleichliche Mr. Rigglesworth Vater von sieben altjüngferlichen Töchtern, die alle unter seinem Dach lebten und stündlich zänkischer wurden. Den »Mädchen«, wie man sie gemeinhin im Dorf nannte, auch nachdem ihrer aller Haar bereits grau geworden war, hatte es in ihrer Jugend nicht an Verehrern gefehlt. Doch leider fand sich kein Mann auf der Türschwelle von Tall Chimneys ein, der nicht in dem einen oder anderen Punkt für unzulänglich befunden worden wäre. Der Vikar putzte sich in aller Öffentlichkeit die Nase, der Bankangestellte litt an einem nervösen Zucken, der Polizeiwachtmeister lachte ohrenbetäubend, und so ging es fort, bis Hector Rigglesworth zu dem zwingenden Schluß gelangte, daß seine Töchter als Konsequenz der Lektüre von Liebesromanen, die sie sich fortwährend aus der Bibliothek liehen, den Kopf voll romantischer Hirngespinste hatten.

Welcher Mann aus Fleisch und Blut konnte es auch schon mit verwegenen Draufgängern oder Regency-Kavalieren aufnehmen? Als die sieben Mädchen vom heiratsfähigen ins klimakterische Alter kamen, schleppte Hector Rigglesworth also unzählige Tassen Tee die Treppe hinauf und hinunter und erfüllte die Hausfrauenpflichten, die ihm zugefallen waren, da das Dienstmädchen einen der abgewiesenen Freier geheiratet hatte. Armer Mr. Rigglesworth. Er wurde zunehmend verbittert. Gegen Ende seiner Tage wurde seine Bürde noch schwerer, als man ihn regelmäßig zur Bibliothek entsandte, um die mit atemloser Spannung erwarteten Romane der Lieblingsautorinnen zu holen. Die Mädchen konnten begreiflicherweise nicht selbst gehen, mochte es doch sein, daß ein Ebenbild von Mr. Rochester oder Mr. Darcy mit einer Heiratserlaubnis und zwei Bahnfahrkarten nach Gretna Green aufkreuzte.

So kam es, daß der geplagte Papa eines tristen Nachmittags im Mai, nachdem er durch strömenden Regen nach Hause gelaufen war (es war ein übermäßig feuchter Monat gewesen), auf Tall Chimneys an Lungenentzündung erkrankte und (wie von dem behandelnden Arzt bezeugt) im Todeskampf die Worte sprach, die mit den Jahren nichts von ihrem Schrecken einbüßten:

»Ich, Hector Rigglesworth, im Vollbesitz meiner geistigen Kräfte, belege hiermit die Bibliothek von Chitterton Fells mit einem Fluch. Mögen Schwamm und Holzwurm ihr Ruin sein,

und als weiteres Zeichen meines Übelwollens soll mein Geist durch ihre Räume und Flure schweifen, bis der Tag kommt, an dem ich gerächt sein werde.«

Zwangsläufig gab es auch Menschen – überwiegend männlicher Glaubensrichtung –, in deren Augen die Rigglesworth-Legende dummes Geschwätz war. Diese Neinsager hatten keine Furcht, die Bibliothek zu betreten, wenn Vollmond war und die Krähen sich in einer schwarzen Wolke auf den ausgebleichten Ästen der von Braunfäule befallenen Eiche sammelten. Es störte sie nicht, wenn die Äste des Baumes schaurig an das Fenster des Lesesaals im zweiten Stock pochten. Und doch fand sich erstaunlicherweise auch unter diesen angeblich Vernünftigen ein Anhänger des Rigglesworth-Geistes. Brigadegeneral Lester-Smith, mit seinen fünfundsechzig Jahren mitnichten senil, hatte öffentlich seine Pension darauf verwettet, daß der Geist bei so mancher Versammlung des Bibliotheksvereins am Donnerstagabend zugegen war.

Der Brigadegeneral, der sich strikt an den Grundsatz hielt, daß Pünktlichkeit das elfte Gebot war, erschien stets als erster zu diesen Versammlungen, die im Lesesaal abgehalten wurden. Er hatte freiwillig die Aufgabe übernommen, den Kaffee durchlaufen zu lassen und den Tisch mit Tassen und Untertellern zu decken. Einmal hatte er sogar ein Paket Ingwerplätzchen mitgebracht. Diese spendable Geste war von der Gruppe mit großer Dankbarkeit aufgenommen worden – mit Ausnahme von Mr. Gladstone Spike (dem Ehemann unserer Geistlichen), der nicht selten mit einem seiner lecker-lockeren Biskuitkuchen aufwartete.

Soviel ich wußte, hatte der Bibliotheksverein in längst vergangenen Tagen, vor Einführung des Radios, geschweige denn des Fernsehers, dreißig Personen gezählt. Heutzutage durfte Brigadegeneral Lester-Smith bei optimistischer Schätzung darauf hoffen, sich am Donnerstag abend in Gesellschaft von sieben weiteren Mitgliedern zu befinden, mich eingeschlossen.

An einem winterlichen Abend, als es eigentlich Frühling sein sollte, bog er um die Ecke zum Eingang Spittle Street, wo er prompt mit mir zusammenstieß, als ich gerade die Stufen zur Bibliothek erklimmen wollte. Bei dem Zusammenprall verlor ich das Gleichgewicht und ließ den Bücherstapel fallen, den ich bei mir trug. Der stocksteifen Haltung des Brigadegenerals hingegen hätte höchstens ein Panzer eine Delle verpassen können.

Er war ein kräftig gebauter Mann von frischer Gesichtsfarbe, mit festem Blick und krausem Haar, in dem sich zwischen dem Grau immer noch genügend Rot zeigte, um es im Schein der Straßenlaterne als ingwerfarben durchgehen zu lassen. Sein khakifarbener Regenmantel hatte einen militärischen Schnitt, und der Gürtel war so straff durch die Schnalle gezogen, daß das Ende nicht nur durch eine, sondern durch beide Schlaufen ging. Wie stets hatte er einen ledernen Aktenkoffer dabei (es ging das Gerücht, daß der Brigadegeneral ihn mit ins Bett nahm), der ebenso spiegelblank gewienert war wie seine Schuhe. Ein flüchtiger Blick auf mein Spiegelbild war alles andere als beruhigend. Mein französischer Zopf hatte sich fast ganz aufgelöst. Mir fehlte ein Ohrring, und aus meiner Tasche hing ein Babylätzchen. Noch schlimmer, ich war überzeugt, daß ich zugenommen hatte, seit ich von zu Hause aufgebrochen war. Warum sollte ich sonst auf *beide* Schuhe des Brigadegenerals schauen müssen, um mich richtig sehen zu können?

»Bitte um Entschuldigung, Mrs. Haskell.« Seine Stimme wirkte so maßgeschneidert wie der Rest. »Ich fürchte, ich habe nicht aufgepaßt. In Gedanken war ich bereits in der Bibliothek.«

»Es war meine Schuld.« Ich schwankte, stand mit dem einen Fuß halb auf, halb über der untersten Stufe, während eines der Bücher verspätet auf den Gehsteig sprang, als wisse es nicht, ob es kommen oder gehen sollte. »Ich habe mir Sorgen gemacht, daß ich zu spät komme, aber das kann nicht sein, da

Sie zur gleichen Zeit eintreffen.« Ich sah auf meine Uhr, die ich schon bei etlichen früheren Gelegenheiten einem Lügendetektortest hatte unterziehen wollen.

»Wie ist das Befinden des werten Gatten, Mrs. Haskell?« fragte der Brigadegeneral freundlich, während er seinen Aktenkoffer behutsam auf den Gehsteig stellte und meine Bücher aufhob.

»Ben?« Ich sagte den Namen, als sei mir plötzlich ein Brief eingefallen, den ich eigentlich hatte aufgeben wollen. »Es geht ihm gut. Viel zu tun, wie immer, aber so ist es nun mal in der Gastronomie.« Es war nicht so, als ob ich meinen Gemahl nicht anbetete, wissen Sie, aber zwischen Kindern und Einkaufen, von meinen Bürgerpflichten ganz zu schweigen, dachte ich oft stundenlang überhaupt nicht an ihn, außer in Form eines Abendessens, das zubereitet werden mußte, oder eines Stapels Hemden, der von der Wäscherei abgeholt werden mußte. Doch das würde alles anders werden, wenn erst das Schweizer Au-pair-Mädchen eintraf.

»Und wie geht's den Kleinen, Mrs. Haskell?«

»Abbey und Tam sind mein ganzer Stolz!« Das Strahlen, das ich meinem freundlichen Inquisitor zuteil werden ließ, hatte eine höhere Wattzahl als die Straßenlaternen.

»Ich als alter Junggeselle kann mir überhaupt nicht vorstellen, wie Sie mit Zwillingen fertig werden.« Die Wangen des Brigadegenerals färbten sich pfirsichrosa, als der Wind plötzlich einen Ausfall um die Ecke machte. Im selben Moment fing es auch noch an zu regnen, ein langsamer Tropfen nach dem anderen, wie um unsere Geduld auf die Probe zu stellen. Brigadegeneral Lester-Smith reichte mir den ordentlich ausgerichteten Bücherstapel, nahm seinen Aktenkoffer auf und untersuchte ihn auf Schrammen. »Ich hoffe, Sie haben jetzt ein bißchen weniger Mühe, wo Ihr Nachwuchs älter wird.«

»Sie haben das verflixte zweite Jahr halb überstanden.« Es gelang mir nicht, meinen Stolz zu verbergen, als wir im schneller werdenden Takt des auf die Dächer trommelnden Regens die Backsteinstufen hochmarschierten. »Tam ist ganz Junge, und Abbey denkt, daß sie auch einer ist. Keine Sorge, Brigadegeneral Lester-Smith: Sie sind heute abend nicht auf sich allein gestellt«, fügte ich schnell hinzu, falls er sich vorstellte, daß meine reizenden Sprößlinge sich den Abend mit Zigarren und einer Flasche Portwein vertrieben. »Ben muß heute abend im Abigail's arbeiten. Dafür hat sich Mrs. Malloy, die mir zwei Tage die Woche aushilft, bereit erklärt, auf sie aufzupassen, bis ich nach Hause komme. Normalerweise kann ich mich ja darauf verlassen, daß mein Cousin den Babysitter spielt, wenn er nicht die Abendschicht bei Ben übernehmen muß. Aber Freddy hat gestern einen zweiwöchigen Urlaub angetreten; er tourt mit dem Motorrad durch Schottland und Wales. Er hat Jonas mitgenommen.« Mit der freien Hand schob ich die Tür zur Bibliothek auf und hatte dabei wundersamerweise sowohl die Bücher als auch mein Lächeln fest im Griff.

»Jonas Phipps?« Der Brigadegeneral hob eine Ingwerbraue. »Ihr Gärtner? Aber der Mann muß doch schon mehr Jahre auf dem Buckel haben als ich.«

»Mr. Phipps hat eine verborgene wilde Ader.« Geschickt vermied ich es, die Tür zuknallen zu lassen und die Nase des Brigadegenerals einzuklemmen. »Die Aussicht, zu zelten und tagelang von Blechgeschirr zu essen, ganz zu schweigen davon, in seinen Kleidern zu schlafen, hat ihn sämtliche Werte, die ich ihm mit Mühe vermittelt habe, vergessen lassen. Das einzige, was Jonas davon hätte abhalten können, sich hinten auf Freddys Motorrad zu schwingen, wäre der Hinweis gewesen, daß Ben und ich beschlossen haben, eine Haushaltshilfe anzustellen. Aber ich wollte nicht zu Erpressung greifen. Und offengestanden vermute ich, daß selbst der Gedanke, daß er sie einladen könnte, die preisgekrönten Rosen auf seiner Schlafzimmertapete zu bewundern, Jonas nicht daran gehindert hätte, sich in Motorradbrille und schwarze Lederkluft zu werfen.«

»Hört sich an, als ob er eine schneidige Figur abgibt.« Brigadegeneral Lester-Smith folgte mir in den Vorraum der Bibliothek.

»Mrs. Malloy fand das jedenfalls! Sie sagte ihm, er könne Karisma Konkurrenz machen, wenn er sich noch die Haare wachsen ließe und sich das Brustfell abrasierte.«

»Karin . . . wen?«

»Den hier!« Ich zog ein Buch aus meinem Stapel und hielt es dem verblüfften Brigadegeneral hin, als er die Tür hinter uns zuzog. »Hier ist das Gesicht, das Billionen von Liebesromanen lanciert hat.« Da ich eine kultivierte Frau war, lenkte ich die Aufmerksamkeit nicht darauf, wie Karisma seinen Lendenschurz ausfüllte.

»Sie wollen damit sagen, er und die Frau in dieser außergewöhnlich verschlungenen Umarmung sind echt und nicht bloß das Phantasieprodukt irgendeines Künstlers, der die Aufgabe hatte, die Figuren in dem Buch bildlich darzustellen?« Brigadegeneral Lester-Smith machte ein ehrfürchtiges Gesicht, und das mit Grund. Die Heldin aus *Die letzte Tempeljungfrau* von Zinnia Parrish hatte wenig mehr am Leibe als ihre Tugend, wie sie da in den Armen von Gottes Geschenk an die Frauen ohnmächtig wurde. Ihre Brüste waren so rund und glatt wie Weinkelche, ihre Lippen so weich und taubenetzt wie Rosenblätter nach einem Regenguß, ihr Haar ein sich kräuselnder Wasserfall, ihre Augen vor Verlangen verschleiert. Aber welche Frau würde nicht so aussehen, Ellie Haskell eingeschlossen, wenn sich ihr die Gelegenheit böte, an Karismas sonnengebräunte Brust zu sinken und verzückt seine herrliche Gestalt zu schauen? So dicht an dicht, daß ihre Wimpern sich mit den seinen verflochten! So nah, daß sein Herzschlag das Blut der Glücklichen durch ihre Adern pumpte und ihren Puls in verbotener Leidenschaft pochen ließ.

»Wir müssen ja alle für unseren Lebensunterhalt sorgen«, sagte der Brigadegeneral skeptisch, als wir in dem düsteren Vorraum standen, der nur von einer winzigen Glühbirne an einer Schnur hoch oben über unseren Köpfen erhellt wurde. »Karisma hat mehr zu bieten als primitiven Sex-Appeal«, versicherte ich ihm. »Mein Mann, wenn Sie mir die Prahlerei verzeihen, ist der attraktive dunkle Typ, nach dem sich bei Marks & Spencer die Leute umdrehen. Aber nie im Leben könnte ich mir Ben auf einem Buchumschlag vorstellen ... Ihm fehlt die ungezähmte ... die *unverheiratete* Ausstrahlung.« Ich ging meinen Bücherstapel durch, während mein Gefährte sich der ihn ganz in Anspruch nehmenden Aufgabe widmete, die Regentropfen von seinem Aktenkoffer abzuwischen. Als er fertig war und sein Taschentuch ordentlich gefaltet zum Trocknen über seinen Gürtel gehängt hatte, hielt ich ihm *Wo Adler das Fliegen fürchten* hin. »Karisma ist von solch unglaublicher Vielseitigkeit. Er kann jeden Typ darstellen, alles, was die Kamera von ihm verlangt.« Mir war klar, daß ich hirnlos drauflosplapperte, aber eine nicht berufstätige Hausfrau und Mutter läßt sich gelegentlich von dem Ehrgeiz überwältigen, unter Beweis zu stellen, daß sie mit den aktuellen Trends durchaus vertraut ist. »Sehen Sie selbst, warum die Boulevardblätter ihn als den König der männlichen Covermodels preisen!« Ich hielt ihm noch ein Buch hin, diesmal ein Paperback, mit Hochglanzkaschierung und geprägten Lettern aufgepeppt.

Der Brigadegeneral bemühte sich wohlerzogen, Interesse zu zeigen. »Faszinierend, Mrs. Haskell! Das Schloß im Hintergrund erinnert mich sehr an Merlin's Court.«

Ich bedankte mich für das Kompliment und behielt meine Meinung, daß mein Heim in bezug auf Türme und Zinnen weit mehr zu bieten hatte als das Exemplar auf dem Titelbild, für mich. »Da ist Karisma«, sagte ich. »Beachten Sie, daß er mit den Elementen eins ist. Er ist die unerforschte See, der ungezügelte Wind, die Verheißung des Sonnenaufgangs am Horizont. Er ist der Earl von Polmorgan – sein Haar flattert wie das Banner des Sieges. Ein Edelmann, der durch die grausamen Machenschaften seiner mittellosen Stiefmutter vom Stammsitz seiner Familie vertrieben wurde und sich gezwungenermaßen als Schmuggler an der Küste von Cornwall verdingen muß. Seine angeborene Galanterie gebietet ihm, daß er für die hübsche junge Frau sorgt, die seines Vaters Mündel war. Es ist mit ihr bergab gegangen, nachdem man sie zur Heirat mit einem verabscheuungswürdigen Menschen gezwungen hat, der sie in der Hochzeitsnacht in Angst und Schrecken versetzte, indem er sein Schwert aus der Scheide zog und ...«

Brigadegeneral Lester-Smith machte es sich zunutze, daß mir vor lauter Gefühl die Stimme versagte, und warf hastig ein: »Es muß ihn ewig viel Zeit kosten, seine Haare zu trocknen. Und apropos Zeit, die nicht stehenbleibt, Mrs. Haskell. Ich denke, wir sollten uns allmählich nach oben in den Lesesaal begeben. Die anderen Vereinsmitglieder verlassen sich darauf, daß ich den Kaffee gekocht und das Protokoll der letzten Sitzung« – er klopfte auf seinen Aktenkoffer – »zur Überprüfung auf dem Tisch bereitgelegt habe.« Der Brigadegeneral überquerte mit zwei gemessenen Schritten den Mosaikfußboden und öffnete die Tür zur eigentlichen Bibliothek.

Die Einrichtung war unentschuldbar altmodisch. Keine kleinen Drehkreuze, durch die allein man hinein- und hinausgelangte und die einen ins Trudeln geraten ließen. Keine drehbaren Zeitschriftenständer. Keine Vergrößerungsspiegel, die dazu beitrugen, Bücherdiebe zu ertappen. Keine Computer, die so taten, als kümmerten sie sich um ihre eigenen Angelegenheiten, während sie heimlich Informationen über die Lesegewohnheiten eines jeden Bibliotheksbenutzers sammelten. Der Brigadegeneral und ich hätten ebensogut auf der Schwelle einer jener Privatbibliotheken stehen können, die dem Landsitz eines Gentleman genau die richtige Prise Snobismus verleihen. Außer uns war niemand da, weil die Bibliothek bereits geschlossen hatte. Durch das Spiel von Licht und Schatten verwandelten die freistehenden Bücherregale den durch Türbogen unterteilten Raum in ein Labyrinth, das wie eigens zur Unterhaltung der Kinder Seiner Lordschaft bestimmt schien. Zwei oder drei abgenutzte Ledersessel waren locker um einen Eichentisch gruppiert, der vor dem Bleiglasfenster mit Blick auf die Spittle Lane stand. Zwei Jagddrucke nahmen die gedämpften Farben der Vorhänge in jakobinischem Muster auf. Vor dem Steinkamin stand ein gehämmerter Messingschirm Wache. Die Marmorbüste von Shakespeare ruhte auf einem Sockel über dem Türbogen, durch den es zum Sachbuchbereich ging, welcher sich wiederum auf die Kinderbuchabteilung öffnete. Vielleicht war auf den zweiten Blick der Umstand, daß die Bücher nicht einheitlich in goldgepunztes Leder eingebunden waren, ein Hinweis darauf, daß es sich hier nicht um eine Privatsammlung handelte. Der Empfangstisch – mit den Ausmaßen von Amelia Earharts Start- und Landebahn – besiegelte dann den Verdacht, daß wir uns in einer Leihanstalt befanden.

Miss Bunch, unsere unerschütterliche Bibliothekarin, lebte an diesem Tisch. Das Gerücht wollte wissen, daß sie hier zur Welt gekommen war – bereits damals erwachsen, korpulent, rotgesichtig und das Haar zu einem unvorteilhaften Bubikopf gestutzt. Ich wußte aus zuverlässiger Quelle (von Mrs. Malloy), daß Miss Bunch keinen Vornamen hatte. Zweifellos hatten ihre Eltern sogleich erkannt, wie ungehörig es gewesen wäre, mit ihrem Sprößling allzu vertraut werden zu wollen.

Meine Knie neigten dazu zu schlottern, wenn ich mich Miss Bunch an ihrem Tisch näherte – die Arme voller Bücher, deren Überfälligkeit sogleich bis auf den Bruchteil einer Sekunde errechnet wurde. Da ich ein erprobter Feigling war, hatte ich gelegentlich sogar ein ärztliches Attest mitgebracht, um mein

Überschreiten der Rückgabefristen zu entschuldigen, doch als ich heute abend mit meinen acht fesselnden Liebesromanen vorwärtsschlich, spürte ich nicht die volle Kraft von Miss Bunchs durchdringendem Blick auf mir. Meine packende Unterhaltung mit Brigadegeneral Lester-Smith hatte mich dem Nächstliegenden gegenüber blind gemacht. Denn heute abend glänzte unsere Bibliothekarin durch Abwesenheit.

»Erstaunlich!« Der Brigadegeneral blickte von mir zu der Tür mit der Aufschrift *Privat* und schüttelte den Kopf. Es war nicht nötig, daß er sich näher erklärte. Die Vorstellung, daß Miss Bunch ihren Posten verließ, um sich den Luxus einer Tasse Tee und eines Eclairs zu gönnen oder - Gott bewahre - aufs Klo zu gehen, lag außerhalb jeglicher Diskussion. Miss Bunch hätte eher ihren Leihfriststempel abgegeben, als eine derartige menschliche Schwäche zu offenbaren. Daß sie etwa in den fernen Untiefen des Sachbuchbereichs Bücher einordnete, war gleichermaßen unwahrscheinlich. Jede Aufgabe hat ihre Zeit, lautete Miss Bunchs heiliger Wahlspruch. Die Bücher wurden stets zwischen zehn Uhr morgens und zwölf Uhr mittags auf ihre jeweiligen Regale zurückgestellt.

»Ich vermute, sie ist nach oben gegangen, um im Lesesaal Licht für uns zu machen«, sagte ich, während ich mich nervös aus den Augenwinkeln umsah. Es lag doch bestimmt am Klatschen des Regens gegen die Fenster und an dem schaurigen Glucksen des Windes, daß die Bibliothek plötzlich so verlassen wirkte?

»Das glauben Sie doch nicht wirklich, Mrs. Haskell.« Brigadegeneral Lester-Smith strahlte geziemenden Ernst aus. »Es war doch immer schon meine Aufgabe, Licht zu machen und die Kaffeemaschine anzustellen. Ich kann mir nicht vorstellen, daß Miss Bunch, bei all ihrem Fleiß, diese Grenze überschritten hat.«

Meine Meinung war, daß Miss Bunch in ihrer Bibliothek genau das tat, was sie wollte, doch ich hielt den Mund, als ich meine Bücher auf den gespenstisch verlassenen Tisch legte. Für den Augenblick war ich von der Pflicht befreit zu gestehen, daß ich auf Seite 342 in *Sprich leise ihren Namen* – von der ungemein produktiven Zinnia Parrish – einen unauslöschlichen Kaffeefleck hinterlassen hatte. Daher wandte ich mich in Gedanken entschlossen der bevorstehenden abendlichen Versammlung zu, während ich hinter dem Brigadegeneral stand und er die Tür öffnete, durch die man zur Treppe gelangte.

»Nach Ihnen, Mrs. Haskell.«

Mein Keuchen ließ uns beide zusammenzucken.

Der Brigadegeneral hatte meine Reaktion mißverstanden. Seine Wangen nahmen eine pfirsichrosa Farbe an, die sein verblassendes Ingwerhaar vorteilhaft betonte, als er sich hastig entschuldigte. »Sie müssen mir verzeihen, Mrs. Haskell; ich bin ein altmodischer Knabe und vergesse hin und wieder, daß das, was früher einmal als die gebotene Höflichkeit galt, heute als Beleidigung des ganzen weiblichen Geschlechts aufgefaßt wird.«

»Vergessen Sie jetzt mal dieses Nebenprodukt der Frauenbewegung!« Mit zitterndem Finger zeigte ich auf das Regal *Romane N–O*. »Brigadegeneral, sehen Sie doch ... da auf dem Fußboden ... ganz hinten am Ende des Ganges ...« Der Wind wählte diesen Augenblick, um ein Todesröcheln auszustoßen, das Wände und Fenster gleichermaßen erbeben ließ. »Wir haben eine Tote in der Bibliothek.«

Ein eklatanter Fall von maßloser Übertreibung! Was wir hatten, war ein Bein. Nein, Unsinn, einen Fuß. Aber war es so unlogisch, davon auszugehen, daß auf irgendeine Art ein ganzer Körper beteiligt war – den man nicht sah, weil er sich hinter dem Regal verbarg?

»Ein Schatten, Mrs. Haskell, weiter nichts.«

»Glauben Sie mir ...«

»Verzeihen Sie, wenn ich das sage, Mrs. Haskell, aber Sie

haben zu viele Kriminalromane gelesen.« Nach diesen Worten erwies Brigadegeneral Lester-Smith mir die Ehre, seinen Aktenkoffer mit der Beherrschtheit des Gentleman auf dem Tisch abzusetzen.

»Es ist solch ein Klischee, nicht wahr?« Ich folgte ihm mit schleppenden Schritten und rasendem Herzen, als er, offenbar entschlossen, mir den Gefallen zu tun, auf das hölzerne Labyrinth zusteuerte. Der Fuß, den ich zu sehen geglaubt hatte, würde sich als nichts Unheilvolleres entpuppen als ein Buch, das ein Bibliotheksbenutzer achtlos auf dem Fußboden hatte liegenlassen. Der Schritt des Brigadegenerals beschleunigte sich, als ich gerade zu dem Schluß gelangte, daß ich mich wie eine komplette Idiotin aufgeführt hatte. Noch ehe er besagtes Buch würde aufheben können, um es an seinen angestammten Platz auf dem Regal zurückzustellen, würde zweifellos Miss Bunch aus der Sachbuchabteilung auftauchen und verkünden, daß sie dem oder der Schuldigen den Benutzerausweis entziehen und ihn oder sie zu zwei Wochen gemeinnütziger Arbeit am Katalog verurteilen werde.

Dort lag tatsächlich ein Buch – weit aufgeschlagen, achtlos auf den Fußboden geworfen. Und wenige Zentimeter dahinter ein Objekt, das sich unverkennbar als Fuß herausstellte, der in einem strapazierfähigen Budapester steckte. Der Wind schnappte zitternd nach Luft, als der Brigadegeneral erschrocken den Namen unserer Bibliothekarin ausstieß.

»Miss Bunch, sind Sie nicht ganz auf der Höhe?« Er war um die Ecke des Ganges gebogen und ließ sich jetzt neben der Bibliothekarin, die in ihrem flaschengrünen Rock und passendem Pullover der Länge nach mit dem Gesicht nach oben auf dem Fußboden lag, auf seine untadeligen Knie fallen. Sie bot den gewohnten Anblick – eine korpulente Frau mit kräftiger Gesichtsfarbe und kämpferischem Funkeln in den starren, glasigen Augen. »Halten Sie sich fest, Mrs. Haskell«, sagte der Brigadegeneral, und ich sank gehorsam gegen das Regal.

»Miss Bunch hat die Ziellinie überschritten.« Er sprach als ein Mann, der es, obgleich er in seinen Armeelehrbüchern routinemäßig auf die grimmige Unerbittlichkeit des Todes gestoßen war, ablehnte, im Beisein des anderen Geschlechts ein gewisses Tabuwort mit drei Buchstaben auszusprechen.

»Tot? Vielleicht kommt sie ja wieder zu sich.« Eine Krise lockt unweigerlich die Idiotin in mir hervor. »Es ist ja nicht so, als hätte man ihr die Kehle aufgeschlitzt oder ihr mit einem stumpfen Gegenstand den Schädel eingeschlagen.«

»Möglicherweise ein Herzinfarkt, Mrs. Haskell.«

»Bestimmt nicht!« Ich wehrte die Vorstellung mit der Hand ab, die ich nicht dazu benutzte, mir die Augen zu wischen. »Ich bin überzeugt, Miss Bunch würde sich niemals derart gehenlassen, nicht an ihrem Arbeitsplatz. Sie hat ein untadeliges Arbeitsethos. Und einen untrüglichen Sinn für das Schickliche. Ich werde nie die Standpauke vergessen, die sie mir gehalten hat, als sie entdeckte, daß ich mir auf dem Vorsatzblatt von *Ein Sommernachtsschrei* eine Telefonnummer notiert hatte. Mit Bleistift übrigens! Und«, so führte ich aus, »es war nicht die Nummer eines Escortservice.«

Allem Anschein nach gingen mir Miss Bunchs Glotzaugen allmählich an die Nieren, denn nichts anderes als extremer Streß hätte mich dazu veranlaßt, mir das Wort »Escortservice« entschlüpfen zu lassen. Wir haben alle unsere kleinen Geheimnisse. Meines war, daß ich mir Ben Haskell als Ehemann angelte, nachdem ich ihn für ein Familienwochenende von Eligibility Escorts gemietet hatte. Übergewichtig und ungeliebt, hatte mich der wilde Drang gepackt, mir etwas Gewagteres zu leisten als ein neues Kleid, um meine versammelte Verwandtschaft zu beeindrucken, vor allem meine teuflisch schöne Cousine Vanessa. Die Eigentümerin und Leiterin von Eligibility war Mrs. Swabucher, eine ältere Dame, die einen Hang zu altrosa Hüten und eine Vorliebe für belgische Pralinen hatte. Glauben Sie mir, an ihrem Unternehmen war nichts Anrüchiges. Keine Einschußlöcher in der Bürotür, keine unanständigen Zeitschriften auf dem Schreibtisch oder verstimmten Kunden, mit denen der Reißwolf gefüttert wurde. Wie konnte ich auf Abwege geraten, wenn der Mann, der vor meiner Tür erschien, um mich zu Merlin's Court zu begleiten, der atemberaubend attraktive Bentley T. Haskell war?

Zu Beginn unserer Ehe hätte ich mir keine grauen Haare wachsen lassen, wenn die Sache mit Eligibility Escorts durchgesickert wäre. Die Liebe hätte über den Klatsch gesiegt. Doch jetzt mußten wir Rücksicht auf die Zwillinge nehmen. Wie schrecklich, wenn meine Kinder keinen Platz im Kindergarten ihrer Wahl bekämen, weil es Ben und mir als Eltern an Seriosität fehlte. Und außerdem, ohne mich allzu wichtig zu nehmen, mußte ich an meine Bürgerpflichten denken sowie an meine jüngste Entscheidung, wieder – auf Teilzeitbasis – als Innenarchitektin zu arbeiten.

»Mrs. Haskell?« Brigadegeneral Lester-Smith holte mich auf den Boden der Tatsachen – oder vielmehr zu der Leiche auf dem Fußboden – zurück. »Ist Ihnen unwohl, meine Liebe?«

»Ich fühle mich ausgezeichnet«, log ich. »Wie wär's, wenn Sie den Krankenwagen rufen, während ich hier bei Miss Bunch warte? Ich weiß, es ist albern, aber ich möchte sie ungern der unchristlichen Schadenfreude von Hector Rigglesworth überlassen. Warten Sie« – ich hob eine Hand – »hören Sie ihn nicht auch lachen?«

»Der Wind«, erwiderte Brigadegeneral Lester-Smith ohne rechte Überzeugung. »Wir dürfen unsere Phantasie nicht mit uns durchgehen lassen. Es trifft zu, daß ich gelegentlich eine *unsichtbare Präsenz* gespürt habe, wenn ich mich in diesen Räumlichkeiten aufhielt, aber ...« Er hielt inne, als ich einen Schritt zurücktrat und das Buch, das auf dem Fußboden lag, durch den Gang schlittern ließ.

»Was sagten Sie gerade?« Ich hob den Band auf, ohne den

Titel zu lesen, und wischte ihn geistesabwesend am Ärmel meines Regenmantels ab.
»Nur, daß ich, Mrs. Haskell – derweil ich Mr. Rigglesworth solch mutwilliger Streiche verdächtigen mag wie den Stecker der Kaffeemaschine herauszuziehen oder sich von den Ingwerplätzchen zu nehmen, sobald ich ihm den Rücken kehre –, nicht glauben kann, daß ein Gentleman der alten Schule, ob lebendig oder tot, die . . . gegenwärtige Lage der armen Miss Bunch zum Lachen finden würde.«
»Dieser Mann war voller Bitterkeit gegen Frauen.« Ich senkte die Stimme und sah mich nervös um. »Sehen Sie sich dieses Buch an, Brigadegeneral. Können Sie die Möglichkeit ausschließen, daß Mr. Rigglesworth Miss Bunch mittels eines geheimnisvollen Raschelns hierher lockte und dann dieses Buch veranlaßte, vom Regal zu fallen und ihr einen tödlichen Schlag auf den Kopf zu versetzen?«
»Mord, Mrs. Haskell, ist eine schwere Anschuldigung gegen einen Mann, der nicht zur Verfügung steht, um sich zu verteidigen.« Brigadegeneral Lester-Smith zog den Gürtel seines Regenmantels enger, eisern entschlossen, seine Gefühle im Zaum zu halten. »Ich bin sicher, Miss Bunch ist das Opfer eines Schlaganfalls oder eines Herzinfarkts, und der Umstand, daß wir heute den hundertsten Jahrestag von Hector Rigglesworths Ableben haben, ist nichts weiter als ein unglücklicher Zufall.«
Diese Offenbarung nahm mir den Atem. Ich wollte schon etwas von Indizienbeweisen plappern, als ich den Boden unter meinen Füßen erbeben fühlte und, ob nun als Folge eines vorübergehenden Schwindelanfalls oder nicht, einen Teil der Bücher zucken sah, als wollten sie sich auf Touren bringen, um abheben zu können. »Sie haben völlig recht, Brigadegeneral«, sagte ich eilig, »das Leben steckt voller Zufälle. Und es sterben immerzu Menschen, auch ohne die Mitwirkung von Gespenstern. Armer Mr. Rigglesworth, er hatte es im Leben

schon nicht leicht und sollte im Tode nicht noch verleumdet werden.« Ich wich Miss Bunchs eisigem Blick aus und tröstete mich damit, daß ich die Bücherlawine verhindert hatte. Dann spürte ich es – eine erneute Erschütterung. Aber ehe ich mich in die Arme des Brigadegenerals stürzen konnte, merkte ich, daß nur die Tür zur Bibliothek auf- und zugegangen war.
Schritte kündigten die Ankunft unserer Gefährten vom Bibliotheksverein an. Mrs. Dovedales angenehme musikalische Stimme war im Gespräch mit dem Ehemann der Pfarrerin zu hören.
»Wie freundlich von Ihnen, einen Ihrer köstlichen Biskuitkuchen mitzubringen. Und nicht etwa aus der Fertigpackung, wie ich Sie kenne, Mr. Spike.«
»Das ist ja alles schön und gut, Mrs. Dovedale«, mischte Mr. Poucher sich mürrisch ein. »Ich meinesteils komme zu diesen Versammlungen, um meinen Geist zu nähren, nicht meinen Bauch.«
»Ach, kommen Sie, Sie alter Griesgram!« Das war die nicht unterzukriegende Bunty Wiseman. »Sie werden so wie wir übrigen Ihr Stück Kuchen hinunterschlingen und sich die Sahne von den Fingern lecken.«
Mein Mund wurde wäßrig, eine reine Panikreaktion.
»Dann überbringe ich ihnen mal lieber die schlimme Nachricht.« Brigadegeneral Lester-Smith hielt, ganz Soldat, auf die versammelten Stimmen zu.
Schade um Miss Bunch, dachte ich traurig. Sie war eine Institution, und ohne sie würde die Bibliothek nicht mehr dieselbe sein. Aber hinterließ sie denn jemanden, der um sie trauerte?
Der Regen weinte unablässig an den Fenstern, doch auf die Mitteilung des Brigadegenerals hin brach kein allgemeines lautes Schluchzen aus.
Sir Robert Pomeroy sagte: »Verdammt böse Sache!« Doch er verdarb die Wirkung, indem er hinzufügte: »Ich schätze, das bedeutet, die Versammlung heute abend fällt aus. Was! Was!

Eigentlich ein bißchen schade, ich hatte nämlich gehofft, ich könnte meine Vorschläge zur Verbesserung der Parksituation vorbringen.«

»Er meint es nicht so herzlos«, flüsterte ich Miss Bunch zu, in der vergeblichen Hoffnung, sie milder zu stimmen. Zweifellos standen alle unter Schock, jeder einzelne von ihnen, einschließlich der schüchternen Sylvia Babcock, die sich lieber von ihren Flitterwochen freigenommen hatte, um anwesend zu sein, als die Kritik zu riskieren, sie zeige weniger Engagement als die anderen Vereinsmitglieder, ob vergangene oder gegenwärtige. Jeden Augenblick würde mit einem Riesengeschepper der Groschen fallen. Bestimmt würde jemand aussprechen, daß bei Miss Bunchs Dahinscheiden möglicherweise Hector Rigglesworth seine Geisterhand im Spiel gehabt hatte. Es würde über die Bedeutsamkeit des Datums spekuliert werden. Und der Umstand, daß das Buch, das ich wenige Zentimeter neben der Leiche auf dem Fußboden gefunden hatte, den Titel *Der Traumliebhaber* trug, würde ihr für alle Zeiten einen Platz im Sagenschatz des Dorfes sichern.

2. Kapitel

»Tut mir leid, daß du nicht aus dem Restaurant wegkonntest, um an der Beerdigung teilzunehmen, Liebling.« Ben und ich saßen am Ende eines langen, jedoch erfüllenden Tages im Rosen-und-Pfauen-Salon. »Bis auf dein Fehlen hätte sie nicht gelungener sein können. Der Regen hat keine Sekunde nachgelassen, und wir standen dicht unter schwarzen Schirmen zusammengedrängt rings um das Grab, so wie man es in Filmen sieht. Nur daß es sich in diesen Fällen« – ich lehnte mich in dem Queen-Anne-Stuhl zurück, müde, aber zufrieden –, »ich meine, auf der Leinwand, bei der Person, die beerdigt wird, gewöhnlich um eine außerordentlich zwielichtige Gestalt handelt, der es gelungen ist, ein Doppelleben zu führen, ohne jemals einen Termin zur Maniküre zu verpassen. Aber irgendwie konnte ich mir Miss Bunch trotz des blutgefrierenden Augenblicks nicht als Angehörige der Unterwelt vorstellen. Besonders da festgestellt wurde, daß sie eines natürlichen Todes gestorben ist.«

»Du weißt doch gar nicht, ob Miss Bunch wirklich solch eine mustergültige Bürgerin war.« Ben schüttelte den Kopf über meine Naivität. »Mein Vater hat mich stets vor Frauen mit Oberweite hundert gewarnt.«

»Da war tatsächlich ein Mann in einem auf links gewendeten Regenmantel, der sich hinter einem Grabstein herumdrückte«, gab ich zu. »Und ich muß gestehen, daß ich mir unwillkürlich so meine Gedanken machte, ob er vielleicht der Vater des Kindes ist, das Miss Bunch erwartete, als sie Novizin im Kloster zur Ewigen Reue war, und das sie gezwungenermaßen in die Obhut der Frau des Obergärtners geben mußte.«

»Ellie, das hast du dir doch ausgedacht.«

»Leider ja.« Ich setzte mich bequemer hin. »Der Ärmste schlich auf dem Kirchhof von St. Anselm herum, weil er dachte, er sei auf dem Tierfriedhof am anderen Ende von Chitterton Fells. Anscheinend war er gekommen, um dem Basset seiner Tante Edith die letzte Ehre zu erweisen. Was Miss Bunch betrifft, glaube ich nicht, daß sie jemals ein Kloster von innen gesehen hat, geschweige denn den Pyjama eines Mannes.« Ich senkte die Stimme, obwohl die Zwillinge schon seit gut einer Stunde oben in ihren Bettchen lagen. »Ihr Leben hat den Stoff für eine recht zahme Grabrede abgegeben.«

»Du bist viel zu gutgläubig, Ellie.« Ben ging zum Fenster hinüber und zog die Vorhänge vor der anbrechenden Nacht zu. Er sah hinreißend nach Ehemann aus in der Schürze, die er angelegt hatte, um die Zwillinge zu baden – seine Hemdsärmel waren bis zu den Ellbogen aufgekrempelt, sein schwarzes Haar zerzaust. »Es ist ausgesprochen typisch für dich, auf Miss Bunchs flaschengrüne Strickjacken und ihren Nackenrollenbusen hereinzufallen.« Er nahm Kater Tobias hoch und ging zum Sofa zurück. »Aber was weißt du schon über ihr tiefstes Inneres?« Zwei Tassen Kaffee nach dem Abendessen, und Ben neigt dazu, philosophisch zu werden. »Die traurige Wahrheit ist, mein Schatz«, sagte er, »daß die meisten von uns ein Rätsel bleiben, sogar sich selbst.«

»Ach, ich weiß nicht! Du und ich kennen einander in- und auswendig, Liebling. Aber es könnte ja auch sein, daß wir zu den glücklichen Ausnahmen zählen.« Es war schlechterdings unmöglich, zu verhindern, daß sich Selbstgefälligkeit in meine Stimme schlich angesichts des anheimelnden Zimmers und Bens Zuneigung, deren ich mir gewiß war. Es war eine Ewigkeit her, seit wir uns richtig gestritten hatten. Gott sei Dank!

Die Tage gingen nahtlos ineinander über, ohne die alten Albernheiten, die uns früher im Weg gestanden hatten. Keine Tränenausbrüche mehr von meiner Seite, wenn er den Tag vergaß, an dem wir uns kennengelernt hatten. Kein Schmollen mehr von ihm, wenn ich Mr. Spikes Biskuitkuchen pries. Ja, das Leben war schön. So schön sogar, daß der Tod jede Glaubwürdigkeit verlor, zu einem Ammenmärchen zusammenschrumpfte, das heutzutage nur noch gelegentlich dazu benutzt wurde, um kleine Kinder von unartigem Benehmen abzuschrecken.
»War es eine große Beerdigung?« Bens Stimme unterbrach meine zufriedene Betrachtung der chinesischen Vasen auf dem Kaminsims. Ich hatte sie abgewaschen, das Silber geputzt und die Glühbirnen in den Messingwandleuchten ausgetauscht, bevor ich zu der Andacht aufgebrochen war. Im Hinterkopf hatte mir dabei vorgeschwebt, die Trauergäste anschließend zu Tee oder Sherry zu mir nach Hause einzuladen; es stellte sich jedoch heraus, daß niemand Zeit hatte.
»Die Kirche war nicht gerade gerammelt voll«, erwiderte ich. »Nur der Bibliotheksverein ist gekommen. Aber alles in allem war es ein sehr nettes Abschiednehmen von Miss Bunch. Eudora hat sehr freundlich darauf hingewiesen, welch gute Literaturempfehlungen Miss Bunch den Bibliotheksbenutzern immer gegeben hat. Ich ließ unerwähnt, daß es unserer weiblichen Geistlichen schwergefallen war, noch mehr dazu zu sagen, da sie, Eudora, die Bibliothek nicht benutzte und Miss Bunch nicht in die Kirche gegangen war, außer hin und wieder zu Ostern oder zu Weihnachten.
»Miss Bunch hatte doch sicherlich auch Freundinnen.« Ben setzte Kater Tobias auf dem Fußboden ab, richtete sich auf und reckte sich mit einer entschlossenen Trägheit, die mir signalisierte, daß er gleich vorschlagen würde, unser Beisammensein ins Schlafzimmer zu verlegen.
»Ich glaube nicht, daß sie richtig enge Freundinnen hatte.«

Ich war aufgestanden, sammelte die Kaffeetassen ein und schaute mich im Zimmer nach Kissen um, die aufgeschüttelt, oder Gobelintischläufern, die glattgestrichen werden mußten. »Sie hatte einen Hund; einer der Nachbarn hat ihn vorübergehend bei sich aufgenommen. Der Ärmste wird wohl eingeschläfert werden müssen, wenn sich niemand meldet, der ihn adoptieren will.«

Tobias verwandelte sein Grinsen in ein Gähnen, als ich zu ihm hinuntersah.

»Und sag nicht, Ben, ich soll bloß nicht auf verrückte Ideen kommen ...«

»Ich wollte nichts dergleichen sagen.« Er kam mit großen Schritten auf mich zu, blieb stehen und schaute mir auf eine Art in die Augen, die die Teelöffel auf den Untertassen klirren ließ. »Es mag vielleicht keine Überraschung für dich sein, Schatz, daß ich heute abend in eben der Hoffnung früher Schluß gemacht habe, daß du auf eine deiner bezaubernden Ideen kommst.«

Er zog mich unter großer Gefahr für Tassen und Löffel an sich. Ohne mein Zutun drängte sich mir der unangenehme Gedanke auf, daß er heimlich einen Blick in mein neuestes Buch aus der Bibliothek geworfen hatte. Denn der flotte Sir Gavin Galbraithe hatte mit den nahezu gleichen Worten zu Hester Rosewood gesprochen – an dem Abend, als er anbot, sie auf dem Billardtisch zu entjungfern. Aber nein, die Vorstellung, daß Ben in einer Liebesromanze blätterte, war ebenso lächerlich wie die Vorstellung, daß Brigadegeneral Lester-Smith oder Mr. Gladstone Spike Schundromane schrieben.

»Liebling.« Ich machte Gebrauch von dem Vorrecht der Ehefrau, ihren Partner mißzuverstehen. »Ich habe keinerlei Pläne, ob bezaubernd oder nicht, Miss Bunchs verwaisten Hund in dieses Haus zu holen. Soviel ich weiß, handelt es sich um ein großes, tapsiges Tier, das die Zwillinge verspeisen würde, sobald sie ihm zu Gesicht kämen. Immerhin bin ich letzten Ende an erster Stelle Mutter und ...«

»Und was?« Ben nahm mir die Kaffeetassen ab, als wären sie ein ernstes Hindernis zur vollen Verständigung. »Was kommt denn als nächstes nach dem Haus, dem Bibliotheksverein, dem Heim-und-Herd-Verein und all deinen anderen ehrenamtlichen Verpflichtungen?«

»Daß ich wieder in meinen Beruf als Innenarchitektin einsteigen will.« Wenn meine Stimme trotzig klang, dann deswegen, weil mir einfiel, wie bitter enttäuscht Hester Rosewood gewesen war, als Sir Gavin darauf bestand, daß sie ihre Position als Gouvernante seiner lebhaften Kinder Avignon und Runnymede aufgab. »Ben, Liebling, es ist nicht so, daß ich mich ungern unserem Heim widme. Aber du weißt ja, wie gern ich mir einen Kundenstamm aufbauen und mich wieder ins Getümmel der Fenstergestaltung und der neuesten Couchtischtrends stürzen möchte.«

»Ja, ich weiß.« Bens Augenbrauen zogen sich zu einem schwarzen Balken über seiner Nase zusammen, was mich an die Zeit gemahnte, als er noch richtig sauer auf mich zu werden pflegte. »Wenn du dich erinnern möchtest, war ich es, der dir vorgeschlagen hat, daß wir ein Au-pair engagieren, das dir den Rücken für einen größeren Karrieresprung freihält.«

»Halbtags«, versicherte ich ihm. »Aber im Augenblick ist selbst das reines Wunschdenken angesichts der Tatsache, daß keines der beiden Au-pairs, die sich bisher vorgestellt haben, auch nur im entferntesten geeignet war.«

»Zugegeben«, sagte Ben. »Bei beiden Frauen konnte ich mir gut vorstellen, daß sie die Zwillinge an den Füßen aus dem Fenster im Obergeschoß hängen lassen würden, wenn sie morgens ihren Haferbrei nicht aufessen. Aber wenigstens haben wir Mrs. Malloy zweimal die Woche.«

»Stimmt. Und wenn sie sich nicht bereit erklärt hätte, heute nachmittag zu kommen und auf die Zwillinge aufzupassen, weiß ich nicht, was ich getan hätte. Aber Schwamm drüber.« Ich lächelte. »Mrs. M. wird sich schon was einfallen lassen, wie ich ihr meine Dankbarkeit zeigen kann.«

»In der Zwischenzeit« – Ben stellte eine Tasse samt Unterteller auf die andere – »setzt du dich schön hin und schreibst ihr einen Dankesbrief.«

»Das hatte ich nicht vor.« Ich starrte ihn überrascht an. »Meinst du, das sollte ich tun?«

»Mir kam der Gedanke, Schatz, daß wichtige Angelegenheiten deine Aufmerksamkeit in Anspruch nehmen müssen, da ich allmählich den deutlichen Eindruck habe, daß du noch lange nicht vorhast, ins Bett zu kommen.«

»Na ja« – entschlossen verdrängte ich die unheimliche Ähnlichkeit seiner Wortwahl mit der Sir Gavins und nahm ihm die Kaffeetassen wieder ab –, »ich muß die hier abwaschen, und wenn ich schon mal an der Spüle stehe, kann ich mir auch noch eben die Haare waschen, und dann muß ich sie erst noch trocknen lassen.«

»Du brauchst sie doch nicht an die Wäscheleine zu hängen, oder?« Bens Lächeln hatte eine unangenehme Note, die von seiner großen Müdigkeit herrühren mochte. Er hatte einen langen Tag im Abigail's hinter sich, und ich hätte mich als echte Schlampe erwiesen, wenn ich von seinem großmütigen indirekten Angebot Gebrauch gemacht hätte, unsere Ehe erneut zu vollziehen.

»Vom Fönen kriege ich gespaltene Haarspitzen«, sagte ich sanft zu ihm.

»Völlig inakzeptabel.« Seine linke Augenbraue schnellte in die Höhe, und er wandte sich ab.

»Schlaf gut«, rief ich ihm nach, als er in die Halle hinausging und die Treppe hochstieg.

Ich liebte meine Küche des Nachts. Der Herd ruhte in sich wie ein wohlwollender Patriarch, sonnte sich in dem freundlichen Schein der Kupferschüsseln, die von dem Eisenregal hingen, und der lächelnden Gesichter der Teller auf der Anrichte. Der Schaukelstuhl vor dem offenen Kamin bot seinen einladenden Schoß dar. Die Pflanzen im Grünfenster hatten den geheimnisvollen Reiz eines Miniaturdschungels, in dem Kater Tobias als unangefochtener Herrscher umherstreifen konnte. Und ich war die Königin über all diese Stille. Eine Stille, die gegenwärtig von dem aufkochenden Kessel gesteigert, nicht verdorben wurde. Nicht nötig, daß ich die Hand über seine pfeifende Schnauze hielt. In dieser Nacht, wie in allen anderen Nächten, dämpfte er seine Stimme zu einem kehligen Schnurren.

Während der Tee in der Kanne zog, schlich ich nach oben, an meinem Schlafzimmer vorbei und die Galerie entlang zum Zimmer der Zwillinge mit seinem blau-gelben Kinderreim-Leitmotiv. Von dem blassen Schein des Mann-im-Mond-Nachtlichts geleitet, schlich ich auf Zehenspitzen von dem einen kleinen Bett zum anderen, strich Tam das zerzauste Haar aus der Stirn, beugte mich hinunter, um einen Kuß auf Abbeys rundes Fäustchen zu hauchen. Glückseligkeit durchströmte mich, eine Glückseligkeit mit einem Anflug von Trauer um Miss Bunch, die ihr eigentliches Leben anscheinend in der Bibliothek gelebt hatte und deren Tod lediglich auf höfliches Bedauern gestoßen war. Ich nahm Peter Rabbit und steckte ihn zu Tam ins Bettchen; dann stand ich einen Moment da und fragte mich, wovon meine Lieblinge wohl träumen mochten, ehe ich wieder nach unten in die Küche ging.

Nachdem ich mir eine Tasse Tee eingegossen hatte, öffnete ich die Tür zur Vorratskammer, schnappte mir die Dose mit den Roggenkeksen und ging wieder in den Salon. Für eine Frau, die ein dickes Kind gewesen war und ein nicht sehr dünner Teenager, konnte nichts so herrlich sündhaft sein wie eine Weile ungestörter Intimität mit einem Nahrungsmittel, das weder frisch noch fettarm war. Es war nicht so, daß Ben kontrollierte, was ich aß, oder meine Figur musterte, bevor und nachdem ich eine Mahlzeit zu mir nahm. Meine Schuldgefühle waren der Schwarze Mann, der hinter mir am Tisch stand und jedesmal zusammenzuckte, wenn ich nach einer zweiten Portion Shepherd's Pie griff, oder mich daran erinnerte, daß es nicht mehr als politisch korrekt galt, Dessert zu essen. Doch in der Stille der Nacht zog der Schwarze Mann sich in die Schatten zurück. Dann konnte ich vergessen, daß es Menschen auf dieser Welt gibt (so wie meine skrupellos schöne Cousine Vanessa), die auf einen Schlag ein Dutzend Schmalzkringel vom Bäcker in sich hineinstopfen und dennoch ihre Taille mit zwei Fingern umfassen können.

Ich lehnte mich auf dem Sofa zurück, Kekse in der einen Hand, meine Teetasse in bequemer Reichweite, und genoß den Augenblick unbeschreiblichen Friedens, bevor ich mein Buch aus der Bibliothek nahm und wieder in die Welt von Hester Rosewood eintauchte, der temperamentvollen Gouvernante und entschlossenen Jungfrau.

Schande über mein Haupt! Ich muß gestehen, daß ich den Wert der Jungfräulichkeit nie übermäßig geschätzt habe, zumal sich jeder Mensch zumindest eine Zeitlang in diesem Zustand befindet. Vielmehr hatte ich immer gehofft, aus ihr herauszuwachsen, ebenso wie aus meiner Anfälligkeit für Bronchitis, die ich als Kind gezeigt hatte. Doch es kam ein Punkt, an dem ich allmählich das Gefühl hatte, daß ich mein Leben lang unter diesem Zustand leiden würde, es sei denn, ich überwand meine Angst vor Pferden, fing an zu reiten und hatte das Glück, aus dem Sattel zu fallen. Mit Ende Zwanzig, als Ben auf der Bildfläche erschien, war ich überzeugt, daß ich mit dem scharlachroten Buchstaben J auf der Stirn herumging und alle Welt es sah.

Als ich *Die Stimme ihres Herrn* auf der Seite aufschlug, wo ich aufgehört hatte zu lesen, fielen mein Leben, meine Welt von mir ab, und ich tauchte in die Welt von Hester Rosewood ein. Ich ging mit ihr in tiefer Nacht zum Friedhof, und als wir das Kirchhofstor passierten, verschmolzen wir, so daß ich zu Hester mit der Fünfzig-Zentimeter-Taille und dem täuschend dezenten Busen wurde. Es war mein Herz, das in wachsender Bangigkeit schlug, Sir Gavin möge dem flackernden Schein der Laterne folgen und meine sofortige Rückkehr nach Darkmoor House fordern. Es war meine Seele, die nach ihm schrie, in der Stille, die mir sagte, daß er nicht kommen würde, da seine bettlägerige Frau eines ihrer Delirien inszenierte.

Irgendwo in den Ästen einer der bedrohlich aufragenden Ulmen schrie eine Eule, ein Geräusch, das so verloren wie raubgierig klang. War ich eine Närrin, weil ich von dem Mann floh, den ich mit jeder Faser meines Wesens anbetete? Konnte ich es ertragen, in Cousine Berthas trostloses Haus zurückzukehren, in der Gewißheit, daß mein Puls sich nie wieder beim Klang der Schritte meines Geliebten auf der Treppe beschleunigen würde?

Draußen in der Halle teilte die Standuhr zwölf düstere Schläge aus. Meine Halle, meine Uhr. Und das Telefon, das jetzt läutete, einmal ... zweimal ... mußte mein Telefon sein, denn in der Welt von Hester Rosewood gab es solche Störungen nicht. Wer mochte um diese Zeit anrufen? Mit einem unwilligen Seufzer klappte ich mein Buch zu, erhob mich vom Sofa, trank einen Schluck Tee, der inzwischen so kalt war wie der Friedhof, und stellte mich darauf ein, daß Bens Stimme über das Geländer rief, mein Cousin Freddy sei am Telefon und wolle mir unbedingt einen erschütternden Bericht über seinen Campingurlaub mit Jonas liefern. Freddy, eine eingefleischte Nachteule, macht sich nie Gedanken darüber, ob er andere Leute aus dem Schlaf reißt. Ich hatte nicht den geringsten Anlaß, in Panik auszubrechen, weil Jonas sich etwa das Bein gebrochen hatte, als er in seinen Schlafsack kroch, oder weil er von einem Schwarm Killerbienen angegriffen worden war, die ein verrückter Wissenschaftler im Wald freigelassen hatte.

Ohne gleich in Laufschritt zu verfallen – noch nie eine meiner Lieblingsheimsportarten –, ging ich zur Tür hinüber, nur um dort von eisigem Schweigen empfangen zu werden. Kein dumpfer Aufprall, der mir zeigte, daß Ben beim Hören der schlimmen Nachricht in Ohnmacht gefallen war, wie auch immer die näheren Einzelheiten beschaffen sein mochten. Keine eindringliche Stimme verlangte, ich solle gefälligst sofort nach oben kommen. Ob der Anrufer sich nun verwählt hatte oder ob es einer von Bens Angestellten im Abigail's war, der um Instruktionen bat, wie er die Spülmaschine programmieren sollte, es gab keinen Grund für mich, das Licht im Salon auszuschalten und Hester Rosewood der Finsternis des Friedhofs zu überlassen.
Ben hatte vermutlich nicht gemerkt, daß ich noch nicht im Bett war. Wie ich ihn kannte, hatte er sich, in seine Laken verwickelt, umgedreht, schlaftrunken nach dem Telefon getastet, eine wirre Antwort in den Hörer gebrummelt und sich, gleich nachdem er aufgelegt hatte, wieder in den Schlaf vergraben. Es wäre einfach nicht fair, wenn ich jetzt hinaufging und es riskierte, ihn zu wecken. Viel besser war es, wenn ich die letzten Roggenkekse aufaß, während ich dafür sorgte, daß die arme Hester heil vom Friedhof herunterkam. Es sah in der Tat düster aus für sie, als ich das Buch wieder aufschlug.

»Sie zittern, meine liebe Miss Rosewood.« Er streckte die Hand aus und öffnete den Knopf an meinem Hals. »Lassen Sie sich von meiner Liebkosung wärmen. Ihre Haut hat den weichen Schimmer des Mondlichts, und Ihr Atem ist von der süßen, berauschenden Wirkung der Nachtluft.« Ein Muskel spannte sich an Sir Gavins Kinn, als er mich von seiner großen Höhe aus mit dunklen schläfrigen Augen musterte. Seine Stimme wurde gefährlich tief, als er sagte: »Hast du gedacht, ich würde dich gehen lassen, mein innigstes Entzücken?« Sein Blick

hing unverwandt an meinem Gesicht, als er seine Kleider langsam Knopf für Knopf öffnete und einen so prachtvollen Körper in der Blüte seiner Männlichkeit enthüllte, daß ich mir auf die Unterlippe beißen mußte, um einen Schrei der Ekstase, die an Ehrfurcht grenzte, zu unterdrücken. »Bitte lassen Sie davon ab, Sir.« Ich löste mich aus seiner Umarmung und suchte mich tapfer zu erinnern, daß ich die Nichte eines Bischofs war. »Ich will dich ansehen, mich am Anblick deiner breiten Brust ergötzen, mich an deinen festen Flanken laben, deinen spielenden Muskeln und herrlichen Waden. Laß mich meine Augen an deinem so energisch vorgewölbten männlichen ... Kinn weiden.«

Irgendwo am Rand meines Bewußtseins läutete eine Glocke mit solchem Nachdruck, daß ich vom Sofa aufsprang und mein Buch auf den Fußboden flog. Immer noch in Sir Gavins Umarmung gefangen, war ich zehn Schrecksekunden lang überzeugt, daß seine bettlägerige Frau am Glockenzug riß, in einem Eifersuchtstaumel, der nichts Gutes für die Weiterbeschäftigung der jungfräulichen Hester Rosewood in Darkmoor House ahnen ließ.
Wer konnte nachts um ein Uhr dreißig an der Tür läuten? Hätte ich richtig nachgedacht, dann hätte ich mich mit dem Schürhaken bewaffnet, bevor ich in die Halle ging, oder gewartet, bis Ben mit schlafverquollenen Augen die Treppe hinuntergestolpert kam. So jedoch brachte ich kaum genügend Verstand auf, um mich beklommen zu fühlen, als ich mich der Haustür näherte. Mein Haar hatte sich aus dem französischen Zopf gelöst, und mein Gesicht war von der Anstrengung, die Seiten umzublättern, gerötet.
»Wer ist da?«
»Lassen Sie mich rein!« Fäuste hämmerten gegen die Tür. Die Stimme klang hysterisch.
»Ich fürchte, ich habe Ihren Namen nicht verstanden?« Mit-

ten in dem Akt, den Riegel zurückzuschieben, erstarrte meine Hand. Wer auch immer dort stand, konnte ein ausgewachsener Irrer nach Art von Sir Gavins Frau sein. Oder zumindest eine Avon-Beraterin, wild entschlossen, ihr tägliches Kontingent an Lippenstiften zu verkaufen.

»Gott im Himmel!« Ein Schrei prallte von der Tür ab, die sich bereits unter der Wucht des stärker werdenden Hämmerns bog. »Noch einen Moment, und es wird zu spät sein! Ich werde von dem Vieh mit dem Kopf eines Grizzlybären in Stücke gerissen!«

»Halten Sie durch!« Es war nicht die unter Schluchzen hervorgestoßene Andeutung der nächtlichen Besucherin, daß die Kreatur eines ihrer Beine verschlungen hatte und jetzt dazu überging, ihre Handtasche aus echtem Leder zu verputzen, die mich dazu bewog, die Tür zu öffnen. Nein, den Ausschlag gab ein unverkennbares Knurren aus tiefer Kehle, gefolgt von einem bösartigen Rülpser.

Meine ungeschickten Hände kämpften mit dem Riegel. Eine Frau schoß in die Halle, schlug mich dabei fast k.o. und ließ die Zwillingsritterrüstungen rückwärts gegen die Treppe taumeln.

»Schnell! Schnell! Lassen Sie ihn nicht rein!« Die Frau kauerte sich auf den Steinfußboden und bekreuzigte sich. Ihre Hand zitterte so stark, daß sie ihre Stirn um einen Kilometer verfehlte. Zu spät! Während ich noch überlegte, ob ich über sie hinwegklettern oder mich seitlich an ihr vorbeidrücken sollte, um die Tür zuzuknallen, glitt eine Gestalt – schwarz wie der Todesengel – in die Halle und sprang die Treppe hoch, machte kehrt und ließ sich wenige Zentimeter vor meinen Füßen nieder, wo sie totenstill sitzenblieb.

»Es ist ein Hund!« teilte ich der Fremden mit, die zur Tür gerutscht war, diese mit ihrem Hinterteil zugestoßen und uns so äußerst wirkungsvoll mit unserem vierbeinigen Widersacher eingeschlossen hatte. »Kein besonders schöner Hund;

obwohl« – ich warf einen Blick auf die glühenden Augen des Tieres und fügte hastig hinzu –, »schön ist, wer Schönes tut.«

Wie zum Dank für diesen verbalen Blumenstrauß legte das Tier sich prompt hin, mit der Nase auf seinen gewaltigen Pfoten, und begann zu hecheln, so daß sein Maul sich zu einem Grinsen verzog, breit genug, um einen ganzen Teller zu verschlingen.

»Er verfolgte mich, tauchte hinter einem Grabstein auf dem Friedhof auf.« Die Frau hatte die nötige körperliche und seelische Kraft aufgebracht, sich auf die Knie hochzustemmen und sich zu bekreuzigen, offenbar in der Hoffnung, den großen Hund wieder dahin zu verbannen, wo er herkam. »Und als ich schreie und losrenne, jagt er mich die ganze Straße runter zu diesem Haus. Einen Moment schnappt er nach meinen Fersen, im nächsten umkreist er mich, als wäre ich ein Schaf, das er in den Pferch treiben muß. Das war nicht nett von ihm.« Ihrem Akzent nach war sie nicht von hier.

Eine Ausländerin? Vielleicht aus einem Dorf in Transsylvanien, wo Phantomhunde routinemäßig unachtsame Reisende anfallen? Meine Gedanken rasten von dieser Möglichkeit zu der Erkenntnis, daß die arme Frau ernsten Schaden hätte nehmen können. In ihrer Panik hätte sie von der Straße abkommen und von der Klippe stürzen können, die an manchen Stellen steil dahin abfällt, wo die See an den Felsen emporschäumt. Gott sei Dank war sie heil an unserem Tor angekommen und hatte das Haus erreicht, bevor sie vor Angst den Geist aufgab.

»Er ist ein Teufel im Hundepelz.« Die Frau wehrte sich gegen meinen Versuch, sie aufzurichten.

»Wir dürfen keine voreiligen Schlüsse ziehen.« Ich ging zu dem Hund und beugte mich über ihn; er spitzte hoffnungsvoll ein Ohr und sah mich mit einem Blick an, als sei er nur zu gern bereit, von seinem Leben als Schrecken wehrloser Frauen erlöst zu werden. Ich bin keine Hundenärrin, vor allem, weil Kater Tobias es niemals billigen würde, aber ich habe auch keine übermäßige Angst vor Hunden. »Sehen Sie, er trägt ein Halsband mit Hundemarke. Das haben wir gleich.« Ich lächelte ihr beschwichtigend über die Schulter hinweg zu, dann bückte ich mich, um die Messingplakette von seinem pelzigen Hals zu nehmen und die Inschrift zu lesen.

»Du meine Güte!« rief ich.

»Sein Name ist Luzifer?« Die Frau schlug eine Hand vor den Mund.

»Nein, Heathcliff!« sagte ich. »Das heißt ...«

»Was denn?« fragte sie angstvoll.

»Er gehört, oder besser gesagt *gehörte*, unserer hiesigen Bibliothekarin. Die arme Miss Bunch starb an einem seltenen Virus, der zu Herzstillstand führt. Manchmal leidet das Opfer unter grippeähnlichen Symptomen, aber ebenso häufig gibt es überhaupt keine Warnsignale. Es war ein Schock, besonders für unseren Heathcliff hier.« Ich fuhr leise fort, denn ich hatte bemerkt, daß der Hund seinen Kopf auf die Pfoten gelegt hatte und eine Reihe unendlich trauriger Wuffs von sich gab, wie ein Grabgesang. »Miss Bunch wurde heute auf dem Friedhof von St. Anselm beigesetzt, und diese traurige kleine Waise muß den Leuten, die ihn vorübergehend bei sich aufgenommen haben, ausgerückt sein, um seinem Frauchen zu ihrer letzten Ruhestätte zu folgen.«

»Ihr Geist! Ich sah ihn, sie ging auf Füßen, die nicht den Boden berühren, zwischen den Grabsteinen hindurch. Eine Frau – ganz in Schwarz, von Kopf bis Fuß. Sie trug einen Schleier, der wie ein riesiges Spinnweben im Wind flatterte. Und sie rang ihre knochigen Hände und führte Selbstgespräche.« Meine Besucherin war bleich vor Entsetzen.

»Eine große, dünne Frau mit gebeugten Schultern?« fragte ich.

»Genau.«

»Das war nicht Miss Bunch. Sie war nur mittelgroß und ziemlich korpulent. Ich glaube, Sie haben Ione Tunbridge gesehen, eines unserer Dorforiginale. Sie ist jetzt fast achtzig und geht sozusagen in St. Anselm um, seit damals ihr Bräutigam nicht zur Trauung in der Kirche erschien.« Während ich das sagte, fragte ich mich allmählich, ob ich wieder irgendwie auf den Seiten von *Die Stimme ihres Herrn* gelandet war, als Strafe dafür, daß ich so viele Roggenkekse gefuttert hatte. War ich dazu verurteilt, in alle Ewigkeit von einem Melodrama ins nächste zu spazieren?

»Miss Tunbridge hat seit fast sechzig Jahren nicht bei Tageslicht ihr Haus verlassen«, plapperte ich weiter, »aber hin und wieder sieht man sie zwischen Abenddämmerung und Tagesanbruch über den Friedhof streifen. Neuerdings ist St. Anselm nachts zugesperrt, darum kann sie nicht mehr hineingehen, um vor dem Altar niederzuknien und auf die Schritte ihres Bräutigams zu warten, wie er durchs Hauptschiff geeilt kommt und ihr endlich erklärt, weshalb er mehr als ein halbes Jahrhundert zu spät mit dem Ring aufkreuzt.«

»Männer! Die sind eine schlimme Bescherung.« Endlich stand die Frau auf, und ich stellte erleichtert fest, daß der körperliche Schaden, den Heathcliff ihr zugefügt hatte, nicht so gravierend war, wie sie mir ausgemalt hatte, als sie mit den Fäusten durch meine Haustür brach. Ihre Handtasche schien bis auf den zerrissenen Riemen noch intakt, und es fehlte auch keines ihrer Beine. Der Hund setzte sich zwar auf, als sie sich erhob, aber seine Haltung hatte nichts Bedrohliches. Im Gegenteil, er streckte versöhnlich eine Pfote aus, während er die Miene argloser Sanftmut eines zutiefst verkannten Hundes annahm, der bereit war, die Vergangenheit zu vergessen.

»Ich benehme mich ja wie ein Huhn mit drei Köpfen, Frau Haskell«, sagte meine Besucherin. »Es ist ein Wunder, daß ich Ihren Ehemann nicht aufweckte und Ihren ganzen Haushalt auf den Plan rief.«

»Sie haben um Ihr Leben gefürchtet«, sagte ich beschwichtigend. Bis zu diesem Augenblick hatte ich sie nur bruchstückhaft wahrgenommen - ein Gesicht, vor Angst verzerrt, zwei Hände, die den unvermeidlichen Angriff abwehrten. Jetzt, da die Halle sich von einer der eiskalten Kammern von Darkmoor House wieder in ihr eigentliches freundliches Selbst zurückverwandelt hatte, war ich ziemlich überrascht von dem, was ich sah. Vor mir stand eine mollige Frau, die auf die Sechzig zuzugehen schien und deren graues Haar zu schulterlangen Zöpfen geflochten war, an den Enden mit mohnblumengroßen Schleifen verziert. Sie trug eine Schweizer Tracht, komplett mit Dirndlrock und bestickter Schürze, weißen Strümpfen und Schnallenschuhen. Ich hoffte, daß sie mein unhöfliches Starren nicht bemerkt hatte, und fügte hastig hinzu: »Sie sind mir gegenüber im Vorteil. Sie kennen meinen Namen, während ich ...?«
»Ich?« Unser nächtlicher Eindringling umklammerte mit beiden Händen ihre Handtasche, und ihre Knie gaben nach, so daß sie einen wackeligen Knicks zu machen schien. »Ich bin Gerta, Ihr neues Au-pair.«

3. Kapitel

Ich weigere mich, diese Kreatur in meinem Haus zu dulden!«

Mein Ehemann sprang aus dem Bett, noch ehe ich meiner Lagebeschreibung den letzten Schliff geben konnte. Ben ist um zwei Uhr morgens selten in Bestform, dennoch hatte er keinen Grund, vor dem Kamin im Schlafzimmer auf und ab zu gehen, mit blitzenden Augen, das schwarze Haar zerzaust, weil er sich wiederholt mit den Fingern hindurchfuhr. Gleich würde er noch wissen wollen, wer der Herr auf Merlin's Court war! Inzwischen waren die Fasane auf der Tapete ein einziges Geflatter.

»Liebling, du bist unvernünftig!« Ich trabte um ihn herum, während er den Kaminvorleger umkreiste. »Wir hatten uns doch geeinigt ...«

»Das hatten wir in der Tat!« Ben blieb unvermittelt stehen. Als er sich zu mir umdrehte, stolperte er beinahe über seine Schlafanzugbeine, die um einige Zentimeter länger waren als er und, da sie sich perverserweise geweigert hatten, beim Waschen einzulaufen, dringend umgesäumt werden mußten. Er zerrte am Band seiner Schlafanzughose und knüpfte grimmig einen Knoten. »Ich habe dir heute abend gesagt, Ellie, und zwar klar und deutlich, daß ich nicht bereit bin, Miss Bunchs Waisenhund Unterkunft zu gewähren!«

Ich ließ mich aufs Bett plumpsen und preßte eine Hand an meinen pochenden Schädel. »Er ist der süßeste kleine Welpe

der Welt, wenn auch schüchtern wie nur was! Aber ich dachte, wir sprechen von Gerta!«
»Und sie ist nicht der deutsche Schäferhund?«
»Nein! Sie ist das Au-pair!« Es hatte keinen Sinn, beschloß ich, die Dinge zusätzlich zu komplizieren, indem ich erklärte, daß Heathcliff keinen Hehl aus seinem fehlenden Stammbaum gemacht hatte. »Du bist wirklich unmöglich, Ben. Hast du überhaupt etwas von dem mitgekriegt, was ich in den letzten fünf Minuten gesagt habe?«
»Jedes Wort, mehr oder weniger, von der herzzerreißenden Geschichte dieser Frau.« Ben ging mit großen Schritten zum Fenster und zog die weinroten Samtvorhänge fester zu, entweder um seinen Gefühlen Luft zu machen oder den Mond daran zu hindern, irgendwelche Spannertricks abzuziehen. »Diese Frau ist vor etwa zehn Jahren aus der Schweiz hierher übergesiedelt, in Begleitung ihres Mannes. Die beiden führten ein eigenes Café in Putney, eines von diesen Lokalen, die sich auf Cappuccino mit Mangogeschmack und handgerührten Joghurt spezialisieren. Vor zwei Tagen hat ihr der Ehemann verkündet, er habe sich in den dunkeläugigen Vamp verknallt, dem der Laden für Secondhandklamotten ein Stück die Straße runter gehört ...«
»Der Vamp«, rief ich ihm streng ins Gedächtnis, »ist ein einsachtzig großer Exrugbyspieler mit dem Namen Robert Meyers, und wie Gerta unter Tränen erklärte, hatte sie nicht den Hauch einer Chance, als Robert ihr anbot, um den Mann ihrer beider Leben durch Armdrücken zu kämpfen. Das Ergebnis war, daß die arme Frau sich auf der Straße wiederfand und aus ihrer Ehe nichts weiter mitbrachte als die Kleider, die sie am Leibe trug – zufällig ihre alpine Arbeitskluft –, sowie ein Paket Mokka-Deluxe-Kaffeebohnen. Keine sehr schöne Geschichte.«
»Liebe kann ein mörderisches Geschäft sein.« Ben riß sich vom Kaminsims los und setzte sich neben mich aufs Bett. »Es

war reines Glück, daß Gerta genügend Kleingeld in ihrer Handtasche hatte, um ihre Freundin Jill anzurufen, die sie nicht nur eine Nacht bei sich aufnahm, sondern auch erwähnte, ihre frühere Mitbewohnerin, eine gewisse Ellie Haskell, sei auf der Suche nach einem Au-pair.« Er umschloß mein Gesicht mit den Händen, drückte mir einen Kuß auf die Lippen, die inzwischen nahezu taub waren vor Erschöpfung, und murmelte: »Kriege ich eine Spitzennote für aufmerksames Zuhören?«

»Ja, Liebes; aber heute abend verteile ich keine Preise.« Ich ließ mich in die Kissen zurückfallen und fragte mich ernstlich, ob ich meinen Ehemann wohl heißmachte, indem ich ihm einen flüchtigen Blick auf mein Bein gewährte, als er mich, wie einen zähen Strudelteig, unter das Bettzeug rollte. Dennoch, so muß ich zu meiner Schande gestehen, war es die Aussicht, in der nächsten Zeit jede Menge selbstgebackenen Apfelstrudel essen zu können, die meinen Puls beschleunigte, als Ben neben mir ins Bett stieg und die Nachttischlampe ausknipste.

Während ich mich auf die Seite drehte und Bens Hand auf meine Taille legte, dachte ich an Jill, die nicht nur meine Exmitbewohnerin war, sondern ebenso die Freundin von Cousin Freddy, wenn es ihnen wieder mal einfiel, Verbindung miteinander aufzunehmen. Es war typisch für sie, Gerta hilfreich zur Seite zu stehen. Ebenso typisch war, daß Jill bis mitten in der Nacht gewartet hatte, um anzurufen und uns zu informieren, daß sie uns ein Au-pair schickte, das den Job dringend brauchte, über eine gefestigte Moral verfügte und traumhaft jodeln konnte. Es war nämlich Jill gewesen, die das Telefon hatte klingeln lassen, während ich Sir Gavins Verführungskünsten ausgeliefert war.

Ich unterdrückte ein Gähnen. Falls Gerta irgendwelche Anzeichen hätte erkennen lassen, daß sie eine gemeingefährliche Psychopathin war, dann hätte Jill – die sich nicht nur weigert, Insekten totzuschlagen, sondern sich sogar bemüht, ein gutes

Heim für sie zu finden – uns diese Frau nicht auf den Hals geschickt. Natürlich war es trotzdem angebracht, die Referenzen zu überprüfen, die Gerta mir präsentiert hatte. Doch ich war voller Optimismus, daß sie sich als wahre Perle erweisen würde. Sie war entschlossen gewesen, sich nicht einschüchtern zu lassen, als Heathcliff hinter uns die Treppe hochtrottete, wirkte entzückt von ihrem Zimmer, wollte sich unbedingt kurz die Zwillinge ansehen, zeigte jedoch Verständnis, als ich vorschlug, wir sollten die Vorstellungszeremonie auf den Morgen verschieben. Nachdem ich ihr eines meiner Nachthemden und einen Morgenmantel geliehen hatte, wünschte ich ihr eine gute Nacht, ohne daß mir auch nur einmal der Gedanke kam, daß ich ihre Tür von außen abschließen sollte.

Unser vierbeiniger Gast war eine ganz andere Geschichte. Nachdem ich ihm unter dem wachsamen Blick von Kater Tobias, der die Anrichte in der Küche erklomm und anscheinend kurz vor dem Nervenzusammenbruch stand, zwei Näpfe Katzenfutter vorgesetzt hatte, ließ ich Heathcliff nach draußen in den Garten und sperrte ihn kurze Zeit später in die Abseite unter der Treppe. Bisher hatten wir noch kein Protestgeheul vernommen oder Geräusche, die darauf hindeuteten, daß er sich mit der rücksichtslosen Mißachtung fremden Eigentums, die Polizisten während einer Drogenrazzia an den Tag legen, gegen die Tür warf.

»Dieser Hund ist ungeheuer still.« Ben stützte sich auf den Ellbogen und beugte sich über mich, als ich gerade in den weichen Wolken des Schlafes versank.

»Miss Bunch hat ihn mit Sicherheit gut erzogen«, murmelte ich und barg meinen Kopf unter dem Kissen.

»Tja, komm bloß nicht auf die Idee, deine weiblichen Reize einzusetzen, um mich dazu zu bewegen, meine Meinung in bezug auf den Hund zu ändern.« Mein Gatte legte sich wieder hin und schlang einen Arm und ein Bein um mich. »Es stimmt, daß ich zuweilen nicht imstande bin, der sanften Berührung deiner zarten Hände auf meiner bebenden Männlichkeit zu widerstehen, aber ...«

Da war er wieder, der Verdacht, daß er heimlich in meinem Stapel Liebesromane geblättert hatte. Aber es war und blieb lächerlich. Bens Vorstellung von einer fesselnden Lektüre war ein Kochbuch, das eine unzensierte Darstellung enthielt, wie man ein Hähnchen einhändig seiner Knochen entledigte.

»Liebling«, murmelte ich unter dem Kissen hervor. »Wir brauchen beide ein wenig Schlaf.«

»Du hast recht«, pflichtete mein Gatte mir bei und zog Arm und Bein zurück. »Wozu gehen wir auch sonst ins Bett?«

»Träum süß!« Ich tauchte endlich wieder auf, um Luft zu holen, und stellte mich auf vier oder, optimistisch gerechnet, fünf Stunden Schlaf ein. Soviel ich wußte, brauchten die Menschen mit zunehmendem Alter weniger Schlaf, und da in zwei Tagen mein nächster Geburtstag drohte, konnte ich es mir sicherlich erlauben, mit meinen Kräften Raubbau zu treiben. Trotzdem wäre ich am Morgen zu nicht viel zu gebrauchen, wenn ich nicht bald einschlief. Innerhalb weniger Minuten zeigte Bens rhythmisches Atmen, daß er eingeschlummert war, doch mein Verstand ließ sich nicht abschalten – er machte sich im Dunkeln einfach selbständig.

Ich dachte über Miss Bunch nach, wie sie mit sehr wenig oder gar keiner Bewegungsfreiheit in ihrem Sarg eingesperrt lag, dann überlegte ich, ob Bunty Wiseman sich wohl jemals wieder mit ihrem Exehemann versöhnen würde. War Brigadegeneral Lester-Smith Junggeselle aus Überzeugung, oder hatte er eine große Enttäuschung in der Liebe erlebt? Dann waren da noch die anderen Mitglieder des Bibliotheksvereins – Sir Robert Pomeroy und Mrs. Dovedale, beide erst kürzlich verwitwet. Ein-, zweimal während unserer Versammlungen hatte ich mich gefragt, ob da nicht etwas Bedeutsames war an der Art, wie ihre Blicke sich bei der Verlesung des Protokolls trafen. Was den miesepetrigen Mr. Poucher betraf, konnte man sich nur schwer vorstellen, daß eine Frau mit den Fingernägeln über seinen Rücken fuhr und ihn bat, seine Mutter für sie sitzenzulassen. Außer mir war das einzige verheiratete Mitglied des Vereins Sylvia Babcock, die vierzehn Tage zuvor mit unserem Milchmann den Bund fürs Leben geschlossen hatte. Unsere Kassandra - ansonsten als meine treue Putzfrau Mrs. Malloy bekannt - hatte erklärt, die Babcock-Fusion würde niemals halten. Schließlich wäre Mr. B ein leidenschaftlicher Liebhaber - von Hunden. Und Sylvia, der nervöse Typ, hätte sich ausbedungen, daß kein Vierbeiner Krankheitskeime in ihr ordentliches Heim einschleppte.

Ich mußte eingeschlafen sein, ohne zu merken, wie es geschah, denn plötzlich saß ich in einem Vierspänner und wurde von einem in einen Umhang gehüllten Kutscher in die Nacht entführt.

»Karisma!« Der Schrei kam aus dem tiefsten Grund meiner Seele.

»Ich dachte, ich wäre Sir Gavin.« Sein Lachen war sardonisch und zutiefst sinnlich zugleich.

»Manchmal bist du das auch«, flüsterte ich. »Du erscheinst in mannigfaltiger Verkleidung auf den Seiten der Liebesromane, aber immer bist du es, den ich sehe - dein Gesicht, die unvergleichlichen Wangenknochen, deine schwindelerregend intensiv blickenden Augen, die kühne Nase und dieser vollendete Mund, so erlesen zärtlich, selbst wenn er besonders fordernd ist! Ich könnte die ganze Nacht von deinem goldbraunen Haar schwärmen, wie ich mich danach sehne, es in all seiner üppigen Pracht zu lösen, von deinem herrlichen Körper, der nicht seinesgleichen hat, seit die griechischen Götter aufgehört haben, in wenig mehr als ihren Lorbeerkränzen einherzustolzieren . . .«

Ich streckte ihm die Hände entgegen und fand mich allein in wirbelnder Dunkelheit wieder, hörte das dämonische Glucksen, das, so wußte ich, von Hector Rigglesworths Geist stammte. Er, der den Sargdeckel über Miss Bunchs Laufbahn geschlossen hatte, schwebte am Rand meines Traumes dahin. Und er hatte den Höllenhund mitgebracht, ein Vieh, das mit entblößten Fängen durch das Fenster der Phantomkutsche sprang, um sich auf mich zu stürzen.

»Mein Gott!« Ben fuhr im Bett auf, tastete nach der Nachttischlampe und sah in dem Lichtschein, der das Zimmer überflutete, blinzelnd auf den zwei Tonnen schweren Fellvorleger hinunter, der mich von den Zehen bis zum Kinn bedeckte. »Du hast mir doch gesagt, du hättest den verdammten Hund im Schrank unter der Treppe eingeschlossen.« Der anklagende Finger meines Mannes schoß zwischen mir und Heathcliff hin und her.

»Ich hatte vergessen, daß wir es mit einem Entfeßlungskünstler zu tun haben.« Ich richtete mich mühsam auf und bekam dabei das halbe Gesicht abgeschleckt. »Er wäre nicht hier, wenn es Miss Bunchs Nachbarn, die ihn ursprünglich aufgenommen haben, gelungen wäre, ihn an der Flucht zu hindern.«

»Die Glücklichen!« Ben zerrte an der Bettdecke, die unter dem Gewicht des wie festgewachsenen Heathcliff ein gewaltiges Reißgeräusch von sich gab. »Warum öffnest du nicht das Fenster, Ellie, und tust so, als ob du nicht hinsiehst, während er den Sprung in die Freiheit wagt? Wenn es hilft, knüpfe ich auch ein Seil aus den Bettlaken und befestige es am Sims; oder du könntest ihn darauf hinweisen, daß es da ein hervorragend geeignetes Abflußrohr gibt, an dem er sich hinunterlassen kann.«

Weit entfernt davon, an diesen Bemerkungen Anstoß zu nehmen, grinste Heathcliff breit, in Anerkennung dessen, was er offenbar für einen Jux hielt. Er fuhr seine endlose Zunge aus und schleckte ein paarmal über Bens geballte Faust.

»Sieh nur, wie sympathisch er dich findet!« Meine wohlwollende Reaktion auf den Eindringling erklärte sich aus der überwältigenden Erleichterung, daß es sich bei ihm um ein reales Wesen handelte und nicht um eine Ausgeburt meiner Phantasie. Vielleicht würde ich in Zukunft meine spätabendliche Lektüre aufgeben müssen, wenn sie, so wie Käse, eine Neigung zu Alpträumen hervorrief. Doch momentan mußte ich mich erst mal darauf konzentrieren, den wuchtigen Heathcliff vom Bett hinunterzuschaffen, bevor die Sprungfedern ausleierten und Ben ihm mit Vivisektion drohte.

»Mir ist egal, was du mit dem Vieh anstellst, Ellie, solange es weg ist, wenn ich heute von der Arbeit nach Hause komme.«

»Ja, Liebling!« In dem Bestreben, den Hund vom Bett zu zerren, zunächst am Halsband, dann bei den Ohren, beförderte ich meinen Ehemann auf den Fußboden, wo er mit einem mißtönenden Schwall von Flüchen landete, der den Tod seiner römisch-katholischen Mutter bedeutet hätte.

»Wenn er eines der Kinder frißt, werde ich furchtbar böse.« Mit diesen Worten rappelte Ben sich mühsam auf und ließ seinen Ärger an dem armen Wecker aus, der nur tat, was von ihm erwartet wurde, als er ein heiseres Summen ausstieß, um uns mitzuteilen, daß es jetzt Punkt sechs Uhr früh war. Indem er an der Faust lutschte, die er benutzt hatte, um auf den Knopf zu hämmern, stapfte der Mann, der alles haßte, was auf vier Beinen ging, ins Badezimmer.

Unglücklich schaute ich zu Heathcliff hinunter. Der Hund hatte es für angebracht gehalten, vom Bett zu klettern und den Gürtel meines Morgenmantels anzugreifen, während ich in das Kleidungsstück zu schlüpfen versuchte, das schon bessere Tage gesehen hatte. »Es tut mir sehr leid, aber du mußt verschwinden!«

Es tat mir in der Seele weh. Aber die Pflicht meinem Ehemann und meinen Kindern gegenüber kam mir nur zu deutlich zu Bewußtsein, als ich, gefolgt von Sie wissen schon wem, in die Halle hinunterging und feststellte, daß der Staubsauger aus dem Schrank unter der Treppe geschleift worden war. Das wehrlose Opfer (das erkennen ließ, daß es den Kampf seines Lebens gefochten hatte) lag auf dem Rücken ausgestreckt, fast wie ein Opfer von Jack the Ripper, mit einem klaffenden Loch in seinem Stoffbauch, und seine staubigen Eingeweide waren auf den Steinfliesen verstreut. Und als wäre das noch nicht schlimm genug, war ein Stuhl umgekippt und eines seiner Beine bis zum Knie abgenagt. Die Vase, die einst auf dem Tisch gestanden hatte, war jetzt nur noch eine Handvoll Mosaiksplitter, denen Heathcliff ohne einen verlegenen Blick auswich, als er mir auf unbeschwerten Pfoten in die Küche folgte.

Zum Glück war es ihm nicht gelungen, diese Tür zu öffnen. Und ich muß sagen, er ging anstandslos auf meine drohende Mahnung ein, daß er in den nächsten fünf Minuten gefälligst nicht noch etwas kaputtmachen sollte. Er streckte sich vor dem Kamin aus und nahm die Gebetspose eines buddhistischen Mönchs ein. Dennoch behielt ich ihn aufmerksam im Auge, als ich den Kessel mit Wasser füllte und auf den Herd stellte. Das Wasser kochte bald zischend auf, eine vollendete Imitation von Kater Tobias, der nach wie vor auf der Anrichte hockte und den Störenfried mit einem vernichtenden Laserblick fixierte. Ich hatte gerade die Teekanne angewärmt und Tassen sowie Unterteller aufgedeckt, als es an der Tür zum Garten klopfte.

Stets darauf bedacht, sich nützlich zu machen, vollführte Heathcliff einen drei Meter weiten Satz, bekam die Klinke mit dem Maul zu fassen und hätte die Tür aus den Angeln gerissen, hätte sie sich nicht im gleichen Augenblick nach innen geöffnet und ihn wirkungsvoll auf die Hinterbeine befördert.

»Morgen, Mrs. Haskell.«

»Na, guten Morgen, Mr. Babcock!« Ich stand da und hielt die Teekanne umklammert, ziemlich überrascht, nicht weil der Milchmann so zwanglos hereinkam – er war oft so vertraulich –, sondern weil ich ihn eigentlich noch in den Flitterwochen mit Sylvia aus dem Bibliotheksverein wähnte.

»Drei Liter, wie gewöhnlich?« Mr. Babcock war ein großer, stämmiger Mann mit einem Bauch, der eine Schwangere mit Stolz erfüllt hätte. Er ging mit seiner klirrenden Kiste an mir vorbei und deponierte die Flaschen auf dem Küchentisch. »Sie haben sich 'nen Hund angeschafft, wie ich sehe.« Er sah mit bewunderndem Blick zu Heathcliff hinunter, einem Blick, der sich auch dann nicht trübte, als der Köter einen Satz machte, untermalt von Löwengebrüll, und anfing, an seinen Schnürsenkeln zu zerren.
»Er ist ein Wachhund, prima! Wie heißt er denn?«
»Iwan der Schreckliche.«
»Der Name ist aber ein ziemlicher Bandwurm, nicht?« Ob Mr. Babcock zu mir sprach oder zu dem Hund, der jetzt an seinem Hosenbein kaute, war nicht ersichtlich, aber ich erklärte schnell, daß der traurige kleine Waisenhund Miss Bunch gehört hatte, die ihn Heathcliff nannte, und daß er nicht lange unter uns weilen würde.
»Wollen Sie damit sagen, der arme Kerl wird versuchen, sich umzubringen?« Mr. Babcock unternahm den edlen Versuch, sich zu bücken und den Hinterbliebenen zu tätscheln, wurde jedoch von den Speckrollen daran gehindert, die seine Hose hielten.
»Ich wollte eigentlich sagen« – ich machte mich daran, Mr. Babcock eine Tasse Tee einzugießen, und versuchte mich zu erinnern, ob er vier oder fünf Löffel Zucker nahm –, »daß es uns unmöglich ist, Heathcliff zu behalten. Er würde Tam und Abbey andauernd über den Haufen rennen und überhaupt alles durcheinanderbringen. Aber jetzt mal zu Ihnen, Mr. Babcock. Ich hatte mich darauf eingestellt, daß ich es noch ein paar Tage mit ihrem Vertreter zu tun hätte. Sind Sie denn nicht mehr in den Flitterwochen?«
»Doch, offiziell schon.« Der Milchmann nahm die Tasse, die ich ihm reichte, stand da und spielte mit dem Löffel herum. »Aber wie man so schön sagt, der Mensch kann Gutes nur in

Maßen vertragen. Deshalb hab' ich heute morgen zu der neuen Missus gesagt, daß ich eine Verschnaufpause einlegen will – ein bißchen frische Luft schnappen.«
»Ah«, sagte ich, »tja, dann setzen Sie sich doch, Mr. Babcock, und genießen Sie Ihren Tee, wenn Sie die Zeit erübrigen können.«
»Da hab' ich nichts gegen einzuwenden, vielen Dank.« Er machte es sich auf einem Stuhl am Küchentisch bequem und prostete mir mit seiner Tasse zu. »Hoch damit ... wie die Schauspielerin zum Bischof sagte!«
Ich ließ diesen kleinen Scherz wegen seines Urhebers gelten – ein Mann, der offiziell noch in den Flitterwochen war – und wollte Mr. B gerade fragen, ob er einen Roggenkeks wolle, als mir einfiel, daß ich die fast leere Dose gestern nacht im Salon gelassen hatte. Wie ich Heathcliff kannte, hatte er auch noch den letzten Krümel vertilgt. Als Mr. Babcock einen großen Schluck Tee trank, sah ich mit Entsetzen, wie sich seine Lippen vor Schmerz krampfhaft zusammenzogen.
»Zuviel Zucker?«
»Das ist es nicht ...« Er holte scharf Luft, was seine blassen Augen hervorquellen ließ.
»Dann ist es Heathcliff!« Ich sah bereits den Gerichtsprozeß vor mir, in dem Seine Lordschaft, der Richter unbewegt meinen panischen Beteuerungen lauschte, daß ich nicht für die Marotten besagten Hundes verantwortlich war, und mich zu einem Leben hinter Gittern verurteilte. »Hat er einen Bissen von Ihrem Bein probiert, Mr. Babcock?«
»Nein, es hat nichts mit diesem kleinen Kerl tun.« Der Milchmann versuchte zu lächeln, doch es wurde eine Grimasse daraus. »Ich hab' nur manchmal diese Schmerzen in der Brust. Harmlose Verdauungsbeschwerden, die genauso schnell wieder gehen, wie sie kommen. Ein Löffel Natron in einer halben Tasse Milch aufgelöst bringt mich jedesmal wieder im Handumdrehen auf die Beine.«

»Sind Sie sicher, daß Sie sich nicht übernommen haben, Mr. Babcock?« Mir ging sogleich auf, wie unverschämt es war, einem frischgebackenen Ehemann eine solche Frage zu stellen.

»Es liegt wohl eher daran, daß ich nicht genug Bewegung hatte«, erwiderte er tapfer.

»Ach du meine Güte!« Ich versteckte das Gesicht hinter meiner Teetasse.

»Seit mir mein alter Hund, Rex – der war einsame Spitze, mein Rex –, im letzten Frühling weggestorben ist, hab' ich keine Spaziergänge mehr gemacht so wie früher, und das ist die Wahrheit, so wahr ich hier sitze, Mrs. Haskell.«

»Wie schade.«

»Und ich gehöre zu der Sorte Mensch, die ohne einen Hund an ihrer Seite nicht sie selbst sind.«

»Ach ja?« Ich stellte erfreut fest, daß Mr. Babcock sich anscheinend von seinem kleinen Anfall erholt hatte, wußte jedoch nicht recht, wie ich auf den hoffnungsvollen Blick reagieren sollte, den er jetzt unserem Hund von Chitterville zuteil werden ließ.

»Wenn ich Sie richtig verstanden habe, Mrs. Haskell, sind Sie auf der Suche nach einer dauerhaften Bleibe für unseren Cliffy.«

»Ich sähe es wirklich äußerst ungern, wenn er auf der Straße betteln gehen müßte«, pflichtete ich ihm vorsichtig bei. »Aber ich darf ihn Ihnen nicht aufdrängen, Mr. Babcock. Erstens ist er eine wandelnde Abrißtruppe, und zweitens habe ich, als ich mich in der Bibliothek mit Sylvia unterhielt, den deutlichen Eindruck gewonnen, daß sie Hunde nicht mag.«

»Glauben Sie das ja nicht.« Der Milchmann goß etwas von seinem Tee auf die Untertasse und hielt sie mit völlig vernarrtem Lächeln dem Hund hin. »Frauen reden oft solchen Unsinn, aber ich hab noch keine gekannt, die nicht weich wurde, wenn sie eine traurige Geschichte zu hören kriegte. Glauben Sie mir, die Missus wird keine fünf Minuten, nachdem ich mit ihm durch die Tür spaziert bin, in dieses Kerlchen hier verknallt sein.«

Als ich an seine frischgebackene Ehefrau dachte, hatte ich da so meine Zweifel. »Sie haben keine Angst, daß Sylvia Sie beide aus dem Haus weist und sich an die Strippe hängt, um den Schlosser zu rufen, bevor Sie auch nur zu einer Entschuldigung ansetzen können?« Dieses Szenarium kam mir noch zahm vor, als ich beobachtete, wie Heathcliff den Porzellanteller zerbiß.

»Seien Sie ganz unbesorgt, Mrs. Haskell!«

Mr. Babcock hatte leicht reden! Ich konnte nicht anders, als mir wegen meiner nächsten Begegnung mit Sylvia Sorgen zu machen. Sie war eine von den Frauen, die schon in Tränen ausbrechen, wenn eine Fliege in ihrer Nähe ihre Kreise zieht, und die bei jeder Gelegenheit ihre Haare betasten, um nachzuprüfen, ob auch jedes einzelne Löckchen noch richtig sitzt. Auf der anderen Seite wäre es herrlich, Ben mit der Nachricht empfangen zu können, daß Heathcliff bereits auf dem Weg zu einem neuen Heim war.

»Sind Sie sicher, Mr. Babcock, daß Sie das Richtige tun?«

Noch während ich das sagte, kramte ich in einer der Schubladen nach einem Stück Schnur, das ich an dem dicken Lederhalsband des Hundes befestigen konnte.

»Wir haben schöne Jahre vor uns, er und ich.« Mr. Babcock leerte seine Tasse, nahm die behelfsmäßige Leine von mir entgegen und band einen festen Knoten, bevor er mit der freien Hand die Milchkiste nahm und mit seinem neuen Seelengefährten auf die Gartentür zusteuerte. »Ich komme mir fast vor wie ein Grabräuber, wirklich. Aber ich hoffe, daß diese Bibliothekarin, wenn sie von oben runterguckt, weiß, daß der kleine Kerl es bei mir gut haben wird.«

»Sie sind mein rettender Engel, Mr. Babcock«, sagte ich von Herzen.

So stand ich da und winkte, als Mann und Hund den Hof überquerten. Ehe er in den Milchwagen kletterte, sah Heathcliff sich noch einmal kurz nach mir um, legte den Kopf auf die Seite, als wollte er sagen: »Bis dann, Kumpel!« (oder war es Trottel?), bleckte die Zähne zu einem Lächeln und ... das war's. Ich schloß die Tür, holte Kehrschaufel und Besen und hatte gerade die Scherben der zerbrochenen Vase in der Halle aufgefegt und den Stuhl auf seine verbliebenen drei Beine gestellt, da kam Gerta nach unten mit den Zwillingen, die an ihrem Alpenrock hingen.

»Guten Morgen, Frau Haskell.« Wie die Sonne so zu den Fenstern hereinströmte und ihr Haar vergoldete, das geflochten um ihren Kopf lag, sah unser neues Au-pair aus wie ein normales Kindermädchen. Ich schätzte ihr Alter auf Mitte Fünfzig, und dabei hatte sie einen Erdbeeren-mit-Schlagsahne-Teint, um den jedes junge Mädchen sie beneidet hätte. »Sehen Sie, ich lerne die lieben Lämmchen schon kennen.«

»Warum haben wir eine neue Mummy gekriegt?« Tam kam über die Steinfliesen gezockelt, umklammerte meine Knie und spähte mit einem Gesicht zu mir hoch, das dem seines Vaters auf unheimliche Weise immer ähnlicher wurde. Die gleichen blaugrünen Augen, die gleichen seidigen dichten Wimpern, das gleiche wirre dunkle Haar.

»Sie ist nicht eure neue Mummy, Liebling!« Ich nahm meinen Sohn auf den Arm und drückte mein Gesicht an seine pfirsichweiche Wange. »Sie heißt Gerta, und sie wird mir helfen, auf euch aufzupassen.«

»Wir mögen ihn. Tun wir, nicht, Tam?« Abbeys Locken leuchteten wie Sonnenstrahlen, als sie Gertas Hand nahm und auf und ab hüpfte.

»Sie, Liebling«, sagte ich. »Gerta ist eine ›sie‹, und ich bin sehr froh, daß ihr euch freut, sie eine Weile bei uns zu haben.«

»Heute morgen, Frau Haskell, gebe ich Ihnen Namen und Adressen der Referenzen, die Sie kontaktieren können, reicht das?«

»Es besteht keine Eile«, sagte ich. »Unsere gemeinsame Freundin Jill hat Sie schließlich wärmstens empfohlen.«
»Sie müssen mich überprüfen!« Gerta schüttelte so vehement den Kopf, daß einer ihrer Zöpfe herabfiel und hin- und herschwang wie ein Glockenseil. »Heutzutage geht es nicht an, zu vertrauensselig zu sein. Nach allem, was Sie wissen, könnte ich eine falsche Schlange sein.«
»Das bezweifle ich.« Bens Stimme unterbrach uns von oben, als er die Treppe herunterkam. Er sah aus wie eine Studie in Schwarz und Weiß in seinem dunklen Anzug und dem frischgestärkten Hemd.
»Sie sind einer der wenigen netten Männer auf dieser Welt, Herr Haskell!« Gertas Dankbarkeit sprach aus ihren leuchtenden Augen, als sie den abtrünnigen Zopf aufsteckte. Ich war sogleich von tiefer Zufriedenheit erfüllt. Zwei Leben gerettet als Ergebnis der Intervention der Haskells. Ben und ich waren unzweifelhaft ein gutes Team.
Und kurz darauf erhielt ich eine weitere Bestätigung für unser häusliches Glück, als er sich vorbeugte, um mich auf den Mund zu küssen, nachdem ich ihm erzählt hatte, wie Heathcliff auf allen vier Pfoten in einem neuen Heim gelandet war.
»Du wirkst wahre Wunder, Ellie. Warum begleitest du mich nicht nach draußen zum Wagen, und wir reden darüber, wie du morgen deinen Geburtstag feiern möchtest?«
»Liebling, das würde ich ja liebend gern tun« – ich drückte ihm Tam in die Arme –, »aber ich glaube, ich habe gerade Mrs. Malloy hinten hereinkommen hören. Gerta geht mit, damit die Zwillinge ihrem Daddy tschüs sagen können. Bis heute abend, Ben.«
Typisch Ehemann! Er stand in stummem Vorwurf wie angewurzelt da, als ich herumfuhr und durch die Halle ging. Noch während ich die Küche betrat, spürte ich, daß er sich nicht vom Fleck gerührt hatte und daß Abbey, die fühlte, daß der Augenblick alles andere als idyllisch war, aufgehört hatte zu

hüpfen. Was Ben nicht verstand, war, daß ich Mrs. Malloy erst Gertas Anwesenheit erklären mußte. Es würde meiner treuen Putzfrau vermutlich nicht in den Kram passen, wenn sie hörte, daß ich jetzt weniger Grund hatte, ihre hervorragenden Dienste in Anspruch zu nehmen.

»Morgen, Mrs. H.!« Diese Worte wurden säuerlich hervorgestoßen, und ich zog den voreiligen Schluß, daß sie bereits Lunte gerochen hatte.

»Schöner Tag heute.« Ich widerstand der feigen Versuchung, mich ausführlich über den Wonnemonat Mai zu verbreiten. Mrs. Malloy war unter Kolleginnen wie Klientinnen als eine Frau bekannt, die von niemandem Widerworte duldete. Bisher hatte ich den Dreh noch nicht ganz raus, wie ich mich gegen sie behaupten konnte. Ein Teil ihres Geheimnisses hing damit zusammen, daß sie stets in Pelzmantel und Paillettentoque zur Arbeit erschien; ihre Füße waren in unmöglich winzige Schuhe mit Straßschnallen und Zehn-Zentimeter-Absätzen gezwängt. »Niemand schaut auf mich runter, wenn ich auf meinen Stelzen bin«, hatte sie mich am Morgen des Vorstellungsgesprächs patzig informiert, das sie arrangiert hatte, um zu entscheiden, ob ich ihre Anforderungen an eine Arbeitgeberin erfüllte. Und erst Wochen nach Beginn unserer »Ehe auf Probe« sah ich einen Anflug von Freundlichkeit in ihren Augen mit den Neonlidern und der dicken Wimperntusche aufscheinen; von einem Lächeln, das einen Spalt in ihr spachtelweise aufgetragenes Rouge trieb, ganz zu schweigen.

Jetzt, als sie ihren Hut abnahm und die ganze Pracht ihres pechschwarzen Haars mit seinen fünf Zentimeter langen weißen Wurzeln, ihrem Markenzeichen, enthüllte, lächelte sie ganz gewiß nicht. »So ist das Leben, Mrs. H.« Sie warf den Hut auf den Küchentisch, zusammen mit ihrer Provianttasche, in der sie für Notfälle eine Flasche Gin aufbewahrte, zum Beispiel, wenn sie ein Stück stark angelaufenes Silber polieren mußte. »Ein verdammter Ärger nach dem anderen.«

Der gesunde Menschenverstand hätte mir sagen sollen, daß sie unmöglich schon Wind von Gertas Erscheinen bekommen haben konnte, aber noch während ich rasch überprüfte, ob der Tee in der Kanne noch warm war, damit ich sie mir mit einer Tasse gewogen machen konnte, fing ich an, mich zu entschuldigen, weil ich die Stirn besessen hatte, ein Au-pair zu engagieren, ohne sie zuvor zu konsultieren.
»Wie schimpft sich das?« Mrs. Malloy wollte eine aufgemalte Braue hochziehen, gab den Versuch jedoch ermattet auf und ließ sich auf den Schaukelstuhl vor dem Kamin sinken.
»Das ist ein vornehmer Name für ein Kindermädchen.« Um ein Haar wäre ich über ihre Beine in den schwarzen Netzstrümpfen gestolpert, so eilig hatte ich es, ihr die Teetasse in die Hand zu drücken.
»Was? Etwa eine vom *Festland*?« Sie sprach das Wort mit offenkundigem Widerwillen aus. »Ein junges Mädchen, das keine zwei Worte Englisch herausbringt, ohne irgendwo ein *parlez-vous* einzuschieben, das hellblonde Haare bis zum Hintern hat und dem man zeigen muß, wie man den Wasserhahn in der Küche aufdreht?«
»Sie ist sehr nett!« Ich warf einen Blick auf Tobias, der Gerta immer noch nicht verziehen hatte, daß sie einen Hund ins Haus gebracht hatte, und forderte ihn heraus, seinen Widerspruch zu miauen. »Sie ist ein wenig älter als das normale Au-pair.«
»Das wird sie auch nicht abhalten!« Mrs. Malloy preßte in grimmiger Befriedigung ihre glänzenden Schmetterlingslippen aufeinander.
»Wovon abhalten?« Ich versuchte mich an einem Lachen. »Sich mit den Kindern aus dem Staub zu machen?«
»Wohl eher Ihrem Ehemann schöne Augen zu machen.« Sie stellte die Tasse klappernd auf den Unterteller, was, wie ich feststellte, auf den Umstand zurückzuführen war, daß ihre Hände zitterten. »Aber ich bin nicht hier, um Sie zu richten,

Mrs. H., wir sind alle Sünder. Und ich hab' nie zu denen gehört, die den ersten Stein werfen ... selbst bevor ich erfuhr ...«

»Was ist denn passiert?« Ich nahm ihr die Tasse ab, ehe sie sie fallenlassen konnte, und sah bestürzt zu, wie sie sich mit der Manschette ihres schwarzen Taftkleids die Augen tupfte.

»Na, regen Sie sich man bloß nich' auf, Mrs. H. Ich bin es schließlich, die mit der Schande leben muß. Ich bin diejenige, auf die man auf der Straße mit dem Finger zeigen wird, wenn das rauskommt.«

»Wenn was rauskommt?« Ich war verwirrt.

»Daß ich ...« Ein Schluchzen landete ihr in der falschen Kehle.

»Ja?« hakte ich nach, als sie wieder atmen konnte.

»Daß ich auf was warte.«

»Auf was warten Sie denn?« Meine Gedanken schossen wild zwischen der Möglichkeit eines eventuellen Besuchers vom Mars und einer Vorladung, die Queen aufzusuchen, hin und her.

»Das gleiche, was jede Frau meint, wenn sie sagt, daß sie auf was wartet.« Mrs. Malloy warf ihren schwarz-weißen Kopf zurück und heftete ihre Waschbäraugen auf mein Gesicht. »Der Nachwuchs stellt sich bei mir ein, das meine ich! Fleisch von meinem Fleisch, die Frucht eines Fehltritts auf dem Rücksitz eines Rovers.«

»Besteht denn nicht die Möglichkeit, daß Sie sich irren?« Ich zog mir einen Stuhl heran und ließ mich mit einem Plumpser darauf fallen, der meinen Schädel erbeben ließ. Mrs. Malloy war Anfang Sechzig.

»Irren?« Sie sah mich an, als hätte ich den Verstand verloren. »Wie kann ich mich irren, wenn der Junge fast vierzig ist? Manchmal mache ich mir wirklich Sorgen um Sie, Mrs. H. – Sie leben die halbe Zeit oben im Wolkenkuckucksheim. Was ich Ihnen die ganze Zeit sagen will, ist, daß ich Besuch von

George erwarte – dem Sohn, von dem hier niemand weiß, weil er schon groß und aus dem Haus war, als ich nach Chitterton Fells zog, und ich hab' nie daran gedacht, es jemandem auf die Nase zu binden. Eine widernatürliche Mutter, so werden mich die Klatschmäuler nennen.«

»Bestimmt nicht.«

Mrs. Malloy ging nicht auf meinen Beschwichtigungsversuch ein. »Ich hab' seit Jahren keinen Piep von George gehört. Dann, gestern abend, krieg ich einen Anruf von ihm. Scheint so, als ob er 'ne ganz vornehme junge Lady heiraten will, und die beiden wollen herkommen, um sich von der alten Mum den Segen geben zulassen.«

»Na, ich finde das prima.«

»Aber nicht mehr lange«, sagte Mrs. Malloy eisig. »Wenn ich Ihnen erst den Namen von Georges Verlobten gesagt habe ...«

»Das kann mir doch eigentlich egal sein.« Ich fing an, mich nützlich zu machen, deckte das Beatrix-Potter-Geschirr für das Frühstück der Zwillinge auf. »Kopf hoch, Mrs. Malloy. Sie regen sich über etwas auf, das ein freudiges Ereignis sein sollte. Sie verlieren Ihren Sohn nicht, Sie gewinnen eine Tochter hinzu.«

»Nicht ich, – *Sie* werden sich aufregen, Mrs. H.!« Sie erhob sich schwankend auf ihre Stöckelabsätze, straffte ihre gepolsterten Schultern und sah mir offen in die Augen. »Ich wollt's Ihnen ja schonend beibringen, aber es ist wohl das beste, wenn ich es frei heraus sage und zusehe, wie Sie zusammenbrechen. Mein Sohn George hat sich mit Ihrer Cousine Vanessa verlobt.«

4. Kapitel

Mrs. Malloy mußte sich einige Schlückchen Gin zu Gemüte geführt haben, bevor sie nach Merlin's Court aufbrach. Ihr Sohn George konnte sich unmöglich meiner Nemesis versprochen haben! Meiner anstößig schönen Cousine! Sie, die ein Stachel in meinem Fleisch war, seit wir uns im Alter von sechs Jahren zum erstenmal begegnet waren und sie mich gefragt hatte, ob ich ein Junge oder ein Mädchen sei.

Vanessa, erfolgreiches Model und Inbegriff der Femme fatale, hatte mich nur einmal in ihrem Leben mit einem Aufflackern von Neid in ihren leuchtenden sherryfarbenen Augen angesehen. Und zwar in dem ruhmreichen Moment, als ich meine Verlobung mit Ben bekanntgab. Doch von dieser Schwäche hatte sie sich sehr schnell wieder erholt, indem sie mich informierte, daß ein Mann mit Bens Aussehen und Charme mich nur meines Geldes wegen heiraten konnte.

Es fiel mir schwer, nicht Mrs. Malloy die Schuld an der gräßlichen Wendung der Ereignisse zu geben, die Vanessa nach einer glücklichen Zeit der Abwesenheit letztlich wieder auf meiner Türschwelle erscheinen lassen würde.

»Laut George«, sagte seine betrübte Mutter, als sie den Kessel auf den Herd knallte und die Hälfte seines Inhalts in Form einer Dusche herausspritzen ließ, die die Pflanzen im Grünfenster wässerte, »sind sie sich auf irgendeiner Party in London begegnet. Es war Liebe auf den ersten Blick.«

»Ihr Sohn muß ein guter Fang sein.«

Ich starrte verdrossen nach draußen in den Garten, wo Gerta mit Abbey und Tam Fangen spielte, wobei es anscheinend darum ging, wer am schnellsten hinfallen konnte. Es hätte mir eigentlich Auftrieb geben müssen – angesichts meiner frischgebackenen zynischen Weltsicht –, daß sie mit den Kindern nicht in unbekannte Gefilde entschwunden war, einzig zu dem Zweck, sie gefangenzuhalten, bis sie Jodeln gelernt hatten. Aber ich schaffte es nicht, mein Gesicht zu einem Lächeln zu überreden. In meinem Hinterkopf hielt sich die Überzeugung, daß Vanessa, wenn Mrs. Malloy ihren Sprößling nur besser im Auge behalten hätte, ihn nie in ihre Klauen bekommen hätte.

»George ist nicht das, was man attraktiv nennen könnte.« Mrs. M. förderte eine Flasche Gin aus ihrer Proviánttasche zutage und goß einen Schluck in ihren Tee. »Als er ein paar Monate alt war, brachte ich ihn zu einem plastischen Chirurgen, aber es war nichts zu machen, es sei denn, man hätte sein ganzes Gesicht von innen nach außen gestülpt. Der arme kleine Kerl kam auf seinen Vater raus, der, wenn ich mich recht entsinne, mein zweiter ... oder es könnte auch mein dritter Ehemann gewesen sein.« Nach dieser traurigen Feststellung kam Mrs. Malloy mit der Teetasse zum Tisch und ließ sich auf einen Stuhl fallen. »Ich hab Georges Nachnamen geändert, als ich zum letztenmal heiratete, damit er so heißt wie ich, und das ist nun der Dank dafür, daß ich dem Jungen so viel Gutes getan habe. Er verlobt sich mit einer Frau, die ihre hochnäsige Nase über mich rümpfen wird.«

Das war ein interessanter Gedanke. Wieso hatte Vanessa, der vollendete Snob, sich zu solch einer Mesalliance herabgelassen? Ihre Mutter, meine Tante Astrid – mit dem goldenen Kneifer und dem Stammbaum eines preisgekrönten Pekinesen –, würde sich kaum überschlagen, die Anzeige in der *Times* zu plazieren.

»Wenn Vanessa George nicht wegen seines Aussehens heira-

tet« – ich nahm eine Tasse und klimperte mit dem Teelöffel herum –, »dann muß er jede Menge Sex-Appeal haben.«
»Davon müßte ich was gemerkt haben.« Mrs. Malloy spitzte ihre Schmetterlingslippen, um besser in ihren Tee pusten zu können. »Was er allerdings hat, ist Geld. Haufenweise!«
»Ach ja?« Ein unangenehmes Bild entstand vor meinen Augen, wie Vanessa mit einem Verlobungsring so groß wie der Felsen von Gibraltar am Finger auf der Türschwelle von Merlin's Court auftauchte.
»Das muß ich George schon lassen« – Mrs. Malloy goß noch einen Schuß Gin in ihre Teetasse –, »er hat wirklich ausgesorgt. Er und ein Freund sind vor ein paar Jahren ins Sportartikelgeschäft eingestiegen, und seitdem scheffelt er das Geld nur so. Auf der letzten Weihnachtskarte, die ich von George bekommen habe, erwähnte er, daß er seine dritte Fabrik eröffnen wollte.«
»Vanessa findet so was unglaublich sexy. Sie liebt nichts mehr, als barfuß durch einen Wald aus brandneuen, knisternden Fünfzig-Pfund-Scheinen zu laufen und den sinnlichen Duft von Habgier im Wind einzuatmen, während die Vögel ›Ausgeben! Ausgeben! Ausgeben!‹ zwitschern.« Mein Versuch, einen munteren Tonfall anzuschlagen, schlug fehl.
»Tja, Sie verstehen es, mein Glück komplett zu machen.« Mrs. Malloy tupfte sich mit einem violetten Taschentuch die Augen und stieß eine wahre Böe von Seufzern aus, die Tobias von der Anrichte purzeln ließ. »Nein, sagen Sie kein Wort mehr, Mr. H., es ist klar, daß Sie mir die Schuld geben. Sie denken, ich hätte George irgendwelche unstandesgemäßen Flausen in den Kopf gesetzt und ...«
»Blödsinn.« Ich nahm ihr die Teetasse aus den Händen und versuchte, meine zitternden Hände ruhig zu halten. »Ich benehme mich ganz und gar unausstehlich. Daß Vanessa und ich nie miteinander ausgekommen sind, bedeutet nicht, daß sie Ihrem Sohn nicht eine fabelhafte Frau sein wird und daß

Sie sie nicht letztlich als Schwiegertochter ins Herz schließen werden.«

»So weit kommt's noch!« Mrs. Malloy mußte erneut zu dem violetten Taschentuch greifen. »Als ich sie damals auf Ihrer Hochzeit kennenlernte, hat mich diese Frau wie eine Dienstmagd behandelt.«

»So behandelt sie alle Menschen«, tröstete ich sie, »aber hoffen wir, daß sie bei George eine Ausnahme macht und daß das Feuer, das er in ihrem Herzen entfacht hat, das Eis in ihren Adern schmelzen läßt. Jeder Mensch hat seine guten Seiten, und ich bin zuversichtlich, wenn ich mir den ganzen Tag und die ganze Nacht das Hirn zermartere, fällt mir noch ein Grund ein, warum Vanessa liebenswert ist.«

»Sie brechen mir das Herz!« Mrs. Malloy steckte das Schnupftuch wieder in die Tasche ihres schwarzen Taftkleides und preßte eine schwerberingte Hand an ihren ansehnlichen Busen. »Das ist meine Strafe, weil ich Georges Existenz verschwiegen habe.«

»Wir haben alle unsere kleinen Geheimnisse.« Ich wandte mich ab und füllte das Spülbecken mit heißem Seifenwasser. Während ich beobachtete, wie eine der Untertassen auf der Oberfläche dahintrieb wie die Überlebende eines Schiffbruchs, dachte ich an Eligibility Escorts und wie sehr es mir mißfallen würde, wenn der kommerzielle Aspekt meiner ersten Begegnung mit Ben herauskäme. Der Umstand, daß er den Scheck nie eingelöst hatte, den ich für das Privileg ausgestellt hatte, daß er mich zu der Familienzusammenkunft auf Merlin's Court begleitete und mir verliebte Blicke zuwarf, die Vanessa so grün werden ließen wie Kresse auf einem Sandwich, würde nicht verhindern, daß man sich in Chitterton Fells die Mäuler zerriß. Und war es nicht durchaus möglich, daß dabei die Gewißheit, daß Ben mich von ganzem Herzen liebte, Schaden nahm?

Ich versuchte, meine Beklommenheit mit dem Seifenschaum

an meinen Händen abzuschütteln, und sagte mir, daß die Wahrscheinlichkeit, daß ich von meiner Vergangenheit eingeholt werden würde, äußerst gering war. Und dann traf mich die Erkenntnis, so wie ein Spritzer Seifenwasser, daß mir etwa im Zeitraum der letzten zwölf Stunden der unumstößliche Zusammenhang zwischen dem, was war, und dem, was ist, vor Augen geführt geworden war.

Zunächst war da die Ankunft von Gerta, auf Betreiben meiner früheren Mitbewohnerin Jill, und jetzt Vanessa, die zwar noch nicht auf meiner Türschwelle stand, gewiß jedoch bald in einem wallenden ebenholzfarbenen Nerzmantel dort auftauchen würde. Als ich von dem unheilverkündenden *Gluck, Gluck* des abfließenden Wassers zurücktrat und mir die Hände am Geschirrtuch abtrocknete, überlegte ich, ob es zu weit hergeholt war, mir vorzustellen, daß ich auf der Dorfstraße Mrs. Swabucher, der Eigentümerin von Eligibility Escorts, über den Weg laufen könnte? Mrs. Swabucher, deren Haar zu einem zarten Rosenrot getönt war, passend zu ihren tüllverzierten Hüten, war eine Erscheinung, die man unmöglich übersehen konnte. Wer würde nicht gaffen, wenn dieses Wunderwerk aus Korsett und Kosmetik den Verkehr anhalten würde, indem sie über die Straße stürzte, mit einer Schnelligkeit, die ihr fortgeschrittenes Alter Lügen strafte, um mich in ihre flamingorosa Federboa zu wickeln und zu rufen: »Ellie Haskell! Wie könnte ich Sie vergessen – die größte Erfolgsstory aller Zeiten bei Eligibility Escorts! Und wie geht es diesem entzückenden jungen Mann, den Sie für ein Wochenende gemietet hatten und am Schluß geheiratet haben?«

Ein kalter Hauch drang in die Küche und schlich sich in mein Herz, doch das hatte einen ganz harmlosen Grund. Gerta war mit Abbey und Tam im Schlepptau durch die Tür zum Garten hereingekommen. Und was waren sie doch für ein ausgelassenes Trio! Abbey tanzte um Gerta herum, als wäre sie eine

Kiefer direkt von den Berghängen, und Tam kreischte fröhlich, während er auf und ab sprang.
»Gerta, ich zeig dir meinen Puff-Puff-Zug!«
»Gleich, mein kleines Mümmelchen! Vorher gibt's noch Haferflocken zum Frühstück, und die wandern ruck, zuck in eure Bäuchlein!«
»*Ja!*« kreischten meine Lieblinge.
Es war eine Freude zu sehen, daß meine Sprößlinge sich beide so schnell an Gerta gewöhnt hatten, daß sie es nicht für nötig hielten, zu mir gelaufen zu kommen und ihre scheuen kleinen Gesichtchen in meinen Röcken zu verbergen. Gerta entpuppte sich als wahres Juwel. Sie wurde nicht einmal so weiß wie ihre Rüschenschürze, als Tobias wie aus dem Nichts auftauchte und eine Abkürzung zwischen ihren Beinen hindurch zur Tür in die Halle nahm, und als ich Mrs. Malloy vorstellte, erschien ein freundliches Lächeln auf ihrem Apfelbäckchengesicht.
»Es ist mir ein Vergnügen, Sie kennenzulernen!« Gertas Knie verbogen sich zu einer Art Knicks, was daran lag, daß die Zwillinge wie Tarzan und Jane an ihren Armen schwangen. Und Mrs. Malloy, die diese Huldigung als die ihr gebührende Anerkennung auffaßte, setzte ihr Feiertagslächeln auf.
»Wenigstens sprechen Sie Englisch und nicht irgend so ein heidnisches Kauderwelsch. Solange Sie nich' vergessen, wer hier die älteren Rechte hat, müßten wir also ganz gut miteinander auskommen.«
»Danke schön.« Gerta büßte einen Teil der Punkte, die sie zuvor gemacht hatte, ein, als sie hinzufügte: »Frau Mop.«
»Malloy«, sagte ich schnell.
»Das ist ein guter Name. Und ich habe vor, meine Arbeit hier gut zu machen. Diese kleinen Kinder werden niemals erfahren, daß mein niederträchtiger Ehemann mein Leben ruinierte; er vergaß, welche Freude ich ihm mit meinem Apfelstrudel bereitete.« Gerta blinzelte gegen die Tränen an und strich

dann geschäftsmäßig ihre Schürze glatt. »Heute beginnt ein neuer Tag! Jetzt stopfe ich mal mein gebrochenes Herz in mein Kleid zurück und mache mich an die Arbeit. Was meinen Sie, Frau Haskell, wenn ich die Mümmelchen, nachdem ich sie gefüttert habe, mir dabei helfen lasse, Genfer Butterkuchen zu machen und meine Jodeljuchhetorte mit Schokolade und Kirschen und Kirschlikör und Sahne?«

Ach du liebe Zeit! Welchem Übel hatte ich da Zutritt zu meinem Heim gewährt? Ich spürte, wie mein Taillenumfang zunahm, als ich mir ausmalte, wie ich wochenlang solch einer Kalorienbarbarei ausgesetzt war. Gab es irgendeine Möglichkeit, mich gefahrlos von dieser dämonischen Kinderfrau zu befreien?

Völlig unberührt von meinem Schreck ließen die Zwillinge sich selig am Küchentisch nieder, und Gerta holte eine Flasche Milch aus dem Kühlschrank, woraufhin Mrs. Malloy sich dafür entschuldigte, daß sie nicht frisch von der Kuh war, da wir es aufgegeben hätten, Kühe zu halten, nachdem eine von ihnen den Postboten angegriffen hatte. Da ich das Gefühl hatte, daß ich mich woanders nützlicher machen konnte, ging ich nach oben, verwöhnte mich mit einem schönen heißen Bad, zog mich an, machte mein Bett, und als ich ins Kinderzimmer ging, um dort aufzuräumen, stellte ich fest, daß bereits alles tipptopp war.

Woraufhin ich eine fleißige halbe Stunde damit zubrachte, mir zu überlegen, was um Himmels willen ich mit dem Rest des Tages anfangen sollte.

Als ich das letztemal hingesehen hatte, mußte noch ein ganzer Korb Wäsche gebügelt werden, doch irgend etwas sagte mir, daß Mrs. Malloy, um nicht hinter Gertas teutonischer Tüchtigkeit zurückzustehen, bereits mit Hochgeschwindigkeit das Bügeleisen schwang. Und ich hatte auch keinerlei Zweifel, daß sie, bis ich nach unten kam, die Böden gewischt und die Möbel mit Johnsons Lavendelwachs poliert haben würde.

Mit anderen Worten, die zwangsläufige Rivalität zwischen den beiden Frauen machte mich regelrecht arbeitslos.

Meine Pläne, halbtags wieder als freie Innenarchitektin zu arbeiten, steckten noch im Anfangsstadium. Zumal ich augenblicklich noch keine Klienten hatte, die mit angehaltenem Atem darauf warteten, daß ich sie anwies, ihre derzeitigen Möbel ins Feuer zu schmeißen und sich auf einen völlig neuen Look gefaßt zu machen. Also, du Kleinmütige, sagte ich mir streng, fang endlich mit deiner Anzeigenkampagne an. Ist es zuviel verlangt, schon mal ein Dutzend Visitenkarten zu bestellen? Als ich im Schrank nach einer Strickjacke griff, fiel mir etwas ein: Reverend Eudora Spike hatte kürzlich erwähnt, daß sie mir dankbar wäre, wenn ich ihr dabei helfen könnte, einen neuen Kleiderschrank für ihr Schlafzimmer auszusuchen; außerdem hatte sie fallenlassen, daß sie das Wohnzimmersofa aufpolstern und neu beziehen lassen wollte. Was mich zu der Überlegung veranlaßte, ob Vanessas vollkommene Figur wohl teils darauf zurückzuführen war, daß sie ihren Busen mit Schaumgummi hatte aufpolstern lassen.

Etwas aufgemuntert, entschied ich mich gegen die Visitenkarten und dafür, kurz beim Pfarrhaus vorbeizugehen, mit Eudora die Frage des Kleiderschranks und des Sofas zu erörtern und nebenbei ein wenig über meine schamlos schöne Cousine zu stöhnen. Unbeeindruckt davon, daß der Spiegel, der den ganzen Tag nichts Besseres zu tun hatte, als dumm herumzustehen, nur zu bereitwillig auf meine körperlichen Mängel hinwies, hetzte ich nach unten. Es war dann doch mehr Eile mit Weile, wie sich herausstellte, denn als ich den Schrei hörte, mußte ich mich am Geländer festhalten, um zu verhindern, daß ich die restlichen Stufen kopfüber hinunterpurzelte.

Stand das Haus in Flammen? Hatte Tam seine Haferflockenschale gegessen, oder war Abbey, überzeugt davon, daß sie niemals Jodeln lernen würde, von zu Hause fortgekrabbelt? Ich raste in Richtung Schrei – der wie von einer dieser Batterien mit besonders langer Lebensdauer angetrieben schien – und fand mich völlig atemlos im Arbeitszimmer ein. Gott sei Dank – die Zwillinge schienen heil und gesund. Sie saßen auf dem Fußboden und sahen verzückt zu, wie Mrs. Malloy und Gerta sich vor dem Fernseher einen erbitterten Kampf lieferten. Es war Gerta, die das Schreien besorgte, auf deutsch oder schweizerdeutsch, dem gutturalen Klang nach zu urteilen, und als die beiden sich umdrehten und mich in der Tür stehen sahen, stürzte sie mit flehentlich erhobenen Händen auf mich zu.

»Frau Haskell, Sie kommen keine Minute zu früh!«

»Was ist denn los?« Ich sah von ihr zu Mrs. Malloy, deren Gesicht eine Gewitterwolke gerechten Zorns war.

»Ich brachte die Kinder in dieses Zimmer, weil sie sich *Was der Dino sah* im Fernsehen angucken wollten« – Gerta gab sich alle Mühe, ruhig zu sprechen –, »und ich fragte Frau Mop, ob wir sie beim Staubwischen stören ...«

»Worauf ich sagte, wenn mich die Erinnerung nicht trügt« – Mrs. Malloys schwarzer Taftbusen blies sich zu Mammutproportionen auf, als sie sich ausschließlich an mich wandte –, »daß ich mir, wenn Frau Geißbart hier nichts dagegen und keine Einwände hätte, gern das angekündigte Interview mit dem Mann meiner Träume ansehen würde.«

»Sie meinen doch nicht ...?« Ich preßte eine Hand auf mein rasendes Herz, kurz davor, in Ohnmacht zu fallen, und mußte mich am Schreibtisch festhalten, um nicht zu Boden zu sinken. »Sie meinen doch nicht ... *Karisma*?«

»Das war sein Name!« Gerta zeigte sich erleichtert, daß ich ebenso schockiert war wie sie. »Sie zeigten sein Bild auf dem Bildschirm, bevor ich den Fernseher ausschaltete, schnipp, schnapp, aus! Es ist nicht richtig, sagte ich zu Frau Mop, wenn die Mümmelchen diesen schwarzen Ledermann mit zu vielen Haaren auf dem Kopf und keines auf der Brust sehen. Ich las von diesem Karisma in *News of the World*. Er bringt

die Frauen auf schädliche Gedanken. Er macht sie glauben, daß er der Märchenprinz ist.«
»Und was ist daran so schlimm?« Mrs. Malloy verschränkte die Arme und blähte ihren Busen dadurch noch weiter auf.
»Frau Haskell« – Gertas Zöpfe waren ebenso aufgelöst wie der Rest von ihr –, »vielleicht war es falsch zu schreien, aber ich konnte sie nicht dazu bringen, den Fernseher auszulassen, und ich weiß, daß Sie nicht wollen, daß die kleine Abbey« – sie zeigte mit zitterndem Finger dahin, wo meine Tochter auf dem Fußboden ihrem Bruder vergnügt mit einem Legostein eins auf den Kopf gab – »mit dem Gedanken aufwächst, daß eines Tages der Märchenprinz kommt und sie auf sein lakenweißes Pferd hebt.«
»Nein, natürlich will ich nicht, daß Abbey sich solche unmodernen Ideen in den Kopf setzt«, sagte ich entschlossen. »Aber was wäre so schlimm daran, wenn ihr Märchenprinz in einem Rolls kommt, falls er – na ja, falls er sie ans Steuer läßt?«
Gerta konnte ihre Bestürzung nicht verbergen. Ihr Gesicht fiel in sich zusammen wie ein Soufflé, das man zu früh aus dem Ofen genommen hat.
»Sehen Sie mal, Herzchen« – Mrs. Malloy ließ sich dazu erweichen, ihrer besiegten Gegnerin ein freundliches Lächeln zu schenken –, »das sieht doch ein Blinder, daß Sie die Männer bis obenhin satt haben. Aber Karisma ist nicht so wie die anderen. Er ist so menschlich, wie ein Kerl nur sein kann. Na los, sehen Sie selbst.«
Mit diesen Worten schaltete sie den Fernseher wieder ein; und ich mußte mich hinsetzen, bevor meine Knie nachgaben, als das Titelbild von *Jenseits der Leidenschaft* vor meinen geblendeten Augen aufblitzte. Eine weibliche Stimme teilte uns aus dem Off mit, daß Karisma für diesen Roman als Apachenkrieger posiert habe; er stehe auf einem einsamen Felsen, und sein herrliches Haar falle in Kaskaden auf die Frau herab, die in wohligem Entzücken über seinen bronzefarbenen Arm dra-

piert sei. Glaubte die Sprecherin denn, wir seien blind? Glaubte sie, Frauen wie Mrs. Malloy und ich brauchten einen Führer, um dieses Musterexemplar des modernen Mannes richtig zu würdigen?

»Hübscher Mann!« Abbey erwies sich durch diesen erfreuten Ausruf als meine wahre Tochter, aber ganz ging mir die elterliche Verantwortung doch nicht ab.

»Vielleicht wäre es keine schlechte Idee«, schlug ich Gerta vor, »wenn Sie die Kinder rausbringen. Das ist wirklich keine passende Sendung für sie.«

»Was Mrs. H. eigentlich meint«, interpretierte Mrs. Malloy freundlicherweise, »ist, daß sie nicht will, daß die Kleinen sie in diesem Zustand sehen, wenn ihr die Tränen übers hochrote Gesicht strömen. Was mich angeht – ich gerate gewöhnlich nicht so außer Rand und Band« – sie wischte sich die Augen – »wegen einer nackten Männerbrust.«

»Er rasierte es sich ab!« Gerta nahm Tam auf den Arm und streckte Abbey die Hand hin, die keine Neigung zeigte, sich wegschaffen zu lassen.

»Wenn man solche Muskeln hat, sag' ich nur, laß sie spielen.« Gleich würde Mrs. Malloy den Fernsehschirm mit den Händen betatschen.

»Das ist unnatürlich, das ist krank, das ist gegen alles, was die Bibel lehrt. Ich weiß, es kommt mir nicht zu, Ihnen das zu sagen, Frau Haskell, aber ich muß nach meinen Überzeugungen leben.« Bevor sie die Kinder durch die Tür bugsierte, warf Gerta mir noch einen Blick zu, der deutlicher als alle Worte ihrer Furcht Ausdruck verlieh, daß ich »Serial Mom« war.

Sobald das Arbeitszimmer gnädigerweise unser war, hockten Mrs. Malloy und ich auf der Stuhlkante und bissen uns auf die Unterlippe, um nicht aufzustöhnen, als der Mann selbst – nicht das Titelfoto – auf dem Bildschirm erschien.

»Herzlich willkommen, Karisma.« Die Interviewerin, eine attraktive blonde Frau in schwarzem Kostüm und mit Perlenkette, nahm resolut auf ihrem Stuhl Platz. Ihr intensiver Blick allerdings war nicht hundertprozentig professionell. »Willkommen bei *Good Morning, U. K.*« Sie riß den Blick von ihm los und sah in die Kamera. »Für die Zuschauer, die sich gerade erst zuschalten, ich bin Joan Richards. Und heute habe ich den Mann bei mir im Studio, der als die ultimative Frauenphantasie gefeiert wird.«

»Danke, Joan.« Karisma warf seine Wuschelmähne zurück und lächelte sein atemberaubendes Lächeln.

Ms. Richards preßte eine Hand auf ihre Kehle, tat aber dann schnell so, als spiele sie mit ihren Perlen. »Karisma - Sie haben ganz erstaunliches Haar. Müssen Sie viel dafür tun?«

»An jedem einzelnen Tag meines Lebens.« Karisma sprach mit einer Aufrichtigkeit, der man unmöglich widerstehen konnte, besonders da sie von einem aufregenden, leicht kontinentalen Tonfall begleitet wurde. »Es stimmt nicht, daß ich von Geburt an schön war. Mein Haar« - er ließ es durch seine Finger gleiten, so daß es sich in sinnlicher Pracht über seine Hand ergoß - »sieht so aus, weil ich stets das Bodybuilding-Shampoo benutze. Es verlangt viel Disziplin von mir, aber ich unterziehe mich ihr von ganzem Herzen . . . weil ich die Frauen *liiiebe*. Alle Frauen. Überall.«

»Landauf, landab haben Frauen jetzt wohl gerade« - Mrs. Malloy packte die Armlehnen ihres Stuhls - »einen Orgasmus.«

»Na, kriegen Sie mal bloß keinen.« Ich funkelte sie an. »Ich möchte nämlich hören, was er sagt.«

»Karisma, ich habe gehört« - Ms. Richards übertönte munter das *Pling-Pling* ihrer Perlen, die von ihrem Hals auf den Fußboden des Studios fielen -, »Sie haben schon als Teenager Spanien verlassen, weil Ihr Vater einen Stierkämpfer aus Ihnen machen wollte.«

»Ich *liiiebe* Tiere.«

»Und wie empfinden Sie Ihren Kritikern gegenüber?«

»Ich *liiiebe* sie. Für jemanden wie mich« – Karisma zuckte mit seinen schwarzen Lederschultern und breitete die Hände in einer Geste aus, die so einnehmend wie ausdrucksvoll war – »gibt es keine schlechte Publicity.«

»Dann waren Sie also nicht verletzt ...« Ms. Richards streckte die Hand aus, um sein Knie zu berühren, kam jedoch unverzüglich wieder zur professionellen Vernunft. »Dann waren Sie also nicht im mindesten verärgert über den Klatschartikel, in dem Ihnen vorgeworfen wurde, daß Sie wohl der einzige lebende Mann seien, der seinen Teller dazu benutzt, sein Spiegelbild zu betrachten?«

»Es ist die Aufgabe einer Zeitung, Zeitungen zu verkaufen.«

»Und Ihre, Karisma?«

»Frauen zu bewundern, jeder einzelnen von ihnen zu sagen, daß sie eine Kostbarkeit ist, die immerdar gehegt und gepflegt werden muß.« Schon die Art, wie er das R rollte und aus jeder Silbe eine Melodie machte, machte ihn unwiderstehlich, auch wenn er nicht, so schien es jedenfalls, nur in meine Augen allein sah, so daß ich in der wundersamen Tiefe der seinen versank, in einem Labyrinth der Freuden ...

Leider mußte Mrs. Malloy diesen Moment verderben, indem sie sich zurückfallen ließ, die Arme weit ausbreitete und rief: »Nimm mich, Karisma, nimm mich – ich bin dein!« Typischer Fall von Liebeswahn.

Das meiste von dem, was er über *Desire*, seinen neuen Duft für Frauen und sein neuestes Fitneßvideo sagte, bekam ich nicht mit.

»Ihr Kalender ist eine Wahnsinnssensation.« Ms. Richards hatte den obersten Knopf an ihrer Kostümjacke geöffnet und fächelte sich mit der Hand Luft zu. Der Monat Juni erschien auf dem Bildschirm. Zu sehen war ein glänzender Karisma, der aus einem Swimmingpool stieg, in einer knappen Badehose, die sich seinen unvergleichlichen Proportionen anschmiegte.

»Machen Sie sich keine Sorgen« – Ms. Richards riß sich von dem Kalenderbild los und wandte sich wieder ihrem Gast und dem Fernsehpublikum zu –, »daß Sie eine Eintagsfliege sein und eines Tages, vielleicht eher früher als später, als der König der Romantitel-Models ersetzt werden könnten?«
Die Kamera fuhr näher an Karismas Gesicht heran, zum entscheidenden Schlag, so kam es mir vor. Seine Reaktion bestand aus dem kontinentalen Achselzucken und einem Lächeln, das nicht ganz bis zu seinen Augen reichte.
Ms. Richards lachte, um zu zeigen, daß sie nur Spaß machte. »Wie ich höre, steht Ihr Geburtstag bevor, und wenn vierunddreißig auch nicht bedeutet, daß man seine besten Jahre hinter sich hat, wäre es nicht möglich, daß Sie hinsichtlich des Titels von *Ein unvergeßlicher Ritter*, der mit Spannung erwarteten Fortsetzung von *Über den Burggraben* der verstorbenen Azalea Twilight, zugunsten eines jüngeren Mannes – mit einem neuen Look – übergangen werden?«
»Dann soll es so sein!« Karisma ließ mein hämmerndes Herz stillstehen mit diesem kontinentalen Beben in der Stimme und dem Lächeln, das erneut seine herrlichen Augen aufleuchten ließ. »Ich bin hier, ich habe Spaß, und ich *liiiebe* die Frauen. Was soll ich sonst noch sagen? Ich spreche nicht so gut Englisch.«
»Du sprichst es verdammt viel besser als die meisten Ausländer, mein Schatz.« Mrs. Malloy warf einen bösen Blick zur Tür, in der offensichtlichen Hoffnung, daß Gerta ihr Ohr ans Schlüsselloch hielt. Sie sollte sich schämen! Sie wurde nicht einmal blaß unter ihrem Rouge, als unser Au-pair das Zimmer betrat.
»Frau Haskell!« Gerta hatte überall Mehl an ihrer Vorderseite und an der Spitze ihres Zopfes, der aussah, als ob sie ihn als Pinsel benutzt hätte. »Sie werden am Telefon verlangt.«
»Wenn es mein Mann ist, sagen Sie ihm bitte, daß ich ihn zurückrufe, sobald« – ich rückte meinen Stuhl näher zum

Fernseher –, »sobald ich damit fertig bin, die Möbel hier drinnen umzustellen.«
»Nein. Es ist ein Brigant ...«
»Ein was?«
»Ein Brigant, Lester-Smith.«
»Mist!« Meine Entscheidung, mit meinem Kollegen aus dem Bibliotheksverein zu sprechen, fiel, als Karisma vom Bildschirm verschwand und durch einen tanzenden Teebeutel mit Wimpern wie Spinnenbeinen, Stummelbeinchen, die in unmöglichen roten Schuhen steckten, und einem Lächeln, das kam und ging, je nachdem wie der Puppenspielerkessel an dem Faden zog, ersetzt wurde.
Es war nicht leicht, nach der transzendentalen Erfahrung, mit dem Mann meiner Träume im selben Zimmer zu sein, wieder auf die Erde zu kommen, doch ich bemühte mich, auf das zu hören, was Gerta sagte, als ich ihr in die Halle und über die Steinfliesen und den rechteckigen Perserteppich zum Telefon folgte.
»Frau Haskell, es stand mir nicht zu, eine große Stinkbombe daraus zu machen, was Sie sich im Fernsehen ansehen wollten.«
»Sie hatten ganz recht damit, Gerta, zu kontrollieren, was die Kinder sich ansehen.« Ich griff nach dem Telefon, doch sie war schneller und wischte den Hörer mit ihrer Schürze ab, bevor sie ihn mir reichte – wie ein Hähnchenschenkel mit Mehl bestäubt.
»Dann setzen Sie mich nicht auf die Straße?«
Ich bedeckte die Sprechmuschel mit der Hand. »Natürlich nicht.«
»Dann« – ihr Lächeln füllte all ihre Sorgenfalten aus, so daß ihr Gesicht mollig und glatt wurde – »gehe ich jetzt wieder in die Küche, Frau Haskell, und erzähle den Kindern die Geschichte von dem alten Uhrmacher und den Schneekobolden, während ich meinen Spezialfleischtopf zubereite – so wie mein

niederträchtiger Ehemann ihn früher mochte. Es ist nicht leicht für mich, Frau Haskell, ihn mir in Putney mit Herrn Meyers zusammen vorzustellen, und beide lachen so viel und sind so warm miteinander.«

»Wirklich schwierig«, sagte ich.

»Es ist eine kleine Rache, daß Ernst nie wieder meinen Fleischtopf kosten wird, den die Ingwerwaffeln so köstlich und sämig machen.«

Ich fühlte wieder, wie mein Taillenumfang zunahm, als sie geschäftig durch die Halle enteilte, und sprach ins Telefon. »Tut mir leid, daß ich Sie habe warten lassen, Brigadegeneral Lester-Smith ...«

»Ich hoffe sehr, Mrs. Haskell, daß ich Sie nicht in einem ungünstigen Moment erwische?«

»Ganz und gar nicht, was sich nicht aufschieben läßt.« Ich verbannte Karisma entschlossen in den hintersten Winkel meines Kopfes. »Gibt es etwas in Sachen Bibliotheksverein, das ich erledigen soll?«

»Es geht um Miss Bunch.«

Ich erriet sogleich, was er sagen wollte. Die Polizei hatte sich von dem ganzen medizinischen Mumpitz von wegen natürlicher Todesursache nicht täuschen lassen. Sie waren überzeugt, daß sie gewaltsam ums Leben gekommen war, und in Kürze würde eine Anordnung ergehen, die Leiche zu exhumieren.

»Das alles war ein ziemlicher Schock.« Brigadegeneral Lester-Smith klang geziemend bedrückt.

»Natürlich.«

»Das wird für einigen Aufruhr sorgen.«

»Noch ehe die Erde auf ihrem Grab zur Ruhe gekommen ist«, pflichtete ich ihm bei.

»Es hat mich fast umgehauen, Mrs. Haskell, als ihr Anwalt, Mr. Lionel Wiseman, mich gestern nach der Beerdigung anrief und mir mitteilte, daß Miss Bunch mir die bescheidene Geldsumme, die sie besaß, hinterlassen hat, zusammen mit ihrem kleinen Haus in der Mackerel Lane.«

»Aber das ist ja wunderbar«, schwärmte ich. Oder doch nicht? »Sie klingen ein wenig besorgt, Brigadegeneral.« Hatte die Polizei ihn in Verdacht, Miss Bunch um einer, wie es klang, ganz hübschen Erbschaft willen beseitigt zu haben?

»Es gibt ein kleines Problem ...«

»Ja?« Ich hoffte, daß er nichts sagen wollte, was man möglicherweise als belastend auslegen konnte.

»Miss Bunch hat mir ebenfalls ihren Hund vermacht.«

»O Hilfe!« Ich heftete den Blick auf die Statue des heiligen Franziskus von Assisi, die in der Nische über meinem Kopf zu Hause war, und bat diesen Schutzheiligen der Vierbeiner zu berücksichtigen, daß ich im Sinne dessen gehandelt hatte, was ich in bezug auf Heathcliff für das beste gehalten hatte. »Sie haben gemerkt, daß der Hund verschwunden ist, und sind jetzt ganz und gar untröstlich, Brigadegeneral.«

»Verschwunden?« Die Stimme in der Leitung wurde um einiges munterer. »Sind Sie sicher? Ich habe hin und her überlegt, was ich mit dem Tier anfangen soll, weil ich noch nie etwas für Haustiere übrig hatte – all die Hundehaare auf meinen Hosen –, und ich habe mich gefragt, ob Sie ihn nicht vielleicht haben wollen – für die Kleinen.«

»Das ist sehr freundlich von Ihnen«, sagte ich, »aber Heathcliff ist furchtbar groß. Als er gestern nacht hier auftauchte wie eine riesige schwarze Gewitterwolke, wurde mir klar, daß ich mir, wenn ich ihn hierbehalten wollte, den größten Teil der Möbel und zumindest eines der Kinder vom Halse schaffen müßte.«

»Er ist bei Ihnen zu Hause aufgetaucht, Mrs. Haskell?«

»Ohne vorher auch nur anzurufen; aber es ist alles in Ordnung, Brigadegeneral Lester-Smith. Ich habe Gerta, unser neues Au-pair, seinen sabbernden Lefzen entrissen und ihn heute morgen Mr. Babcock, dem Milchmann, angedreht.«

»Ich weiß nicht, wie ich Ihnen danken soll.« Der Seufzer aus tiefster Seele, der durch den Hörer kam, blies mir das Haar ins Gesicht, und ich hatte das Gefühl, daß der Brigadegeneral, wenn er nicht ein Junggeselle der alten Schule gewesen wäre, dem Wunsch Ausdruck verliehen hätte, mich zu küssen. »Ist Mr. Babcock zufällig der Gentleman, der vor etwa zwei Wochen Sylvia vom Bibliotheksverein geehelicht hat?«

»Eben der. Und wir sollten lieber die Daumen drücken, daß er seine frischgebackene Ehefrau bezirzen kann, den Wauwau zu behalten. Ich muß ihnen noch ihr Hochzeitsgeschenk bringen, und wenn ich das erledigt habe, erstatte ich Ihnen Bericht, wie die Sache steht.«

»Das ist äußerst liebenswürdig von Ihnen, Mrs. Haskell, so liebenswürdig, daß ich zögere, Sie um noch einen Gefallen zu bitten.« Brigadegeneral Lester-Smith hielt inne, um Mut zu schöpfen. »Ich habe mich heute morgen in Miss Bunchs Haus umgesehen, und ich hatte das Gefühl, daß ich mit ihrem Mobiliar nicht in Einklang leben kann. Nicht, daß ich irgendwelche Kritik üben will, Sie verstehen schon, Mrs. Haskell.«

»Wir haben alle unseren ganz persönlichen Geschmack.«

»Genau!« Er stürzte sich auf meine Äußerung, als hätte ich eine tiefschürfende Weisheit von mir gegeben. »Als Mann schätze ich Schlichtheit und Funktionalität. Möbel, die Sinn ergeben. Gleichzeitig ist mir bewußt, daß gewisse Akzente, nicht das, was man als Schnickschnack bezeichnet, erforderlich sind, um ein Haus in ein Heim zu verwandeln. Und ich habe mich gefragt, Mrs. Haskell, ob Sie eventuell bereit wären, sich das Haus anzusehen und Ihren professionellen Rat beizusteuern.«

Mein erster Kunde! Wäre ich nicht eine anständige verheiratete Frau gewesen, dann hätte ich vielleicht meinerseits dem Wunsch Ausdruck verliehen, den Brigadegeneral zu küssen, wenn ich das nächstemal allein mit ihm im Lesesaal der Bibliothek war.

»Ich helfe Ihnen gern auf jede mir mögliche Art und Weise«, sagte ich, während mein Kopf von Visionen eines marineblauen Sofas mit satt weinroten Kordeln erfüllt war – und diese Farben wurden in den Ledersesseln und vielleicht in der Einfassung der Tapete aufgenommen ...

»Das ist sehr freundlich von Ihnen, Mrs. Haskell! Sie müssen mir auf jeden Fall Ihr übliches Honorar in Rechnung stellen.«

»Abzüglich eines Rabatts für Freunde.«

»Wie überaus liebenswürdig! Wäre es zu früh für Sie, sich das Haus schon morgen anzusehen? Ich muß auch noch erwähnen, Mrs. Haskell, daß ich heute morgen beim Friseur mit Sir Robert Pomeroy gesprochen habe, und wir haben beschlossen, alle Mitglieder morgen um ein Uhr zu einer außerplanmäßigen Versammlung des Bibliotheksvereins zusammenzutrommeln. In der Satzung ist nichts enthalten, was es uns verbieten würde, uns zu einer anderen Zeit als unserem regulären Termin zu treffen, und Sir Robert und ich fanden, der Bibliotheksverein sollte unverzüglich damit beginnen, ein Denkmal für Miss Bunch zu planen.«

»Welch reizende Idee.«

»Sir Robert machte den Vorschlag, eine Bronzestatue unserer teuren dahingeschiedenen Bibliothekarin in Auftrag zu geben, die am Vordereingang aufgestellt werden sollte.«

»Sie meinen nicht, daß eine schlichte Messingtafel sich auch gut machen würde?« fragte ich. Aber es war nicht verwunderlich, daß Brigadegeneral Lester-Smith, nachdem er in den Besitz ihres Geldes gelangt war, nichts davon hören wollte, die Dame an die Mauer zu schrauben und es dabei bewenden zu lassen.

»Ich denke, wir müssen eine Spendenaktion starten«, sagte er. »Über all das reden wir morgen auf der Sitzung. Und hinterher könnten Sie sich ja vielleicht das Haus in der Mackerel Lane ansehen.«

Erst als ich den Hörer aufgelegt hatte, kam mir der Gedanke, ob Miss Bunch wohl den Brigadegeneral zu ihrem Erben eingesetzt hatte, weil er seine Bücher aus der Bibliothek immer pünktlich zurückgegeben hatte.

5. Kapitel

Eine Bronzestatue von Miss Bunch!« Der Wischmop in Mrs. Malloys Händen erfüllte eine Doppelfunktion als Ausrufezeichen, als sie ihn in der Küche über den Eimer hielt. »Welcher helle Kopf hat denn die Idee ausgebrütet? Sagen Sie's mir nicht, Mrs. H.: Es muß ein Mann gewesen sein! Der gesunde Anstand sagt einem, daß es nicht recht ist, ein öffentliches Spektakel aus einer, soweit wir wissen, ehrbaren Frau zu machen. Es ist eine Schande, das ist es - sie aufzustellen, damit die Vögel sie vollkleckern und jeder Hinz und Kunz sie lüstern begaffen kann.«

Mein Eindruck war, daß Mrs. Malloy eifersüchtig auf jede andere Frau war, die auf einen Sockel gehoben wurde, doch ich sagte nur: »Sie wird voll bekleidet sein, bis hinunter zu ihren Budapestern - oder besser gesagt: Bronzeschuhen. Der Bibliotheksverein würde niemals einen Akt bewilligen. Wir sind eine sehr konservative Gruppe. Ich glaube nicht, daß auch nur einer von uns Gedichte liest, die sich nicht reimen.«

»Ich würde Bunty Wiseman nicht unbedingt als konservativ bezeichnen.« Mrs. Malloy steckte ihren Mop in die Spüle, als wäre er ein Baum mit vielen langen, dünnen Wurzeln, die gewässert werden sollten, wenn sie den Eimer leerte. »Sie haben das alles vielleicht verdrängt, Mrs. H., aber ich meinesteils habe nicht vergessen, wie Ms. Minirock ganz Chitterton Fells in die Knie gezwungen hat, als sie Fully Female leitete.«

Während ich die Überreste des Mittagessens aus drei Gängen wegräumte, mit dem Gerta die Zwillinge gefüttert hatte, bevor sie sie zu ihrem Nickerchen nach oben gebracht hatte, schauderte ich ob Mrs. Malloys Anspielung auf unsere Mitgliedschaft in dem mörderischen Fitneßclub. Weit entfernt davon, mein volles physisches und emotionales Potential als sinnliche Frau zu entdecken, hatte ich mich glücklich geschätzt, lebend dort herauszukommen. Aber Bunty hatte den höchsten Preis bezahlt. Als sich die Türen von Fully Female auf Dauer schlossen, hatte sie ihren Ehemann Lionel Wiseman (Miss Bunchs Anwalt) an eine Frau verloren, deren sportliche Betätigung darin bestand, mit den Ehemännern anderer Frauen ins Bett zu steigen. Das Wisemansche Heim im Hollywoodstil wurde verkauft und in ein Hotel umgewandelt. Und Bunty blieb nicht viel mehr als das Sporttrikot, das sie am Leibe trug. Im Laufe des vergangenen Jahres hatte sie sich tapfer in einer Reihe von Teilzeitjobs versucht, doch, wie sie sagte, die Leute standen nicht gerade Schlange, um ein Exrevuegirl, das als Geschäftsfrau gescheitert war, anzuheuern.

»Na los, Mrs. H., brechen Sie schon 'ne Lanze für Bunty Wiseman.«

»Sie ist eine Freundin von mir.« Ich stellte das Beatrix-Potter-Geschirr in die Spüle, während Mrs. Malloy Eimer und Mop im Besenschrank verstaute. »Und sie ist ein toller Neuzugang für den Bibliotheksverein; ja, ich hoffe sogar, sie übernimmt den Posten der Schriftführerin, wenn meine Amtszeit abgelaufen ist.«

»O ja, richtige Knochenarbeit.«

»Ich setze Sie hiermit in Kenntnis, daß ich im vorigen Monat mindestens zwei Genesungskarten an frühere Vereinsmitglieder geschickt habe, und außerdem habe ich das Hochzeitsgeschenk für Sylvia Babcock besorgt und eingepackt und werde es höchstpersönlich abgeben.«

»Und jetzt werden Sie wohl Tag und Nacht an der Strippe

hängen und die Leute anbetteln, sich mit selbstgehäkelten Zierdeckchen und ähnlichem Zeug an dieser Sammelaktion für Miss Brunchs Denkmal zu beteiligen.« Mrs. Malloy bediente sich von dem Rindfleischtopf, den Gerta auf dem Herd stehenlassen hatte, und wankte auf ihren Fünfzehn-Zentimeter-Absätzen zum Tisch. Dort machte sie ihren Gefühlen mit dem Pfefferstreuer Luft, bevor sie entschlossen zu Messer und Gabel griff.

»Ich glaube nicht, daß wir wieder einen Basar veranstalten werden«, lenkte ich ein. »Der letzte Basar, den der Bibliotheksverein organisiert hat, war nicht unbedingt ein rauschender Erfolg. Wenn ich mich recht entsinne, haben wir ganze fünf Pfund eingenommen.«

»Und das bloß deshalb« – Mrs. M. polierte ihren Teller mit einem Stück Brot, um sich beim Spülen Arbeit zu ersparen –, »weil Sie durchgedreht sind und diese beiden Blechschwerter und die zwei Monstersiebe mit den Ledergriffen gekauft haben.«

»Das waren Fechtmasken, aber Sie haben recht, sie sehen tatsächlich aus wie das mittelalterliche Gegenstück zu einem heutigen Sieb. Ben war ganz schön gebauchpinselt, bis er seinen Irrtum einsah. Aber ich glaube nicht, daß ich zu viel bezahlt habe. Die Floretts und die Masken stammten von Pomeroy Manor und gehörten einmal zweifellos einem sehr romantischen Kavalier.«

Während ich das Geschirr der Kinder wegräumte, stellte ich mir einen von Sir Roberts Vorfahren vor – einen attraktiven Edelmann in enganliegenden Kniebundhosen und glänzenden Schaftstiefeln –, wie er einem in Musselin gehüllten Fräulein mit goldenen Ringellocken ein Florett zuwarf und rief: »*En garde*, meine teure Arabella, Zeit für ein kleines Vorspiel!«

Typisch Mrs. Malloy, daß sie die Stimmung verdarb. Sie stand auf und sagte: »Wenn Sie mich fragen, Mrs. H., ersparen Sie sich und dem Rest des Bibliotheksvereins 'ne verdammte

Menge Ärger, wenn Sie sich eine von diesen lebensgroßen aufblasbaren Puppen aus 'nem Scherzartikelladen beschaffen. Bunty Wiseman kann Ihnen bestimmt sagen, wohin Sie da am besten gehen. Dann sprühen Sie das Lolitapüppchen mit Bronzefarbe ein, und fertig ist die Laube. Sie haben Ihre Statue von Miss Bunch.«

»Ich glaube kaum, daß das angemessen wäre«, sagte ich gerade, als die Tür zum Garten aufging und – ausgerechnet – mein Ehemann die Küche betrat. Ben kam mittags nie nach Hause. Doch da stand er und sah viel zu real aus mit seinem gelockerten Schlips und seiner aufgeknöpften Anzugjacke, um eine Ausgeburt meiner überreizten Phantasie zu sein.

»Männer!« Mrs. Malloy musterte ihn finster, als er dreist auf ihren frisch gewienerten Fußboden trat. »Ich hätte Ihnen gleich sagen können, Mrs. H., daß Sie einen gräßlichen Fehler gemacht haben, als Sie sich diese Schweizer Sirene ins Haus geholt haben. Sie mag ja alt genug sein, um seine Mutter zu sein, aber letztendlich ist sie ein neuer Rock. Ehe wir uns umgucken, hat sie unseren Hausherrn hier mit ihren Zöpfen an den Bettpfosten gefesselt, und die beiden jodeln sich die Lunge aus dem Leib.«

»Sie haben eine unverbesserlich schmutzige Phantasie, Mrs. Malloy.« Bens finsterer Blick widersprach dem Lächeln, das er an sie richtete. »Sie haben mir nie verziehen, daß ich mich Ihren Versuchen widersetzt habe, mich in die Vorratskammer zu locken, sobald meine Frau uns den Rücken kehrte. Und Sie sind eifersüchtig, weil ich am hellichten Tag nach Hause komme, um mit Ellie in meinem Auto zu verschwinden, das direkt vor der Tür steht, bereit zur Flucht. Komm, mein Liebling!« Er streckte die Hände aus.

»Wer, ich?« Ich blickte mich wild in der Küche um, als rechnete ich damit, daß eine zweite Ellie Haskell ins Rampenlicht trat, kokett ihr Geschirrtuch schwenkend.

»Ich führe dich zum Mittagessen aus.« Ben durchquerte mit

zwei Schritten den Raum, legte seinen ehemännlichen Arm um meine Schultern und beförderte mich zur Gartentür, die Mrs. Malloy in dem schwachen Versuch, Dienstfertigkeit zu demonstrieren, offenhielt.

»Aber ich kann doch nicht ...« Ich wehrte mich gegen den Versuch meines Ehemannes, mich zu kidnappen, indem ich unter seinem Arm wegtauchte. »Ich kann mich doch nicht aus dem Staub machen, ohne Abbey und Tam auf Wiedersehen zu sagen ...«

»Na gehen Sie schon.« Mrs. Malloy schüttelte empört ihren schwarz-weißen Kopf. »Sie sind doch längst wieder da, bevor die beiden aus ihrem Mittagsschlaf aufwachen. Und wo Mistress Gerta sie derart umschwirrt, werden sie Sie vermutlich sowieso nicht vermissen.«

»Sie hat diesen Fleischtopf gemacht, und wenn wir zum Essen ausgehen, fühlt sie sich vielleicht verletzt ...«

»Ihre Eingeweide werden Schaden nehmen, wenn Sie essen, was in dem Topf da ist. Ich hatte Hunger, deshalb habe ich mich von dem Geschmack nicht abschrecken lassen. Aber« – sie preßte sich eine Hand auf den Bauch – »allmählich glaube ich, es war ein Fehler, daß ich mir nich' bloß 'n Sandwich gemacht habe. Es würde mich kein bißchen überraschen, wenn ihr Mann die Ehe aufgekündigt hat, weil er die Verdauungsbeschwerden nicht mehr ertragen konnte, nich' etwa, weil er merkte, daß er Männer bevorzugt.«

»Aber ich habe meine Handtasche nicht«, jammerte ich, während Ben mich die Stufen hinunter auf den Hof zog.

»Die wirst du nicht brauchen.«

»Und ich habe keine Restaurantschuhe an.«

»Wir gehen nicht ins Abigail's.«

»Nein?« Meine Füße mußten hüpfen, um mit seinen Schritt zu halten, als wir die Zugbrücke überquerten.

»Wir machen ein Picknick, Ellie; klingt das nicht romantisch?«

Theoretisch ja! Theoretisch findet ein Picknick an dem einen vollkommenen Tag im englischen Jahr statt. Die wenigen Wolken, die am klaren blauen Himmel auftauchen, sind leicht und luftig wie Federbälle, die der warme Wind neckisch hin- und herschlägt, während eine große orangefarbene Sonne ihr Einverständnis lächelt. Dies jedoch war ganz und gar nicht der Tag der Tage. Der Wind, der mein Haar löste und mich damit zu erwürgen versuchte, war extrem eisig. Und jeder Atemzug, den ich tat, schmeckte nach Regen. Die Baumkronen waren zu riesigen Badmintonschlägern plattgedrückt, die die Vögel in die Luft katapultierten und von einem Endes des Gartens zum anderen schickten. Mein versuchsweises Lächeln wurde mir buchstäblich vom Gesicht gerissen, als wir auf die Kieseinfahrt traten, wo in fröstelndem Unbehagen der Wagen kauerte. Der Ärmste! Er war alt und fing sich seit Jahren eine jede Krankheit ein, die etwas auf vier Rädern befallen konnte.

»Ihr Wagen wartet, Mylady!« Ben öffnete schwungvoll die Tür und stand mit unvermindertem Vergnügen da, als der Wind seine Finger in wilder Selbstvergessenheit durch sein schwarzes Haar zog und ich auf den Beifahrersitz glitt. »Amüsieren wir uns schon?« erkundigte er sich.

Es war lächerlich, aus seinen blaugrünen Augen ein diabolisches Funkeln und aus seinem Gang ein unheilverkündendes Wippen herauszulesen, als er um den Wagen herumeilte und auf den Fahrersitz kletterte. Und es war unrecht von mir, darauf zu hoffen, daß der Wagen seinen letzten Schnaufer tat und die Scheinwerfer sich verdrehten und in ihre Höhlen fielen.

»Meinst du nicht, wir sollten Abbey und Tam mitnehmen?« wagte ich mich vor. »Ein Picknick würde ihnen solchen Spaß machen.« Während ich mich warmhalten könnte, indem ich ihnen hinterherjagte, wenn sie der auf dem feuchten Gras ausgebreiteten Reisedecke entflohen.

»Wir können die Zwillinge ein anderes Mal mitnehmen.« Ben starrte mich verblüfft an. »Ellie, was ist los mit dir? Ich dachte, du würdest dich freuen, weil ich mittags, im größten Betrieb, meine Arbeit im Stich lasse, um Qualitätszeit mit dir zu verbringen.«

»Ach, Liebling, ich freue mich doch.« Ich beugte mich vor und küßte ihn auf die Wange. »Ich fühle mich ja bloß ein bißchen schuldig, ganz egal, was Mrs. Malloy sagt, weil ich aus dem Haus gehe, wo Gerta sich soviel Mühe gemacht hat, diesen Fleischtopf zuzubereiten.«

»Den können wir heute abend essen.« Ben, der dazu neigte, Rindfleisch in solch blutigen Scheiben zu servieren, daß ein Tierarzt die Hoffnung hegen könnte, die arme Kuh wiederzubeleben, wirkte nicht sehr begeistert.

»Natürlich können wir das.« Ich drückte sein Knie. »Das einzige, was mich sonst noch davon abhält, in die richtige Stimmung für dein Picknick zu kommen, ist, daß ich heute nachmittag unbedingt noch zum Pfarrhaus muß, um Eudora ein paar Tips in Sachen Einrichtung zu geben.«

»Dann setze ich dich auf dem Rückweg dort ab. Noch irgendwelche Probleme, die wir nicht durchdiskutiert haben?« Ben ließ den Wagen an, ohne daß die Türen absprangen, und brauste die Einfahrt entlang und durchs Tor. Ehe ich meinen Sicherheitsgurt richtig befestigen konnte, befanden wir uns auf der Cliff Road und fuhren in Richtung Dorf. »Du hast doch nicht gerade Herrenbesuch erwartet, Ellie, und durch mein Auftauchen habe ich dir alles verdorben?«

»Natürlich nicht. Du bist der einzige Mann in meinem Leben, und das warst du auch immer«, versicherte ich ihm.

Das entsprach nicht ganz der Wahrheit. Da gab es noch den Marquis von Marshington, den Duke von Darrow, eine Anzahl von Earls und eine Handvoll Viscounts neben all den Sir Sowiesos. Und ich schämte mich meiner Vergangenheit nicht. Diese Männer waren in meinen Tagen als Single für mich dagewesen und hatten mich vor meinem einsamen möblierten Zimmer und der Dose Sardinen errettet, die ich nur mit meinem Kater Tobias teilen konnte. Sie hatten mich zu Ordensversammlungen und Maskenbällen ausgeführt, an denen der Prinzgemahl teilnahm, und zu Picknicks, bei denen stets die Sonne schien und das Blau des Himmels so rein war wie das Herz einer Jungfrau. Wäre es fair gewesen, wäre es *ethisch* zu vertreten gewesen, diesen Kavalieren den Laufpaß zu geben, als Ben, etwas verspätet, auf der Bildfläche erschien?

Mein Ehemann lächelte mich an. Er legte mein Schweigen offenbar als ein Zeichen dafür aus, daß ich den Ausblick aus dem Autofenster genoß. Und ich gab mir Mühe, ernstlich Mühe, das hämische Lachen des Windes zu würdigen, als er uns von der schmalen Straße abdrängte und uns vom Klippenrand zu stoßen versuchte, auf daß wir in einem Salto auf den mörderischen Felsen in der Tiefe landeten. Als wir um eine Kurve fuhren, erhaschte ich einen Blick auf die See, wie sie spritzte und schäumte, als lecke sie sich die Lippen bei der Aussicht, uns samt Auto in einem Happen zu verschlingen.

Wir fuhren ein paar Kilometer und bogen kurz vor dem Dorf in einen gewundenen, zu beiden Seiten von Dickicht gesäumten Fahrweg ein, der der Traum eines jeden Wegelagerers war. Wir befanden uns praktisch längsseits des Hauses, bevor ich es sah.

Es war ein herrlich makabres altes Gebäude, von seinen hohen, schmalen Fenstern ging etwas Geheimnisvolles aus. Und ich war ganz und gar fasziniert, bis ich die zahlreichen Schornsteine bemerkte und die Aufschrift an dem baufälligen Tor las.

»Grundgütiger!« Ich packte Bens Arm so fest, daß der Wagen ausscherte – und ein beträchtliches Stück Hecke abrasierte, die es allerdings auch bitter nötig hatte, gestutzt zu werden. »Das ist Tall Chimneys, der einstige Sitz von Hector Rigglesworth.«

»Von wem?« Ben setzte den Wagen zurück und fuhr den

Fahrweg hinunter, ohne mir Zeit zu weiterem Gaffen zu lassen.
»Der Mann, der in der Bibliothek spukt, der Geist, der nach Ansicht von Brigadegeneral Lester-Smith Miss Bunch zu Tode erschreckt hat.«
»Ich dachte, sie soll an einem Virus gestorben sein.«
»Sicher, aber in diesem Fall kann man zwischen den Zeilen des Autopsieberichts lesen. Eine böse Macht war am Werk, und ihr Name lautet Hector Rigglesworth.« Ich schauderte. Ben hatte den Wagen neben einem Grasstreifen zum Stehen gebracht, der von Bäumen umringt war und in dessen Mitte geduldig eine einzelne Buche stand, so wie ein knorriger alter Butler, der auf Instruktionen wartet.
»Da wären wir, Schatz.« Ben stieg mit geschmeidiger Anmut aus dem Wagen und ging zum Kofferraum, um den Picknickkorb herauszuholen. Als ich von der Straße aufs Gras trat, stieß er wieder zu mir und fragte: »Wie findest du es hier?«
»Es ist sehr ...« Ich wollte eigentlich sagen *zugig*, doch da dies im Freien öfter der Fall zu sein pflegt, besann ich mich etwas verspätet darauf, Begeisterung zu demonstrieren. »Es ist sehr hübsch. Komisch, wenn ich bedenke, daß ich in all der Zeit, die ich auf Merlin's Court lebe, noch nie hier war.«
Als ich Ben zu der Buche folgte, warf ich einen Blick über meine Schulter. Ich konnte einen Schornstein sehen und etwas, das vermutlich ein Mansardenfenster von Hector Rigglesworths Haus war. Bildete ich mir das nur ein, oder drückte sich da tatsächlich ein Gesicht gegen die Scheibe? Ich gab mir Mühe, das Unbehagen abzuschütteln, das mich gepackt hatte, und mich auf die Freuden des Augenblicks zu konzentrieren.
»Wie wär's hiermit als idealer Platz für ein Picknick?« Ben stellte den Korb ab. Und ich versuchte, nicht darauf zu achten, daß er keine Reisedecke unter dem Arm trug, die er nur auszurollen und mir zu Füßen zu legen brauchte. Oder eine Wärmflasche. Ich sollte mich schämen! Was machte es schon, wenn

das Gras feucht war und ich Ischias bekam? Mir fiel plötzlich Vanessa ein, wie sie einmal den Vorschlag unseres Cousins Freddy, sie solle es mit einem Campingurlaub probieren, abgeschmettert hatte, und zwar mit der Antwort, Zelten sei für sie wie ein Schwarzweißfernseher. Der Himmel mochte verhüten, daß ich mich als eine solch verwöhnte Göre entpuppte wie sie.

»Du hättest kein idyllischeres Plätzchen wählen können.« Ich kniete nieder und spürte förmlich, wie meine Knie grün wurden, während Ben sich daranmachte, Pakete und Geschirr auszupacken, zum raschelnden Mißfallen der Buche, die offenbar nicht der Meinung war, daß ich ohne Sonnenschirm angemessen ausgerüstet oder daß das Tischtuch, das Ben auf dem Gras ausbreitete, ein vollwertiger Ersatz für die fehlende Reisedecke war. »Liebling«, sagte ich, »ich wollte dir noch was erzählen ...« Ein Regentropfen platschte auf meine Nase.

»Was denn?« Ben sah prüfend zum Himmel, an dem sich flauschige graue Wolken bauschten, und fing mit argwöhnischem Blick und in beschleunigtem Tempo fort auszupacken.

»Nichts Weltbewegendes«, erwiderte ich, als ein Donnergrollen Messer und Gabeln dazu veranlaßte, unter das Tischtuch zu flitzen, das der Wind hochgeweht hatte. »Ich habe bloß heute morgen eine seltsame Neuigkeit erfahren. Mrs. Malloy erzählte mir, daß ihr Sohn ...«

»Ich wußte gar nicht, daß sie einen hat.«

»Tja, hat sie. Und wie es aussieht, wird er Vanessa heiraten.«

»Wie klein ist doch die Welt!« Ben hielt sein Haar mit einem Teller nieder, während er die Servietten auslegte und beide mit einer Hand einfing, als sie den Versuch machten, auf und davon zu fliegen.

»Wie es scheint« – ich rutschte auf Knien den entlaufenen Salz- und Pfefferstreuern nach –, »hat George Malloy finanziell so ziemlich ausgesorgt.«

»Trotzdem hätte ich erwartet, daß unsere reizende Vanessa sich nach einem Kerl mit einem Titel *und* Geld umtut.«
»Genau mein Gedanke.«
»Wir müssen auf das Verlobungspaar trinken.« Ben, der das Tischtuch an jeder Ecke mit einem kräftigen Stein gesichert hatte, kramte aufgeregt im Picknickkorb. »Du wirst es nicht glauben, Ellie! Ich kann den Korkenzieher nicht finden!«
Für mich war es schon ein Wunder, daß er in dem Nieselregen seine Hand vor Augen sehen konnte, doch ich wischte mir nur mit der Serviette das Gesicht ab und sagte munter, das sei doch nicht weiter schlimm.
»Natürlich ist es schlimm.« Ben klang ebenso verärgert über mich wie über die Situation. »Ich habe Wein mitgebracht« – er hielt die Flasche hoch –, »und zum Teufel noch mal, wir werden ihn trinken.« Er rappelte sich auf, umkreiste suchend den Stamm der verstimmten Buche und kam mit einem kräftig aussehenden Zweig zum Tischtuch zurück, der in dem Augenblick, als er ihn in den Korken rammte, in zwei Hälften zerbrach.
»Laß mich mal versuchen.« Ich griff nach einem Messer, nahm ihm die Flasche aus der Hand, brach den oberen Teil des Korkens ab und stocherte in dem Rest herum, bis er zerbröselte und in der Flasche landete.
Ben nahm mir entschlossen die Flasche aus den Händen. »Ich mag meinen Wein nicht *al dente*.« Er goß uns beiden ein Glas ein und versuchte, seine Grimasse in ein Grinsen zu verwandeln, entschlossen, Partylaune zu demonstrieren. »Trink aus, mein Schatz, bevor er zu zwei Dritteln aus Wasser besteht.«
»Du konntest den Regen nicht vorhersehen«, tröstete ich ihn.
»Ich hätte aus dem Fenster schauen können.«
»Ist doch egal.« Resolut setzte ich mich ins Gras und spürte prompt, wie meine Unterwäsche um zwei Größen einlief.
»Bringen wir jetzt den Trinkspruch aus, Ben.« Ich stieß sacht

mit ihm an, nachdem er sich vorsichtig mir gegenüber auf dem Tischtuch niedergelassen hatte. »Trinken wir auf Vanessa und George!«
»Mögen sie so glücklich sein wie wir!«
»In ebendiesem Augenblick!« pflichtete ich bei, trank einen Schluck Sauternes und erstickte fast an einem Brocken Kork. Auf mein daraus resultierendes Krächzen antworteten mehrere Krähen, die in unschöner Boshaftigkeit auf einem halbhohen Ast des Buchenstammes thronten. Ich zog meine Strickjacke fest um mich und versuchte, die böse Vorahnung zu verdrängen, die sich zusammen mit der Erinnerung einstellte, wie Vanessa mir einmal, als wir Kinder waren und auf einem Baum eine Gruppe schwarzer Krähen sahen, erzählte, ihr infernalisches Gekrächze bedeute, daß jemand sterben müsse. Meine zartfühlende Cousine hatte angedeutet, daß meine Tage gezählt seien, und hier saß ich noch immer, aber dennoch ... Ich griff nach etwas, das ich mir in den Mund stecken konnte, damit meine Zähne nicht klapperten.
»Du erinnerst dich doch, Ellie?«
»An das alte Sprichwort von den Krähen?« Ich hätte nicht überrascht sein sollen, daß ein Ehemann die Gedanken seiner Frau lesen konnte.
»Nein, das Essen!« Sein Lächeln verschwamm in dem feinen Nebel, der den Regen glücklicherweise abgelöst hatte. »Erkennst du es nicht?«
Ich starrte auf die Auswahl an Gerichten. Natürlich erkannte ich Hummer und Kopfsalat und knusprige braune Brötchen, wenn ich sie sah, aber trotzdem wußte ich nicht, worauf er hinauswollte.
»Unser erstes Picknick!« Ben fuhr sich mit den Fingern durch das feuchte Haar und erweckte seine Naturlocken wieder zum Leben, so mühelos, daß so manche Frau ihn darum beneidet hätte. »Du erinnerst dich doch bestimmt, daß ich damals das gleiche Hummergericht zubereitet habe – in Weißwein gedün-

stet, zu eiskalter Perfektion gekühlt und mit Kapern und meiner Mayonnaise spezial garniert.«

»Es fällt mir langsam wieder ein ...«

»Ich höre mich noch, als wär's gestern gewesen, Ellie, wie ich dir erkläre, daß das Geheimnis der Brötchen ein Teelöffel Sirup ist, der in die Hefebasis gemengt wird. Und ich erinnere mich an deine Ausrufe des Entzückens angesichts des Salats mit dem Dressing aus Zitrone und süßem Wermut.«

»Ich entsinne mich ... vage ...«

»Es war nicht im mindesten vage!« Vielleicht waren die Schatten, die die Buche warf, an der finsteren Miene meines Gatten schuld. »Das Dressing mag sehr unaufdringlich sein, aber es ist niemals fad. Das Geheimnis liegt im Schwenken, das ganz besonders sacht geschehen muß, damit der Spinat oder der junge Eichenblattsalat keine Druckstellen bekommen.«

»Habe ich *vage* gesagt?« Ich schüttelte den Kopf über soviel Dummheit. Meine Zunge mußte auf meinen nassen Lippen ausgerutscht sein. Ich schaute bedeutsam zum Himmel auf. Wenn die Wolken noch eine Spur tiefer rutschten, würden sie gleich auf unseren Köpfen sitzen wie Strickmützen. »Ich wollte eigentlich sagen, daß ich mich *aufs lebhafteste* jenes ersten Picknicks entsinne. Es fand ... im Freien statt, nicht wahr?«

»Unter der Buche im Garten von Merlin's Court.«

»Genau!« Ich strahlte und hoffte, die Sonne würde meinem Beispiel folgen, doch sie blieb, wie ein echter Feigling, entschlossen in ihre schmutziggrauen Wollkleider eingepackt.

»Leider kam der Garten diesmal nicht in Frage.« Ben fing an, Hummer auf unsere Teller zu geben und ihn mit Radieschenrosetten und Gurkenscheibchen zu garnieren. »Mich hat die Vorstellung abgeschreckt, Schatz, wie Gerta rote und gelbe Bänder um den Stamm schlingt und sie und die Zwillinge um den Maibaum tanzen, während du und ich versuchen, unsere Erinnerungen wiederaufleben zu lassen. Dann ist mir diese

Stelle hier mit der Buche eingefallen, die der auf Merlin's Court so frappierend ähnlich sieht.«

»Du hast an einfach alles gedacht!« Ich kroch um das nasse Tischtuch herum und schmiegte mich eng an ihn. Eine Zeitlang drängte die Wärme meiner Liebe zu diesem Mann, den ich nicht verdient hatte, die eisige Feuchtigkeit zurück. Wir aßen in einvernehmlichem Schweigen, das nur hin und wieder vom unmelodiösen Chor der Krähen unterbrochen wurde. Die Brötchen waren nicht ganz so knusprig wie gewohnt. Aber das störte mich nicht, und Ben entschuldigte sich auch nicht dafür. Es hatte den Anschein, als sei seine Empfindlichkeit als Koch völlig in seinem Feuer als Ehemann aufgegangen.

Der Nebel hatte sich verzogen, doch selbst wenn er sich zu einer Waschküche verdichtet hätte, so hätte das Bens wachsender Leidenschaft keinerlei Abbruch getan. Seine Augen hatten sich zu einem glitzernden Smaragdgrün verdunkelt, und an seinem Kinn spielte ein Muskel, als er mir äußerst zielstrebig den halb leergegessenen Teller aus der Hand nahm, ihn langsam, jedoch bestimmt aufs Tischtuch stellte und mir einen Kuß auf die Lippen drückte, der mich, wäre das Wetter nicht gewesen, entflammt hätte. So schwelte es angenehm, und ich leistete keine Gegenwehr, als er mich aufs Gras zog.

»Endlich allein, Schatz!« Seine Hand streichelte federleicht meine Wange und meinen Hals, bevor sie tiefer wanderte. Wer weiß, wie weit es noch gegangen wäre? Leider mußte ich, als ich, von einer warmen Woge der Lust übermannt, den Kopf wandte, sein schweres Atmen mit einem entsetzten Aufschrei unterbrechen.

»Halt!« Ich richtete mich mühsam auf und fiel sogleich wieder zurück, schlug mit dem Kopf an die Weinflasche, die rücksichtsloserweise vom Tischtuch rollte. »Ben, das können wir nicht tun!« Ich versuchte aufgeregt, meine Strickjacke wieder anständig zuzuknöpfen. »Wir werden beobachtet.«

»Unsinn!« Er griff nach mir, doch es gelang mir, ihm auszuweichen und mich aufzurappeln.
»Ich versichere dir« – ich zeigte mit dem Finger auf das obere Stockwerk von Tall Chimneys, das durch die Bäume zu sehen war – »da oben am Fenster steht jemand. Es ist ... es ist eine Frau in einem schwarzen Kleid, mit langem Haar – oder vielleicht trägt sie auch einen Schleier.«
»Dann ist es nicht der Geist von Hector Rigglesworth. Oder hast du mir verschwiegen, daß er ein Transvestit war?«
»In der Legende wird nichts dergleichen erwähnt.« Ich ging ein paar Schritte auf das Dickicht zu, das uns von dem Haus trennte, in der Hoffnung, die Erscheinung deutlicher zu sehen. »Außerdem beschränkt er sich meines Wissens darauf, in der Bibliothek von Chitterton Fells zu spuken. Ist es nicht wahrscheinlicher, daß es sich um eine der sieben Töchter handelt, die am Fenster Ausschau nach dem Mann ihrer Träume in seinem offenen Zweispänner hält?«
»Was ich glaube, ist, daß du sinnloses Zeug faselst.« Ben sprach mit schlechtverhohlener Gereiztheit und machte keine Anstalten, sich gleichfalls zu erheben. »Entweder ist das da am Fenster eine echte lebendige Frau, oder du siehst einen Schatten, der von der Gardine erzeugt wird.«
Tatsächlich war die Gestalt am Fenster verschwunden, als ich wieder hinsah. Vielleicht hatte ich sie mir eingebildet, oder vielleicht war es eine der derzeitigen Bewohnerinnen von Tall Chimneys gewesen. Es spielte keine Rolle. Es war mir unmöglich, an den Augenblick der Leidenschaft mit meinem Mann anzuknüpfen. Außerdem war er zum Teil selbst schuld, so dachte ich trotzig, weil er weiter rücklings im Gras lag, die Hände auf der Brust gefaltet, als warte er auf seine Beerdigung. Plötzlich konnte ich mir keinen gruseligeren Platz für ein Picknick, geschweige denn für das Liebesspiel vorstellen. Mir war klar, daß etwas unbeschreiblich Böses in den Mauern von Tall Chimneys lauerte. Etwas Böses, das seine Fühler

ausstreckte, um durch das Dickicht zu der Insel aus grünem Gras vorzudringen, auf der ich fröstelnd stand.

»Ich habe das gruselige Gefühl, daß die Buche so manche unheimliche Geschichte erzählen könnte, was sie in ihrem Leben alles gesehen und gehört hat«, sagte ich zu Ben. »Wer weiß? Vielleicht unterbrach eine der sieben Rigglesworth-Töchter gelegentlich ihre Romanlektüre, um in die dunkle Nacht hinauszugehen und einen unliebsamen Freier zu begraben? Einen, der versuchte, aus all seinen Fehlern und dem Umstand, daß er nie ein Bad nahm, eine Tugend zu machen. Es gibt Männer, die akzeptieren kein Nein – selbst wenn man ihnen die Tür vor der Nase zuschlägt.«

»Ich glaube, ich habe den Wink kapiert.« Ben schoß hoch und fing an, den Korb wieder einzupacken, unter skrupelloser Nichtbeachtung der Lebensdauer von Porzellan und Glas. »Um endgültig den Deckel über diesem mißlungenen Abenteuer zu schließen« – er knallte einen auf das Buttertöpfchen –, »fehlt jetzt nur noch, daß wir das Geheul eines Geisterhundes in den Bäumen hören.«

Törichter Mann! Es bewies sich auf gräßliche Weise, daß man die an diesem ungeweihten Ort wirkenden Mächte nicht ungestraft verhöhnte, denn sogleich vernahmen wir eine Reihe unheimlicher Wuffs. Noch ehe ich nach den beiden Zweighälften greifen konnte, die Ben benutzt hatte, um den Wein zu entkorken, und zu meinem Schutz ein Kreuz daraus formen konnte, kam ein riesenhaftes Tier – mehr Wolf als Hund – über das Gras geschossen. Mit gesträubtem Fell und entblößten Stalaktitenfängen sauste das Monster wie ein schwarzer Pfeil auf uns zu – und versuchte winselnd unter das Tischtuch zu kriechen.

»Na, gibt's denn so was!« Mr. Babcock trat vom Fahrweg auf das Gras. »Wenn das nicht Mr. und Mrs. Haskell sind!«

»Und ist das nicht Heathcliff?« wandte Ben sich mißmutig an das Tischtuch, das um seine Füße walzte.

»Ihre Missus hat mir den Hund heute morgen freundlicherweise geschenkt.« Der Milchmann hörte sich entschieden nervös an. »Und wir sind schon so dicke Freunde geworden, Sie würden's nicht glauben! Sie wollen ihn doch nicht etwa wiederhaben?«

»Das soll wohl ein Witz sein!« Mein Ehemann sah mich mit neu entfachter Zuneigung an.

»Apropos Ehegespons ... ist Sylvia glücklich über den Familienzuwachs?« erkundigte ich mich.

»Diese Frage kann ich leider nicht beantworten.« Mr. Babcock kratzte sich am Ohr. »Ehrlich gesagt, habe ich Muffensausen gekriegt, als ich überlegte, wie sie wohl auf unseren Cliffy hier reagieren würde; deshalb habe ich, als ich mit meiner Runde fertig war, beschlossen, ihn auf einen kleinen Spaziergang mitzunehmen. Und glauben Sie mir, zuerst ging er brav wie ein Lamm bei Fuß, und dann, urplötzlich, drehte er durch. Es passierte, als wir zu dem Haus da drüben kamen, das aussieht, als ob's dort spukt. Und er benahm sich tatsächlich, als ob er 'nen Geist gesehen hätte. Der arme Kerl!« Mr. Babcocks massiges Gesicht war ganz zerknautscht vor Sorge, als er quer über das Gras auf das Tischtuch zuschnaufte, das in immer wilderen Kreisen seinem eigenen Schwanz nachjagte.

»Heathcliff war der Hund von Miss Bunch«, rief ich Ben in Erinnerung. »Das muß doch auch einen Skeptiker wie dich, mein Liebster, dazu veranlassen, mal in Ruhe darüber nachzudenken, ob an Tall-Chimneys- und der Rigglesworth-Legende nicht mehr dran ist, als das sterbliche Auge auf den ersten Blick wahrnimmt ...«

6. Kapitel

Als Ben mich etwa zehn Minuten später am Pfarrhaus absetzte, empfand ich eine unbeschreibliche Erleichterung, als wäre ich nach einem Ausflug in die Dunkelheit des Jenseits wieder in die normale Welt des Alltags zurückgekehrt. Ob Ben ebenso guter Stimmung war, schien fraglich. Doch ich hoffte, daß sein Seelenfrieden wiederhergestellt würde, sobald er die Küche im Abigail's betrat und sich den Picknickkorb vom Hals schaffen konnte.

Als ich durch das Kirchhofstor ging, nahm ich mir fest vor, mein meergrünes Spitzennachthemd auszugraben, wenn ich nach Hause kam, und mir abends vor dem Zubettgehen mit hundert Strichen das Haar zu bürsten. Ein Ehemann hatte es verdient, verwöhnt zu werden, ich würde nicht der Versuchung erliegen, bis zum frühen Morgen aufzubleiben und *Die Stimme ihres Herrn* zu Ende zu lesen. Meine Tante Astrid, Vanessas Mutter, pflegte verbissen zu sagen, daß sie sich ihrem Ehemann nicht ein einziges Mal verweigert hätte. Ich konnte nur erahnen, was sie von meiner laxen Einstellung den ehelichen Pflichten gegenüber halten würde.

Ich mußte über mich selbst lachen, als ich den moosbewachsenen Weg entlangging, der links zu der normannischen Kirche mit ihren schmalen Buntglasfenstern abzweigte und rechts zu dem frühviktorianischen Pfarrhaus. Die körperliche Liebe mit Ben konnte man niemals ernstlich als Pflicht betrachten – ich wartete bloß immer auf den idealen Augenblick, wenn ich erst um etliche Pfunde leichter wäre, wenn die Kinder älter wären und uns im entscheidenden Moment nicht so leicht stören würden und wenn ich endlich die Bügelwäsche erledigt hätte.

Vielleicht, so dachte ich, als ich schneller ging, damit der Wind mich nicht zu fassen bekam und im Kreis herumwirbelte, vielleicht würde ich mich Eudora anvertrauen, um zu hören, ob sie fand, daß meine Vorliebe für Liebesschnulzen an Suchtverhalten grenzte, das negative Auswirkungen auf meine Ehe haben konnte, und ob ich einen radikalen Entzug machen oder einfach versuchen sollte, schrittweise zu reduzieren.

Worüber ich nicht nachdachte, war Miss Bunchs frisches Grab im dunkelgrünen Schatten der Trauerweide.

»Hallo, Ellie!« Eudora öffnete die Haustür, als ich die letzte Steinstufe erklomm, die von unzähligen Füßen so ausgetreten war, daß sie einem Richtblock ähnelte. »Ich habe dich vom Wohnzimmerfenster aus gesehen und dachte, ich komme deinem Klingeln zuvor. Gladstone ist im Arbeitszimmer und schreibt am *Clarion Call*, auch unter dem Namen Kirchenblatt bekannt, und du weißt ja, wie Männer sind.« Eudora lachte nachsichtig. »Es gehört nicht viel dazu, ihre Konzentration zu stören.«

»Das will ich auf keinen Fall!« Ich lächelte verschwörerisch, schlich auf Zehenspitzen in die Diele mit ihrem dunkelbraunen Lackanstrich und Bildern verschiedener Erzbischöfe von Canterbury an den Wänden und schloß die Tür hinter mir, so leise ich nur konnte. »Gladstone hat tolle Arbeit geleistet, seit er das Kirchenblatt übernommen hat. Ganz im Vertrauen«, flüsterte ich, »vor seiner Zeit bin ich nie viel weiter gekommen als bis zum ersten Absatz, aber er hat eine richtig fesselnde Lektüre daraus gemacht. Sein Bericht über die Babcock-Hochzeit in der Nummer von letzter Woche hat mir die Tränen in die Augen getrieben. Die Schilderung, wie Sylvia auf einer rosenduftenden Wolke den Mittelgang entlangschwebte und die Sonne ihr strahlendes Gesicht einrahmte wie ein goldener Heiligenschein ...«

»Na ja, ich fand eigentlich, den letzten Teil hätte Gladstone besser weggelassen.« Eudora führte mich ins Wohnzimmer. Auf dem Bild, das über dem Kamin hing, war ein Segelschiff zu sehen, das oben auf einer auf ewig in der Bewegung erstarrten Welle klebte. Das Porzellan im Vitrinenschrank hatte ein ganz gewöhnliches Rosenmuster. Das braune Sofa und die Sessel am Kamin hingen bequem durch wie Frauen mit Altersspeck, die erleichtert aufseufzten, weil sie endlich und unwiderruflich von ihren Korsetts befreit waren. Es war ein Zimmer, in dem nichts zusammenpaßte und das Ergebnis doch harmonisch war. Und das hundertprozentig zu der Geistlichen von St. Anselm paßte.

Eudora war eine stattliche Frau – nicht dick oder auch nur mollig, nur kräftig gebaut. Eine Frau, die einen Hang zu beigefarbenen Twinsets und einreihigen Perlenketten zu ihren Tweedröcken und festen Schuhen hatte. Seit neuestem frisierte unsere Pfarrerin ihr angegrautes Haar weicher, betonte die Naturwelle, so daß es nicht länger einem zweckmäßigen Filzhut glich. Und ich bemerkte, daß Eudora heute eine neue Brille trug, deren getupftes Gestell die Farbe ihrer haselnußbraunen Augen aufnahm.

»Es ist wirklich schön, dich zu sehen, Ellie.« Sie schüttelte ein Kissen auf und legte es in einem einladenderen Winkel auf den Sessel links vom Kamin. »Mach's dir gemütlich, und laß uns ein wenig plaudern.« Sie wandte sich von mir ab, schob einen Stapel Notizpapier in die Mitte des Couchtisches und stellte die Vase aus Delfter Porzellan mit den Narzissen darauf. »Fertig. So hast du mehr Bewegungsfreiheit ...« Sie lachte ein wenig verlegen. Es sah ihr gar nicht ähnlich, solche Umstände zu machen. Ich hatte Eudora nur ein einziges Mal ernstlich um Fassung ringen sehen – damals, als ihre Schwiegermutter zu einem mehrwöchigen Besuch mit bösen Folgen gekommen war. »Nun, Ellie« - sie nahm mir gegenüber Platz -, »bist du gekommen, um mir beim Umgestalten zu helfen?«

»Das klingt ein wenig drastisch«, sagte ich zögernd. »Hattest du nicht eigentlich nur an einen neuen Schrank fürs Schlafzimmer gedacht?«

»Ursprünglich ja. Aber du weißt ja, wie eins zum andern führt. Und jetzt, wo der Frühling da ist« - sie sah sich im Zimmer um -, »sieht plötzlich alles so schäbig aus. Die Tapete ist so verschossen, man erkennt kaum noch das Muster, und die Möbel, na ja - du siehst ja selbst, Ellie.«

»Ich kann nichts allzu Schlimmes entdecken.« Ich rutschte in meinem Sessel nach vorn, und die Federung stieß einen herzerweichenden Seufzer aus, als sei ihr klar bewußt, daß ihr Ende nahe war.

»Vielleicht steht mir einfach der Sinn nach Veränderung.« Eudora schien auf den Paperbackroman auf dem Couchtisch mit Karisma auf dem Titel zu linsen. Unvorstellbar, daß ich diese Flut windzerzauster Haare und den prallen Bizeps nicht wiedererkannte, selbst wenn ich sie verkehrt herum sah. »Das Leben steht nicht still, und wenn wir nicht danach streben, den Anschluß zu behalten . . .« Sie brach ab. »Na ja, ich will auf keinen Fall zur Spießerin werden.«

»Du doch nicht«, versicherte ich ihr. »Du bist eine ganz und gar modern eingestellte Frau.«

»In mancher Hinsicht anscheinend schon.« Eudoras Lächeln war unergründlich, als sie den Roman nahm und mit der Vorderseite nach unten auf den Tisch legte und dann die Hände, wie um sie ruhigzustellen, auf ihren Tweedrock preßte. »Durch meine Arbeit hatte Gladstone lange Zeit die traditionelle Rolle der Hausfrau am Hals. Kochen, einkaufen und so weiter! Der Liebe! So oft in meinem Schatten in unserem Gemeindeleben! Ist es da verwunderlich, daß er sich eine eigene Identität aufbauen möchte? Daß er sich in eine Richtung entwickelt, die manch einer der guten Leutchen von St. Anselm als ein wenig schockierend empfinden mag?«

»Du meinst, er will das Pfarrhaus umgestalten?«

»Nein!« Eudora klang ausgesprochen nervös. »Das war ganz allein meine Idee. Ich rede davon, daß Gladstone angefangen hat zu stricken. Die Menschen, selbst die Großmütigsten unter ihnen, können manchmal sehr gehässig sein. Und es würde ihn furchtbar verletzen, wenn sich zum Beispiel die Mitglieder des Bibliotheksvereins auf seine Kosten lustig machen.«

»Ich bin sicher, niemand denkt schlecht von ihm«, sagte ich. »Der Umstand, daß ein Mann gern strickt oder stickt, ist wohl kaum ein Anzeichen dafür, daß er unter hormonellen Störungen leidet. Wenn ich eines von beiden könnte, würde ich es auf jeden Fall sowohl Tam als auch Abbey beibringen.«

»Du mußt sie herschicken, damit Gladstone ihnen Unterricht gibt.« Eudoras Lächeln wirkte leicht angespannt, und ich machte mir allmählich Sorgen um sie, besonders als sie fortfuhr: »Ich hoffe von ganzem Herzen, Ellie, daß niemand ihn für untragbar hält, wenn durchsickert, daß er ...«, ihre Stimme versagte, »daß er auch gern stopft ...«

Ich setzte zum Sprechen an, doch mein Blick wurde vom Fenster und dem Friedhof mit seinem Regiment aus ermatteten Grabsteinen angezogen, die darauf warteten, daß die Posaunen des Jüngsten Gerichts sie von ihrem Posten abberiefen. Ob dieser stets präsente Hinweis auf die grimmige Unerbittlichkeit des Todes solch düstere Phantasien erzeugte? Brauchte Eudora nicht vielmehr einen Ortswechsel anstelle eines Möbelwechsels? Ich überlegte noch, wie ich das Thema anschneiden sollte, als sie sich schon zurücklehnte und ihre Brille zurechtrückte, so daß ihr Gesicht urplötzlich wieder das alte war. Fröhlich und munter. Konnte es sein, daß ich es war, die aus dem Tritt geraten war und deshalb alles verzerrt wahrnahm? Hatte mir der Schock, in der Bibliothek praktisch über Miss Bunchs Leiche zu stolpern, stärker zugesetzt, als ich dachte?

»Also, Ellie!« Eudora schien jetzt mir und dem Leben im allgemeinen gegenüber wieder unbefangen zu sein. »Bevor wir über die Umgestaltungen sprechen, mußt du mir erzählen, wie es bei dir steht.«

Es war verlockend, ihr das Herz wegen Vanessas Verlobung mit George Malloy auszuschütten, aber ich schaffte es, mich in heldenmütiger Zurückhaltung zu üben. Das bevorstehende Auftauchen meiner Cousine in Chitterton Fells war im größeren Maßstab betrachtet keine Tragödie. Wie ich Vanessa kannte, würde sie in einer Wolke teuren Parfüms zur Tür von Merlin's Court hereinschneien, mich warnen, nicht mit bloßem Auge auf ihren Diamantring zu sehen, während sie von ihrem neuesten Modeling-Engagement bei Felini Senghini prahlte. Und sagen, sie habe bemerkt, daß ich seit der Geburt der Zwillinge einen BH Größe hundert trüge. Ich würde mich dareinfinden. Außerdem gebührte Mrs. Malloy die Ehre, das freudige Ereignis zu verkündigen.

Und das Thema meiner Lesegewohnheiten anzusprechen hatte ebenfalls keinen Sinn mehr. Das Buch auf dem Couchtisch - das zeigte, daß Eudora selbst den Verlockungen der Liebesschnulzen erlegen war - führte meine Sorge, ich könne dadurch meine Ehe gefährden, ad absurdum. Ich war kein Liebesromanjunkie. Ich konnte jederzeit aufhören.

»Bei mir steht alles zum besten«, beschied ich Eudora, während ich auf professionell umschaltete. Was dieses Zimmer brauchte, war ein Umgestaltungsplan, der nicht für jedes einzelne Möbelstück, das sich gegenwärtig hier befand - und alle sahen mich mit bitterem Vorwurf an -, das Todesurteil bedeutete. Ich spielte gerade mit der Idee, das Sofa neu im Hahnentrittmuster zu beziehen, und suchte einen neuen Schirm in Jagdgrün für die Stehlampe aus, da läutete das Telefon auf dem Beistelltisch neben Eudoras Sessel. Sie entschuldigte sich, nahm den Hörer ab und sprach mit gedämpfter Stimme zu dem Anrufer, als ihr Ehemann den Raum betrat.

Gladstone Spike hatte silbernes Haar und einen schmalen Körperbau, dabei jedoch die gebeugten Schultern eines weit größeren Mannes. Sein Benehmen war ausgesprochen sanft; als ich ihm das erstemal begegnet war, hatte ich gedacht, wie paradox es war, daß er dem Bild des traditionellen Pfarrers entsprach, während doch seine Frau der Geistlichkeit angehörte. Heute, wie stets, trug Gladstone eine graue Strickjacke, eine, die er, wie ich dachte, zweifellos selbst gestrickt hatte.
»Hallo, Ellie! Störe ich auch nicht?« Er zögerte auf der Türschwelle und blickte von mir zu seiner Frau, die noch telefonierte. »Ich kann jederzeit wieder gehen, wissen Sie« – seine blaßgrauen Augen funkelten –, »und erst wiederkommen, wenn Sie Entwarnung geben!«
»Eudora und ich haben uns über die neue Einrichtung unterhalten«, erklärte ich.
»Ah, schön!« Er durchquerte leise in Pantoffeln das Zimmer und ließ sich auf dem Sofa nieder, die Hände brav auf den Knien gefaltet. »Sie sind die Expertin in diesen Dingen, Ellie, aber wenn ich einen Vorschlag machen darf: Ich finde, ein paar Rüschen und viele Rot- und Rosatöne, besonders mag ich Fuchsienrot, wären zur Abwechslung sehr schön.«
»Nun ja ...« Mir sank das Herz.
»Und was, meine Liebe – bitte seien Sie ganz offen –, halten Sie von einem herzförmigen Spiegel mit Goldrahmen über dem Kaminsims?«
Gott war mir gnädig. Ehe ich gezwungen war zu antworten, legte Eudora den Hörer auf, erhob sich und platzte an ihren Mann gewandt heraus: »Gladstone, das war der Chirurg Mr. Sundranil. Er fährt nach Indien in Urlaub und wird deine Operation erst in einem Monat vornehmen können.« Sie wirkte äußerst aufgewühlt.
»Das ist aber ärgerlich, meine Liebe.« Mr. Spikes Gesicht nahm die fuchsienrote Farbe an, die er so mochte, während er meinem Blick auswich und an den Knien seiner Hose herum-

zupfte. »Aber ich werde mich wohl noch eine Weile in Geduld üben können.« Er versuchte sich an einem tapferen Lächeln.

»Deine Eltern hätten sich um die Sache kümmern müssen, als du noch ein Baby warst.« Allem Anschein nach war Eudora so durcheinander, daß ihr entging, wie sehr sie ihren Mann in Verlegenheit brachte. Ihrer Stimme und ihrem Gesichtsausdruck nach nahm sie auch mich nicht mehr wahr. »Wenn sie das emotionale Stehvermögen besessen hätten, die richtige Entscheidung zu treffen, müßtest du dich jetzt nicht einem operativen chirurgischen Eingriff unterziehen.«

»Gibt es noch andere chirurgische Eingriffe, meine Liebe?«

»Dieser hat ganz besondere Konsequenzen für ein Ehepaar.« Eudora nahm ihre Brille ab, blinzelte hektisch und schob sie sich wieder auf die Nase. »Ich mache dir keinen Vorwurf, Gladstone. Es ist nicht deine Schuld, und mir ist sehr wohl bewußt, daß du der Hauptleidtragende bist, aber manchmal sehe ich eine Zukunft vor mir, in der du auf Dauer im Gästezimmer schläfst ...« Mit zitternder Hand erstickte Eudora ein Schluchzen, dann lief sie in die Diele hinaus und überließ mich und ihren Mann dem lauten Ticken der Uhr auf dem Kaminsims.

Gladstone summte ein paar Takte eines Kirchenliedes und klopfte die Melodie mit den Fingern auf den Tisch neben ihm, während ich seinem Blick auswich. »Ich mache ihr mal lieber eine schöne Tasse Tee.« Nach einem weiteren emotionsgeladenen Augenblick stand er auf. »Warum gehen Sie ihr nicht nach, Ellie, und setzen das Gespräch über die Umgestaltung des Hauses fort? Ich weiß, sie möchte einen neuen Schrank für« – das nächste Wort blieb ihm fast im Halse stecken – »unser Schlafzimmer.«

»Vielleicht wäre es besser, wenn ich jetzt gehe ...«

»Keineswegs!« Gladstone schien angesichts der Vorstellung, daß ich das Schiff verließ, in Panik zu geraten. »Eudora braucht Aufmunterung, und schmerzlicherweise bin ich nicht

der Richtige für diese Aufgabe. Alles in allem« – er beugte den Kopf über seine aneinandergelegten Finger – »bin ich gegenwärtig eine ziemliche Prüfung, in mehr als einer Beziehung.«
Mein erster Impuls war, ihm wegen der Operation mein Mitgefühl auszusprechen. Aber da ich mir denken konnte, was es damit auf sich hatte, und seine tiefe Verlegenheit verstand, erschien es mir am besten, lediglich seine Schulter zu drücken, bevor ich leise zur Tür hinausging, um mich auf die Suche nach seiner Frau zu machen.
Ich ging die Treppe hinauf, deren dritte und fünfte Stufe laut genug knarrten, um die Toten auf dem Friedhof zu wecken, und fand Eudora auf dem rechteckigen Absatz, wo es wegen der olivgrünen Tapete und den eng aneinandergereihten Eichentüren reichlich dunkel war. Durch ein schmales Fenster am einen Ende fiel jedoch genug fahles Licht herein, daß ich Eudoras vom Weinen gerötete Augen sehen konnte.
»Ich muß dich für mein schreckliches Benehmen um Entschuldigung bitten, Ellie.« Sie rieb sich mit zwei Fingern die Stirn, als wolle sie einen unerträglichen Schmerz lindern. »Ich kann mir beim besten Willen nicht erklären, warum ich derart die Fassung verloren habe. Gladstone ist so lieb und gut. Jahrelang hat er konsequent meine Arbeit – meine Bedürfnisse – den seinen übergeordnet. Es ist der Inbegriff des Egoismus, wenn ich zulasse, daß meine Ängste vor einer bevorstehenden Veränderung in unserem Leben zwischen uns treten. Und ihn wegen der Operation so anzuschnauzen, in deiner Gegenwart, das war unverzeihlich!«
Ich legte den Arm um sie. »Du liebst ihn. Und wenn wir uns um jene, die uns am teuersten sind, Sorgen machen, drehen wir manchmal den Spieß um und werfen ihnen vor, daß wir ihretwegen Kummer leiden.«
Eudora drückte meine Hand. »Nein, ich habe ausschließlich an mich gedacht. Ich habe mir gewünscht, er hätte die Sache schon vor Jahren geregelt, als klar wurde, daß er ein Problem

hat. Und ich bin auf ihn losgegangen, weil ich wütend über eine Entscheidung war, die zu treffen er jedes Recht hat. Er hat das Recht auf eine eigene Identität.«

Ich begriff nicht ganz, inwiefern die bevorstehende Operation einen gänzlich neuen Menschen aus Gladstone machen sollte; aber das zeigte vielleicht nur, wie wenig ich von den Wundern der modernen Chirurgie wußte. Ich schlug vor, daß Eudora unverzüglich nach unten gehen und mit ihrem Mann sprechen sollte, damit sie sich besser fühlte. Doch sie sagte, sie wolle sich lieber noch fünf oder zehn Minuten Zeit lassen, um sich wieder zu fangen.

»Es wird Gladstone nichts nützen, mich so zu sehen.« Sie zupfte ihre Ärmel zurecht und richtete sich auf. »Eine Frau meines Alters und mit meiner Figur sieht nicht im mindesten anziehend aus, wenn sie geheult hat. Also, wie wär's, wenn du und ich, Ellie, ins Schlafzimmer marschieren und sehen, was du mir bezüglich der Änderungen raten kannst? Der Schrank ist nicht das einzige Problem, wie du gleich sehen wirst.«

»Bist du sicher, daß du das willst?« fragte ich, und als sie daraufhin nickte, folgte ich Eudora durch die Tür am Ende des Flurs.

»Na, was meinst du?« Sie schaltete das Licht ein, und ich sah ein geräumiges Zimmer mit einem Kamin an der Wand gegenüber des Bettes, das etwa aus der Zeit des Zweiten Weltkriegs stammte. »Die Tapete« – sie zeigte auf die roten Kletterrosen – »war schon da, als wir einzogen, und ich weiß, daß sie sich fürchterlich mit der gelben Tagesdecke beißt. Was hältst du davon, wenn wir uns ein Federbett kaufen, Ellie? Mich reizt der Gedanke, daß ich dann leichter das Bett machen kann, andererseits mache ich mir Sorgen, daß die Daunen meine Allergie fördern könnten.«

»Ben und ich haben eine Bettdecke mit synthetischer Füllung«, sagte ich zu ihr, »weil Ben wegen seiner empfindlichen Nase gegen echte Daunen Bedenken hatte. Zum Glück habe ich damit keine Probleme. Mir müßte man eine Feder schon direkt unter die Nase halten, um zu prüfen, ob ich noch atme, um mich zum Niesen zu bringen. Aber heutzutage gibt es ganz tolle Alternativen, und falls du dich entscheidest, die Rosentapete und die Vorhänge noch eine Weile zu behalten, würde sich eine weiße Tagesdecke sehr gut machen.« Meine Stimme klang etwas zu laut, als redete ich gegen die düstere Stimmung an, die Eudora so sichtbar einhüllte wie der Nebel, der sich vor dem Fenster zusammenzog.

»Nein, ich glaube, ich möchte alles in diesem Zimmer verändern, bis auf den Kamin.« Sie lachte unsicher, mit dem Ergebnis, daß sie sich die Brille wieder auf der Nase zurechtrücken mußte. »Und vielleicht sollten wir den sogar auch rausreißen lassen.«

»Du solltest lieber noch etwas warten, bevor du größere Veränderungen in Angriff nimmst.« Ich sah nervös zu, wie meine Freundin zwischen Frisiertisch und Kommode hin- und herpendelte. »Es ist gewöhnlich besser, wenn man Entscheidungen, wie man renovieren soll, in einigermaßen ausgeglichener Stimmung trifft. Andernfalls hat man am Ende eine schwarze Tapete und einen Sarg als Couchtisch.«

»So wirst du nie zu Geld kommen, Ellie.«

»Und ich will nicht mitansehen, wie du deines zum Fenster hinauswirfst«, sagte ich zu ihr.

»Endlich mal haben Gladstone und ich genug zum Ausgeben.« Sie sah ausgesprochen elend aus, als sie das sagte. »Unsere Tochter ist verheiratet und hat sich in Australien niedergelassen, und Gladstone und ich haben immer sparsam gelebt. Und ... unter den jetzigen Umständen« – sie schüttelte sich wie ein Hund, der aus dem Wasser kommt –, »na ja, da erscheint es nur logisch, wenn wir uns ein bißchen was gönnen. Aber du hast ganz recht, Ellie, vielleicht wäre es besser, abzuwarten, bis wieder Ruhe in unser Leben eingekehrt ist.«

»Laß mich über den Schrank nachdenken.« Ich musterte das gegenwärtige Exemplar mit gemischten Gefühlen. Es war ein recht hübsches spätviktorianisches Stück, das neu lackiert und auf den vorderen Paneelen mit einer ländlichen Szene bemalt – Schafe, die unter Bäumen weideten – eine hübsche Ergänzung zu einem Himmelbett mit Messingrahmen und dazu passenden Nachttischen wäre. Sollte Eudora ihn jedoch unbedingt austauschen wollen, hatte ich bereits mehrere Ideen auf Lager. »Wie wär's, wenn ich verschiedene Pläne für dieses Zimmer und das Wohnzimmer ausarbeite«, schlug ich vor, »und mich in etwa einer Woche wieder bei dir melde, oder besser noch in einem Monat, wenn Gladstone seine Operation hinter sich hat und du dich auch wieder besser fühlst?«

»Das klingt bedeutend vernünftiger.« Meine Freundin lächelte mir betont munter zu. »Na, dann geh du doch schon mal runter und bitte Gladstone, den Teekessel für uns aufzusetzen.« Sie legte die Haarbürste, mit der sie herumgespielt hatte, auf den Frisiertisch zurück. »Und sag ihm, ich komme gleich zu euch.«

»Ich sollte eigentlich langsam gehen.«

»Nicht ohne eine Tasse Tee getrunken und ein Stück von dem Biskuitkuchen probiert zu haben, den Gladstone heute morgen gebacken hat.« Eudora ging mit mir hinaus in den Flur. »Ich komme nach, sobald ich mir das Gesicht gewaschen und um die Augen herum ein wenig Puder aufgelegt habe.«

»Laß dir Zeit.«

Ich umarmte sie, bevor ich die Treppe hinunterging. Als ich auf der viertletzten Stufe stand, sagte mir ein Blick auf meine Uhr, daß das dumme Ding um halb zwei stehengeblieben war. Ich sah gerade auf die Wanduhr in der Diele gegenüber dem Geländer, als das Telefon im Wohnzimmer klingelte. Ehe ich meine Uhr stellen konnte, hörte ich Gladstone Spikes Stimme. Durch die geöffnete Tür klang sie ein wenig atemlos und schrill.

»Ah, schön! Genau deine Stimme wollte ich hören. Niemand außer dir kann wirklich verstehen, wie leid ich es bin, eine Frau in einem Männerkörper zu sein.«

Grundgütiger! Ich schlug die Hand vor den Mund, ansonsten war ich außer Gefecht gesetzt. Aber selbst wenn ich imstande gewesen wäre, meine Beine zu bewegen, hätte ich es nicht riskieren können, daß die Treppe knarrte. Man stelle sich nur vor, welch qualvolle Verlegenheit der arme Gladstone empfinden würde, wenn er merkte, daß ich sein peinliches Geständnis mitbekommen hatte!

»Ich habe mich entschieden, dieses Versteckspiel nicht länger mitzumachen«, sagte er jetzt mit zitternder Stimme. »Aber meine liebe Frau ist natürlich sehr besorgt, wie manch einer aus ihrer Gemeinde reagieren wird, wenn ich offenbare, daß ich eine Frau bin. Eudora mag den Namen Zinnia nicht, zu blumig für ihren Geschmack, aber ich kann mir unmöglich vorstellen, eine Alice oder Ruth zu sein.«

Während Gladstone der Antwort am anderen Ende der Leitung lauschte, schlotterte ich bei der Aussicht, von Eudora beim Horchen auf der Treppe erwischt zu werden, wenn sie aus dem Bad kam. Die arme Frau hatte schon genug durchzumachen mit einem Ehemann, der im Begriff war, seine Geschlechtsverwirrung zu beenden, indem er eine Geschlechtsumwandlung an sich vornehmen ließ. Sie brauchte nicht noch zu entdecken, daß ich eine Schnüfflerin war. Wenn man eine Innenarchitektin engagiert, muß man immer damit rechnen, daß in versteckten Winkeln gestöbert wird und peinliche Dinge ans Licht kommen, doch das häusliche Chaos in diesen vier Wänden sollte so lange wie möglich vertraulich bleiben. Ich konnte mir ausmalen, wie die Schlagzeilen lauten würden, wenn die Boulevardblätter auf diesen Knüller stießen: *Kirchenklatsch in Chitterton Fells – Der Pfarrer ist eine Frau, und ihr Ehemann ebenfalls!*

Mir brach schier das Herz, wenn ich an Eudora und auch an

Gladstone dachte! Welch qualvolle Lage, in der sie sich befanden! Kein Wunder, daß Eudora völlig am Boden zerstört war! Ich wäre reif für die Klapsmühle, wenn Ben verkünden würde, daß er Benita sein wollte; doch andererseits würde ich auch nicht wollen, daß er ein Leben in emotionaler Qual führte, wenn ein Schnitt hier und da ihn befreien und in die Frau seiner Phantasien verwandeln konnte. Und anscheinend hatte Eudora nicht vor, Gladstone im Stich zu lassen. Sie hatte davon gesprochen, daß er aus ihrem gemeinsamen Schlafzimmer, nicht aber aus dem Pfarrhaus ausziehen würde. Ich stellte sie mir beide in künftigen Jahren vor – er, oder besser gesagt Zinnia, strickte ein perlmuttrosa Bettjäckchen, während Eudora an der anderen Seite des Kamins saß und las. Kein Wunder, daß die Pfarrerin von St. Anselm sich als Ventil für ihre Bedürfnisse als Frau Liebesromane auserkoren hatte . . .
Plötzlich hörte ich etwas. Eine schreckliche Stille. Gladstone mußte das Gespräch beendet haben. Schnell setzte ich meine Beine in Bewegung. Ich ging die letzten Stufen hinunter, als er auch schon in die Diele kam.
Bis hinunter zu den Zehen errötet, stammelte ich, daß Eudora mich geschickt hätte, um ihm zu sagen, daß sie gleich zum Tee herunterkommen wolle.
»Ah, schön.« Gladstone musterte mich sanft. Ein Mann in grauer Strickjacke und Pantoffeln, ein Ehemann unter Tausenden, sollte man meinen. Und das war er, so überlegte ich traurig, als ich die Boulevardblätter wieder vor mir sah, tatsächlich. »Ich habe gerade mit einem Freund telefoniert, der ebenfalls« – allem Anschein nach improvisierte er spontan – »für seine Kirchenzeitung schreibt.«
»Wie nett«, stammelte ich, »daß Sie jemanden haben, dem Sie Ihr Herz ausschütten können. Wären Sie vielleicht so freundlich« – ich schob mich zur Haustür –, »Eudora auszurichten, daß ich schleunigst nach Hause mußte? Ich möchte Gerta, unsere neue Kinderfrau, an ihrem ersten Tag ungern zu lange

allein lassen. Sie steht bereits unter großem Streß, weil ihre Ehe vor kurzem in die Brüche gegangen ist. Ihr Ehemann hat sie wegen eines anderen Mannes verlassen.«

Die Worte waren heraus, bevor ich sie hinunterschlucken konnte. Na großartig! dachte ich wütend. Jetzt wird Gladstone mich für eine engstirnige Klatschbase halten! Eine von der Sorte, deren gehässiges Mundwerk nicht mehr stillsteht, wenn er nach seiner Operation aus dem Krankenhaus kommt.

»Das Leben ist nicht leicht.« Er schüttelte den Kopf, als er mir zur Tür folgte. »Eudora und ich werden diese bekümmerten Menschen in unser Gebet einschließen.«

»Sie sind ein Engel.« Spontan drückte ich ihm einen Kuß auf die Wange, bevor ich die Stufen zum Gartenweg hinunterging. Ich wischte eine Träne weg, als er mir etwas nachrief.

»Nicht vergessen, Ellie« – er klang bedeutend munterer –, »morgen um ein Uhr ist die Sitzung des Bibliotheksvereins. Es ist wichtig, daß wir alle anwesend sind, um Pläne zu schmieden, wie wir das Geld für Miss Bunchs Denkmal beschaffen.«

»Ich werde pünktlich dasein!« Ich winkte zum Abschied mit unsicherer Hand und bog auf den Friedhof ein. Dabei hatte ich den Eindruck, als verschleiere Nebel mir die Sicht, obwohl der sich längst aufgelöst hatte. Ein feiner Mensch, das war Gladstone Spike, ob Mann oder Frau. Und ich hatte meine Lektion gelernt. Meine eigenen Probleme waren es nicht wert, groß darüber nachzudenken, geschweige denn darüber zu reden. Ich würde nach Hause gehen und Abbey und Tam ein Märchen über Menschen vorlesen, die glücklich und zufrieden bis an ihr Ende lebten. Nein, vielleicht doch nicht, dachte ich, als ich durchs Kirchhofstor zur Cliff Road ging. Vielleicht würde Gerta bei der Märchenstunde dabeisein wollen und daran erinnert werden, daß ihr Märchenprinz mit Cinderella durchgebrannt war. Aber auch Gerta würde, hoffentlich, eines Tages bereit sein, an das Wunder eines Neuanfangs zu glauben. Und ebenso vielleicht Eudora und Gladstone – oder sollte ich Zinnia sagen?

Da mir ein Roman mit dem Titel *Wenn die Hoffnung nicht wär* einfiel, den ich vor kurzem gelesen hatte, verging die Zeit auf dem Heimweg ziemlich rasch. Ich pappte ein Lächeln auf mein Gesicht, überquerte die Zugbrücke und ging die Stufen zur Gartentür hoch.

Gerta war in der Küche, die anheimelnd nach Ingwer und Nelken duftete; und als ob das nicht schon reichte, um mich aufzumuntern, tat der Anblick, wie die Zwillinge auf dem Läufer vor dem Herd vergnügt einen herrlich abstrakten Turm bauten, ein übriges.

»Hallo«, sagte ich fröhlich und erlitt einen Schock. Gerta wandte mir ein zutiefst betrübtes Gesicht zu. Ihre pausbäckigen Wangen waren eingefallen, und ihre Zöpfe zischten unheilverkündend durch die Luft, als sie auf mich zukam.

»Ojemine!« rief ich und schloß die Tür hinter mir, bevor ich den Weg des Feiglings wählen und wieder nach draußen stürzen konnte. »Sie sind aufgebracht, weil ich das Haus verlassen habe, ohne Ihnen zuvor Instruktionen zu geben. Das war gedankenlos von mir, ich weiß, aber Mrs. Malloy hatte versprochen, Ihnen auszurichten, daß mein Mann und ich den wunderbaren Luxus, Sie hier zu haben, nutzen und ein Picknick machen ...« Ich verstummte schuldbewußt.

»Frau Mop ist schon vor zwei langen Stunden nach Hause gegangen.« Gerta zeigte auf die Uhr, als erwarte sie, daß diese ihre Worte bestätigte. »Die Mümmelchen und ich waren mutterseelenallein.« Sie zitterte jetzt so heftig, daß sie sich auf den Schaukelstuhl fallen lassen mußte, mit einem Plumpser, der ihn fast umkippen ließ. »Wir waren mutterseelenallein im Arbeitszimmer, wo der Fernseher steht, als wir jemanden da reinkommen hörten.« Sie zeigte vage in die Richtung der Gartentür. »Ich glaubte, Sie sind es, Frau Haskell. Und ich sagte zu den Kindern: ›Huchchen! Wir gehen Mama schnell erzählen, wie vergnügt wir alle miteinander sind.‹«

»Und was passierte dann?« Ich starrte verblüfft die Zwillinge an, und Abbey hob ihren Kopf mit den Kandiszuckerlocken und sagte mit geziemendem Pathos: »Tam hat mich gehauen.«

»Gar nicht!« Um sein Dementi zu unterstreichen, stieß ihr Bruder den Holzturm um, und ich mußte mein kleines Mädchen an mich raffen, bevor sie das liebliche Bild aus Organza und rosaroten Schleifen ruinierte, indem sie Tam mit einem roten Bauklotz eins auf den Kopf gab.

»Ich glaube, Abbey erzählt Märchen.« Gerta drehte ihre Zöpfe unter ihrem Kinn zu einem Seil und lief dadurch ernsthaft Gefahr, sich zu erdrosseln.

»Wer war es denn, den Sie ins Haus kommen hörten?« hakte ich verzweifelt nach. »War es Mrs. Mop – ich meine, Mrs. Malloy –, die zurückkam, weil sie ihre Handtasche vergessen hatte?«

»Nein! Als ich in die Halle ging, sah ich diesen Eindringling in schwarzen Hosen und Regenmantel mit bis zum Kinn hochgeschlagenem Kragen und einem Hut, dessen Rand über die Augen gezogen war, und er ging frech wie Oskar in das große Wohnzimmer. Es war nicht Ihr Ehemann. Ich erkenne Herrn Haskell an seinem Gang. Das war ein Einbrecher, das war mir klar, weil mein Verstand immer *schnipp* schaltet!« Gerta demonstrierte die Schnelligkeit, mit der sie dachte, mit einem Fingerschnipsen. »Ich wußte es schon, bevor ich sah, wie er den Kerzenleuchter vom Kaminsims nahm und nachschaute, ob er aus Silber ist.«

»Großer Gott!« Ich fing Abbey noch auf, bevor sie mir aus den Armen glitt. »Was haben Sie dann getan?«

»Ich schob die Mümmelchen wieder ins Arbeitszimmer und schloß die Tür.« In Gertas Wangen kehrte die Farbe zurück, als sie sich für ihre Geschichte erwärmte. »Dann lief ich auf Zehenspitzen zu der Stelle in der Halle, wo die Statue des heiligen Franziskus auf dem Bord steht.« Hier hielt sie inne, um sich zu bekreuzigen. »Er ist ein so guter Heiliger; ich wußte, er würde mir helfen, mich vor dem niederträchtigen Menschen zu retten, der mir noch den Rücken zudrehte.«

»Nur weiter!« Ich fühlte mich allmählich wie betäubt, teils, weil Abbey mich in die Wangen kniff, und es war schwierig, Gertas Gesicht klar zu sehen, weil meine Augen tränten.

»Ich schlich mich von hinten an den niederträchtigen Menschen heran, der meine guten Arbeitgeber bestehlen wollte. Und ich schlug ihm mit dem heiligen Franziskus auf den Kopf. Um mir Kraft zu geben, dachte ich an meinen Ehemann und wie gerne ich ihn totmachen würde, mit jeder Menge Blut und einem zerschmetterten Schädel. Und der Einbrecher fiel um, ohne pieps zu machen. Mit dem Gesicht nach unten.«

»Tam hat mich gehauen.« Abbey sprach mit ihrem Rosenmund dicht an meiner Nase, und mir wurde klar, daß sie Gertas Schilderung schon einmal gehört und sich ihre eigene Version zurechtgelegt hatte – mit sich selbst als Maid in Bedrängnis.

»Sie waren unglaublich tapfer, Gerta«, sagte ich. »Was hat die Polizei gesagt, als sie kam?«

»Was?« Unser Au-pair sah mich verständnislos an. »Ich habe sie nicht angerufen! Wenn ich das tue, dachte ich, würde ich mir zuviel Verantwortung nehmen. Ich machte die Tür zu und schob den großen Tisch aus der Halle davor. Und seitdem habe ich keinen Ton aus dem Zimmer gehört.«

Natürlich nicht, dachte ich, weil der Einbrecher sich aller Wahrscheinlichkeit nach schon vor langer Zeit von dem Schlag mit einer Gipsstatue erholt und sich durchs Fenster davongemacht hatte. Ich setzte Abbey auf dem Fußboden ab und beschloß, nach draußen zu gehen und einen Blick durch die vergitterten Fenster zu werfen, um Gerta zu beruhigen, bevor ich den Wachtmeister anrief. In diesem Moment jedoch setzte das Gehämmer ein und ließ die Kupferschüsseln an dem Eisengestell, das über dem Herd von der Decke hing, gegeneinanderscheppern. Abbey und Tam achteten nicht darauf, doch Kater Tobias hechtete prompt die Anrichte hinauf, und Gerta stürzte sich in meine Arme. Eine wütende Stimme brüllte in undamenhaft drohendem Tonfall: »Ellie, ich hatte ja immer schon den Verdacht, daß du mich *haßt*, aber daß du so weit gehen würdest, um mir zu zeigen, wie unwillkommen ich bin, wenn ich dich mit meinem Besuch beehre, hätte ich nicht gedacht.«

»Der Einbrecher?« Gerta taumelte rückwärts.

»Das ist nur einer ihrer Namen«, erwiderte ich mit Grabesstimme, während ich in die Halle ging, um den Löwenkäfig zu öffnen. »Es gibt nur eine einzige Frau auf der Welt, die es für modisch-amüsant halten kann, sich wie ein Mafioso anzuziehen, und die nicht zögern würde, ohne anzuklopfen bei mir hereinzuschneien und sogleich den Stempel auf meinen silbernen Kerzenleuchtern zu überprüfen. Diese Frau ist meine Cousine Vanessa.«

7. Kapitel

Es ist kein Verbrechen, den Geburtstag von jemandem zu vergessen, vor allem wenn dieser Jemand du selbst bist. Als Ben, der in seinem grauschwarzen Anzug übrigens sehr einnehmend aussah, am folgenden Morgen in die Küche kam und sagte: »Ich wünsche dir noch viele solcher glücklichen Tage, Schatz«, dachte ich einen entsetzlichen Augenblick lang, daß er mir eine Wiederholungsserie der Ereignisse um Vanessas Auftauchen bei uns an den Hals wünschte. Es war allerdings kaum verwunderlich, daß ich nicht klar denken konnte.

Sobald sie aus der Gefangenschaft, sprich unserem Salon, befreit worden war, hatte meine Cousine einen dramatischen und zugegebenermaßen graziösen Ohnmachtsanfall auf den Steinfliesen in der Halle in Szene gesetzt. Vermutlich bringt man Models angesichts der Stolpergefahr auf dem Laufsteg bei, wie man stürzt, ohne sich zu verletzen. Ich glaube jedenfalls nicht, daß sie der Beule, die sie bereits am Kopf hatte, noch eine hinzufügte. Als sie wieder zu sich kam, verlangte Vanessa, daß Gerta wegen Körperverletzung den Behörden übergeben wurde. Sie schlug außerdem vor, ich solle die Kinder ins nächste Waisenhaus verfrachten, da ihr Geschrei sie auf die Palme treibe. Bedauerlicherweise trieb es sie nicht aus dem Haus.

Schließlich dämmerte mir, daß Ben mir noch viele glückliche Geburtstage wünschte, doch es fiel mir schwer, vor Freude überzuschäumen, weil ich wieder ein Jahr älter war, wenn ich an Vanessa dachte, die oben im Turmzimmer friedlich schlummerte. Meine Cousine trug mein schönstes grünes Nachthemd mit der Meerschaumspitze, weil sie, wie sie erklärte, die Londoner Wohnung, die sie mit ihrer Mutter teilte, derart überstürzt verlassen hatte, daß sie nicht mal eine Zahnbürste hatte mitnehmen können. Natürlich schreckte ich davor zurück, ihren Spott herauszufordern, indem ich ihr eines meiner Baumwollnachthemden anbot. So stubenrein, daß es zum Himmel stank, hätte ihr Urteilsspruch gelautet. Dann, noch bevor sie das Glas Brandy ausgetrunken hatte, das sie verlangte, um ihre Nerven zu beruhigen, hatte Vanessa mich erneut aus dem Konzept gebracht, indem sie mich fragte, ob ich meine Wimpern verlegt hätte.

»Gott ist oben im Himmel«, sagte Ben, nachdem er mir einen Geburtstagskuß auf die Lippen gedrückt hatte, »und Vanessa vermutlich noch im Bett.«

»Momentan steht mit der Welt noch alles zum besten.« Ich nahm die Kaffeekanne und goß uns beiden eine Tasse ein. »Einer der Pluspunkte meiner Cousine ist, daß sie und der Morgen nie gut miteinander konnten. Ich glaube, daß George Malloy eines Tages aufwachen und feststellen wird, daß er seine Frau dreißig Jahre lang nicht bei Tageslicht gesehen hat. Aber ich vermute, das wird seine geringste Sorge sein.«

»Meinst du nicht, daß du ein wenig zu hart mit ihr ins Gericht gehst?« Ben hob fragend eine Braue, als er die Tasse entgegennahm, die ich ihm reichte. »Ich weiß, Vanessa kann eine Hexe sein, aber vielleicht solltest du ihr gegenüber Milde walten lassen, wo ihre Mutter wegen der Verlobung einen Anfall gekriegt und sie aus der Wohnung geworfen hat.«

Ich rührte heftig genug in meinem Kaffee, um das Muster innen aus der Tasse zu kratzen. »Gleich erzählst du mir noch, daß Vanessa nach Merlin's Court gekommen ist, weil sie den glühenden Wunsch hat, sich mit ihrer künftigen Schwiegermutter anzufreunden! Ich darf dich daran erinnern« – ich wedelte mit meinem Löffel vor ihm herum –, »daß Vanessa bei ihrem letzten Besuch hier Mrs. Malloy mit den Worten beschrieben hat, sie habe weniger Erziehung genossen als ein Karrengaul.«

»Deine Cousine ist ein Snob.« Ben goß sich Kaffee nach. »Aber du mußt doch zugeben, daß sie sich von dem fehlenden blauen Blut ihres Verlobten nicht davon abhalten läßt, ihn zu heiraten, trotz der Einwände ihrer Mutter. Hört sich für mich so an, als könnte sie den Typ lieben. Und sie wird ihm eine Freude machen wollen, indem sie Freundschaft mit Mrs. Malloy schließt.«

»Das glaube ich erst«, sagte ich gehässig, »wenn ich eine kleinere Kleidergröße als Vanessa habe.«

»Vergessen wir sie vorläufig mal.« Ben warf einen Blick auf die Wanduhr, deren Zeiger sich unerbittlich auf halb acht zubewegten, die Zeit, zu der er gewöhnlich zum Restaurant aufbrach. »Gerta bringt gleich die Zwillinge herunter, wie wär's also, wenn wir die wenigen Augenblicke allein sinnvoll nutzen?« Er stellte seine Tasse in die Spüle, dann ging er zu der Nische an der Gartentür und kam mit einem festlich eingepackten Paket zu mir zurück, das zu groß war, um ein Schmuckstück zu enthalten, es sei denn, es handelte sich um eine Krone. »Ich stelle das hier jetzt auf den Tisch, und wenn ich sage, Achtung, fertig, los, kannst du das Papier aufreißen.«

»Also, vielen Dank, Schatz.« Ich gab ihm einen Kuß, bevor ich mich mit bloßen Händen an die Arbeit machte. Scheren stellen sich in unserem Haus prinzipiell nicht zur Verfügung. »Wie wundervoll. Das habe ich mir schon immer gewünscht!«

»Ich dachte mir, daß du dich freuen würdest.« Ben hielt mein Geschenk in einem besseren Winkel, so daß die Sonne es in seiner ganzen technischen Vollendung erstrahlen lassen konnte. Ich war von nun an die stolze Besitzerin einer Cappuccinomaschine. »Du wirst sehen, daß nicht nur eine Bedienungsanleitung beiliegt, sondern auch ein Video mit dem Titel *Einführung in die Zubereitung von Cappuccino.*«

»Muß ich auch noch einen Abendkursus belegen?« fragte ich, um die wachsende Scheu zu überspielen, die ich angesichts der Batterie von Knöpfen und des Hebels empfand, der die Maschine aller Wahrscheinlichkeit nach in die Erdumlaufbahn befördern würde, wenn er in die falsche Richtung umgelegt wurde.

»Sie ist wirklich kinderleicht zu bedienen.« Ben streichelte liebevoll mein Haar, küßte mich aber zum Glück nicht, sonst hätte er vielleicht gemerkt, daß meine Lippen zitterten. Für mich hat es schon etwas Lebensdrohliches, den Stecker des Staubsaugers einzustöpseln, und ich berühre nie eine Glühbirne mit der bloßen Hand, selbst wenn sie noch in der Schachtel steckt.

»Bis hierher sieht es einfach aus.« Ich musterte die beiden Cappuccinotassen, die im Paket enthalten waren.

»Denk mal an unsere künftigen gemeinsamen Abende.« Zum Glück merkte Ben bloß, daß die Uhr auf halb acht zeigte, und nahm seine Jacke von der Rückenlehne eines Stuhls. »Zuerst das köstliche Vorspiel, die Bohnen zu mahlen und das berauschende Aroma zu genießen. Dann sitzen wir zwei nach dem Abendessen zusammen, trinken unseren Cappuccino und haben Schaum vor dem Mund, falls das Telefon läuten und den Zauber des Augenblicks zerstören sollte.«

»Ich kann's kaum erwarten.« Ich folgte ihm zur Tür. »Danke, Liebling, für das wunderbare Geschenk.«

»Ach, noch etwas, Ellie ...« Er drehte sich zu mir um, anscheinend war ihm gerade eine glänzende Idee gekommen. »Wie wär's, wenn du heute abend um sechs ins Abigail's kommst und wir zusammen essen? Ich würde dich ja woandershin ausführen, aber mir fällt kein Lokal ein« – er zog spöttisch eine Augenbraue hoch –, »wo das Essen auch nur halb so gut ist wie meins.«

»Hört sich gut an.« Ich zupfte ein Fädchen von seiner Schulter. »Aber wäre es nicht besser, zu Hause mit den Zwillingen zusammen zu essen? Du könntest etwas aus dem Restaurant mitbringen, damit es was Besonderes ist.«
»Wir kehren zeitig zurück und essen mit Abbey und Tam Kuchen.« Ben ging schon die Stufen hinunter, während er das sagte. »Du mußt doch sowieso nach Chitterton Fells, wegen der Bibliotheksversammlung, warum nimmst du dir nicht den ganzen Nachmittag frei – gehst einkaufen und triffst dich anschließend mit mir im Abigail's? Schließlich ist das der Grund, warum wir Gerta engagiert haben – es soll leichter für dich sein, mal aus dem Haus zu gehen.«
»Ich komme, Liebling!« sagte ich, und nachdem ich die Tür hinter ihm geschlossen hatte, sammelte ich den Cappuccinokarton und das Geschenkpapier ein und steckte alles in den Mülleimer. Mit einem hübschen spitzenbesetzten Nachthemd und passendem Negligé, als Ersatz für die Sachen, die ich nur mit viel Glück von Vanessa zurückbekommen würde, hätte ich umgehen können. Aber nicht alle Geschenke können romantisch sein, so redete ich mir selbst gut zu, als ich mich an die Vorbereitung des Frühstücks für die Zwillinge machte.
Der Grund, warum ich Abbey und Tam heute abend nicht allein lassen wollte, war einfach der: Da Gerta bereits die Aufgabe übernommen hatte, sie morgens zu wecken und anzuziehen, hatte ich allmählich das Gefühl, daß mir ein großer Batzen unseres gemeinsamen Tagesablaufs entglitt, unter anderem meine Rolle als Hüterin der Waschungen der Zwillinge. Würde Gerta verstehen, wie wichtig es Tam war, an dem Ende der Wanne mit den Armaturen zu sitzen? Und würde Abbey den Mut haben, ihr zu erklären, daß die Gummiente mit Babypuder bestäubt wurde, nachdem man sie abgetrocknet hatte?
Ein Teil meines Problems war, so überlegte ich, als ich den Orangensaft umrührte, den ich aus dem Kühlschrank geholt

hatte, daß ich bislang ganze zwei Kunden hatte, die an meinen Diensten als Innenarchitektin interessiert waren. Oder konnte es sein, daß ich im Grunde gern eine geplagte Vollzeitmutter war, die insgeheim nichts davon hielt, wenn eine andere Frau eine wichtige Rolle in der Erziehung ihrer Kinder spielte? Ich zweifelte ganz bestimmt nicht an Gertas Kompetenz, weil sie Vanessa irrtümlich für einen Einbrecher gehalten und sich im Eifer des Gefechts vorgestellt hatte, sie schlage ihrem Ehemann mit der Statue des heiligen Franziskus den Schädel ein.

Viele wirklich nette Frauen phantasieren davon, ihre untreuen Ehemänner zu ermorden, und niemand hätte weniger mordlüstern wirken können als Gerta, als sie jetzt in der Küche erschien, immer noch in ihrem Alpenoutfit, mit Abbey und Tam im Schlepptau. Ich hatte ihr angeboten, ihr etwas zum Anziehen zu leihen, doch sie sagte, das sei nicht nötig. Sie hätte ihre Unterwäsche im Waschbecken gewaschen und mit dem Fön getrocknet.

»Bitte, Gerta«, sagte ich jetzt zu ihr, »benutzen Sie die Waschmaschine und den Trockner, so oft Sie wollen. Ben und ich möchten, daß Sie dies als Ihr Heim betrachten.«

»Sie sind so gut, Frau Haskell. Es ist ein Wunder, daß Sie mich nicht achtkantig hinauswerfen, wegen des Fehlers, den ich mit Ihrer schönen Cousine gemacht habe.«

»Sie hätte anklopfen sollen, anstatt einfach hereinzukommen und Sie zu Tode zu erschrecken.« Ich verriet nicht, daß ich selbst schon oft größte Lust gehabt hatte, Vanessa eins auf den Schädel zu geben. Mein Herz war voll, ebenso wie meine Arme, als Abbey und Tam auf mich zustürzten, als wäre ich ihre verloren geglaubte Mutter. »Sie haben sich eine Belohnung verdient, Gerta, weil Sie Ihr Leben riskiert haben, um die Kinder zu beschützen. Ich werde Ihnen einen Scheck ausschreiben, damit Sie sich Kleider zum Wechseln kaufen können.«

»Nein, Frau Haskell!« Eine Träne glitt über ihre Pausbacke, und sie wischte sie mit dem Handrücken ab. »Ich verdiene nicht, daß Sie so gut zu mir sind.«
»Nein, widersprechen Sie mir nicht.« Ich setzte mich und hob erst Tam, dann Abbey auf meinen Schoß. »Warum fahren Sie nicht heute morgen noch nach Chitterton Fells und statten sich aus? Ich brauche nicht vor halb eins zu meiner Versammlung in der Bibliothek aufzubrechen.«
»Mein Mann kann meine Kleider schicken«, schniefte sie, »wenn er nicht zu beschäftigt damit ist, mit Herrn Meyers, der neuen Liebe seines Lebens, herumzuturteln.«
»Bis dahin« - ich lächelte sie an - »müssen Sie sich was kaufen. Gleich vor St. Anselm ist eine Bushaltestelle.« Einen Augenblick dachte ich schon, ich hätte sie verschreckt, indem ich Erinnerungen an ihre erste Nacht hier bei uns weckte, als sie auf dem Friedhof die gespenstische Gestalt der jungfräulichen Braut gesehen hatte und von dem schwarzen Hund bis zur Haustür von Merlin's Court gejagt wurde. Aber es hatte den Anschein, als ob Gerta diese Erlebnisse verdrängt hätte oder als ob ein strahlend blauer Himmel die Gewähr für eine Welt bot, in der weitere Begegnungen mit dem leibhaftigen Bösen unwahrscheinlich waren.
Mr. Babcock hatte die üblichen drei Liter Milch gebracht, bevor ich nach unten kam, daher war ich immer noch auf Vermutungen angewiesen, wie seine frischgebackene Ehefrau auf den Einzug von Heathcliff reagiert hatte. Während Gerta und ich die Zwillinge in ihren Hochstühlchen an den Tisch setzten, überlegte ich, ob ich das Hochzeitsgeschenk für die Babcocks heute mittag mitnehmen und es Sylvia während der Sitzung geben sollte, entschied jedoch, daß es angebrachter wäre, es morgen zu ihnen nach Hause zu bringen. Sie hatte mich mehrmals gedrängt, zum Tee vorbeizukommen, aber bis jetzt war es wegen der Zwillinge schwierig gewesen. Sylvia, die schon Angst vor der Luft hatte, die sie atmete, wäre viel-

leicht auf einen Stuhl gesprungen und hätte Zeter und Mordio geschrien, wenn sie ein Kind in ihrem Wohnzimmer erblickt hätte.
Der Morgen ging in heiterem Kriechtempo dahin, Abbey und Tam spielten friedlich mit ihren Spielsachen, und Gerta bestand darauf, erst zu fahren, wenn sie mir beim Aufräumen geholfen hatte, da dies nicht einer der Tage war, an denen Mrs. Malloy kam, um mit eisernem Mop das Regiment zu übernehmen. Als es dann auf halb elf zuging, sah Gerta ein, daß sie den nächsten Bus ins Dorf würde nehmen müssen, wenn sie noch genug Zeit haben wollte, bei Boots ein Deo zu erstehen, ganz zu schweigen von irgendwelchen anderen Sachen, und rechtzeitig wieder zurück zu sein, damit ich meinen Termin in der Bibliothek wahrnehmen konnte.
Als die Uhr in der Halle schließlich elf schlug, kam Vanessa herein – und sah aus wie die Frühlingsgöttin in meinem meergrünen Negligé. Meine Cousine hat stets zu diesen gräßlichen Frauen gehört, die es, obwohl sie nach nur zehn oder elf Stunden Schlaf halbtot sind, schaffen, ausgesprochen hinreißend auszusehen. Daran ist die tizianrote Haarpracht schuld und die zarte, helle Sahnehaut – mit einem Hauch von Rosenrot auf den vollendeten Wangenknochen – und diese herrlichen sherryfarbenen Augen, die um so glutvoller und sinnlicher wirken, je schläfriger sie sind.
»Um Himmels willen, Ellie.« Sie legte ihre perlmuttrosa Fingerspitzen an ihre Stirn. »Kannst du diese blöde Uhr nicht zum Schweigen bringen? Ich bin zu erschöpft, um mir so früh am Morgen Kopfschmerzen zu leisten.«
»Hier, trink eine Tasse Tee.« Ich ging um Abbey und Tam herum und gab ihr die, aus der ich gerade hatte trinken wollen. »Für etwas Stärkeres ist es noch etwas früh.«
»Zum Beispiel Gift?« Meine Cousine lächelte mich süßlich an, als sie in einer Wolke aus grüner Gaze und Spitze zu einem Stuhl schritt und sich anmutig niederließ. »Ja, Schätzchen, ich

lese in dir wie in einem Buch. Von der Sorte mit den zehn Zentimeter großen Buchstaben, wie es sich der kleine Wie-heißt-er-Noch gerade ansieht.« Sie zeigte vorsichtig auf Tam, als hätte sie Angst, daß er vom Fußboden aufspringen und ihr den Finger abbeißen könnte. »Ich weiß, es ist dir ganz und gar zuwider, daß ich hier bin und deine reizende Häuslichkeit störe. *Mein Gott!* Was ist denn das für ein furchteinflößendes Gerät? Ein neuer Apparat, mit dem du deinen Blutdruck messen kannst, wenn du Marmelade kochst und sie nicht fest wird?«

»Das ist eine Kaffeemaschine«, sagte ich frostig.

»Und ich nehme an, der liebe Bentley hat sie dir zum Geburtstag oder einem ähnlich besonderen Anlaß geschenkt.« Vanessa drehte ihren Stuhl von Abbey weg, die mit ihrem Engelsgesicht dastand und sie aus großen, blauen Augen anstarrte. »Ich mache dir keinen Vorwurf, Ellie – wirklich nicht, weil du dir wünschst, ich wäre überall, nur nicht hier. Ich fühle mich sogar schuldig, weil dieser Panzer von Frau mich nicht erledigt hat! Du warst eben immer ein klitzekleines bißchen eifersüchtig auf mich, und wer kann dir das verdenken?« Sie strich die Spitze an ihrem einzigartigen Hals glatt. »Und ich denke, manchmal habe ich wirklich ein bißchen sehr darauf herumgehackt, daß ich die ganze Schönheit in der Familie geerbt habe. Aber«, fügte sie freundlicherweise hinzu, »ich habe auch immer zugegeben, daß du den netteren Charakter hast.«

»Herzlichen Dank!«

»Und das ist auch der Grund, Schätzchen, warum ich, als Mummy ausrastete, weil ich George Malloy heiraten will, als sie hysterisch schrie und krebsrot im Gesicht wurde, dachte, na schön, dann fahre ich nach Merlin's Court. Ellie wird die Vergangenheit vergessen, wenn sie erfährt, daß mein einziger noch lebender Elternteil mich verstoßen hat. Ellie wird mich an ihren mütterlichen Busen drücken. Und ich werde wissen, daß ich nicht ganz ohne Familie dastehe.«

»Du hast doch George«, rief ich ihr in Erinnerung.
»Ja, und sieh mal, wie sehr er mich anbetet!« Vanessa streckte ihre linke Hand aus, um mich erneut mit dem Glanz ihres obszön großen Solitärs zu blenden. »So groß wie manch ein Spiegel, nicht wahr?«
»Du kannst ihn benutzen, wenn du dein Make-up auffrischen mußt«, sagte ich, den Blick auf Abbey geheftet, die immer noch kaum fünfzehn Zentimeter von meiner Cousine entfernt bewegungslos dastand.
»Hat Gott dieses Kind in eine Salzsäule verwandelt« – Vanessa zog ihre Schultern ein –, »oder ist sie so auf die Welt gekommen?«
»Schöne Dame.« Abbey trat verzückt einen Schritt näher und legte ihr pummeliges Händchen auf das Gazeknie meiner Cousine. »Bist du eine Fee?«
»Ach du meine Güte!« Vanessa versetzte mich in Erstaunen, als sie die Arme ausstreckte und meine Tochter auf ihren Schoß hob. Und als sie mich ansah, wirkten ihre Augen noch strahlender, weil Tränen in ihnen standen. »Welch ein kostbares, unbezahlbares kleines Geschöpf! Wieso habe ich bis jetzt noch nicht bemerkt, daß sie aussieht wie ich? Als Kind hatte ich genau dasselbe goldene Haar wie die kleine Ashley. Oder war es Allison? Egal! Sie hat jedenfalls eindeutig meine himmlische Nase!«
Tam, der entschlossen war, nicht im Schatten seiner Schwester zu stehen, ließ sogleich sein Bilderbuch fallen, rannte zu Vanessa hinüber und schrie: »Ich dich auch lieb!«
»Lieber, intelligenter kleiner Junge!« Vanessa saß da, die Chiffonarme um meine Kinder geschlungen. »Oh, es war richtig, hierherzukommen, wo ich mich von Mummys Tiraden erholen kann.«
»Und Mrs. Malloy kennenlernen.« Ich versuchte, meine Sprößlinge nicht so anzusehen, als ob ich sie für ein Paar von Überläufern hielt.

»O ja! Meine zukünftige Schwiegermutter!« Vanessa küßte die Zwillinge auf den Kopf. »Aber das eilt nicht im mindesten. Ich sehe sie ja, wenn sie herkommt, um zu putzen, und wir werden uns bestimmt unterhalten, wenn sie zu einer unmöglichen Zeit vor meiner Schlafzimmertür zu saugen anfängt. Ich bin überzeugt, daß sie eine ganz entzückende Frau ist - und ganz außer sich vor Freude, seit sie weiß, daß ihr Sohn eine« - Vanessa tätschelte kokett Abbeys Wange - »eine Fee heiratet.«

Das schrie förmlich nach einer Tasse starken Tees. Während ich mir eine einschenkte, vertrieb ich den bösen Gedanken, daß meine Cousine vielleicht nicht mehr die allerbesten Modeljobs bekam und ersatzweise die Ehe als lohnenden Karrieresprung betrachtete. »Du mußt George Malloy sehr lieben«, tastete ich mich in freundlichem Ton vor.

»Schätzchen, du bist solch eine Romantikerin! Ich habe ihn ungeheuer gern. Er ist reich und kann sich durchaus sehen lassen. Ich bin gern mit ihm zusammen. Wir haben Spaß miteinander. Und er kam gerade noch ... ich meine, im richtigen Augenblick. Aber daß ich wahnsinnig, unsterblich in George Malloy verknallt wäre, großer Gott, nein! Und sieh mich bloß nicht so an, Ellie. Ich würde ihm keinen Gefallen damit tun, ihn anzuschmachten. Diese Art Gefühlsseligkeit kann niemals dauern. Nicht wenn man die Absicht hat, auch verheiratet zu bleiben.«

»Da irrst du dich.« Ich trank einen Schluck Tee, aber er hatte so lange gezogen, daß ich den bitteren Geschmack nicht ertragen konnte und ihn in den Ausguß kippte.

»Nimm nur dich und Ben.« Vanessa sprach über Tams dunklen Kopf hinweg, als er sich auf ihr Knie stellte, um ihre Rosenwange zu küssen. »Er muß einer der attraktivsten, verführerischsten Männer sein, die es gibt, aber schwebst du etwa in einem Zustand ewiger Verzückung durchs Haus, zählst jeden ungenutzten Moment, in dem du nicht in seinen Armen liegen kannst? Nein! Du bist mit deinen Gedanken überwiegend bei höheren Dingen, zum Beispiel, wie du die perfekte Mami für diese niedlichen Kleinen sein und dafür sorgen kannst, daß sich die Räder des eintönigen häuslichen Lebens weiterdrehen. Und das ist nur gut so, Ellie, denn eines Tages wird Ben alt und grau sein, und es wird dir schwerfallen, dich daran zu erinnern, was an ihm damals dein Blut so in Wallung versetzt hat.«

»Danke für die Warnung«, sagte ich.

»Keine Ursache.« Vanessa, die aussah wie eine Madonna mit einem zweiten Kind, lächelte engelgleich. »Bei dem lieben George gehe ich nicht das Risiko ein, ihn unter die Erde zu wünschen, wenn er die Gicht kriegt und nicht mehr die Treppe hinaufkommt, ohne zu schnaufen. Mir ist klar, daß romantische Liebe allein jenen Männern vorbehalten bleiben sollte, die man in den Zeiten von Mondenschein und Rosen geliebt hat. ›Das Alter soll sie nicht ermatten, noch die Jahre, die kommen, sie verdammen‹ – oder wie dieses traurige Sprichwort heißt! Die Männer, ohne die wir einst nicht leben zu können glaubten, haben auf immer ihren Platz in unseren Herzen; sie werden keinen Tag älter oder lästiger, wenn sie sich nicht mehr erinnern können, wohin sie ihr Gebiß gelegt haben.«

»Nun« – ich prostete ihr mit der leeren Teetasse zu –, »ich hoffe jedenfalls, daß du und George auf eure ganz persönliche Art und Weise glücklich werdet. Wann darf ich darauf hoffen, deinen Verlobten kennenzulernen?«

»Das weiß der Himmel, Schätzchen!« Vanessa setzte die Zwillinge auf dem Fußboden ab, stand auf und reckte störend betörend die Arme. »Ich habe Georgielein gestern abend angerufen, und er war ganz unglücklich, weil Mummy so biestig war, aber er kann heute nicht an meine Seite eilen, weil er in seiner Fabrik bis zum Hals in Arbeit steckt.«

»Und was stellt er dort her?«

»Fitneßgeräte. So habe ich ihn kennengelernt.«
»Du bist auf dem Trimmfahrrad mit ihm zusammengestoßen?«
»George brauchte ein Model für seine Werbekampagne.« Vanessa studierte einen Fingernagel, der anscheinend in Ungnade gefallen war, weil er sich eine Macke in seinem perlmuttrosa Lack zugezogen hatte. »Ich habe mich für den Job beworben und ihn bekommen. So einfach war das.«
»Auf jeden Fall viel besser, als für *Vogue* zu arbeiten«, erwiderte ich mit einem Blick zur Uhr. Es war fast schon Zeit, das Mittagessen für die Zwillinge zuzubereiten, wonach ich mich bereits würde sputen müssen, um mich für das Bibliothekstreffen zurechtzumachen. Es ging nicht an, Brigadegeneral Lester-Smith und die übrigen Vereinsmitglieder frustriert mit den Bleistiften auf den Tisch trommeln zu lassen. Wir würden jeden Funken verfügbarer Intelligenz brauchen, um Mittel und Wege zu finden, das nötige Kleingeld für Miss Bunchs Denkmal aufzutreiben.
»Dabei fällt mir ein, Ellie« – Vanessa schwebte durch den Raum, und die Zwillinge hielten je einen Zipfel ihrer Negligéschleppe –, »daß in diesem Haus etwas oder, besser gesagt, *jemand* fehlt.«
»Gerta ist unterwegs, um ein paar Besorgungen zu machen.«
»An sie hatte ich nicht gedacht.« Meine Cousine legte die Hand an ihren Hinterkopf, wo sich wohl immer noch die Beule behauptete, die ihre Angreiferin ihr beigebracht hatte. »Der alte Griesgram ist nicht da – Judas, der Gärtner.«
»Jonas macht mit Freddy Campingurlaub.«
»Unserem Cousin mit dem Pferdeschwanz und der Tätowierung und dem Totenkopfohrring?« Vanessa schwankte gekonnt. »Weißt du, daß ich unter Amnesie leide, was ihn betrifft?«
»Er erinnert sich noch an dich.« Ich warf erneut einen Blick auf die Uhr, deren Zeiger sich immer schneller zu drehen

schienen. »Als Freddy gestern abend anrief und ich ihm erzählte, daß du hier bist, hat er versprochen, er und Jonas würden ihren Nesselausschlag vergessen und eine Weile in den Wäldern untertauchen.«

»Wie lieb, wenn man bedenkt, daß ich vielleicht noch *ewig* hierbleiben muß!« Vanessa wirbelte zu mir herum, mit dem Ergebnis, daß Abbey und Tam die Schleppe aus den Händen gerissen wurde und sie sich unsanft auf den Hintern setzten. »Ich habe nämlich überlegt, daß es ideal für mich wäre, mich in St. Anselm trauen zu lassen.«

»Ach wirklich?« Ich landete um ein Haar neben den Zwillingen auf dem Fußboden.

»Ellie, ich habe keine eigene Kirche, warum sollte ich mir für den einen Tag also nicht deine ausleihen?« Sie hätte von dem Nachthemd reden können, das sie trug. »Es würde Mummy recht geschehen. Den Empfang würden wir hier auf Merlin's Court ausrichten, Ben würde für das Essen sorgen und Gerta, die menschliche Handgranate, hätte den ganzen Abwasch am Hals. Was könnte himmlischer sein als ich in meterweise weißem Satin und französischer Spitze, wie ich die Treppe des Stammsitzes der Familie hinunterschreite? Ein Bild tränenbenetzter Schönheit, wie es sich einem nur einmal in einem Dutzend Leben bietet.«

Da Abbey und Tam wie geblendet in die Hände klatschten, im Takt des Hochzeitsmarsches, der in ihren Köpfen spielte, war vermutlich nicht zu bemerken, daß ich nicht hundertprozentig begeistert war. »Eines mußt du wissen, Vanessa. St. Anselm hat eine recht traurige Geschichte in bezug auf Hochzeiten.«

»Weil du und Ben dort getraut wurdet?«

»Wegen der Jungfräulichen Braut und der Hochzeit, die vor etwa sechzig Jahren nicht stattfand. Man erzählt sich, daß der Bräutigam zu kommen vergaß oder auf Dauer aufgehalten wurde. Und seine liebeskranke Dame verlor daraufhin den Verstand. Sie lebt immer noch, ist um die achtzig und zu zahlreichen Gelegenheiten nach Einbruch der Dunkelheit gesichtet worden. Erst neulich hat Gerta sie gesehen, wie sie ihre traurige Nachtwache hielt.«

Ich stellte einen Topf mit Gertas Rindfleisch auf den Herd und hoffte Vanessa davon überzeugt zu haben, daß das bittere Unglück der Jungfräulichen Braut jeden Quadratzentimeter von St. Anselm durchtränkt und einen Fluch gegen den einst geweihten Grund bewirkt hatte, auf dem die Kirche stand. Was heißen sollte, daß meine Cousine folglich eher sterben würde, als sich weniger als zweihundert Meilen von St. Anselm entfernt trauen zu lassen, es sei denn, sie wollte in kommenden Jahren ein furchtbares Schicksal erleiden – mein Blick schweifte zu dem Cappuccino-Automaten –, zum Beispiel, daß George ihr zum Geburtstag eine Kaffeemaschine schenkte.

»Du hast gerade den Beweis für das geliefert, was ich eben sagte«, erwiderte Vanessa ohne das leiseste Zittern in der Stimme. »Es ist tausendmal einfacher, wahnsinnig in einen Mann verliebt zu bleiben, der sich nicht am Altar einstellt, selbst wenn man schon senil ist, als dauerhafte Leidenschaft für einen Ehemann zu empfinden, an dessen Seite man jahrein, jahraus in verschiedenen Stadien körperlicher und gefühlsmäßiger Entfremdung lebt. Danke für die Warnung, Ellie Schätzchen, aber ich glaube, ich werde noch heute nachmittag die Pfarrerin anrufen und einen geeigneten Termin für meine Hochzeit mit George Malloy mit ihr absprechen.«

Gab es denn kein Entkommen vor der grausigen Aussicht, Vanessa bei jeder Anprobe ihres Hochzeitsstaates zu Diensten sein zu müssen, beobachten zu müssen, wie die Schneiderin einen Mundvoll Stecknadeln verschluckte angesichts der Erkenntnis, daß sie einen wandelnden Stoff für Legenden vor sich hatte? Eine Fünfzig-Zentimeter-Taille. Mir kam flüchtig der Gedanke, meiner Cousine zu verklickern, daß Eudora Spike gerade mitten in einer Ehekrise steckte und vielleicht nicht in der Stimmung war, um auch nur mit ansatzweiser Begeisterung über die Wonnen des Ehestandes zu sprechen. Doch als ich kräftig in dem Fleisch rührte, um zu verhindern, daß es am Boden des Topfes ansetzte, brachte ich es nicht fertig, auch nur ein Wort von dem zu verraten, was ich bezüglich der bevorstehenden Geschlechtsumwandlung von Gladstone Spike erfahren hatte. Es würde noch schlimm genug werden, wenn es erst so weit war, daß Leute wie Vanessa ordinäre Witze nach dem Muster rissen, daß er wie ein Küken aus dem Ei geschlüpft war ... jetzt, da er über die, welche er bei der Geburt mitbekommen hatte, nicht mehr verfügte.

»Ellie, du stehst zu nah am Herd, dein Gesicht sieht aus, als ob es in Flammen stünde«, teilte meine Cousine mir freundlichst mit. »Gott sei Dank hat George Verständnis dafür, daß ich in Sachen Kochen höchstenfalls bereit bin, eine Scheibe Toast mit Butter zu bestreichen, wenn wir verheiratet sind. Wie sehr ich mir wünsche, Mummy würde sich darüber freuen, daß er Geld wie Heu hat, und den Umstand übersehen, daß er jeden Penny ohne den Hauch einer anständigen Erziehung verdient hat.«

Wie ich Tante Astrid kannte, eine Frau aus Fischbeinmiedern und mit eiserner Zunge, hatte ich wenig Hoffnung, daß sie sich jemals zum Egalitarismus bekehren lassen würde, sondern eher die starke Befürchtung, daß sie vielleicht in eben diesem Augenblick per königlichem Dekret ein Taxi anforderte, in der Absicht, einen matriarchalen Überfall auf Merlin's Court zu inszenieren. Hätte ich nur eine Sekunde geglaubt, Tante A könne Vanessa entführen, um sie von einem Pionier auf dem Felde der Klassenzugehörigkeitsstörungen deprogrammieren zu lassen, dann hätte ich den alten Drachen mit offenen Armen empfangen. Doch ich kannte meine Cousine gut genug, um zu wissen, daß sie keinen Zentimeter weit nachgeben würde, wenn sie auf Teufel komm raus entschlossen war, George Malloy zu heiraten.

Vanessa ging in der zuvor geäußerten Absicht in die Halle hinaus, seelenvoll die Treppe zu betrachten, die sie sehr bald in all ihrem bräutlichen Glanz hinabschreiten würde. Während ich die Zwillinge davon abhielt, ihr auf die Gefahr hin, daß sie kein Mittagessen bekamen, hinterherzutrippeln, überlegte ich, daß es typisch für meine Cousine war, mich nicht zum Geburtstag zu beglückwünschen. Zugegeben, ihr ging eine Menge durch den Kopf, doch ich wußte, daß sich ihr das Datum unauslöschlich eingeprägt hatte, weil es eben jenes war, an dem sie zum erstenmal im *Beauty Magazine* abgebildet wurde. Was mich überraschte, war, daß Mrs. Malloy mich nicht angerufen hatte, um mit einer Stimme »Happy Birthday« zu singen, die einem Singvogel garantiert qualvolle Zuckungen bereitet hätte. War sie eingeschnappt, weil sie von George gehört hatte, daß ihre künftige Schwiegertochter auf Merlin's Court weilte und man ihr die Kutsche nicht geschickt hatte, um sie mit gebührendem Pomp und Prunk herzugeleiten?

Ich fühlte mich schuldig wegen dieser Nachlässigkeit, als ich Abbey und Tam in ihre Hochstühle setzte. Und ich war ärgerlich, weil ich wußte, daß Vanessa an diesem Nachmittag vermutlich keinen Finger rühren würde, um Mrs. Malloy anzurufen. Aber ich hatte keine Zeit, mich lange dabei aufzuhalten, denn Gerta kam zur Küchentür herein; ihre graumelierten Zöpfe hatten sich in der Hast aufgelöst, und sie hatte eine Tragetüte von Marks & Spencer in der Hand.

»Habe ich mich verspätet, Frau Haskell?«

»Nein, Sie sind genau im richtigen Moment zurückgekommen«, versicherte ich ihr. »Ich hoffe, Sie hatten einen erfolgreichen Einkaufsbummel.«

»Ja! Aber ich war vorsichtig mit dem, was ich kaufte.« Sie zog ihren Mantel aus. »Von nun an, ohne Ehemann weit und breit, muß ich aufpassen, daß der böse Werwolf draußen bleibt.«

»Wenn Sie den Zwillingen ihr Fleisch geben und hinterher etwas Obst, mache ich mich schon mal für meine Versammlung fertig.« Ich reichte ihr den Löffel, lief nach oben und sah Vanessa in einem zarten Wirbel aus Meergrün ins Bad huschen. Sie würde eine Stunde brauchen, um ihr Gesicht zurechtzumachen, das eigentlich keinerlei Verschönerung nötig hatte, um ein Kunstwerk zu sein, während ich alles zusammenkratzen mußte, was ich an einzelnen Körperteilen besaß, und mich damit würde begnügen müssen, mein türkisfarbenes Kleid anzuziehen, das aussah, als wollte es zum Abendessen ausgeführt werden, und mir die Haare zu einem französischen Zopf zu flechten.

Es blieb mir nicht einmal eine Minute, um ein wenig Farbe in meine Wangen zu kneifen, was allein meine Schuld war. Dafür dachte ich daran, zwei Notizblöcke in meine Handtasche zu stecken. Einen für die Versammlung des Bibliotheksvereins und den anderen zum Notieren von Maßen und kreativen Einfällen, wenn ich mir anschließend das Haus ansah, das Brigadegeneral Lester-Smith geerbt hatte.

Der Tag war blau, aber entschieden kalt. Dennoch ließ ich das Autofenster offen, als ich auf der Cliff Road zum Dorf fuhr. Ich hoffte nämlich, daß eine kräftige Dosis frischer Luft meinen Kopf freimachen und mich befähigen würde, ein paar tolle Ideen für eine Spendenaktion zu entwickeln, die wiederum den Verein befähigen würde, eine Bronzestatue in Auftrag zu geben, die der Frau würdig war, die ihr Leben für die Bibliothek von Chitterton Fells gegeben hatte. Mir war nichts anderes eingefallen als die allgegenwärtige Tombola, als ich den Wagen – vorschriftswidrig – in der Gasse hinter der Bibliothek abstellte.

Ich ging durch die Hintertür mit der Aufschrift *Nur für Bibliothekspersonal* hinein, die in eine schmale Diele mit der Toilette auf der einen und der Treppe zum Lesesaal auf der anderen Seite führte. Ein Blick auf meine Uhr, während ich immer zwei Stufen auf einmal nahm, sagte mir, daß ich eine Minute zu spät dran war.

»Verzeihung«, keuchte ich, an Brigadegeneral Lester-Smith gewandt, der mir die Tür aufhielt. »Ich hoffe, ich habe den Kaffee ... ich meine, ich habe die Gruppe nicht warten lassen.«

Es waren alle da. Gladstone Spike saß mit seinem Strickzeug am Tisch. Bei der frischgebackenen Ehefrau, Sylvia Babcock, war jedes Löckchen an seinem Platz. Mrs. Dovedale reichte eine Platte mit Biskuitkuchen herum. Mr. Poucher sah so säuerlich aus wie gewohnt. Sir Robert Pomeroy sagte: »Was! Was!«, als Antwort auf etwas, das jemand anders gesagt hatte, oder einfach nur, weil er Lust dazu hatte. Und meine Freundin Bunty Wiseman, der blonde Superbrummer, sah unverschämt sexy aus mit Ohrringen, die länger waren als ihr schwarzer Ledermini. Sie kam auf Absätzen zu mir geflitzt, die fast so hoch waren wie die von Mrs. Malloy, und nahm mich beiseite.

»Ellie, du mußt mir helfen, ein paar von diesen Betonköpfen davon zu überzeugen, daß meine Idee für eine Spendenaktion unglaublich brillant ist!« Bunty hatte mich gepackt, und ich wagte nicht zu sprechen, damit sie mich nicht noch näher an sich zog und ich auf einer ihrer gefährlich spitzen Brüste aufgespießt wurde. »Vielleicht träume ich ja einen unmöglichen Traum, aber ich habe so ein Gefühl, daß er, wenn wir ihn richtig nett bitten, kommen würde!«

»Wer denn?« keuchte ich und sah in der Hoffnung auf Aufklärung zu den anderen Vereinsmitgliedern.

»Karisma!« hauchte Bunty triumphierend.

8. Kapitel

Mein Phantasieleben befand sich auf Kollisionskurs zur Wirklichkeit! Ich wußte nicht, ob ich ein Lied anstimmen sollte, so wie es die Leute in Musicals bei der geringsten Provokation tun, oder Bunty sagen, sie habe sich geschnitten, wenn sie glaubte, daß ich das Risiko einer lebenslangen Trance eingehen würde, weil ich mich im selben Raum aufgehalten hatte wie Karisma. Aber bestimmt regte ich mich ganz umsonst so auf! Der König der Titelbildmodels mußte bis zum Jüngsten Gericht mit öffentlichen Auftritten ausgebucht sein. Zweifellos hatte er einen professionellen Manager, der mit Argusaugen über jede Einladung, die er erhielt, auch nur in der Öffentlichkeit zu atmen, machte. Und wieso sollte Karisma nach Chitterton Fells kommen wollen? Wir waren ja ganz verlockend, im Sinne einer Pralinenschachtel, aber das waren Hunderte von anderen Dörfern auch.

Kein Wunder, daß mir der Kopf schwirrte! Bunty tanzte immer schneller im Kreis mit mir herum, als wären wir Ginger Rogers und Fred Astaire. »Du findest doch, daß es eine Superidee ist?« wollte sie wissen und ließ mich nach einem letzten Schlenker, der mich in Brigadegeneral Lester-Smiths Arme beförderte, los. »Als ich gestern morgen das Interview mit Karisma im Fernsehen sah, bin ich zu dem Schluß gelangt, daß ich frohen Herzens für den Rest meines Lotterlebens ohne Sex auskommen würde, wenn ich im Gegenzug« – orgasmischer Seufzer – »den Saum der Hose dieses Mannes berühren dürfte!«

»Hochinteressant.« Brigadegeneral Lester-Smith ließ mich los, bevor sein Erröten endgültig ein Loch in meinen Rücken brannte.
»Und dann« – Bunty blies ihm eine Kußhand zu – »haben Sie angerufen, Brigadegeneral, und mir erzählt, wie schön Sie es fänden, wenn der Bibliotheksverein Miss Bunch eine Statue errichtet, und es wäre doch völlig idiotisch von mir gewesen, *nicht* an Karisma zu denken als das ideale Zugpferd, um die Knete aufzutreiben!« Ihr Lächeln schloß auch die anderen mit ein, die herumstanden wie Filmkomparsen, die gespannt darauf warteten, in ihre winzigen Rollen eingewiesen zu werden. »Gibt es hier irgend jemanden, der nicht auf der Stelle für die einmalige Chance blechen würde, fünf Sekunden in Karismas himmlischen Armen zu liegen?«
Gladstone Spike hörte auf zu stricken und machte ein nachdenkliches Gesicht, doch Sir Robert sagte: »Kann ich nicht gerade von mir behaupten. Was! Was! Aber ich verstehe, worauf Sie hinauswollen, meine werte junge Dame. Sogar ein alter Knacker wie ich hat schon von Karisma gehört. Die Straßen werden gedrängt voll sein von lechzenden Frauen, wenn es uns gelingt, den Burschen nach Chitterton Fells zu holen. Meine Schwiegertochter Pamela schwärmt pausenlos von ihm, als ob sie keinen Ehemann hätte, der, falls der Apfel nicht weit vom Stamm fällt« – Sir Robert ließ ein leutseliges Lachen vernehmen –, »eigentlich ganz der Frauentyp ist.«
Mrs. Dovedale, die ich ja in Verdacht hatte, in den kürzlich verwitweten Baronet verliebt zu sein, zwinkerte ihm zu. »Das Problem ist nur, daß ich mir nicht vorzustellen vermag, was um alles in der Welt diesen jungen Mann, der auf einer Welle erstaunlicher allgemeiner Bewunderung schwimmt, dazu bewegen sollte, in unsere kleine Bibliothek zu kommen.«
»Ich weiß im Grunde auch nicht, warum ich herkomme.« Mr. Poucher, ein Mann so trüb und trist wie der Nebel in der Moorlandschaft von Yorkshire, grunzte empört. »Und ich

weiß auch nicht, warum wir unbedingt eine Statue für die alte Bunch aufstellen sollen. Total bescheuert, das ist meine Meinung dazu.«

Bunty ging nicht darauf ein. »Ich behaupte, Karisma wird die Chance, uns bei unserer Spendenaktion behilflich zu sein, sofort ergreifen.« Ihre babyblauen Augen funkelten, als sie die Hände in ihre schwarzen Lederhüften stemmte und sich provozierend wiegte.

Galdstone Spike ließ eine Masche fallen. »Wieso?«

»Ganz einfach, mein lieber kleiner Mann« – Bunty legte eine Pause ein und nutzte sie zu einem sonnigen Lächeln – »wegen des *Bibliotheksgeists*!«

Sylvia Babcock fuhr nervös auf, als habe sich die eiskalte Hand von Hector Rigglesworth auf ihre Schulter herabgesenkt. »Oh, aber glauben Sie denn, daß Karisma, der all diese Duelle ausgefochten und auf einer Bananenschale über reißende Stromschnellen gefahren ist, an Geister glaubt?«

»Er wäre kein schlechterer Mann, Mrs. Babcock, wenn er die Möglichkeit des Unmöglichen einräumen würde.« Brigadegeneral Lester-Smith sah mich unter seinen Ingwerbrauen hervor an; das gesunde Rot war von seinen Wangen verschwunden. Ich wußte, daß er sich daran erinnerte, wie wir beide vor Miss Bunchs Leiche gestanden hatten, während etwas, es konnte der Wind gewesen sein oder auch nicht, mit schauriger Schadenfreude draußen vor dem Bibliotheksfenster geheult hatte. Ja, Brigadegeneral! Wir beide glaubten im geheimsten Winkel unseres Verstandes, daß Miss Bunch eines unnatürlichen Todes gestorben war. Ich konnte das Buch nicht vergessen, das wir auf dem Fußboden neben der Leiche gefunden hatten. Und wenn man die unheilvolle Bedeutung seines Titels in Betracht zog, konnte ich da Karisma, der Verkörperung des Traumliebhabers, guten Gewissens wünschen, er solle auch nur einen mannhaften Fuß in die Bibliothek von Chitterton Fells setzen?

Mrs. Dovedale zog einen Stuhl hervor und nahm an dem langen Tisch neben Gladstone Spike Platz, der darauf konzentriert war, die fallengelassene Masche wieder aufzunehmen. »Ich glaube schon, daß wir damit eine Attraktion zu bieten haben. Es ist weit hergeholt, das gebe ich zu, aber Karismas Werbeleute könnten es durchaus für einen Gag halten, daß er eine Bibliothek aufsucht, die in diesem Monat vor hundert Jahren von einem Mann, der Liebesromane haßte, verflucht wurde.«

»Sie machen mir richtig Gänsehaut.« Sylvia Babcock sah aus, als wollte sie gleich in Mr. Pouchers Arme springen, und er antwortete mit einem Knurren, das ausdrückte, was er von Mrs. Dovedales Ansicht hielt. Ich wollte gerade sagen, daß es unrecht wäre, Karisma der Gefahr auszusetzen, sich den Zorn eines Geistes zuzuziehen, der wegen seiner irrationalen fixen Idee unbedingt einen Psychiater aufsuchen mußte, als Gladstone Spike sein Strickzeug aus der Hand legte.

»Meine lieben Freunde«, begann er und klang dabei fast so wie seine Frau, wenn sie von der Kanzel sprach. Seine Stimme rutschte in eine hohe Tonlage, die mich zu der Überlegung veranlaßte, ob die Hormone, die er zur Vorbereitung seiner Geschlechtsumwandlung einnahm, wohl ganz plötzlich wirkten. »Wollen wir denn einem primitiven Aberglauben nachgeben, dem selbst die gottesfürchtigsten Menschen hin und wieder zum Opfer fallen? Meiner Meinung nach« – er griff wieder zu seinem Strickzeug – »wäre die Einladung dieses Mannes, so schön er sicherlich auch ist, ein schlimmer Fehler.«

»Mumpitz!« Sir Robert wölbte die Lippen vor, so daß sein Schnäuzer seine Nase berührte, und schlug mit einer Faust auf die andere. »Glaubt bloß nicht an Geister! Keiner, der auch nur ein Minimum an Hirn zwischen den Ohren hat, kann an diesen blödsinnigen Quatsch glauben. Es ging immer das Gerücht, daß es einen Geist auf Pomeroy Manor gibt – hört auf den Namen ›Die Weinende Frau‹ oder ›Die Frau in Weiß‹, konnte es mir nie merken! In anständigen Häusern muß es einfach spuken. Gibt ihnen was von dem alten snobistischen Reiz. Dasselbe wie ein Irrgarten auf dem Gelände, nur besser, weil man die ganzen verdammten Instandhaltungskosten nicht am Hals hat. Ich würde sagen, holen wir aus der Legende um Hector Rigglesworth alles heraus, was sie an Spektakelwert - oder, wenn man so will, an Spukwert - hat. Wir müssen das Geld für das Denkmal auftreiben, und dieser Karisma wird für eine sehr hübsche Reklame sorgen.«

»Schön gesagt, Sir Robert!« Mrs. Dovedale, die Frau mit dem Tante-Emma-Laden, lächelte ihm errötend zu, und er, der Standesherr dieser Gegend, antwortete mit einer galanten Verbeugung. Sie kannten einander seit der Zeit, als sie noch Kinder gewesen waren. Mrs. D hatte mir einmal erzählt, daß er früher in den Ferien, wenn er vom Internat nach Hause kam, ziemlich häufig im Laden aufgetaucht war, als ihr Vater noch dort bediente, um eine Tüte Süßigkeiten zu kaufen. Und ihr war er so begehrenswert und unerreichbar vorgekommen wie die Keksdosen auf dem allerobersten Regal. Als ich ihn jetzt ansah, fragte ich mich, ob Sir Robert wohl ein jugendliches Interesse an dem hübschen Mädchen gehabt hatte, das Mrs. Dovedale einmal gewesen sein mußte. Hatte er sich gegrämt, weil ihre unterschiedliche Stellung dem Erblühen einer Liebe im Wege stand, die ihrem ganzen Leben einen regenbogenfarbenen Glanz verliehen hätte?

»Was meinst denn du dazu, Ellie?« fragte Bunty.

»Zu Karisma?« Ich blinzelte, um wieder klar zu sehen. »Ich finde, wir sollten über die Sache abstimmen.«

»Ein völlig richtiger Ansatz, Mrs. Haskell«, pflichtete Brigadegeneral Lester-Smith mir bei. Er war stets am effektivsten, wenn die Welt wieder der Normalität von Bestimmungen und Zusatzbestimmungen zugeführt war. Er begab sich zum Kopfende des Tisches, wo sein auf Hochglanz polierter Aktenkoffer auf ihn wartete. »Wenn ich den Vorschlag machen darf, daß wir alle Platz nehmen, werde ich das Protokoll der letzten Sitzung verlesen und, wenn es in dieser Form angenommen ist, um Anträge aus dem Plenum bitten.«

»Es gibt kein Protokoll von der letzten Sitzung.« Bunty ließ sich ungeduldig auf ihren Stuhl fallen. »Der Abgang von Miss Bunch hat unsere Pläne, uns zu amüsieren, durchkreuzt.«

»Ich meinte die Sitzung vor jenem unglückseligen Abend.« Der Brigadegeneral ließ seinen Koffer mit dem Geräusch eines Pistolenknalls aufschnappen, woraufhin Sylvia Babcock zusammenzuckte und sich auf ihren Stuhl sinken ließ. Wie, so fragte ich mich und mied ihren Blick, kam sie mit Heathcliff zurecht, der schwarzen Bestie?

»Vergeßt das blödsinnige Protokoll!« Sir Robert nahm seinen Platz mir gegenüber ein. »Ich würde sagen, wenden wir uns der anstehenden Aufgabe zu. Was! Was!«

»Ich stelle den Antrag« – Mrs. Dovedale neigte ihm, möglicherweise unabsichtlich, ihren Busen zu – »daß die Bibliothek von Chitterton Fells Karisma zur Teilnahme an der Benefizveranstaltung zum Zwecke der Geldbeschaffung zugunsten des Denkmals von Miss Bunch einlädt.«

»Und ich schließe mich dem Antrag an«, murrte Mr. Poucher, »damit wir zur Abstimmung schreiten können und ich zur Farm zurückfahren und die Kuh melken kann, bevor meine betagte Mutter blau im Gesicht wird, weil sie ihren Tee schwarz trinken muß.«

Brigadegeneral Lester-Smith nahm einen scharf gespitzten Bleistift zur Hand, um das Ergebnis festzuhalten.

»Darf ich um ein Handzeichen derjenigen bitten, die dafür sind?«

»Ich weiß nicht recht, wofür ich stimmen soll.« Sylvia Babcock hob zögernd einen Finger, um ihre Unentschlossenheit zu demonstrieren. »Ich muß zugeben, ich würde Karisma gerne kennenlernen, aber ich hasse Menschenmengen, sie machen mir eine Heidenangst.«

»Was macht Ihnen eigentlich keine Angst?« Mr. Poucher hatte seine Hand, ebenso wie alle anderen am Tisch, außer Gladstone Spike und mir, zum »Ja« erhoben. Und ich spürte ein unwiderstehliches Kribbeln in den Fingern. Mit seinen Ausführungen über Geister hatte Sir Robert ins Schwarze getroffen. Ich war eines jener empfänglichen menschlichen Wesen, die eigentlich nicht an die Schrecken des Übernatürlichen glaubten, aber gern so taten, als ob sie daran glaubten, weil es dem Leben ein wenig Würze gab. Ohne die Möglichkeit eines Eingreifens von Geisterhand, sprich von Hector Rigglesworth, hätte meiner Anwesenheit beim Tode von Miss Bunch das Geheimnisvolle gefehlt, mit dem ich dieses traurige Ereignis seither umwoben hatte. Alle Menschen mögen Gespenstergeschichten, und ich war zusammen mit Brigadegeneral Lester-Smith der Versuchung erlegen, eine Rolle in der Sage um den Bibliotheksgeist spielen zu wollen. Es war kein Verbrechen, daß ich mich im Dorfmaßstab wichtig fühlen wollte. Ebensowenig wie es ein Verbrechen war, daß niemand »Happy Birthday« gesungen hatte, als ich heute nachmittag den Lesesaal betreten hatte, auch wenn derlei Ereignisse im Vereinskalender festgehalten wurden. Ich versuchte, nicht eingeschnappt zu sein, als ich die erhobene Hand des Brigadegenerals musterte.

»Ich stimme mit Ja«, sagte ich spontan, in einem schwindelerregenden Nebel der Erregung befangen angesichts der Aussicht, in nicht allzu ferner, strahlend rosaroter Zukunft dem Mann zu begegnen, der die zum Leben erwachte Phantasievorstellung einer jeden Frau war. Denn ich wußte, daß er kommen würde. Daß er unsere Einladung annehmen würde, stand in den Sternen, die in meinen Augen glänzten. Karisma würde in einer schneeweißen Limousine in mein Leben gefahren kommen und Wolken des Ruhms hinter sich herziehen. Seine zerzauste Haarmähne würde seine edlen Wangenknochen betonen. Sein zu sehnsüchtigen Küssen einladender

Mund würde sich zu einem Lächeln verziehen, das seine schönen Augen aufleuchten ließ, wenn er mich zum erstenmal erblickte, wie ich mich dezent im Hintergrund hielt und mein Haar sich aus dem Nackenknoten löste und ein Gesicht umrahmte, das sogleich wunderschön wirkte. »Mein Engel«, würde er flüstern, die Worte würden aus seinem tiefsten Inneren kommen, »wo bist du mein ganzes Leben gewesen?«

»Der Antrag wird auf der Basis angenommen, daß wir nur eine Gegenstimme zu verzeichnen haben.« Brigadegeneral Lester-Smith schaute enttäuscht den Tisch hinunter auf Gladstone Spike, der nicht aufgehört hatte, während der Abstimmung mit seinen Stricknadeln zu klappern.

»Ich verstehe Sie, altes Mädchen ...« Sir Robert verbesserte sich hastig. »Ich meine, alter Junge! Da Sie mit einer Geistlichen verheiratet sind, halten Sie vermutlich nicht viel von Karisma und von den Groschenromanen, für die er seine Apparatur herzeigt. Ziemlich heiße Lektüre, manche davon. Was! Was! Habe neulich mal einen in die Hand genommen, in den meine Schwiegertochter den ganzen Abend ihre Nase gesteckt hatte. Von einer Frau namens Parrish, wenn ich mich recht erinnere, mit einem affigen Vornamen wie Dahlia oder dergleichen. Aber ich nehme an, mit Namen wie Doris oder Dorothy verkauft sich diese Sorte Romane nicht! Der, in dem ich geblättert habe, nur um mal zu sehen, warum Pamela derart Feuer und Flamme ist, war so scharf, daß mir der Schnäuzer zu Berge stand! Der Count von Gott weiß wo tat Dinge mit seiner Angebeteten unter den Seidenlaken, die ich in einer gemischten Gruppe lieber nicht benennen möchte.«

Mrs. Dovedale schüttelte den Kopf und gab sich Mühe, schockiert auszusehen. »Die sind nicht alle so, wirklich, Sir Robert. Die Regency-Romane, die ich lese, handeln immer von vornehmen jungen Damen, die bedauernswert unvorbereitet auf die Offenbarungen der Hochzeitsnacht sind und häufig in panischer Angst fliehen, wenn der Bräutigam ihnen etwas anderes zum Geschenk macht als eine Rose.«

Brigadegeneral Lester-Smith, der ewige Junggeselle, errötete bis zu den Wurzeln seiner angegrauten Ingwerhaare; und endlich meldete sich Gladstone Spike zu Wort. »Es ist liebenswürdig von Ihnen« – er lächelte Sir Robert und Mrs. Dovedale an – »sich um meine Gefühle zu sorgen. Doch es ist nicht Widerwille gegen diese Romane, der es mir unmöglich macht, mich dem allgemeinen Votum anzuschließen. Ich habe persönliche Gründe für meine Entscheidung. Können wir es dabei belassen?« Sein Gesicht war entschieden blaß geworden, und seine Finger zitterten, als er sich wieder seinem Strickzeug zuwandte. Gladstone wollte verständlicherweise nicht in ein Ereignis verwickelt werden, das wenige Wochen oder gar Tage nach seiner Rückkehr aus dem Krankenhaus als frischgebackene Frau Schwärme von Reportern und Kameraleuten nach Chitterton Fells locken würde. Doch leider ging es noch um andere Interessen als die seinen. Der Bibliotheksverein von Chitterton Fells hatte fast einmütig seinem Wunsch Ausdruck verliehen, außergewöhnliche Anstrengungen zu unternehmen, um die verdienstvolle Miss Bunch mit einer Statue zu ehren, die selbst Nelson auf seiner Säule alt aussehen lassen würde.

»Und nun« – Bunty Wiseman, die sich im Erfolg ihrer Superidee gesonnt hatte, sprang auf ihre Stöckelabsätze – »warum lassen wir Ellie den Stier nicht bei den Hörnern packen, das heißt Karismas PR-Leute anrufen und alle Vorkehrungen treffen?«

Ich starrte sie mit offenem Mund an. »Du meinst doch nicht jetzt gleich?«

»Was du heute kannst besorgen, das verschiebe nicht auf morgen. Was! Was!« Sir Robert kam um den Tisch herum, um mir auf den Rücken zu klopfen, was meinen Stuhl fast unter den Tisch beförderte.

»Aber wieso ich?«

»Sie sind die Schriftführerin des Vereins«, sagte Mr. Poucher. »Ist doch logisch, daß Sie die Drecksarbeit am Telefon erledigen, das Speichellecken.«
»Aber« – mir wurde abwechselnd heiß und kalt – »ich habe keine Ahnung, wie ich an die Nummer kommen soll ...«
»Dann bin ich wohl schlauer als du.« Bunty grinste mir verschmitzt zu. »Weil ich sie bereits habe. Heute morgen habe ich bei mehreren Verlagen angerufen, die Bücher mit Karisma auf dem Titel herausgeben. Und schließlich hat eine nette Frau beschlossen, ihre heutige gute Tat zu tun und mir die Nummer zu geben.«
»Herzlichen Glückwunsch«, stammelte ich. »Aber ganz im Ernst, Bunty, ich glaube nicht, daß ich diesen Anruf machen kann, ohne in Ohnmacht zu fallen! Was ist, wenn Karisma zufällig im Büro ist und selbst ans Telefon geht? Nein, wirklich« – ich sah die übrigen Vereinsmitglieder flehend an – »ich kann es nicht tun.«
»Dann tue ich so, als ob ich du wäre.« Bunty stolzierte zum Schreibtisch am Fenster hinüber und nahm den Telefonhörer auf. »Wenn ich sage, daß ich Mrs. Bentley Haskell von Merlin's Court bin, mache ich viel mehr Eindruck, als wenn ich unter meinem Namen anrufe.«
»Solch eine Vorspiegelung einer falschen Identität könnte gegen die Bestimmungen verstoßen.« Brigadegeneral Lester-Smith holte die Satzung aus seinem Aktenkoffer und begann mit solchem Eifer zu blättern, daß das Geräusch in meinem Kopf zu wahrem Getöse anschwoll. Mr. Poucher fing an, etwas über seine Kühe und seine Mutter zu grummeln. Sylvia Babcock stieß ihren Kaffeebecher um, und Gladstone Spike strickte sehr laut. Bunty signalisierte okay, indem sie mit Zeigefinger und Daumen einen Kreis formte, als Zeichen, daß sich jemand am anderen Ende gemeldet hatte. Ich hörte die Worte: »*Die Bibliothek von Chitterton Fells ... würde sich äußerst geehrt fühlen, wenn ... humanitäre Geste.*«

Nach einer Ewigkeit, so schien es, legte Bunty den Hörer auf. Sie wandte sich uns fassungslos zu.
»Na?« Mehrere Stimmen sprachen im Chor.
»Karisma ...«
»Ja?« Ich stemmte mich von meinem Stuhl hoch und trat vor. Bunty sah aus, als würde sie zu Boden sinken, wenn jemand sie auch nur anhauchte.
»Er wird nicht nach Chitterton Fells kommen.« Ihre Stimme versagte. »Die Frau, mit der ich gesprochen habe, war sehr höflich, aber sie sagte, Karisma sei derzeit in Sachen Publicity völlig ausgebucht. Ich habe es mit der Masche von wegen Bibliotheksgeist versucht, aber man merkte gleich, daß sie nicht interessiert war. Tja, Leute, soviel zu meiner Superidee!« Ich hatte Bunty noch nie so niedergeschlagen gesehen.
Der einzige, der in diesem tragischen Moment seine Zunge in Gang zu setzen vermochte, war Gladstone Spike. Er wickelte sein Strickzeug um die Nadeln und sagte: »Ich hoffe, Mrs. Wiseman, Sie glauben mir, daß ich es ehrlich meine, wenn ich Ihnen sage, wie leid mir Ihre Enttäuschung tut. Aber manchmal weiß das Leben es am besten ...«
»Wenn Ihre Predigt beendet ist«, unterbrach Mr. Poucher gehässig, »würde ich sagen, wir vertagen die Sitzung. Es geht auf drei Uhr zu, und ich bin nicht in Stimmung, mich über gehäkelte Topflappen zu unterhalten oder mir die blödsinnigen Ideen anzuhören, die Sie alle jetzt als das richtige Rezept anbieten werden, um das nötige Geld für Miss Bunch aufzutreiben.«
»Ich bedaure es zutiefst, wenn ich falsche Hoffnungen geweckt habe.« Der Brigadegeneral münzte die Rührung in seiner Stimme hastig in einen Husten um. »In diesem Augenblick fallen mir die Worte einer ehemaligen Lehrerin von mir ein. Miss Woodcock sagte zu unserer Klasse: ›Greift nach den Sternen und ihr werdet bis zu den Baumwipfeln kommen, greift nach den Baumwipfeln und ihr werdet auf der Nase

landen.‹ Wir – er schaute mit feuchten Augen in die Runde – »griffen nach den Sternen in der Hoffnung, die Frau, die so tapfer in den Schützengräben des Katalogsystems kämpfte, in Bronze gegossen zu sehen, und wir landeten auf der Nase.« Das laute Schnappgeräusch, mit dem er seinen Aktenkoffer schloß, hallte mit beklagenswerter Endgültigkeit wider. Bunty Wiseman entschuldigte sich schluchzend und flitzte aus dem Raum.

»Wir werden das Geld schon irgendwie auftreiben.« Aber Sylvia Babcock sprach ohne viel Hoffnung.

»Und ich bin der König von Thailand!« Mr. Poucher stülpte sich seinen schmuddeligen alten Hut auf den Kopf und stapfte durch die gedrückte Stimmung, die er selbst mit herbeigebracht hatte wie den Schlamm an seinen Schuhen, zur Tür.

»Hat doch keinen Zweck, sich um die Fakten herumzudrükken: Eine Statue würde ein Vermögen kosten.«

Sir Robert strich über seinen Schnäuzer, in der Hoffnung, so denke ich, daß die Geste ihm das Aussehen eines erfahrenen Staatsmannes verlieh. »Meines Wissens haben wir ganze fünf Pfund und vier Pence im Sparschwein.«

»Eine gravierte Messingtafel«, ergänzte Mrs. Dovedale, »wäre doch auch ein sehr hübsches Zeichen der Anerkennung für Miss Bunch.«

Wie wahr! Aber angesichts unserer grandiosen Pläne war es ein gewaltiger Abstieg. Einer nach dem anderen gingen die Mitglieder des Bibliotheksvereins die Treppe hinunter, durch den schmalen Korridor und zur Tür *Nur für Bibliothekspersonal* auf die Gasse hinaus. Wer wollte schon den Ersatz für Miss Bunch am Empfangstisch sehen? Wer konnte die Geldkassette für die Strafgebühren sehen, ohne sich mit brennenden Augen ihres Credos zu erinnern, daß ein überfälliges Buch einen Gauner aus dir machte? Brigadegeneral Lester-Smith und ich bildeten die Nachhut unserer Gruppe, und als wir draußen in der kalten Luft des Nachmittags standen, fragte er, ob ich mir immer noch das Haus ansehen wolle, das ihm von der Frau hinterlassen worden war, deren Andenken er so tapfer zu ehren suchte.

»Natürlich will ich es sehen.« Spontan nahm ich seinen Arm, auf die Gefahr hin, daß ich dem Ärmel seines Regenmantels eine Knitterfalte beibrachte. »Wir können meinen Wagen nehmen. Und auf dem Weg können Sie mir sagen, ob Sie daran denken, in neue Möbel zu investieren, oder eher in die Richtung, das Haus durch einen neuen Farbanstrich und neue Tapeten aufzumöbeln.«

»Seit meiner Pensionierung habe ich stets in möblierten Räumen gewohnt, Mrs. Haskell. Ich besitze keinen Krimskrams – Kissen, bestickte Decken und dergleichen –, der ein Haus erst zu einem Heim macht.«

»Ich verstehe«, sagte ich, als wir in meinen Wagen stiegen und ich den Motor anließ. »Einer der Vorteile, unverheiratet zu sein, besteht darin, viel leichter zusammenzupacken und zu neuen Ufern aufbrechen zu können. Wozu sich also mit überflüssigen Besitztümern belasten?« Mir fiel mein gestriger Besuch im Pfarrhaus ein, und wie ich Eudora davon abzubringen versucht hatte, größere Möbelkäufe für das Wohnzimmer zu tätigen, und mir ging auf, daß ich, wenn ich meine Strategie der Kundenberatung nicht änderte, wohl kaum einen lohnenden Verdienst einstreichen würde.

Der Brigadegeneral legte seinen Sicherheitsgurt an und stellte seinen Koffer auf den Boden, als ich von der Gasse in die Market Street einbog. »Mrs. Haskell«, sagte er grimmig, »ich fürchte, ich habe den schweren Fehler begangen, Sie zu täuschen.«

»Sie wollen mich nicht als Innenarchitektin engagieren?«

Ich überholte einen Lkw, nur um hinter einem Bus zu landen, der an einer Haltestelle hielt und mehr Fahrgäste ausspuckte, als sich damals Menschen in die Arche Noah gezwängt hatten.

Der Brigadegeneral zupfte an den messerscharfen Bügelfalten seiner Hose. »Doch, Mrs. Haskell, ich möchte Ihren Rat in bezug auf das Haus, das Miss Bunch mir hinterlassen hat. Aber ich frage mich, ob Sie nicht einen Rückzieher machen werden, wenn ich Ihnen sage, daß mein Leben, seit ich nach Chitterton Fells gekommen bin, eine Lüge ist.«

»Wir haben doch alle unsere kleinen Geheimnisse.« Ich warf einen verstohlenen Blick auf sein Haar, das ich immer für eindrucksvoll dicht für einen Mann um die Sechzig gehalten hatte. Nein, natürlich war es nicht das! Der Bus setzte sich in Bewegung, und ich rumpelte ihm im falschen Gang hinterher. Ach, der arme Mann! Er würde mir gestehen, daß er überhaupt kein Brigadegeneral war. Von dem Bedürfnis getrieben, seine Verlegenheit zu lindern, konnte ich mir beinahe schon vorstellen, ihm zu verraten, wie ich Ben durch die freundlichen Dienste von Mrs. Swabucher von Eligibility Escorts kennengelernt hatte.

»Als wir uns kennenlernten«, sagte der Brigadegeneral an seine Knie gewandt, »verleitete ich Sie zu dem Schluß, daß ich niemals verheiratet war. Das gleiche machte ich mit all meinen anderen Bekannten in Chitterton Fells. Die Wahrheit sieht jedoch so aus, daß ich vor vielen Jahren eine Ehe einging, die ebenso plötzlich endete, wie sie begann.«

»Du liebe Zeit!« Mein Lachen landete in der falschen Kehle, als ich ausscherte, um einer mit Einkaufstüten beladenen Frau auszuweichen, die von der Bordsteinkante trat und um ein Haar unter meine Räder geriet. »Warum haben Sie denn ein tiefes, dunkles Geheimnis daraus gemacht?«

»Es ist eine äußerst schmerzliche Erinnerung.«

»Oh, Sie müssen mir verzeihen!« Ich nahm die Hände vom Lenkrad und bog aus Versehen in die Sea Gull Lane ab, als ich ihm mein zerknirschtes Gesicht zuwandte.

»Es hat Jahre gedauert, bis ich das Erlebnis aufgearbeitet hatte.«

»Bitte, Brigadegeneral Lester-Smith, regen Sie sich nicht auf, Sie müssen nicht darüber reden.«

»Aber ich möchte es Ihnen erzählen, Mrs. Haskell.« Brigadegeneral Lester-Smith hob den Kopf und sprach nun mit festerer Stimme. »Unsere gemeinsame Erfahrung, den Leichnam von Miss Bunch zu entdecken, hat ein ganz besonderes Band zwischen uns geknüpft. Ja, seit ich bei diesem Anlaß zum Zeugen Ihrer fraulichen Mischung aus Seelenstärke und Mitgefühl wurde, konnte ich Sie nicht mehr mit den gleichen Augen sehen wie zuvor. Das Band zwischen uns geht über unser gemeinsames Engagement im Bibliotheksverein hinaus.«

Oje! Wollte der arme Mann mir offenbaren, daß er sich Hals über Kopf in mich verliebt hatte?

»Sie sind zu einer ... Freundin geworden, Mrs. Haskell!«

»Vielen Dank!« Ich schwamm auf einer Woge der Erleichterung an einem Fahrrad vorbei.

»Und daher möchte ich Ihnen von meiner Hochzeitsnacht erzählen.«

»Ach ja?« Die Räder des Wagens landeten mit einem dumpfen Aufprall wieder auf der Erde.

»Ich hatte Evangeline kennengelernt, als ich ein Wochenende bei einem befreundeten Kameraden in Pebblewell verbrachte. Sie war mit einer seiner Schwestern bekannt und ... Sie wissen ja, wie so was geht, eine Tennisparty führte zur nächsten, und binnen zwei Monaten waren Evangeline und ich verlobt. Unsere gemeinsamen romantischen Momente gingen nicht über Händchenhalten und einen gelegentlichen keuschen Kuß hinaus.«

»Ganz wie es sich gehört«, sagte ich.

»Sie war ein sehr anständiges Mädchen, Mrs. Haskell, und da ich sehr verliebt in sie war, hielt ich meine Leidenschaft streng im Zaum. Wir wurden im November getraut, an einem leider kalten und stürmischen Tag, und bei der Ankunft in unserem

Hotel in Brighton, wo wir unsere Flitterwochen verbringen wollten, zögerte ich den Augenblick, in dem wir uns zum Zubettgehen bereitmachen würden, hinaus, in der Befürchtung, daß das unheimliche Donnergrollen es Evangeline erschweren würde, sich zu entspannen. Ich rechnete damit, daß sie nervös sein würde, wenn der Augenblick unserer Vereinigung als Mann und Frau kam, aber niemals hätte ich mir träumen lassen, daß sie mit panischer Angst und – wenn ich ganz offen zu Ihnen sprechen darf, Mrs. Haskell – ausgesprochenem Ekel reagieren würde, als ich ...«

»Als Sie Ihr Innerstes bloßlegten?« Ich heftete den Blick auf die Straße.

»Sie bekam einen hysterischen Anfall!« Bei der Erinnerung wurden die Augen des Brigadegenerals glasig. »Weckte das ganze Hotel auf! Jemand trat die Tür ein, und die Leute strömten in unser Zimmer, noch ehe ich nach meinem Koffer greifen und den Versuch machen konnte, mich zu bedecken! Das Geschrei war unglaublich! Die Leute schleuderten mir die gemeinsten Schimpfnamen ins Gesicht! Ich wurde als verabscheuungswürdiges Ungeheuer bezeichnet und als ein Frauenschänder. Und dann versetzte mir Lady Heidelman, die wir beim Abendessen kennengelernt hatten, mit ihrem Gehstock einen Schlag auf den Kopf, und als ich das Bewußtsein wiedererlangte, war Evangeline verschwunden. Ich sah sie erst wieder, als wir uns in Anwesenheit eines Geistlichen und eines Anwalts trafen, um über die Annullierung zu verhandeln.«

»Welch schreckliche Erfahrung!«

»Die seelischen Narben sind nie verheilt.« Brigadegeneral Lester-Smith drückte ein gefaltetes Taschentuch an seine Lippen. »Das alles fiel mir wieder ein, begleitet von tiefer Scham und Trauer, als Mrs. Dovedale eben von den Liebesromanen sprach, die sie liest, in denen die Braut, die keinerlei Ahnung hat, was die Hochzeitsnacht mit sich bringt, in die sturmgepeitschte Nacht hinaus entflieht.«

»Haben Sie denn«, fragte ich sanft, »nie daran gedacht, wieder zu heiraten?«
»Das Risiko habe ich niemals eingehen wollen, Mrs. Haskell!«
»Wissen Sie, was aus Evangeline geworden ist?« Ich hielt am Bordstein vor dem kleinen Haus in der Herring Street.
»Unsere Wege haben sich nicht mehr gekreuzt, seit unsere Ehe aufgelöst wurde.« Er seufzte, dann bemühte er sich, einen munteren Tonfall anzuschlagen. »Und damit wären wir wieder in der Gegenwart. Was halten Sie von meinem neuen Domizil, Mrs. Haskell?«
In Wahrheit war es ein unscheinbares Reihenhaus, identisch mit dem, das Mrs. Malloy mehrere Türen weiter die Straße hinunter bewohnte, außer daß ihres durch den großzügigen Gebrauch von violetter Farbe und eine ganze Gemeinde knallbunter Gartenzwerge eine eigene Persönlichkeit entwickelt hatte. Aber wer konnte wissen, welche Wunder Miss Bunch im Inneren ihres Hauses gewirkt haben mochte?
»Ich denke, wir müssen es zu Ihrem Heim machen«, beschied ich dem Brigadegeneral.
»Ich überlege«, sagte er nachdenklich, »ob es nicht besser wäre, wenn Sie ohne mich hineingehen. Auf diese Weise wird Ihr Eindruck nicht durch mich beeinflußt, und Sie können ungehindert Vorschläge für die Umgestaltung machen. Außerdem bin ich sicher, daß Sie heute abend ... etwas vorhaben und hier gern so schnell wie möglich fertig sein möchten.«
Meine Vermutung war, daß er nach dem, was er mir gerade erzählt hatte, ein wenig verlegen war und allein sein wollte. Daher nahm ich den Schlüssel, den er mir reichte, und verabschiedete mich, nachdem er mir versichert hatte, daß er es zu seiner Unterkunft nicht weit habe. Ich ging durch das Tor in den taschentuchgroßen Garten und über das Mosaikpflaster zur Haustür und schloß auf.

Die Flure in diesen kleinen Häusern waren so eng, daß man bei Mrs. Malloy seitwärts gehen mußte, um sich nicht die Hüfte am Garderobenständer zu stoßen oder den Porzellanpudel, der als Türstopper diente, zu Bruch gehen zu lassen. Hier gab es nichts als die Treppe und beigefarbene Wände, nicht einmal einen Teppichläufer auf dem Fußboden oder einen Lampenschirm für die nackte Glühbirne, die grell aufflammte, als ich auf den Schalter drückte. Geschäftsmäßig holte ich den Notizblock aus meiner Handtasche und beschloß, oben anzufangen.

Ein kurzer Rundgang offenbarte, daß Miss Bunchs Vorstellungen von Innendekoration von der Benutzung eines rosaroten Schwamms als Seifenschale im Bad bis zur Verwendung eines Vorhangs, dessen Haken noch mit Klebeband umwickelt waren, als Bettüberwurf reichten. Es hingen keine Bilder an den Wänden, keine Fotos waren zu sehen, es gab nichts, was man wegräumen, und sehr wenig, wo Staub gewischt werden mußte. Ich ging wieder nach unten, hin- und hergerissen zwischen der Aufregung angesichts der Herausforderung, dieses traurige kleine Haus wieder zum Leben zu erwecken, und der Wehmut darüber, wie öde Miss Bunchs einsames Leben gewesen war.

Die Küche sah genauso aus, wie ich es nach der oberen Etage erwartet hatte: flaschengrüner Farbanstrich, ein blanker Tisch mit einem Stuhl und ein Gasherd, der aussah, als ob er vergessen hätte, wozu Gott ihm eine Zündflamme gegeben hatte. Es gab nur eine herzerwärmende Note – Heathcliffs Hundenapf, der vor der Spüle stand. Was, so fragte ich mich, als ich in den Flur zurückging, hätte Miss Bunch dabei empfunden, daß ich ihn den Babcocks gegeben hatte? Nicht, daß ich mir angesichts Sylvia Babcocks übertriebener Ängstlichkeit große Hoffnungen machte, daß Heathcliff auch bei ihnen bleiben würde.

Das winzige Hinterzimmer von Heathcliffs einstigem Heim

ging auf einen Garten hinaus, der nicht breiter war als die Wäscheleine lang und außerdem zubetoniert, abgesehen von einer schmalen Rabatte am hinteren Ende, auf der Sträucher wuchsen. Der Anblick, der sich drinnen bot, war gleichermaßen kahl, lediglich eine Anrichte und zwei Klapptische an gegenüberliegenden Wänden. Meine Erwartungen bezüglich des nach vorn gelegenen Wohnzimmers waren minimal. Ich kritzelte eifrig auf meinen Notizblock, sah bereits das Haus vor mir, wie es sein würde, wenn Brigadegeneral Lester-Smith bereit war, ein wenig Geld auszugeben und sich mit einem elfenbeinfarbenen Anstrich mit Akzenten aus Blaugrün und Weinrot anzufreunden, als ich die Tür aufschob und plötzlich wie angewurzelt stehenblieb.

Das Wohnzimmer, in dem ich stand, war eine Miniaturausgabe der Bibliothek von Chitterton Fells. Deckenbalken aus Eiche, Vorhänge in jakobinischem Muster an den Fenstern und zwei gerahmte Jagddrucke an der Wand gegenüber dem winzigen Kamin trugen dazu bei, den schwindelerregenden Eindruck zu erzeugen, daß ich das Zimmer schon einmal gesehen hatte. Auf einem Sockel stand sogar eine Büste von Shakespeare. Und wo ich hinsah, befanden sich Bücher. Auf Regalen, auf Tischen, auf den beiden Sesseln und auf dem Fußboden. Der einzige auffallende Unterschied zu Miss Bunchs Reich in der Arbeitswelt war, daß Ordnung hier offenbar nicht an erster Stelle kam. Auf den Regalen standen Biographien Schulter an Schulter mit Romanen. Berichte von Kriminalfällen waren mit Lyrikbänden untermischt. Und mehrere Bücher lagen aufgeschlagen da, so, als wären sie alte Bekannte, die ins Haus spaziert waren, um bequem Platz zu nehmen und ihre Gedanken und Erinnerungen, ihr Lachen und Weinen sowohl miteinander als auch mit der Hausherrin zu teilen.

Tränen traten mir in die Augen bei der Erkenntnis, daß sie keineswegs allein gestanden hatte. Sie hatte zahllose Freunde gehabt, die ihrem Leben Wärme und Freude gaben. Die Tatsache, daß ich hier war, um Wände und Fenster auszumessen und eine neue Inneneinrichtung für den Brigadegeneral zu planen, entglitt mir völlig. Ich nahm eine Biographie von Elizabeth Browning, die aufgeschlagen auf einem Fußschemel lag, zur Hand. Man brauchte nicht zu bedauern, daß Miss Bunch nicht nach Hause gekommen war, um sie zu Ende zu lesen. Sie hatte sie schon viele Male zuvor gelesen. Ich ging von Buch zu Buch, von Regal zu Regal, ohne zu merken, wie die Zeit auf der Uhr auf dem Kaminsims verstrich. Und wieder sah ich etwas, das mich innehalten ließ: *Die Stimme ihres Herrn*, eingekeilt zwischen *Schuld und Sühne* und *Kurzer Abriß der Weltgeschichte.* Als ich das zerlesene Paperback mit Karisma in all seiner ungezähmten Pracht auf dem Titel herauszog, wurde ich ganz tränenselig. Miss Bunch und ich waren die ganze Zeit im Herzen Schwestern gewesen. Als wäre eine unsichtbare Macht am Werk, öffnete sich das Buch an genau der Stelle, wo ich in der Nacht von Gertas Ankunft auf Merlin's Court zu lesen aufgehört hatte. Ich vergaß meinen Notizblock, ließ mich in dem Sessel rechts vom Kamin nieder und wurde sogleich in die Welt des neunzehnten Jahrhunderts, Hester Rosewoods und des diabolisch schönen Sir Gavin versetzt.

> *»Mein Engel«, keuchte er mit vor qualvoller Leidenschaft bebenden Lippen, »ich liebe dich, wie ich noch nie zuvor eine Frau geliebt habe, die ich zu meiner Geliebten zu machen trachtete. Verwehre mir nicht länger den Anblick deines milchweißen Körpers! Laß mich jedes einzelne deiner Kleider von dir abstreifen, damit ich meine Augen an deinen köstlich schwellenden Brüsten weiden kann und ...«*

Sir Gavin schlug das Seidenlaken zurück, als ich die Seite umblätterte. Hesters wachsendes Verlangen nach dem Schwerenöter, dessen Hände und Lippen ihre wehrlosesten Stellen ausfindig machten, sickerte aus jeder Pore des Papiers und versengte meine Hand, als ich unten auf der nächsten Seite anlangte. Würde es seiner übelwollenden Frau gelingen, ihre Liebe zu zerstören? Würden die Anschuldigungen, daß Sir Gavin nicht der wahre Erbe des Titels, sondern statt dessen der Sohn des örtlichen Gastwirts war, einen bleibenden Schatten auf Darkmoor House werfen?

Ich war beim Schlußkapitel angelangt, und das Happy-End war in Sicht, als die Uhr auf dem Kaminsims schlug, und als ich ihr lächelndes Zifferblatt sah, verspürte ich einen Schauder ähnlich dem, der mich überlaufen hatte, als Hester von der rachdurstigen Ehefrau ins Verlies geworfen und ihr beschieden wurde, sie brauche nicht auf Zimmerservice zu hoffen. Es konnte nicht sein – aber es war so! Halb acht! Und ich hatte mich um sechs mit Ben zum Abendessen im Abigail's treffen sollen!

Ich ließ *Die Stimme ihres Herrn* fallen wie eine heiße Kartoffel, schnappte mir meine Handtasche, vergaß den Notizblock völlig und rannte nach draußen zum Wagen. Gewöhnlich sprang er an, noch bevor ich den Schlüssel im Zündschloß gedreht hatte. Doch ausgerechnet heute abend schaltete das biestige Vehikel auf stur, und ich mußte auf das Lenkrad einhämmern und auf das Gaspedal eintreten, ehe der Motor mit einem beleidigten Knurren reagierte. Ich fuhr los, kam jedoch kaum von der Stelle – ich saß in einem Verkehr fest, der schlafzuwandeln schien. Schließlich schaffte ich es, von der Market Street abzubiegen. Ich fuhr in beschleunigtem Tempo um den Dorfplatz herum. Gott sei Dank – ein Parkplatz nur wenige Meter vom Eingang des Abigail's entfernt!

Was mochte Ben denken? fragte ich mich qualvoll, als ich die Stufen hochdüste und eine halbe Sekunde unter der grüngoldenen Markise stehenblieb, um Atem zu schöpfen. Sah er mich bereits mit eingeschlagenem Schädel in einem Graben liegen? Ein Schicksal, das ich ganz und gar verdient hatte, dachte ich, als ich die Tür aufschob und das Foyer des Restaurants mit seinem geleasten Tisch aus dem achtzehnten Jahrhundert, der als Empfang diente, und den goldgerahmten Porträts an den Wänden mit den Regency-Streifen betrat.

Es war niemand, nicht ein einziger dahineilender Kellner in Sicht, aber im Hauptspeisesaal hörte ich Leute reden. Ich hastete in diese Richtung. Die Stimmen verstummten, als ich durch den Türbogen trat. Der Raum war voll mit fröhlich bunten Luftballons und mit Gesichtern – vertrauten Gesichtern! Der Bibliotheksverein, Freundinnen und Freunde wie Frizzy Taffer und ihr Ehemann Tom, Pamela Pomeroy und Deirdre Jones von meinem Lamaze-Kurs. Und, meine Augen blinzelten, ich sah Vanessa drüben in der hinteren Ecke mit Abbey auf dem Arm. Neben ihr stand Gerta, die Tam trug.

»Überraschung!« sagte jemand mit einer Stimme, so leblos wie Champagner, dessen Perlen sich verflüchtigt haben.

Ben trat aus dem Gewühl und reichte mir ein Glas. »Herzlichen Glückwunsch zum Geburtstag, Ellie.« Er lächelte, doch sein Blick war der eines Mannes, dessen Herz von einem Pfeil durchbohrt worden war.

9. Kapitel

Ben redete nicht mit mir. Das mochte daran liegen, daß es vier Uhr morgens war und er, das Gesicht im Kissen vergraben, tief und fest schlief, doch die Gewissensbisse bewogen mich, Feindseligkeit und verletzte Gefühle in jeden seiner Atemzüge hineinzulegen.

Im Restaurant hatte ich mich entschuldigt, bis meine Lippen taub waren. Und er hatte große Nachsicht demgegenüber an den Tag gelegt, daß ich erst aufgetaucht war, als die Rinderlenden so gummiartig waren wie geplatzte Luftballons. Er versicherte mir, das Fiasko sei einzig und allein seine Schuld, daß Überraschungspartys pubertäres Zeug seien und er hätte berücksichtigen müssen, daß ich eine Frau war, die sich gerade erst wieder in den Arbeitsmarkt eingliederte, mit ganz neuen Prioritäten. Er hatte volles Verständnis, daß ich mich verpflichtet gefühlt hatte, jeden einzelnen Streifen auf der Tapete des Brigadegenerals mit meinem Industriespionageglas zu untersuchen. Und nur der Himmel wußte, wie oft ich die Toilettenspülung hatte betätigen müssen, bevor ich überzeugt sein konnte, daß die sanitären Anlagen auf Zack waren.

Ben hatte erst aufgehört darauf herumzureiten, wie voll und ganz er mich verstand, als der arme Brigadegeneral Lester-Smith nervös ein Messer von einem der leinengedeckten Tische nahm und bereit und willens schien, sich zur Sühne dafür, daß er Schuld an der verdorbenen Feier war, selbst die Kehle durchzuschneiden. Ich bin sicher, in diesem Augenblick wünschte sich der unglückliche Mann von ganzem Herzen, daß Miss Bunch ihm in ihrem Testament niemals das verflixte Haus vermacht hätte. Aber seine Erregung ließ Ben jäh innehalten, ehe ich von der Last all dieser unerbittlichen Großmut eines Ehemannes in die Knie gezwungen wurde. Gerta brachte mir Abbey und Tam, und die Zwillinge quietschten vor Vergnügen, wieder mit ihrer Mutter vereint zu sein, die ohne einen Blick zurück in die Nachmittagssonne hinausgegangen war. Danach stieg die Partylaune.

Meine Freunde und Bekannten umringten mich, die meisten sagten »hallo« und »auf Wiedersehen« im gleichen Atemzug. Ich kam mir vor wie eine Erzschurkin! Und ich hätte mich so schön feiern lassen können! Da waren Mrs. Dovedale, Bunty Wiseman und Sir Robert Pomeroy, die alle auf einmal erklärten, daß die Babcocks nicht hatten kommen können, weil sie den Hund nicht allein lassen konnten, oder war es so, daß der Hund sie nicht aus dem Haus lassen wollte? Und Mr. Poucher war aus zwei Gründen nicht erschienen – er konnte seine Mutter nicht allein lassen, und er verabscheute Partys. Wie dumm, denn es sei solch eine Superfete, und sie alle verkürzten den Abend nur ungern, aber ... Die »Aber« summten mir noch in den Ohren, und Abbey und Tam zerrten an meinen Armen, bis ich mir wie Mutter Gorilla vorkam, als ich auch meine Freundinnen Frizzy Taffer und Jacqueline Diamond auf mich zukommen sah.

Meine Augen schwammen in Tränen, als mir die Erkenntnis ins Herz drang – mit der brutalen Präzision einer Sechs-Zoll-Klinge, daß Ben die Krone unter den Ehemännern und ich nur das jämmerliche Abziehbild einer Ehefrau war.

»Du hast ihn wirklich nicht verdient, Schätzchen!« Vanessa, der Mittelpunkt der Aufmerksamkeit in einem ärmellosen, rücken- und praktisch brustfreien grünen Taftkleid, flüsterte mir diese bittere Wahrheit ins Ohr. Und ihre Worte hämmerten weiter auf mein schuldbewußtes Gewissen ein, als ich jetzt mit einem Ehegatten im Bett lag, der sich sogar weigerte, im Schlaf zu sprechen, und einer Uhr, die unerbittlich auf die Morgendämmerung zutickte. Eine Morgendämmerung, in der Ben dort anknüpfen würde, wo er in seinem unerbittlichen Verständnis und seiner schonungslosen Zärtlichkeit aufgehört hatte, bis ich in der Manier der Heldin eines Schauerromans schreiend aus dem Haus getrieben würde, auf der verzweifelten Suche nach einer Klippe, von der ich den Sprung ins Vergessen vollziehen konnte.

Meine Augenlider zuckten, und ich sah, wie sich mein Fuß unter der Bettdecke hervorschob, um zielstrebig über dem Fußboden zu baumeln. Nein! Ich kämpfte um körperliche und gefühlsmäßige Selbstbeherrschung, bohrte die Schultern in die Matratze und streckte mein Rückgrat, bis ich mir vorkam wie ein Trampolin, das fünf Turner an die Zimmerdecke hätte schleudern können. Ich würde *nicht* aus dem Bett steigen, einen Roman zur Hand nehmen (vorzugsweise einen von Zinnia Parrish) und damit ins Bad schleichen!

Denn gestern abend hatte ich eine bittere Lektion gelernt. Ich war liebesromansüchtig, unfähig, nach einer Seite aufzuhören. Und wenn ich meinen Lebensstil nicht änderte, würde ich bald mehr auf dem Gewissen haben als eine verdorbene Geburtstagsparty. Ich würde letztlich alles verlieren, was von Bedeutung für mich war - meine Familie, mein Heim, meine Selbstachtung. Mein Verstand scheute zurück vor dem Bild, das er entwarf - von einer ungewaschenen Hexe, deren Haar strähnig herunterhing und die in einer Müllgrube herumstolperte und in dem Abfall nach einem zerfledderten Taschenbuch mit Karismas eifleckigem Gesicht auf dem Titelbild suchte. Nein! Das würde nicht passieren, weil ich wußte, daß ich ein Problem hatte, und mich schrittweise damit auseinandersetzen würde. Aber - mein Fuß zuckte und schob sich zum Fußboden - ein Tag war so gut wie der andere, um damit zu beginnen, und morgen war ein neuer Tag. Gewiß hatte es keinen Sinn, die Dinge zu überstürzen. Ich würde sehr viel mehr Erfolg haben, diese Sache auf lange Sicht zu bekämpfen, wenn ich von einer festen Basis aus anfing und mich ganz allmählich steigerte. Ein kalter Entzug war nicht die Lösung. Ja, bestimmt würde ich feststellen, daß es am besten ging, indem ich schrittweise reduzierte, schön einen Roman nach dem anderen.

Mein Blick ging wieder zu Ben zurück, als ich mein Nachthemd hochraffte, um jedes verräterische Rascheln zu vermeiden, und auf Zehenspitzen zur Tür schlich. Er sah so lieb aus, so arglos in seinem Tiefschlaf. Sein schwarzes Haar war zerzaust, und seine langen Wimpern lagen fächerförmig auf seiner Wange. Ein Schluchzen stieg in meiner Kehle auf, und ich lief hinaus in den Flur, ohne einen Blick für mein Bücherregal, und weiter ins Badezimmer. Nachdem ich hineingegangen war, lehnte ich mich mehrere qualvolle Augenblicke gegen die Tür, bevor ich die Dusche aufdrehte und mein Nachthemd auszog. Der belebende kalte Wasserstrahl half mir, meinen gesunden Menschenverstand wiederzufinden, und ich war gerade aus der Duschkabine gestiegen und griff nach einem Handtuch, als die Tür aufging und Vanessa ihren tizianroten Kopf hereinstreckte.

»Posierst du für *National Geographic*, Ellie?«

»Wenn sie einen Kopfjäger für den Aufklapper brauchen!« Ich funkelte sie wütend an.

»Du bist wirklich niedlich, wenn du ein böses Gesicht machst.« Sie lächelte süßlich. »Die Falten auf deiner Stirn passen zu deinen Schwangerschaftsstreifen.«

»Wenn du mich freundlicherweise entschuldigst« – ich schwenkte meine Zahnbürste mit der Absicht, ihr das süffisante Grinsen von dem schönen Gesicht zu schrubben – »ich wäre nämlich gern etwas ungestört, bevor ich den neuen Tag beginne.«

»Oh, na schön.« Vanessa spähte über meine Schulter in den

Spiegel, um eine bereits vollendete Augenbraue mit einem korallenroten Fingernagel zu glätten. »Aber verschwende keine Zeit damit, dich schön machen zu wollen, es nützt nichts, sich mit Mutter Natur anzulegen, wenn sie dich allem Anschein nach von Anfang an auf dem Kieker hatte. War bloß ein Scherz, Ellie Schätzchen!« Meine Cousine trat den strategischen Rückzug zur Tür an. »Ich habe frischen Kaffee in der Küche, um uns in Schwung zu bringen, bevor wir losziehen ...« Ihre Stimme verstummte anmutig, als sie verschwand.

Um loszuziehen? Wohin wollte die alberne Kuh um fünf Uhr früh gehen? Gegen meinen Willen beeilte ich mich mit dem Zähneputzen. Die Neugier brachte nicht mich, sondern Tobias fast um, als ich vor der Badezimmertür auf ihn zutrat und ihn beinahe über das Treppengeländer beförderte. Doch fünf Minuten darauf betrat ich die Küche und fand dort Vanessa vor, die aussah, als mache sie eine Fernsehreklame für eine Cappuccinomaschine. Meine Geburtstagsgeschenk-Cappuccinomaschine.

»Was machst du für ein saures Gesicht, Schätzchen!« Vanessa zeigte ein vollendetes Profil, als sie zwei klitzekleine Täßchen mit dem dampfenden Gebräu füllte, Schaum in beide gab und auf jede Untertasse klimpernd einen kleinen Löffel legte. »Man hat fast den Eindruck, ich wäre zu dir und dem armen Ben ins Ehebett gestiegen und würde jetzt versuchen, ganz die gefällige Hausfrau zu spielen!«

Es wäre unentschuldbar kindisch von mir gewesen, mit dem Fuß aufzustampfen und darauf hinzuweisen, daß sie mit meiner Maschine herumgespielt hatte, ehe ich Gelegenheit gehabt hätte, sie auseinanderzunehmen und herauszufinden, wie das elende Ding funktionierte. Ebenso übertrieben wäre es gewesen, Vanessa zu sagen, daß ich mir wie vergewaltigt vorkam, weil sie ein Stück von mir entwendet hatte, das ich niemals zurückbekommen konnte. Daher log ich und sagte ihr, wenn ich sauer wirke, dann deswegen, weil ich unbedingt eine Tasse des schaumigen Kaffees brauchte.

»Prost!« Ich stieß klirrend mit ihr an und trank einen Schluck, mit dem ich meinen Porzellanfingerhut leerte und mir einen Schaumbart bescherte.

»Köstlich, wenn ich das in aller Bescheidenheit sagen darf.« Meine Cousine hockte sich auf den Tisch, ihre goldbraunen Beine baumelten graziös unter ihrem olivgrünen Tüllrock, und ihr Kopf war zur Seite geneigt, so daß ihr Haar in einem Wasserfall von Wellen die zarte, gedrechselte Säule ihres Halses freigab und es schaffte, jeden kleinsten Lichtschimmer im Raum einzufangen und von Kupferrot zu Bronze und wieder zurück zu verwandeln.

»Du hast eben gesagt, du wolltest irgendwohin losziehen.« Ich leckte mir hinter der Deckung meines Untertellers den Cappuccinobart ab und fühlte mich gleich besser. Es ist erstaunlich, wie ein halber Teelöffel Schaum helfen kann, die Kluft bis zum Frühstück zu überbrücken.

»Ja, Schätzchen, aber laß uns nichts überstürzen.« Vanessa drückte ihre Mokkatasse an ihren unvergleichlichen Busen und strahlte seelenvolle Hingabe aus. »Mein Leben war bis vor kurzem eine solche Tretmühle. Bildlich gesprochen könnte man sagen, ich habe mein Leben mit der nimmermüden Suche nach der perfekten Tasse Cappuccino verbracht!«

»Ach ja?«

»Ich war oberflächlich, Ellie, war mehr am Schaum als am eigentlichen Gehalt interessiert.« Sie tauchte eine Fingerspitze in die aufgeplusterte Wolke oben auf ihrer Tasse und hob eine weiße Flocke heraus, mit der sie vor meiner Nase herumwedelte, bevor sie ihre Korallenlippen damit benetzte. »Aber ehrlich, Schätzchen, seit George Malloy in mein Leben getreten ist, bin ich eine ganz neue Frau geworden.«

»Herzlichen Glückwunsch.« Ich stellte meine Däumelinentasse samt Unterteller in die Spüle.

»Ja.« Ihre Augen funkelten wie Harvey's Bristols Cream Sherry in einem Kristallglas. »Künftig werde ich alles haben – Schönheit, Geschmack und Charakter.«
»Du könntest dich als neue Frühstücksflockensorte vermarkten«, sagte ich nachsichtig.
»Wie kann ich dir begreiflich machen, daß ich mich in einem Maße verändert habe, daß meine eigene Mutter – mögen ihre Fuchspelze auf ihren Bügeln verrotten – mich nicht wiedererkennen würde? Hilft es« – mit geschmeidiger Grazie glitt Vanessa vom Tisch –, »wenn ich dir sage, daß ich vorhabe, dich in die Kirche mitzuschleppen?«
»In die Kirche von St. Anselm?«
»Ich habe vor, mich dort trauen zu lassen.« Sie schob sich auf dem Weg zur Gartentür an mir vorbei. »Sicher, mir wäre es lieber, wenn Westminster Abbey die Familienkirche wäre und wenn der Herzog von Edinburgh und Prinz Charles sich darüber streiten würden, wer von ihnen das Vorrecht genießen soll, mich zum Altar zu führen, aber ich bin Realistin geworden, Ellie.«
»Aber warum um alles in der Welt müssen wir so früh gehen?«
»Weil ich die halbe Nacht wachgelegen und durch einen Traumschleier aus weißer Spitze die Zeremonie vor mir gesehen habe, und ich kann keine Sekunde länger damit warten, meinen großen Auftritt zu proben.«
»Und ich soll mitkommen, damit ich ›Hier kommt die Braut‹ summen kann?«
»Ich hatte gehofft, du könntest auf der Orgel spielen. Du mußt doch über Talente verfügen, die mir bislang entgangen sind.«
»Die Kirche wird um diese Zeit verschlossen sein.«
»Dann wecken wir die Pfarrerin auf. Wenn ihr Boß zu jeder Tages- und Nachtzeit Bereitschaftsdienst hat, wüßte ich nicht, warum es bei ihr anders sein sollte.« Vanessa warf mir einen Regenmantel zu, und bis ich ihn vom Fußboden aufgelesen

und die Tür daran gehindert hatte, mir ins Gesicht zu knallen, war sie bereits halb über den Hof.

Es regnete zwar nicht, doch es war durchaus kalt genug für einen Mantel. Ein scharfer Wind wehte vom Meer heran, als wir durch das Eisentor zur Cliff Road und in die Morgendämmerung gingen. Vanessas goldbraunes Haar war der einzige Farbfleck in einer, so schien es, ansonsten schwarzweißen Filmkulisse. Und als ich hinter ihr her stapfte, wobei ich immer noch versuchte, in die Ärmel des Regenmantels zu schlüpfen, sah ich in meiner Phantasie Karisma hinter dem Kirchhofstor auf sie warten. Sein Piratenhemd aus dem siebzehnten Jahrhundert war strahlend weiß und blähte sich wie die Segel des Schiffes, das in der Schmugglerbucht auf ihn wartete. Seine Miene war so trostlos und unergründlich wie der Turm von St. Anselm, bis er sich umdrehte und sie so schnell wie der Flügelschlag einer Amsel in seinen Armen lag, sich ihre wallenden Locken vermischten, ihre Lippen vereinten und sie ein Atem waren, ein Herzschlag, eine Seele.

»Du bist gekommen, mein hinreißender Feuerbrand.« Er hob seinen herrlichen Kopf, entließ sie jedoch nicht aus der Umschlingung seiner Arme. »Niemand – weder deine tyrannische Mutter noch die Leute des Königs – werden uns trennen. Noch ehe der Hahn kräht, werden wir getraut sein.«

»Es ist keine sehr große Kirche«, sagte Vanessa und unterbrach damit grausam meine Phantasie.

»Für die Gemeinde von Chitterton Fells ist sie groß genug«, sagte ich spitz, als ich ihr durch das Kirchhofstor folgte und den moosbedeckten Pfad entlang, der sich zwischen dem Friedhof mit seinem schläfrigen Regiment aus Grabsteinen und dem Kraut-und-Rüben-Garten des Pfarrhauses hindurchschlängelte.

»Oh, ich bin sicher, daß sie für eure kleinen Sonntagstreffen völlig ausreicht.« Meine Cousine schob ihren Arm unter meinen. Vermutlich, um zu üben, wie sie mit George Malloy den Mittelgang entlangschritt. »Aber, Ellie Schätzchen, ich habe nicht vor, eine *kleine* Hochzeit zu feiern. Ich bin nicht so egoistisch, daß ich meine Freunde und Verwandte des Vergnügens berauben würde, all die Pracht zu sehen, die mich ausmacht.« Sie hielt inne, als wir um die Ecke gebogen waren und vor der Kirche standen. »Etwas Altes, etwas Neues, etwas Geborgtes ... ach du liebe Zeit, mir ist gerade etwas Gräßliches eingefallen! Ich habe keine einzige Freund*in* – wir scheinen uns immer zu beißen, so wie deine marineblauen Schuhe mit diesem braunen Regenmantel. Wäre es eine furchtbare Zumutung, Ellie, wenn ich dich bitten würde, mir ein paar von deinen Freundinnen zu leihen, nur für den einen Tag?«
»Na schön« – ich gab mir Mühe, nicht unwillig zu klingen –, »aber du mußt versprechen, sie in tadellosem Zustand zurückzugeben.«
»Ich weiß nicht recht, ob ich auf den Glockenturm so furchtbar scharf bin.« Vanessa blickte himmelwärts. »Der ist doch hoffnungslos veraltet, findest du nicht?«
»Er ist tatsächlich alt, von 1131«, sagte ich, »und nein, ich glaube nicht, daß Eudora Spike bereit wäre, ihn abzubauen und bis nach deiner Hochzeit in der Krypta zu verstauen.« Ich hatte die ersten Stufen zu dem massiven Eichenportal von St. Anselm erklommen, als meine Cousine hinter mir einen markerschütternden Schrei ausstieß.
»O mein Gott!« rief sie, was mich zu der Annahme bewog, daß einer der Büsche an der Mauer unter den Buntglasfenstern in Flammen stand. Und als ich mich umdrehte, gestikulierte Vanessa tatsächlich in die Richtung der Büsche. »Da ist jemand! Ich habe eine Hand gesehen«, rief sie aus, »eine Hand in einem schwarzen Handschuh, die verstohlen da drüben um die Ecke kam.«

»Du bildest dir was ein.«
»Vermutlich.« Vanessa schloß die Augen – vorsichtig, um ihre Wimpern nicht zu zerknittern – und folgte mir die Stufen hinauf. »Aber gehen wir schnell in die Kirche, bevor irgend so ein Leichenfledderer vom Friedhof mich anbaggern will.«
»Sie ist abgesperrt, meine Lieben.«
»Was?« Ich hängte mich an den Arm meiner Cousine, so daß wir beide ins Stolpern gerieten und auf den Hinterteilen nach unten auf den Weg rutschten. Dort stand eine Frau, ganz in Schwarz gekleidet, von dem aus der Zeit vor dem Ersten Weltkrieg stammenden Kopotthut mit seinem flatternden Schleier bis hinunter zu ihren Knopfstiefeln, und sah uns verblüfft an. Sie war eine alte Dame, mindestens achtzig, aber ihre haselnußbraunen Augen strahlten wie die eines Mädchens, und auf ihrem Seidenpapiergesicht lag immer noch ein rosiger Schimmer.
»Vergeben Sie mir, daß ich Sie so spontan angesprochen habe.« Sie streckte Vanessa zwei Hände in schwarzen Handschuhen hin, doch Vanessa zog mich hoch und schob mich vor sich. »Was für traurige Zeiten, wenn eine Kirche des Nachts ihre Pforten verschließt.«
»Man hat Angst vor Vandalismus . . .« sagte ich stammelnd, wie es meine Gewohnheit ist, wenn ich Auge in Auge einer Dorflegende gegenüberstehe.
»Welch törichte Sichtweise.« Die alte Dame in Schwarz lächelte wie in wehmütiger Erinnerung an ein freundlicheres Zeitalter. »Die Kirche, die behauptet, Sünder willkommen zu heißen, sollte den Hooligan in die Arme schließen.«
»Schon möglich, aber ich finde, es kann nicht schaden, die Grenze bei Leuten zu ziehen, die ihre Kleider von der Stange kaufen.« Vanessa schüttelte sich.
»Sammelt euch nicht Schätze hier auf Erden – ist das nicht, was die Bibel lehrt? Man würde sich doch wünschen, daß der Klerus diese kleine Regel außer auf andere irdische Güter auch

auf Silberkelche und sonstigen religiösen Kram anwendet.«
Unsere neue Bekannte warf ihren behaubten Kopf zurück und verschaffte mir einen Eindruck, wie Vanessa als Achtzigjährige aussehen und sich verhalten würde. »Aber keine Sorge, meine lieben jungen Damen.« An dieser Stelle ließ sie ein mädchenhaftes Kichern vernehmen. »Wie der Zufall es will, war ich eines Abends hier und habe gesehen, wo der dumme alte Küster den Zweitschlüssel versteckt. Und ich habe ihn dabei.« Sie griff in ihre Manteltasche und brachte besagten Gegenstand zum Vorschein.

»Ich finde nicht, daß wir uns heimlich in die Kirche schleichen sollten, während Reverend Spike nichtsahnend im Bett liegt«, wandte ich ein und sah bereits vor mir, wie man mich aus dem Heim-und-Herd-Verein verbannte. »Wir kommen zu gelegenerer Zeit wieder und . . .«

»Angsthase, Pfeffernase, morgen kommt der Osterhase«, sang Vanessa frech. »Verzieh du dich ruhig nach Hause, wenn du möchtest, ich meinesteils gehe mit unserer reizenden neuen Freundin zusammen diese Stufen hoch. Wenn ich hier getraut werden soll . . .«

»Eine Hochzeit!« Die Dame in Schwarz sprach mit erstickter Stimme. »Ich sollte hier getraut werden, als ich ein verträumtes Mädel von unübertroffener Schönheit und funkelndem Witz war. Mein Hochzeitskleid war eine himmlische Kreation aus elfenbeinfarbener Seide und Spitze, aus Paris importiert. Mein Brautstrauß bestand aus Apfelblüten, passend zu dem Kranz, der meine rabenschwarzen Locken rahmen sollte, doch leider ließ mein schöner Bräutigam sich nicht in der Kirche blicken, und es war mir bestimmt, allein am Altar zu stehen, die Hand an mein gebrochenes Herz gepreßt, während der Organist spielte und spielte . . .«

»Wie traurig«, sagte Vanessa unaufrichtig und wartete ungeduldig am Portal, während ich mit den Tränen kämpfte und tröstend die winzige Hand in dem schwarzen Handschuh drückte, bevor ich den nachziehenden Röcken die Stufen hinauffolgte.

»Wären Sie so gut?« Die Dame in Schwarz reichte mir den Schlüssel. Ihr verzweifelter Seufzer war ein Echo des schweren Ächzens der Tür, als sie nach innen aufschwang und wir drei in das muffige Halbdunkel traten.

»Es werde Licht!« Meine Cousine schlug mit der Hand gegen die Wand und wurde für ihre Respektlosigkeit wundersamerweise damit belohnt, daß sie auf Anhieb einen Lichtschalter fand. Vanessa verzichtete darauf, im Vorraum mit den langen Tischen, auf denen sich Erbauungsbüchlein stapelten, und mehreren deutlich sichtbar an den Wänden angebrachten Sammelbüchsen zu verweilen, und ging weiter ins Mittelschiff, als wisse sie genau, wohin sie wollte. Und das war ein zweites Wunder, wenn man bedachte, daß kein Reiseführer an ihrer Seite war.

»O Gott!« rief sie und nahm ihn höchstpersönlich ins Gebet. »Du solltest ernsthaft an einen Umzug denken. Oder zumindest eine größere Verschönerungsaktion starten.«

»Ich finde St. Anselm vollkommen.« Ich stand hinter ihr im Gang, zu beiden Seiten von verwitterten Bänken flankiert. »Ein paar dieser Fenster reichen bis ins vierzehnte Jahrhundert zurück, und selbst das viktorianische Buntglas ist weniger kitschig als üblich. Und sieh dir die Kommunionbank an! Die Schnitzerei ist erlesen.«

»Das weiß ich nur zu gut!« Die Dame in Schwarz sprach über meine Schulter hinweg. »Ich erinnere mich, wie mein Blick an jenem verhängnisvollen Tag scheinbar eine Ewigkeit wie festgenagelt an einer hölzernen Rose hing, die tief im Herzen verwundet war.«

»Würde es euch furchtbar viel ausmachen«, sagte Vanessa, »wenn wir versuchen, uns auf das Thema meiner Hochzeit zu konzentrieren? Ich will nicht selbstsüchtig sein«, flunkerte sie, »aber es könnten jeden Augenblick ganze Horden gräßlicher

Schulkinder hereinplatzen, um Motive für Weihnachtskarten durchzupausen, und dann werde ich nicht mehr klar denken können. Das verstehen Sie doch, oder?« Sie lächelte die Dame in Schwarz süßlich an.

»Vollkommen, meine Liebe«, seufzte diese zur Antwort. »Ich habe sechzig Jahre lang nicht mehr klar denken können, ein bitterer Preis für die Hoffnungen und Träume meiner Mädchenjahre.«

Vanessa warf mir einen Blick zu, der mich warnte, bloß kein Taschentuch aus meinem Regenmantel zu ziehen und mir die Augen zu wischen. Dann stolzierte sie den Mittelgang entlang, als wäre er ein Laufsteg. Die Sonne huldigte ihr geziemend, indem sie eine hauchzarte goldene Schleppe für sie wirkte, auf der die Dame in Schwarz und ich so vorsichtig gingen, als koste der Meter achtzig Pfund.

Meine Cousine fuhr herum.

»Diese Bänke werden wir umstellen müssen!«

»Wieso ist mir das nicht eingefallen?« sagte ich.

»Der Gang ist viel zu schmal. Ich werde keinen Schritt tun können, ohne auf mein Kleid zu treten oder mit meinem Schleier hängenzubleiben, wenn nur jemand die Nase aus der Bank steckt.« Irgendwie gelang es Vanessa, wie einer der Engel mit tizianrotem Haar auf den Buntglasfenstern auszusehen, während sie diese schnippische Bemerkung von sich gab.

»Und diese Messingvasen auf dem Altar gefallen mir auch nicht besonders. Sie sehen aus wie etwas, das Aladins Mutter für 'n Appel und 'n Ei auf dem Basar gekauft hat.«

»Vielleicht sollten wir auch den Taufstein hinausschaffen«, schlug ich vor, »es sei denn, du meinst, er könnte als Gefäß für die Bowle Verwendung finden. Und bestimmt« – mein Blick wanderte an den Steinwänden entlang – »würde Reverend Spike eine Laura-Ashley-Tapete und passende Vorhänge an den Fenstern gut finden.«

»Du brauchst nicht gleich gehässig zu werden, Ellie.« Vanessa schüttelte ihr üppiges Haar zurück, schwankte anmutig und griff nach der Rückenlehne einer Bank. »Ich fühle mich nicht ganz auf der Höhe. Dieses frühe Aufstehen ist nur etwas für Vögel, und ich nehme an, selbst die sind es irgendwann leid.«

Noch ehe ich mein Mitgefühl bekunden konnte, glitt sie in Richtung Sakristei davon, wo sie, so vermutete ich, ein paar gefühlvolle Augenblicke damit zubringen würde, sich vorzustellen, wie sie im Eheregister unterschrieb, während George Malloy nicht von ihrer Seite wich und dem Himmel dafür dankte, daß er mit solch großem Glück gesegnet war.

Die Dame in Schwarz zupfte mich am Ärmel. »Ich habe Ihnen meinen Namen gar nicht genannt«, sagte sie. »Ich heiße Ione Tunbridge, und Sie« – sie beugte sich zu mir, als ich antworten wollte – »Sie sind Ellie Haskell. Ich habe meine Mittel und Wege, solche Dinge zu erfahren. Und ich verrate Ihnen ein kleines Geheimnis, meine Liebe: Am Tag Ihrer Hochzeit war ich auf dem Kirchhof. Obgleich ich überwiegend ein Einsiedlerdasein führe, kann ich angesichts solch herzergreifender Ereignisse nicht anders, als zwischen den Grabsteinen umherzuwandern. Und ich habe den Ausdruck bitterer Verzweiflung auf Ihrem Gesicht gesehen, als Sie durch das Kirchhofstor traten.«

»Ich kam zu spät«, sagte ich und widerstand der Versuchung, vor ihrem Klammergriff und dem Geruch nach moderigem Gesichtspuder, von dem mir übel wurde, zurückzuweichen. »Ich kam eine halbe Stunde zu spät zu meiner Hochzeit«, fuhr ich in Erinnerung an besagten Tag hastig fort. »Die Katze hatte meinen Schleier gefressen, und das Taxi kam nicht, und ich hatte entsetzliche Angst, daß Ben es leid werden würde, auf mich zu warten, und ich am Schluß ganz allein vor dem Altar stehen würde ...« Meine Stimme erstarb, als mir aufging, wie überaus taktlos ich gewesen war.

Aber auf Miss Tunbridges Gesicht malte sich tiefes Mitgefühl.

»Männer!« Ihr Atem war eine fast sichtbare Wolke aus abgestandener Luft, wie sie unter einer Tür hervor entweichen mochte, die ein halbes Jahrhundert lang verschlossen war. »An Ihrem Hochzeitsmorgen, Ellie Haskell, fühlte ich mich Ihnen verbunden. Und dann neulich, als ich zum Dachfenster hinausblickte und sah, wie Sie gezwungen wurden, mit ihrem finsteren, strengen Ehemann auf dem nassen Gras zu picknicken, rief meine Seele der Ihren zu: Gib dem unerträglichen Tyrannen eins mit der Weinflasche auf den Kopf. Durchbohre sein Herz mit dem Buttermesser. Befreie dich und werde glücklich in der Ehelosigkeit.« Ihr Gesicht war aschfahl von der heftigen Gemütsbewegung.

Als Ehefrau, die ihres Traurings würdig war, hätte ich aufs schärfste protestiert und gesagt, Ben sei ein Engel, jenen auf der geschnitzten Kommunionbank ebenbürtig, und daß ich ihn wahnsinnig liebte, doch wie nicht anders zu erwarten, stürzte ich mich auf ihre faszinierende Enthüllung.

»Sie wohnen auf Tall Chinneys!« rief ich. »In dem Haus, das einst der Wohnsitz von Hector Rigglesworth und seiner sieben Töchter war. Verzeihen Sie meine Neugier, aber glauben Sie an die Geschichte, daß es in der Bibliothek von Chitterton Fells spuken soll? Haben Sie jemals seine beklemmende Anwesenheit gespürt, wie er durch Ihr Haus strich?« Ich hätte vielleicht ewig weiter solch dummes Zeug gefaselt, wäre Vanessa in diesem Augenblick nicht von ihrem Erkundungsgang in die Sakristei zurückgekommen und wenige Zentimeter vor mir und Ione Tunbridge stehengeblieben. Ihr Blick ruhte nachdenklich auf dem prachtvollen Kruzifix, das hinter der Kanzel angebracht war.

»Das muß da weg, Ellie! Halte mich ruhig für oberflächlich, aber es zieht doch ziemlich runter!«

Mein entsetztes Luftschnappen war nicht die einzige Antwort auf die Blasphemie meiner Cousine. Denn in diesem Augenblick gingen die Lichter aus, ein Zeichen, daß Gott rasch gehandelt hatte, um meine Cousine und jene, die das Pech hatten, sich in ihrer Gesellschaft zu befinden, in nächtliche Finsternis zu hüllen. Mitten in einem Schrei stieß ich unbeholfen rückwärts gegen eine Bank. Eine Hand streifte meine; Iones Flüstern kitzelte mich am Ohr: »Sie müssen mich besuchen kommen, Ellie Haskell. Sie erinnern mich an eine liebe Freundin, die ich hatte, als ich ein junges Mädchen war und die ganze Welt mir gehörte.«

Ihr eiskalter Atem verschwand von meinem Ohr, und als die Lichter wieder angingen, war keine Spur mehr von Ione Tunbridge zu sehen. Den Mittelgang entlang kam Gladstone Spike in handgestrickter grauer Strickjacke und dunkelgrauer Hose. Sein Silberhaar war zerzaust.

»Guten Morgen«, sagte er mit gefalteten Händen, und seine Stimme klang ein wenig höher, als ich sie in Erinnerung hatte. »Ich habe das Licht gesehen und dachte, wir hätten es gestern abend versehentlich brennen lassen, deshalb bin ich hereingekommen und habe es ausgeschaltet, und dann hörte ich Geräusche. Warten Sie auf meine Frau, meine Damen?« Er warf einen Blick auf seine Taschenuhr und sah einen Augenblick verblüfft aus, bevor er sie wieder in die Brusttasche seiner Strickjacke steckte. »Könnte es sein, Ellie, daß Sie Eudora mißverstanden haben und sie sich hier um fünf Uhr nachmittags mit Ihnen treffen wollte?«

»Wir hatten keine Verabredung.« Vanessa schenkte ihm ein bestrickendes Lächeln, was sie wohl nicht getan hätte, wenn sie gewußt hätte, daß Gladstone Spike in Kürze eine von uns sein würde. »Als ich meiner Cousine Ellie erzählte, daß ich nicht schlafen könne und mir unbedingt die Kirche ansehen wollte, in der ich getraut werden möchte, schlug sie vor, daß wir herkommen, es könne ja sein, daß die Tür offen wäre. Zum Glück war es so.«

Sie erzählte diese dreiste Lüge, ohne rot zu werden. Ja, sie sah sogar entschieden blaß aus, als sie auf die Kante einer Bank sank. Mist! Ione Tunbridge war nirgends zu sehen, und ich hatte keine Lust, meine Cousine als schlaues Biest zu denunzieren, das es schon immer genossen hatte, wenn ich mich ihretwegen vor Verlegenheit wand. Mir knurrte der Magen, und ich wollte nur noch nach Hause, um Rührei und Toast zu machen, bevor Gerta – die sich bedauerlicherweise als noch miserablere Köchin entpuppte, als Mrs. Malloy angedeutet hatte – sich an einem Blech Brötchen versuchte, die gute Dienste als Türstopper leisten würden.

»Ich konnte auch nicht schlafen«, gestand Gladstone Spike. »Mir macht schon seit mehreren Wochen ein bestimmtes Problem zu schaffen, und in den frühen Morgenstunden stricke ich oft oder backe schnell einen Biskuitkuchen. Aber diesmal habe ich mich für einen Spaziergang auf dem Grundstück entschieden. Ich, oder vielmehr« – er räusperte sich – »Eudora und ich erwarten an diesem Wochenende Besuch, einen Gast von besonderer Bedeutung für unsere Zukunft, und als ich an den Johannisbeersträuchern vorbeikam, Ellie, kam mir der Gedanke, ob Ben wohl bereit wäre, mir das Rezept für seinen Sommerpudding zu überlassen.«

»Das wird er sehr gern tun«, sagte ich. »Ehrlich, Gladstone, es ist schade, daß Ben nicht Sie heiraten konnte, wenn man bedenkt, daß ihr zwei diese große Leidenschaft fürs Kochen teilt.« Ich war nur deshalb auf diese groteske Bemerkung verfallen, weil ich vor dem Gedanken zurückschreckte, daß der Wochenendgast der Spikes eben jener Arzt war, der mit der Operation befaßt sein würde, bei der die meisten Männer das kalte Grausen bekommen würden.

»Wir wären ein tolles Team.« Gladstone zwinkerte mit den Augen, gab mir zu verstehen, daß er den Witz verstand, es sei denn ... Mein Herzschlag setzte eine ganze Taktfolge lang aus, als ich seinem Blick folgte und meinen Ehemann mit großen Schritten durch den Gang auf uns zukommen sah. Anstatt mich zu fragen, was Ben hierherführen mochte, überdachte ich das Augenzwinkern noch einmal und dankte dem Himmel, daß Eudora nicht anwesend war, es mitbekommen hatte und womöglich mißdeutete.

»Ellie!« Mein Gatte hatte nur Augen für mich. Als er in voller Fahrt bei mir anlangte, knurrte er drohend: »Legst du es bewußt darauf an, mich in den Wahnsinn zu treiben? Ich wache in Schweiß gebadet auf und merke, daß du nicht im Bett bist. Nachdem ich dann das ganze Haus auf der Suche nach dir auf den Kopf gestellt hatte, sah ich mich gezwungen, in Gertas Zimmer einzudringen, und nachdem sie sich von ihrem hysterischen Anfall erholt hatte, bat ich sie, auf die Zwillinge aufzupassen, bis ich zurückkomme, ob mit dir oder ohne dich.«

»Du hättest nicht gleich in Panik geraten sollen ...« sagte ich stockend. Vanessa sah uns mit großem Interesse zu.

»Du hättest mir zumindest eine Nachricht an den Pyjama heften können. Ich war überzeugt, du hättest mich eines anderen Mannes wegen verlassen. Du warst in der letzten Zeit nicht so zärtlich wie gewohnt, Ellie, und dann war da noch diese Geschichte, daß du zu spät zu deiner Geburtstagsparty gekommen bist. Da ist doch was faul. Könnte es sein, daß du eine Schwäche für Brigadegeneral Lester-Smith hast – einen weltgewandten reiferen Mann?« Ben holte wütend Luft. »Das habe ich mich immer wieder gefragt, während ich zum Pfarrhaus eilte, um mit Eudora zu reden, für den Fall, daß du dich ihr in ihrer Eigenschaft als geistliche Ratgeberin anvertraut hättest. Und dann sah ich das Licht in der Kirche. Was geht hier vor?«

Jetzt heftete er seinen feurigen Blick auf Gladstone Spike, als habe er ihn in Verdacht, mich in der Absicht in die Kirche gelockt zu haben, durch unlautere Mittel ein Rezept auszuspionieren. Doch ehe der Mann der Pfarrerin oder ich die Sache erklären konnten, erhob Vanessa sich unsicher von der Bank, auf der sie gesessen hatte, legte die Hand an ihre Elfenbeinstirn, ging stockend zwei Schritte, flüsterte, sie fühle sich schwach, und fiel dann anmutig in die Arme meines Mannes, die sich öffneten, um sie aufzufangen.

Bevor ich blinzeln konnte, hatte Ben sie hochgehoben, so daß ihr Gesicht an seine Schulter geschmiegt war und sich ihr üppiges welliges Haar in goldbrauner Flut über seinen Jackenärmel ergoßen. Welch ein Bild - er dunkel, attraktiv und entsprechend gelassen, sie eine genickte Lilie, im Augenblick zu matt, um ihr Schicksal in die eigenen Hände zu nehmen. Ein Bild, das es wert war, auf dem Titel eines Liebesepos reproduziert zu werden. Und ich war nicht die einzige, die davon so betäubt wie fasziniert war. Gladstone Spike starrte auf meinen Ehemann, als hätte er gerade den Mann seiner Träume erblickt.

10. Kapitel

Der Teufel verleitete mich dazu, etwas sehr Hinterhältiges zu tun. Als ich nach Hause kam, ließ ich Abbey und Tam in Gertas Obhut, ging nach oben und kletterte in mein Bett, das weder zu hart noch zu weich war, sondern gerade richtig. Die Uhr auf dem Kaminsims wies darauf hin, daß es halb sieben war, viel zu früh am Tag für ein Nickerchen. Und mein Gewissen bemühte sich nach Kräften, mir Schuldgefühle zu machen, indem es mich daran erinnerte, daß Ben direkt zur Arbeit gefahren war, nachdem er Vanessa nach oben in ihr Zimmer gebracht und sachte aufs Bett gelegt hatte. Ich konnte ja wohl kaum von ihm erwarten, daß er sie einhändig durch die Tür warf, oder? Frauen fallen heutzutage nicht mir nichts, dir nichts in Ohnmacht, deshalb hatte er sich natürlich Sorgen um sie gemacht, auch wenn sie darauf bestand, es sei nichts und sie brauche keinen Arzt.

Ich zog mir die Bettdecke über den Kopf und kuschelte mich in das daunenweiche Kissen. Ein paar Runden Schlaf würden mich für den vor mir liegenden Tag stärken. Ich wäre den Zwillingen eine viel bessere Mutter, wenn ich den verpaßten Nachtschlaf nachholte. Und heute abend würde ich ein besonderes Essen für Ben kochen. Nur für uns beide ... und für Gerta, denn es wäre doch unfair, sie nicht einzubeziehen, entschied ich, als die Tapete unscharf wurde und der Kleiderschrank am Horizont dahintrieb wie ein in Nebel getauchter Leuchtturm. Welch scheußliches Wetter für Mai, dachte ich verschwommen, als Hagelkörner gegen das Fenster prasselten.

Es wäre mir gelungen, das zu ignorieren, hätte nicht das Telefon mit rücksichtsloser Beharrlichkeit angefangen zu läuten. Es half auch nicht, daß ich mir ein Kissen in jedes Ohr stopfte. Als der große Kommunikator endlich die Klappe hielt, hatte ich mich bereits aufgerappelt und sah einen Hagel aus kleinen Kieselsteinen gegen die Scheibe schlagen. Die Sonne, die grell zum Fenster hereinschien, spottete der Theorie, daß Gott beschlossen hatte, seinen Tag durch den Spruch »Es werde Hagel!« aufzupeppen. Nein! Irgend jemand, ein Flegel, stand draußen vor dem Haus, sammelte Steinchen von der Erde auf und warf sie handvollweise himmelwärts, in der Hoffnung, mich aus meinem Schlummer zu reißen. Mit Sicherheit, so dachte ich säuerlich, würde Gerta sich als die Übeltäterin herausstellen. Sie war zweifellos mit den Zwillingen draußen und wollte wissen, ob es in Ordnung war, wenn sie Abbey ihre Puppe ausziehen ließ und Sunshine ihren Plastikbusen einem vorübergehenden Sextäter darbot.
Ich setzte ein Lächeln auf, das meine Kinder vermutlich mit Schrecken erfüllen würde, zog die Vorhänge zurück, öffnete das Fenster und rief nach unten: »Feuer einstellen! Ich bin unbewaffnet und bereit, herunterzukommen, ohne Widerstand zu leisten.«
Wie eine Frau sich irren kann! Die Person, die von unten zu mir emporstarrte, war ein Mann, den ich noch nie im Leben gesehen hatte. Ein stämmiger, rothaariger Mann, der die erhobenen Hände sinken ließ und sie dann aneinander rieb, während er einen ohrenbetäubenden Pfiff von sich gab, der die hiesige Polizei auf den Plan hätte rufen müssen.
»Da ist mein Mädel ja! Welch ein Anblick für meine müden Augen und« – ich konnte seinen Adamsapfel hüpfen sehen – »welch toller Vorbau!«
»Verschwinden Sie aus meinem Garten, Sie Perversling!« Ich erstickte beinahe, als ich den schweren Samtvorhang mumienartig um mich wickelte, so daß nur noch ein Stück von

meinem Gesicht übrig war, um seine animalischen Gelüste zu nähren. »Wenn Sie nicht verschwunden sind, bis ich bis eins gezählt habe, rufe ich die Polizei!«

»Du bist klasse, Mädchen!« Der rothaarige Teufel kicherte boshaft-genüßlich und breitete die Arme aus. »Immer zu neckischen Spielchen aufgelegt. Komm schon, Nessie, spring in meine Arme und sag mir, daß dir dein altes Georgielein gefehlt hat!«

»Nessie?« Ich ließ mir den Namen auf der Zunge zergehen, gleichgültig gegenüber dem Umstand, daß ich mehr von meinem Hals zeigte, als sich gehörte. »Nessie – wie in Vanessa?« Die üble Szene entpuppte sich als klassischer Fall von Verwechslung. »Tut mir leid, Sie haben an das falsche Fenster geklopft. Ich bin Ihre Cousine Ellie, aber es braucht Ihnen nicht peinlich zu sein: Ich fühle mich geschmeichelt, daß Sie eine Familienähnlichkeit erkannt haben. Vermutlich bloß die Sonne, die Sie geblendet hat, aber wie dem auch sei, ich freue mich, Sie kennenzulernen, Mr. Malloy.«

»Ich komme mir vor wie ein Vollidiot.« Er schluckte so laut, daß ich es bis oben am Fenster hörte. »Ich dachte, das Zimmer, das heißt Ihr Zimmer, müßte Nessies sein, weil es das einzige mit noch zugezogenen Vorhängen war. Sie tut alles, um ihren Schönheitsschlaf zu kriegen, mein kleines Mädel.«

»Vanessa ist in jeder Hinsicht absolute Spitze.« Diese unaufrichtige Erwiderung ging mir leicht über die Lippen. »Ihr Zimmer liegt auf der anderen Seite des Hauses, aber vergessen Sie das alles.« Ich vermied es, nach unten auf meinen ... Vorbau zu sehen. »Ihr Versuch, sie zu überraschen, war reizend und romantisch, und ich bedaure nur, daß sie nicht die Julia zu Ihrem Romeo spielen konnte.«

»Sie sind ein echter Kumpel, Mrs. Haskell.« George Malloy fuhr sich mit der Hand über sein verschwitztes Gesicht. »Aber es führt kein Weg daran vorbei, ich hätte mich benehmen und wie ein Gentleman an die Tür klopfen müssen. Meine Mum wird mir dafür die Ohren langziehen, das kann ich Ihnen versichern. Sie hat mich schon ausgeschimpft, weil ich angeblich das Verhältnis zwischen Ihnen beiden kaputtmache. Und ich sehe auch ein, daß es ein kleines bißchen peinlich ist, wenn ich Nessie heirate und Mum für ihre Cousine putzt.«

»Ihre Mutter schwingt hier auf Merlin's Court das Mopzepter«, informierte ich ihn, »aber mir ist schon klar, daß sie es für das beste halten könnte, mich von der Liste ihrer Klientinnen zu streichen. Das ist aber nicht Ihre Schuld. Also, Kopf hoch! Ich laufe schnell nach unten und mache Ihnen die Küchentür auf.«

Mich in Rock und Bluse aufs Bett zu werfen, hatte eine verwerflich zerknitterte Gastgeberin aus mir gemacht, aber ich bezweifelte, daß George Malloy es bemerken würde. Und selbst wenn, wäre es egal. Seine Nessie hatte ihm sicherlich erklärt, daß sie abgesehen von ihrem eigenen auch die Nutznießerin meines Familienanteils an gutem Aussehen war. Nessie! Ich mußte lachen, als ich die Treppe hinuntereilte. Wie gewöhnlich! hätte Tante Astrids Urteilsspruch gelautet. Der Name eines Dienstmädchens, das seilchenspringend in den Hinterhöfen eines Romans von Catherine Cookson aufgewachsen war. Daß Vanessa, ihr lebendes Ausstellungsstück von Tochter, so tief sinken sollte, mußte ihr furchtbar auf den aristokratischen Keks gehen. Nessie! Und doch war die Art, wie George Malloy den Namen sagte, so zart wie das Morgenlicht, das zur Küchentür hereinströmte, als ich aufmachte, um ihn hereinzulassen.

»Hallo«, sagte ich. »Kommen Sie rein und machen Sie es sich gemütlich.«

»Ich nehme Ihre freundliche Einladung an.« Er nahm die Hände aus den Taschen, trat über die Schwelle und putzte sich die Füße ab, als stünde er auf einer Tretmühle.

»Gerta, die sich um unsere Zwillinge kümmert, wird sie wohl gerade baden, und Vanessa ist noch im Bett.« Aus der Nähe betrachtet wurde George Malloy auch nicht um so vieles schöner, daß ich mich gedrängt gefühlt hätte, mich dafür zu entschuldigen, daß ich keine umwerfende Schönheit war, oder mich zu fragen, warum Mrs. Malloy nicht darauf bestanden hatte, in jedem Haus, in dem sie arbeitete, das Foto ihres Sonnyboys aufzustellen. George war klein, fast schon untersetzt, und außerdem hatte er eines jener Massenartikelgesichter, von denen man gleich weiß, daß sie die Eltern nicht die Welt gekostet haben. Sein rotes Haar blich zu dem Ingwer einer hübschen, jedoch gewöhnlichen Katze aus.

Stichwort Katzen: Kater Tobias, der sich für einen Prinzen unter den Samtpfoten hält, trug ein abschätziges Grinsen zur Schau, als er unseren Gast von der Anrichte herab musterte; mir hingegen wurde George bereits sympathisch.

»Menschenskind«, sagte er. »Ich wüßte sogar, daß Sie mit Nessie verwandt sind, wenn ich Ihnen an der Charing Cross Station begegnet wäre.«

»Ach ja?« Ich zog einen Stuhl vom Tisch weg und sah zu, wie er es sich bequem machte, erst das eine Bein auf sein Knie legte, dann das andere, bevor er sich entschloß, seine beiden kurzen, dicken Füße auf den Fußboden zu stellen.

»Sie haben den gleichen sonnigen Blick, das gleiche schöne Lächeln, wenn Sie mir diese Vertraulichkeit verzeihen, Mrs. Haskell.«

»Ellie«, sagte ich herzlich. »Immerhin werden wir verschwägert sein.«

»Nur über meine Leiche!«

Dieser ganz und gar nicht von Familiensinn zeugende Zwischenruf wurde durch das Knallen der Gartentür mit einem Ausrufezeichen versehen. Mrs. Malloy, deren schwarzes Haupt einer Gewitterwolke glich, kam auf Absätzen zu uns gestöckelt, die noch höher waren als gewöhnlich, was darauf schließen ließ, daß sie heute morgen die Absicht hatte, die hochgelegenen Stellen abzustauben. Mrs. M hatte von Beginn an klargestellt, daß sie nicht auf Leitern herumturnte.

»Ich habe nichts gegen Sie persönlich, Mrs. H., außer daß Sie einen miesen Geschmack in der Auswahl Ihrer Verwandten bewiesen haben.« Sie warf die Provianttasche auf den Tisch und riß um ein Haar ihren Sohn um, der sich anschickte, sich von seinem Stuhl zu erheben. »Es hat keinen Zweck, mir mit deinem Hundeblick zu kommen, George! Ich würde mir eher mein eigenes Grab schaufeln, als dich mit dieser eingebildeten Tussi verheiratet zu sehen.« Die zutiefst betrübte Mutter stieß einen Seufzer aus, der Tobias quer durch den Raum blies. »Hat mich immer wie den Dreck auf meiner Kehrschaufel behandelt. Wenn sie nur 'n bißchen Anstand hätte, dann hätte sie zum Telefonhörer gegriffen und mich gefragt, was ich davon halte, sie zur Schwiegertochter zu bekommen.«
»Nessie ist schüchtern.« George, der unbequeme fünf Zentimeter über seinem Stuhl in der Luft hockte, nahm die ihm Anverlobte in Schutz.
»So ist sie, seit sie ein Kind war«, log ich. »Vanessa hat sich immer schon Sorgen gemacht, daß ihr Äußeres den falschen Eindruck erwecken könnte, sie sei mehr oder weniger oberflächlich.«
»Bin ich wie üblich das Gesprächsthema?«
Meine Cousine verstand es stets, den passenden Augenblick für ihren Auftritt zu wählen. Jetzt schwebte sie ins Zimmer, ein Bild der Schönheit in meinem ehemaligen Négligé. Doch Mrs. Malloy, anders als ihr Sohn, dessen Augen vor Freude aufleuchteten, als er aufsprang, sah nicht sonderlich beeindruckt aus. Statt dessen schien sie dringend eine Dosis Gin zu brauchen, als Vanessa mit spitzengeschmückten ausgestreckten Armen auf sie zu rauschte.
»Mummy! Darf ich dich so nennen? Ich fühle mich dir so unbeschreiblich nahe, der Frau, die meinem lieben George das Leben geschenkt hat.«
»Sie ist ein Wunder, meine Nessie«, murmelte George voller Verehrung.

Mrs. Malloys violette Lippen erbleichten, als Vanessa einen Kuß mehrere Zentimeter rechts von ihrer gepuderten Wange in die Luft drückte. »Bild dir man bloß nich' ein, daß ich meinen Einzigen hier unter verdammten Schmerzen geboren habe. Tatsache is', er is' rausgepoppt wie ein Sektkorken. Du kannst es Glück nennen, wenn du willst - obwohl ich es so manches Mal bedauert habe -, daß die Hebamme damals am anderen Ende des Zimmers stand und eine rauchte, so daß sie ihn auffangen konnte, bevor er in dem Topf mit kochendem Wasser landete.«

»Ich freue mich, daß Sie uns diese Geschichte anvertraut haben«, sagte ich.

»Nein, wie süß!« Vanessa zog Nägel durch ihr Haar, so lang, daß man Frösche damit sezieren konnte, und es fiel ihr in einem von der Sonne vergoldeten Wasserfall über die glänzenden Schultern. »Ach, wie herrlich, zu euch beiden zu gehören, im Mittelpunkt meiner eigenen kleinen Familie zu stehen ...« Sie streckte die eine Hand George hin und die andere Mrs. Malloy, die sofort anfing, in ihrer Provianttasche zu kramen.

»Du bringst mich zum Weinen, Herzchen.« Prompt zückte sie die Putzmittelflasche, die meist Gin enthielt. »Aber wir wissen doch beide, der einzige Grund, warum du meinen George heiratest, ist der, daß er eine Menge Kohle macht. Wenn das nicht wäre ...« Mrs. Malloy goß sich eine Verschlußkappe von der Stärkung ein und schlürfte sie mit geziert abgespreiztem kleinen Finger aus. »Wenn die Knete nicht wäre, hättest du George nicht mal angesehen, wenn du ihn auf der Straße über den Haufen gefahren hättest.«

»Na, na, Mum, das kann ich aber nicht dulden.« Die Frucht ihrer Lenden intervenierte zugunsten seiner Braut, die prompt in seine ausgestreckten Arme sank und zweifellos ihre Blütenwange an seine männliche Schulter geschmiegt hätte, wäre er nicht der um einiges kleinere von beiden gewesen. »Ich will keinen Krach anfangen, aber ich lasse nicht zu, daß irgend jemand, du eingeschlossen, Mum, Nessie aufregt. Sie hat schon genug Kummer, wo ihre eigene Mutter sie meinetwegen auf die Straße gesetzt hat.«

»Mummy weigerte sich zu glauben, daß ich dich anbete, mein Liebling.« Vanessa drückte ihm einen leidenschaftlichen Kuß auf den Mund; ich machte mich hastig daran, den Kessel mit Wasser zu füllen, anstatt länger mitanzusehen, daß auf diesem netten Mann gespielt wurde wie auf einer Mundharmonika. »Und das tut weh, weil Mummy und ich immer solch gute Freundinnen waren, uns gegenseitig unsere Pelzmäntel und unseren Schmuck geliehen haben wie zwei ausgelassene Schulmädchen. Und jetzt, seit dem Bruch mit Mummy, komme ich mir wie eine Waise vor.« Der Hauch eines Seufzers, den ich nur schwer mit Tante Astrid in Verbindung bringen konnte – die mich stets ansah, als hätte sie einmal zuviel mit Essig und Wasser gespült.

Das Ächzen, das durch den Raum vibrierte, kam nicht von Vanessa, sondern vom Kessel, der eine verstopfte Pfeife hatte und zu solchen Ausbrüchen neigte. Während ich Tassen und Unterteller aufdeckte, barg George Malloy seine Liebste an seiner treuen Brust.

»Na, na, Mädel, mich hast du jetzt ja für immer, und wenn Mum es nicht über sich bringt, dich als meine Auserwählte zu akzeptieren, dann schadet sie sich nur selbst.«

»Was bedeutet, daß du aufhörst, mir ein paar Pfund zum Geburtstag zu schicken, und ich dazu gezwungen bin, für meinen Lebensunterhalt putzen zu gehen«, sagte Mrs. Malloy, als sei sie derzeit in einer anderen Branche tätig. »Na schön.« Und damit schraubte sie den Verschluß mit einer Geste der Endgültigkeit auf die Ginflasche, die mich glauben machte, daß sie gleich ihre Provianttasche nehmen und aus dem Haus marschieren würde, um niemals wiederzukehren.

»Was heißt das – na schön?« George musterte sie grimmig. Mrs. M. straffte ihre schwarzen Taftschultern, als stünde sie vor dem Erschießungskommando. »Ich sage nicht, daß sich zwischen mir und dem kleinen Waisenmädchen alles zum besten wenden wird, aber falls du entschlossen bist, sie zu heiraten, bin ich bereit, sie als Schwiegertochter anzunehmen. Streng auf Probe, versteht sich. Mir schwebt da eine sechsmonatige Bewährungszeit vor.«

»Was immer du willst, Mummy Malloy!« Vanessa löste den Klammergriff um den Hals ihres Verlobten und fuhr in einem hauchzarten Wirbel aus Seide und Meerschaumspitze herum, um mit einem Klimpern ihrer Wimpern und einem scheuen Lächeln ihre Dankbarkeit gegenüber ihrer künftigen Schwiegermutter zu bekunden. Sie hob schwungvoll ihre Teetasse. »Wie wär's mit einem Toast auf die Liebe in ihrer mannigfaltigen Gestalt?«

Ich persönlich hätte meinen Lieblingstoast mit dicker Butter und Marmelade bevorzugt. Egal. Ich machte gute Miene zum bösen Spiel und beteiligte mich daran, mit den Tassen anzustoßen; ich schaffte es sogar, Protest zu erheben, als Mrs. Malloy sagte, sie mache sich besser an die Arbeit, da sie einen ganzen Batzen von ihrem sauer verdienten Geld für ein neues Kleid für die Hochzeitsfeierlichkeiten würde hinblättern müssen.

»Nehmen Sie sich doch den Tag frei«, redete ich ihr zu. »Warum geht ihr drei nicht zum Mittagessen aus, ins Abigail's, wenn ihr wollt, auf Kosten des Hauses?«

»Danke, Mrs. H.« – sie warf mir unter ihren Neonlidern hervor einen bedeutungsvollen Blick zu – »aber mir wäre es lieber, wenn das junge Paar eine Zeitlang unter sich ist. Mit Sicherheit haben sich die beiden vieles zu erzählen, was nicht für meine Ohren bestimmt ist.«

George strahlte anerkennend über die neue Einfühlsamkeit seines Elternteils. »Wenn ich recht überlege, Mum, möchte ich tatsächlich ein paar Takte mit Nessie über das Aerobike reden. Das neue Fahrrad für Belastungstraining, das nächsten

Monat in Produktion geht«, erklärte er. »Wenn ich selbst so sagen darf, ist es ein richtig schlaues System, denn das Rad steht einen Meter zwanzig über dem Fußboden auf einem Stahlrahmen, um ein Gefühl der Schwerelosigkeit und des freien Schwebens zu erzeugen. Und ich muß mein Lieblingsmodel hier fragen, ob sie bereit ist, sich für unsere Werbekampagne noch mal in den Sattel zu schwingen.«

Das Lächeln, mit dem Vanessa ihn bedachte, wirkte ein wenig bemüht. Und ich verstand, wie ihr zumute war, denn sie sollte tun, wofür, wie sie sich hatte entschlüpfen lassen, George sie zu Beginn ihrer Arbeitsbeziehung engagiert hatte. Jene berühmt-berüchtigten Vorher- und Nachherfotos, auf denen sie mittels hochmoderner Kameratricks innerhalb von zehn Sekunden erst aufgedunsen und dann wieder schlank war, in der Hoffnung, Tausende verzweifelter Übergewichtiger dazu zu verlocken, das Aerobike mit seiner Kein-Geld-zurück-Garantie zu kaufen, um das gleiche wundersame Resultat zu erzielen.

Ich erwartete, daß meine Cousine nach oben entschwebte und den Großteil des Tages damit zubrachte, sich für ihr Tête-à-tête mit George zurechtzumachen. Statt dessen ging sie mit ihm nach draußen in den Garten, eine Meerschaumnymphe, die, da hatte ich keinerlei Zweifel, George dazu bringen würde, von Fahrrädern auf Hochzeitsglocken umzuschalten, noch ehe sie die Zugbrücke überquert hatten.

»So, das wär's.« Mrs. Malloy schloß die Tür hinter ihnen und schleppte sich zu einem Stuhl, auf den sie sich sinken ließ wie die entthronte Königin in einer griechischen Tragödie. »Ich brauche 'nen kalten Lappen für meinen armen schmerzenden Kopf, Mrs. H., wenn Sie die Güte hätten ...«

»Kommt sofort«, sagte ich, weichte ein Geschirrtuch in kaltem Wasser ein und wrang es über dem empörten Tobias aus, der in der Spüle stand, um sich am offenen Fenster bräunen zu lassen. Das gefaltete Stück Leinen drapierte ich in echter

Florence-Nightingale-Manier über Mrs. Malloys Stirn. »Tut das gut?« fragte ich und sah Tränen an ihren Wangen hinunterlaufen, die einen Erdrutsch in ihrem Make-up verursachten. Logischerweise nahm ich an, daß sie zutiefst von meiner Fürsorge gerührt war.
»Sie haben das blöde Ding viel zu naß gemacht!« rief sie aus. Und ich sah hilflos mit an, wie ihre aufgemalten Brauen von der Flut hinweggespült wurden.
»Tut mir leid«, sagte ich, sah auf die Uhr und fragte mich, wann Gerta wohl endlich die Zwillinge zum Frühstück herunterbringen würde.
»Na ja, ich schätze, Sie wollten mir bloß dabei helfen, meinen Kummer zu ertränken. Wer will schon Kinder, Mrs. H.? Wenn sie klein sind, lassen sie jedes Möbelstück in Reichweite zu Bruch gehen, und wenn sie erwachsen sind, brechen sie uns das Herz.« Mrs. Malloy hob ihre Beine in der schwarzen Netzstrumpfhose an, so daß ich einen Hocker unter sie schieben konnte. »Mein George mit dieser Frau verheiratet - ich darf gar nicht daran denken! Aber was soll eine Mutter tun? Er ist letztendlich über einundzwanzig.«
»Außerdem« - es war ein heldenmütiger Versuch meinerseits, großherzig zu sein - »glaube ich, er liebt Vanessa wirklich.«
»Pervers, nicht wahr?« Mrs. M. schüttelte sich, und das Geschirrtuch landete in einem traurigen Häuflein auf dem Fußboden.
Ich hob es auf und ging zur Spüle hinüber. »Sie müssen an das Glück Ihres Sohnes denken. Und wenn Sie sich sagen, daß er es viel schlimmer hätte treffen können, versüßt Ihnen das die bittere Pille vielleicht.«
»Sie haben ausnahmsweise mal recht, Mrs. H« - ein tapferes Lächeln - »so wie's auf der Welt zugeht, hätte mein George sich mit irgend so 'ner Mieze einlassen können, die frisch aus dem Kittchen kommt, weil sie ihre letzten zehn Verlobten umgebracht hat, und jetzt bei einem Begleitservice arbeitet.«

»Genau«, sagte ich mit steifen Lippen, denn das Gespenst meiner ersten Begegnung mit Ben erhob sich zwischen uns, und ich mußte die Arme fest an meinen Körper pressen, um es nicht zu verscheuchen. Mrs. Malloy hatte die Bemerkung nicht persönlich gemeint. Sie wußte nicht, daß ich meinen Ehemann durch Eligibility Escorts kennengelernt hatte; niemand in Chitterton Fells ahnte etwas davon, am allerwenigsten Vanessa, und ich hätte eher einen Mord begangen, als zuzulassen, daß sie es herausfand.

»Wovon sind Sie so rot im Gesicht, Mrs. H.?«

»Nichts ... ich meine, von der Sonne, es wird ein brütend heißer Tag heute.« Ehe ich mit dem Wetterbericht fortfahren konnte, sprang mit der Macht eines Hurrikans die Tür zur Halle auf und Gerta erschien mit den Zwillingen auf den Fersen wie die Schleifen am Schwanz eines Drachen. Ich brauchte eine volle Minute, um zu entscheiden, ob sie Englisch oder Schweizerdeutsch sprach, zum Teil, weil ihre Worte kunterbunt durcheinanderpurzelten, vor allem aber, weil Abbey und Tam auf mir herumkletterten, als hätten sie mich seit dem Tag ihrer Geburt nicht mehr gesehen.

»Wie war das, Gerta?« wandte ich mich an die um ihren Kopf gewickelten Zöpfe, die alles waren, was ich sehen konnte, da die Zwillinge jeweils auf einem meiner Knie standen.

»Ich habe die Polizeiwache angerufen, Frau Haskell.«

»Sie haben was?« Abbey fiel durch meine Beine und wurde von Mrs. Malloy errettet, die mir für diesen Gefallen zweifellos ein Pfund extra in Rechnung stellen würde.

»Solch ein furchtbarer Schock ...« Gerta lehnte sich gegen den Tisch, vorübergehend unfähig zu sprechen, und da Tam mich halb erwürgte, konnte ich mir das alles nur so erklären, daß im Bad ein Stück Seife fehlte und sie dahinter einen Diebstahl vermutete.

»Wir haben einen Irren hier auf dem Anwesen, Frau Haskell!«

»Reden Sie keinen Unfug.« Mrs. Malloy zog sich mit Abbey in den Besenschrank zurück. »Mr. H. ist arbeiten gegangen. Ich hab' ihn ins Restaurant gehen sehen, als ich auf meinen Bus wartete.«

»Nicht er.« Gerta schüttelte so heftig den Kopf, daß sich ihre Zöpfe aus der Verankerung lösten. »Ich spreche von dem verrückten Mann, den ich vom Fenster im Kinderzimmer aus sah, wie er auf diesem tiefen Ast von dem großen Baum saß, die Hände ausgestreckt, und die Füße gingen rauf und runter, als ob er auf einem Fahrrad hockte. Und die ganze Zeit sprach er mit jemandem, den man nirgends sehen konnte, ›sein Engel‹, hörte ich ihn sagen, als ich mich aus dem Fenster beugte.«

»Das muß Mrs. Malloys Sohn gewesen sein«, erwiderte ich, ehe die stolze Mutter aus dem Besenschrank auftauchen und seine Ehre verteidigen konnte, indem sie vierzig Schläge mit dem Mop austeilte. »George hat bestimmt die Eigenschaften des Trimmfahrrads demonstriert, das er herstellt, und zwar vor Vanessa, die von Ihrem Platz aus nicht zu sehen war.«

»Schon wieder habe ich das Boot ins Wanken gebracht!« Gerta steckte mit zitternden Händen ihre Zöpfe fest. »Ich bin hier die Verrückte, das müssen Sie doch denken, Frau Haskell. Zuerst hielt ich Ihre Cousine für einen Einbrecher, und jetzt machte ich diesen Fehler.« Eine Träne lief ihr über die Wange, und mit der Einfühlsamkeit, die so oft im Inneren der Kleinen, Dunklen und Schweigsamen beheimatet ist, kam Tam zu ihr gewackelt und umarmte ihre Knie.

»Wie wär's, wenn ich bei der Polizei anrufe«, sagte ich, »und zu verstehen gebe, daß jetzt nicht der passendste Zeitpunkt für einen Besuch ist und sie vielleicht besser ein andermal vorbeikommen?« Ich entfloh in die Halle.

Die Stimme der Polizistin, die meinen Anruf entgegennahm, war so giftig, daß sie leicht noch mehr Löcher in die Hörmuschel hätte ätzen können; sie sagte, wäre der erste Anruf nicht mitten in die Teepause geplatzt, dann wäre schon längst jemand zum Tatort geeilt. Meine Entschuldigung für den falschen Alarm kam so gut an wie ein altbackenes Rosinenbrötchen, und als ich auflegte, war ich hin und her gerissen zwischen der Erleichterung darüber, daß man mich nicht zu dreißig Tagen gemeinnütziger Arbeit verdonnert hatte, und Ärger auf Gerta.

Nur indem ich mir ins Gedächtnis rief, daß sie als Folge ihrer gescheiterten Ehe begreiflicherweise dazu neigte, erst einmal alle Männer als Ungeheuer zu betrachten, gelang es mir, ein Lächeln auf mein Gesicht zu pappen, als ich in die Küche zurückging. Dort fand ich Gerta in Schürze an der Arbeitsfläche vor, wo sie mit ihrem Nudelholz auf eine runde Teigmasse einschlug, die bereits jetzt eher nach einem Gullideckel als nach einer Pastete aussah. Meine Stimmung hob sich keineswegs durch die klagende Ballade, die sie dabei sang - von einem treulosen Ziegenhirten, der herzlos auf einer Wiese voller Wildblumen Akkordeon spielte, während seine holde Maid sich in einem Gebirgsbach ertränkte. Die Zwillinge hatten sich unter den Tisch verzogen und hielten sich gegenseitig die Hände auf die Ohren, und ein Blick auf Mrs. Malloys Gesicht ließ mich ernsthaft daran denken, mich zu ihnen zu gesellen.

»Wenn diese Frau nich' auf der Stelle die Klappe hält« - meine schwergeprüfte Putzfrau drehte den Wasserhahn zu und hob ihren Eimer aus der Spüle - »steck' ich ihren Kopf in diesen Eimer hier und halte sie fest, bis sie nich' mehr denkt, daß Ertrinken ein Thema ist, über das man verdammt noch mal singt.«

»Überlassen Sie mir das«, sagte ich hastig, als Gerta eine weitere Strophe anstimmte, in der der Ziegenhirt nach einer Begegnung mit dem Vater der holden Leiche die Form seines Akkordeons angenommen hatte. »Ich meine . . . ich kümmere mich um die Küche, Mrs. Malloy, während Sie schon mal mit den anderen Räumen anfangen können.«

»Ich würde für das Wegputzen dieser Frau nichts extra berechnen!« Sie schüttelte den Kopf über mein Unvermögen, Vernunft walten zu lassen, und wankte hinaus. Dabei zog sie eine Wasserspur hinter sich her, die die Zwillinge dazu bewog, unter dem Tisch hervorzukriechen, um den Seifenblasen nachzujagen. Bis ich meine beiden heillosen Nervensägen eingefangen und sie mit dem Versprechen, ihr Frühstück sei unterwegs, auf ihre Hochstühlchen verfrachtet hatte, hatte Gerta ihre Arie zum Glück beendet.

»Diese Frau Mop, sie haßt mich!«

»Nein, nein, das stimmt nicht.« Ich schob Tam eine Schale mit Getreideflocken hin und hielt Abbey davon ab, auf den Tisch zu klettern, wo die Zuckerdose lockte. »Sie ist heute bloß ein wenig nervös, weil ihr Sohn sich verlobt hat und um ein Haar eingesp...« Ich biß mir auf die Zunge, brachte meiner Tochter ihr Frühstück, sagte beiden Kindern, sie sollten schön essen, und merkte dann, daß beide keinen Löffel hatten. Nachdem dieses Versäumnis behoben war, konzentrierte ich mich auf Gerta, deren Tränen sich wie Wasser aus einem Meßbecher auf den Teig ergossen, weshalb sie mehr Mehl hinzugeben mußte, und zwar so viel, daß die Luft in der Küche weiß wurde und meine Kinder sich in ein Paar Schneemänner zu verwandeln drohten.

»Ich bin ein schlimmes Ärgernis für Sie, Frau Haskell!«

»Seien Sie nicht albern«, sagte ich mit soviel Überzeugung, wie ich eben aufbringen konnte. »Sie sind ein wahrer Segen, Sie kochen phantastisch, und die Kinder lieben Sie!«

»Ich tu!« Abbey unterstrich dies, indem sie mit ihrem Löffel auf den Tisch schlug und vor Freude krähte. Tam war netterweise zu beschäftigt damit, seine Schale auf den Kopf zu stellen – das Ergebnis war eine furchtbare Schweinerei –, um seine enorme Zuneigung zu Gerta zu bekunden. Doch als das Mehl sich gelegt hatte, sah sie schon munterer aus.

»Dann legen Sie mich nicht vor die Tür?«

»Natürlich nicht«, sagte ich.
»Für Sie, Frau Haskell, und die kleinen Mümmelchen« – sie nahm den Teig hoch und drückte ihn zu einer Kugel zusammen – »arbeite ich mir die Finger wund. Ich werde Strudel und Klöße machen und ...«
»Sie dürfen uns nicht so verwöhnen ...« Als ich Tams Schale aus seinen klebrigen Fingern löste, mußte ich gegen einen Anfall von Übelkeit ankämpfen.
»Nichts, was ich tue, ist zuviel!« Gerta strahlte mich an, während sie sich mit dem Nudelholz wieder an die Arbeit machte. »Für den Rest meines Lebens bleibe ich bei Ihnen im Dienst, egal wie wenig Bezahlung Sie mir dafür hinwerfen wollen. Wenn ich eine alte Frau mit weißen Haaren und gebeugtem Rücken bin, werde ich immer noch in diesem fröhlichen Haus sein, passe auf die Urenkel auf, wenn sie zu Besuch kommen, koche für sie und putze für sie und melde mich am Telefon ...« Sie brach ab. Das Nudelholz rollte ihr aus den Händen und landete mit einem dumpfen Knall auf dem Fußboden, wenige Zentimeter vor Kater Tobias, der es mit einem vergnügten Schwanzzucken unter die Anrichte jagte.
»Was ist los, Gerta?«
»Sie werden mich von Frau Mop umbringen lassen! Und ich werde kein Wort sagen, um Sie davon abzubringen. Als Sie heute morgen nach oben gingen, um zu schlafen, hat das Telefon geläutet, und es war eine Frau dran. Sie sagte, ihr Name sei ...«
»Ja?« hakte ich nach.
»Ich erinnere mich nicht mehr an alles.« Gerta preßte die Hände an die Schläfen und wurde sofort kalkweiß.
»Den Vornamen?« ermunterte ich sie.
»Ich weiß noch den ersten Buchstaben.« Ihr Gesicht wurde wieder lebhaft. »Ihr Name fing mit einem S an, das schwöre ich bei Ihrem Grab.«
Ich wischte Tam das Gesicht ab, dann den Tisch, zermarterte

mir das Hirn und nannte aufs Geratewohl einen Namen: »Sylvia? Wie klingt das? Sylvia Babcock?«

»Das könnte er sein.«

»Tja, macht nichts.« Ich hob die Zwillinge von ihren Stühlen und sah zu, wie sie zu dem Spielzeugkorb im Alkoven trippelten. »Sie ruft bestimmt noch mal an.«

»Aber nicht vor dem Mittagessen.«

»Das spielt keine Rolle.« Ich lachte. »Ich kann die Spannung, bis die Identität unserer geheimnisvollen Anruferin enthüllt wird, ertragen.«

»Aber ich habe noch nicht alles erklärt, Frau Haskell.« Gerta sprang beinahe aus ihrer Schürze, als Tam einen roten Ball in ihre Richtung hüpfen ließ. »Die Frau sagte, sie wartet in Herrn Haskells Restaurant auf Sie. Zum Mittagessen.«

Mein Herz setzte zum Tiefflug an. Es mußte Sylvia gewesen sein, und sie wollte mich lieber an einem öffentlichen Ort anstatt bei sich oder bei mir zu Hause treffen, damit ich nicht nein sagen konnte, wenn sie in Tränen ausbrach und mich bat, Miss Bunchs Hund zurückzunehmen, bevor sie einen Nervenzusammenbruch bekam, es sei denn, ich wollte riskieren, vor aller Welt als Ungeheuer dazustehen.

»Sie sagte, Mittagessen um zwölf Uhr mittags, Frau Haskell«, fügte Gerta hilfreich hinzu.

Mist! Jetzt war es halb zwölf. Momentan konnte ich nicht mehr tun, als mich bei Gerta für die Nachricht zu bedanken. Heathcliff wieder auf dem Hals zu haben und neue Pflegeeltern für ihn auftreiben zu müssen war wohl kaum ein Schicksal, bitterer als der Tod. Ben würde zwar nicht erfreut sein, aber die Ehe war ja auch nicht als endlose Folge von Vergnügungen gedacht. Allem Anschein nach hatte George Malloy dieses Konzept noch nicht begriffen, denn die Gartentür ging auf, und er folgte Vanessa munter in die Küche. Sein Gesicht war fast ebenso rot wie sein Haar und strahlte wie die Sonne.

Ich stellte ihn Gerta vor, die unter dem Vorwand, sie müsse die Zwillinge nach oben aufs Töpfchen bringen, einen raschen Abgang machte. Dann hörte ich einem völlig vernarrten Mann fünf Minuten lang zu, wie er das große gesellschaftliche Geschick meiner Cousine bezüglich der Hochzeitsvorbereitungen pries, die einen Empfang auf Merlin's Court für fünfhundert ihrer allerengsten Freunde vorsahen sowie ein großes Essen, bei dem Ben für die Speisen sorgte und Mrs. Malloy und ich für den Abwasch zuständig waren. Während ich mir Mühe gab, begeistert auszusehen und die richtigen Floskeln zu murmeln, stand Vanessa in ihrem blaßgrünen Négligé da wie eine Royal-Doulton-Figur mit einem Blumensträußchen in den porzellanweißen Händen. Und plötzlich wurde ein Mittagessen mit Sylvia Babcock, mit der ich nie besonders vertraut gewesen war, zu einer überaus reizvollen Alternative. Daher verließ ich um Viertel vor zwölf mit ihrem Hochzeitsgeschenk unter dem Arm das Haus und fuhr davon, in der Zuversicht, daß Abbey und Tam gefüttert und zu ihrem Nickerchen ins Bett gesteckt werden würden, und in der Hoffnung, bei meiner Rückkehr nicht feststellen zu müssen, daß Mrs. Malloy Gerta in eine Steckdose eingestöpselt hatte. Als ich an St. Anselm vorbeifuhr, sah ich jemanden zwischen den Sträuchern im Garten des Pfarrhauses. Es war Eudora. Sie wirkte ermattet und war von Kopf bis Fuß in beigefarbene Wolle gekleidet, ein Aufzug, der angesichts der Hitze übertrieben schien.

Als ich den Wagen vor dem Abigail's abstellte, fühlte ich mich ein wenig schuldig, weil ich nicht angehalten und kurz mit Eudora geredet hatte, wenn ich auch nicht die geringste Ahnung hatte, was man sagen konnte, um eine Frau aufzumuntern, deren Ehemann im Begriff war, sich einer Geschlechtsumwandlung zu unterziehen. Zum Tagesthema der Boulevardblätter zu werden, so dachte ich, als ich die Stufen hinauf und unter der grün-goldenen Markise hindurch ins Restaurant ging, würde jeder außer einem nach Publicity hungernden Star als die Hölle auf Erden empfinden. Und selbst dieser Sorte Ruhm mußte man mit der Zeit überdrüssig werden. Etwas, über das ich persönlich mir keine Sorgen zu machen brauchte, wie mir der goldgerahmte Spiegel hinter dem Empfangstisch mal wieder vor Augen führte. Ich überlegte gerade, daß Ben gut beraten wäre, den unheilverkündenden Spiegel loszuwerden, bevor er noch andere Gäste vom Essen abschreckte, weil er sie daran erinnerte, daß sie eigentlich sowieso abnehmen mußten, da erschien Ben höchstpersönlich in der Tür zum Hauptspeisesaal. Er eilte mit leuchtenden Augen und ausgestreckten Händen auf mich zu.

»Ellie! Was für eine tolle Überraschung. Mir hat niemand gesagt, daß du kommst.« Er schaute zu der jungen Frau am Empfang hinüber, deren gestreiftes Kleid so perfekt zu der Regency-Tapete paßte, daß ich sie irrtümlich für eine Stehlampe gehalten hatte.

»Ich habe nicht reserviert«, sagte ich schnell, als sie entsetzt auf das Reservierungsbuch starrte. »Hoffentlich hat Sylvia Babcock daran gedacht. Wie's aussieht, seid ihr heute nahezu ausgebucht.»

»Dann bist du nicht hier, um spontan mit deinem Mann zu Mittag zu essen?« Ben lächelte bedauernd, während er weiter meine Hände festhielt und mir tief in die Augen schaute. Noch nie hatte er so unwiderstehlich ausgesehen. Seine dunkle Eleganz kam vor dem Ambiente des Foyers aus dem neunzehnten Jahrhundert besonders gut zur Geltung, und ich fühlte mich schrecklich mies, weil ich ihn enttäuschte.

»Ich will Sylvia ihr Hochzeitsgeschenk überreichen.« Ich klopfte auf das Päckchen unter meinem Arm. »Aber ich glaube, sie wollte eigentlich mit mir essen, um mich zu überreden, Heathcliff zurückzunehmen.«

»Diesen Hund?« Das Liebeslicht in Bens Augen erlosch. »Oder sollte ich besser sagen das *Pferd*? Ellie, wenn er in unser Haus einzieht, dann ziehe ich in den Stall.«

»Babcock ... Babcock«, murmelte die Rezeptionistin, während sie mit dem Finger über die Einträge fuhr. »Ich finde den Namen nicht; könnte die Dame einen anderen ...?«
»Einen falschen Namen benutzt haben? Das glaube ich nicht.« Ich schüttelte den Kopf. »Aber vielleicht haben Sie sie unter ›Sylvia‹ notiert.«
»Den Namen finde ich auch nicht, aber manchmal habe ich Probleme damit, meine eigene Handschrift zu lesen, besonders wenn ich mit links schreibe, weil ich in der rechten den Telefonhörer halte.« Dieses Eingeständnis erfolgte zitternd und bebend, weil die Temperatur um Ben herum dramatisch gefallen war. »O ja ... hier ist eine Reservierung, die mit einem S anfängt ... den Rest des Namens kann ich nicht entziffern.«
»Wir könnten ein Glas Wein zusammen trinken, bevor deine Freundin kommt.« Ben, der Rücksichtsvolle, glättete seine finstere Stirn und legte einen Arm um meine Schultern, aber ich mußte natürlich alles verderben.
»Liebling, ich wünschte, das ginge, aber es ist schon zwölf Uhr ...«
Woraufhin Ben sich steif verbeugte, als entbinde er mich von meinem Versprechen, das Menuett mit ihm zu tanzen, und in den Speisesaal zurückkehrte, um nachzusehen, ob ein Tisch für mich vorbereitet war.
Ich stand da und sah ihm nach, von einem Gefühl der Reue und unwiderruflichen Verlusts verzehrt, als ich jemanden ins Foyer kommen hörte. Als ich mich umdrehte, sah ich eine Dame mit rosarotem Haar, die die Blüte ihrer mittleren Jahre bereits überschritten hatte und mit einem breiten Lächeln und flatternder Federboa auf mich zukam. Und in diesem Augenblick wurde mir zu meinem Entsetzen klar, daß ich mich nicht mit Sylvia Babcock zum Mittagessen traf.
Die Person, mit der ich mein Mahl teilen würde, war niemand anders als Mrs. Swabucher von Eligibility Escorts.

11. Kapitel

Giselle Haskell, endlich sehen wir uns wieder!«

Die Frau, die dafür verantwortlich war, daß Ben und ich über das Rent-a-man-Geschäft zusammengefunden hatten, stürzte sich in einem Gestöber rosaroter Boafedern auf mich. »Mein Anblick ist ein Schock für Sie. Was um alles in der Welt führt mich nach Chitterton Fells, fragen Sie sich. Aber das alles wird sich im Nu aufklären, wenn Ihr reizender Ehemann einen Tisch für zwei in einer hübschen, ruhigen Ecke für uns findet. Meine telefonische Nachricht hat Sie hoffentlich nicht allzusehr überrumpelt?« Ihre Augen funkelten, und auf ihren Wangen erschienen Grübchen. Einen Augenblick lang sah sie wie ein Mädchen aus, nicht wie eine Großmutter.

»Es ist schön, Sie zu sehen ...« Ich zwang mich zu lächeln, während mein Blick verstohlen zum Speisesaal wanderte, wo ich, Gott sei Dank, außer meinem Ehemann niemanden sah, den ich kannte. Dieser wandte sich jetzt von einem der Kellner ab, mit dem er gesprochen hatte, und eilte auf uns zu.

»Mrs. Swabucher, welche Freude!« rief er mit einer Stimme, die besser zu einem Ausrufer des Mittelalters gepaßt hätte. »Ein großer Augenblick, Ellie« – er hob vielsagend eine Braue –, »unser ganz persönlicher Cupido, hier im Abigail's.«

»Lieber Bentley.« Die Dame umschloß seine Hände mit ihren Wurstfingern und musterte ihn verschmitzt. »Immer noch so attraktiv wie eh und je, keine Krähenfüße oder Silberfäden in dem Ebenholzschwarz, wie ich erfreut feststelle. Die Ehe bekommt Ihnen, das habe ich immer gewußt. Gleich als Giselle in mein Büro spaziert kam – ja, es kommt mir vor, als sei's erst gestern gewesen –, ging ich in Gedanken meine Herrenriege durch und entschied auf Anhieb, daß Bentley Haskell genau der richtige Mann war, um dieses Dornröschen mit ihrem ersten Kuß aufzuwecken.« Mrs. Swabucher strahlte in meine Richtung. »Und von diesem Moment an, meine lieben jungen Dinger, hatte keiner von euch beiden den Hauch einer Chance, seiner Bestimmung zu entgehen. Nicht, wenn Tante Evie den Zauberstab schwang.«

»Wir sind sehr glücklich«, sagte ich, verlagerte Sylvia Babcocks Geschenk von einer Hand in die andere und vollführte mit den Füßen eine Art Charleston-Shuffle. Zum Glück war die Rezeptionistin nicht mehr in unmittelbarer Hörweite, weil ein Kellner sie zu sich gewinkt hatte, aber ich konnte das Gefühle nicht abschütteln, daß das Geheimnis meiner wilden Vergangenheit entdeckt war und bis zum Einbruch der Dunkelheit jeder, der auch nur ein Hörgerät besaß, erfuhr, wie Ellie Haskell ihren Mann kennengelernt hatte. Ich würde zum allgemeinen Gespött, und Ben – mir stockte der Atem, als er, ganz Ehemann, den Arm um meine Schultern legte – würde von vielen als Gigolo angesehen werden. Das war alles so unfair! Namen sind Schall und Rauch! Noch Monate nach Beginn unserer Beziehung hatte mein Mitverlobter mich mit äußerst demoralisierender Korrektheit behandelt.

»Wir wissen es sehr zu schätzen, daß Sie uns besuchen, Mrs. Swabucher.« Ben sprach mit all der Begeisterung, die mir abging. »Und ich schmeichle mir mit dem Gedanken, daß die Kunde von der erlesenen Küche im Abigail's sogar in London an Ihr Ohr gedrungen ist und Sie hierher geführt hat.«

»Ich bin über Ihren Erfolg stets auf dem laufenden, dessen können Sie gewiß sein, lieber Junge. Sie haben ein feines Etablissement hier, gar kein Zweifel.« Der Blick der Dame registrierte bewundernd das Regency-Ambiente und kehrte dann sogleich zu uns zurück. »Aber die Wahrheit ist, meine lieben jungen Dinger ...«

»... daß Sie uns aus einem ganz bestimmten Grund sehen wollten«, sagte ich mit Grabesstimme.

»Genau!« Mrs. Swabuchers altrosa Kopf nickte. »Auf die Gefahr hin, Bentleys Seifenblase zerplatzen zu lassen, besteht meine Mission diesmal darin, mich mit Ihnen, meine liebe Ellie, über eine geschäftliche Angelegenheit zu unterhalten. Was nicht heißen soll, lieber Junge« – sie wedelte mit der Federboa vor meinem Liebsten herum –, »daß ich mich nicht freuen würde, wenn Sie uns vor dem Essen bei einem Glas Weißwein Gesellschaft leisten.«

»Danke sehr, aber es fällt mir nicht im Traum ein, mich aufzudrängen«, erwiderte Ben in liebenswürdigstem Ton. »Mit Sicherheit haben Sie sich darauf gefreut, mit meiner Frau unter vier Augen zu sprechen, und ich – auf die Gefahr hin, daß ich wie die biblische Martha klinge – werde in der Küche gebraucht.« Er bot Mrs. Swabucher seinen Arm und warf meiner Wenigkeit einen fragenden Blick zu. »Wenn Sie mir die Ehre erweisen, zwei so reizende Damen begleiten zu dürfen, werde ich Sie zu dem besten Tisch des Hauses führen, bevor ich mich unsichtbar mache.«

Die Reise in den Speisesaal hätte mir nicht länger vorkommen können, wenn ich die Sahara auf einem Kamel durchquert hätte, das sich bei jedem dritten Schritt niederlegen und sterben wollte. Eine geschäftliche Angelegenheit? Was konnte das anderes bedeuten, als daß Mrs. Swabucher meinen Namen und – Gott steh mir bei – mein Foto in einer Werbekampagne für Eligibility Escorts benutzen wollte? Mein Gesicht, in jeder U-Bahn-Station Londons an die Wand gepappt! Um von allen – jedem Mann, jeder Frau und jedem Kind –, die die Rolltreppen hinauf- und hinunterfuhren, begafft zu werden! Schon der Gedanke war entsetzlich! Als ich von dem Pfad zwischen den leinengedeckten Tischen abkam, stieß ich mit einem Stuhl zusammen und murmelte dem Mann, dessen Hemd mit Suppe vollgekleckert war, eine wirre Entschuldigung zu. Und er dachte, daß *er* Probleme hätte! Wenn die Kampagne erfolgreich war, welche Hoffnung blieb mir dann, daß ich nicht auch, in Lebensgröße, an Bussen und Reklametafeln in Chitterton Fells auftauchte?

Meine Knie gaben in dem Moment nach, als Ben mir an einem Tisch in der Fensternische, von der man auf die Market Street sah, einen Stuhl zurechtrückte. Ich hatte Angst, den Blick von dem verschwommenen Rosarot zu heben, aus dem Mrs. Swabucher bestand, weil ich sonst vielleicht am Lagerhaus gegenüber einen Mann auf einer Leiter gesehen hätte, wie er das erste Riesenplakat ankleisterte.

Ben und ich waren ruiniert. Unser Leben als Säulen der Gemeinde ein Trümmerhaufen. Doch er, typisch Mann, begriff nicht, worum es ging. Unter den gesenkten Lidern hervor sah ich, wie er Mrs. Swabuchers Weinglas zwei, drei Zentimeter näher zu ihrem Teller schob, ihren Dessertlöffel und die Gabel zurechtrückte und die Blumenvase beiseite stellte, damit sie Salz- und Pfefferstreuer nicht blockierte. Ich hörte sein sonores Gemurmel, als er die Tugenden eines weißen Burgunders rühmte, die Kastaniencreme empfahl, den in Curry zubereiteten Aal und den gebratenen Fasan. Und dann war er verschwunden. Nie hatte ich mich so allein gefühlt wie in diesem überfüllten Raum, mit Mrs. Swabucher mir gegenüber am Tisch. Ich wollte am liebsten aufspringen, ihr meine Serviette ins Gesicht schleudern, um sie abzulenken, und mich in die Küche und in Bens Arme flüchten. »Bitte«, so würde ich ihn anflehen, »bring mich und unsere geliebten Babys weit, weit weg von den Lästermäulern hier, auf eine Insel, die auf keiner Karte verzeichnet ist und wo niemand je von Eligibility Escorts gehört hat!« Aber leider waren dies die neunziger Jahre des zwanzigsten Jahrhunderts, und das wehrlose Frauchen war den Weg von Bleigeschirr und Knopfstiefeln gegangen.

Außerdem hatte Mrs. Swabucher es nicht verdient, wie der Schwarze Tod behandelt zu werden.

»Entschuldigen Sie mich!« Ich sprang auf und griff mir an den Hals. »Ich glaube, ich habe die Perlenbrosche meiner Großmutter am Empfang verloren, und ich werde das Mittagessen nicht genießen können, wenn ich Angst haben muß, daß jemand sie mit Füßen tritt. Falls der Kellner kommt, während ich weg bin, bestellen Sie bitte schon mal für mich.«

»Lassen Sie sich Zeit, meine liebe Giselle.«

»Ja, gut«, sagte ich, trat auf Sylvia Babcocks Hochzeitsgeschenk und blieb mit dem Absatz am Riemen meiner Handtasche hängen, bevor mir endlich die Flucht gelang. Zum Glück hatten die übrigen Gäste im Abigail's ihre Besitztümer sorgfältig verstaut, so daß sie keine Gefahr für unachtsame Verkehrsteilnehmer darstellten. Und es gelang mir, den Speisesaal ohne weiteren Zwischenfall zu verlassen, wenn man davon absah, daß ich einen Kellner eine Pirouette drehen ließ, mit der er im Eiskunstlauf bei den Olympischen Spielen Topnoten erzielt hätte.

Glücklicherweise war Ben allein, als ich in die Küche platzte, die in ihrer rostfreien Majestät verlangte, daß ein jeder Topf stets auf dem Posten war, ob er am Gestell hing oder auf dem Herd stand. Selbst die unbezähmbarste Fliege würde nach einem Blick auf die strahlend weißen Arbeitsflächen den Wink verstehen und abzischen. Eine Sauce, die in einem kleinen Topf simmerte, gab zwei kleine, geschmackvolle Rülpser von sich, ansonsten war alles still, obwohl Mittagsbetrieb war. Ein Meister der Organisation, das war mein Ehemann. Und als ich tief die mit aromatischen Erinnerungen an sonnenüberflutete Olivenhaine und Landküchen der Provence getränkte Luft einatmete, fiel die durch das Auftauchen von Mrs. Swabucher verursachte Panik von mir ab wie ... eine Boa aus rosaroten Federn.

»Ellie! Du bist gekommen, mein Liebling.« Seine Arme umfingen mich, und seine Lippen drückten sich in einem überaus zärtlichen Kuß auf meine. Ich hob die Hand, um seine glatte Wange zu berühren. Es war ein kostbarer Augenblick, wäre es nur der richtige Zeitpunkt gewesen.

»Ben, wir haben ein Problem.«

»Ach, so ist das.« Er trat zurück, hielt jedoch weiter meine Hand fest. »Du bist gekommen, um mit mir zu spielen, aber dein Gewissen hat letztlich gesiegt. Dummes Gänschen, weißt du denn nicht, daß ich der vollendete Schurke bin? Verheiratete Frauen sind seit langer Zeit meine Spezialität.«

»Ben ...« begann ich von neuem.

»Jetzt geht mir ein Licht auf!« Seine schwarzen Brauen zogen sich gespielt finster zusammen, er schob meine Hand beiseite und wischte sich seine an einem Taschentuch ab. »Du hast gemerkt, daß du deine Handtasche samt Portemonnaie zu Hause vergessen hast, und bist nun in der peinlichen Lage, mir als Gegenleistung für ein Gratismittagessen für dich und Mrs. Swabucher ein Geschäft anbieten zu müssen. Tja, Pech gehabt, Ellie. Ich kann beinhart sein, wenn man mich zum äußersten treibt, und ich fand es immer schon ungemein erregend, einer weinenden Frau zuzusehen, wie sie sich durch einen Berg von schmutzigem Geschirr spült. Natürlich« – seine Augen wurden schmal, und seine Lippen verzogen sich – »würde das Dessert extra was kosten, aber ich bin sicher, wir finden eine Regelung, durch die meine männlichen Bedürfnisse befriedigt werden ...«

»Ich bitte dich« – ich riß ihm das Taschentuch weg und warf es ihm ins Gesicht – »sei nicht so ein Idiot! Du weißt ganz genau, daß ich, sobald ich nur einmal aufgefordert werde, im Abigail's für eine Mahlzeit zu bezahlen, die Küche in Brand setze. Und sag nicht«, fuhr ich fort, als er den Mund öffnete, »daß unsere Beziehung, wenn ich das täte, endlich wieder Feuer hätte. Ich will, daß du ernst bist und mir sagst, was wir wegen Mrs. Swabucher unternehmen sollen.«

»Ich verstehe nicht ganz, Ellie.« Ben lehnte sich gegen die Arbeitsfläche, die Knöchel gekreuzt, das Bild eines Mannes, der keinerlei Sorgen kannte.

»Du hast sie gehört!« Ich schob mir das Haar aus der schweißnassen Stirn. »Sie sagte, sie sei hier, um eine geschäftliche Angelegenheit mit mir zu erörtern, und das kann nur eines bedeuten: Mrs. Swabucher hat vor, Kapital aus deiner ... meiner ... *unserer* Beteiligung an Eligibility Escorts zu schlagen. Oh, ich meine nicht, daß sie uns erpressen will oder dergleichen, aber ...«

»Davon gehe ich auch nicht aus.« Bens Augen hatten sich von türkisfarben zu smaragdgrün verdunkelt. »Wir haben keinen Grund, uns zu schämen – oder empfindest du in diesem Punkt anders, Ellie?«

»Nein, natürlich nicht«, sagte ich, »aber ich glaube nicht, daß einer von uns Lust hat, auf einer Reklametafel von E. E. zu erscheinen.«

»Denk nur, was die Nachbarn sagen würden!«

»Genau!« Er verstand. Ich atmete erleichtert auf.

»Oder die Mitglieder des Bibliotheksvereins«, fuhr er in sanftestem Ton fort. »Gott verhüte, daß wir dem Brigadegeneral oder dem pompösen Lord Pomeroy einen Schock versetzen. Ja, mein Liebling, ich sehe durchaus ein, daß mein ehemaliges Beschäftigungsverhältnis, sollte es den Einwohnern von Chitterton Fells zu Ohren kommen, dir unerträgliche Scherereien bereiten könnte.«

»So wie du das sagst, klingt es richtig gemein«, fuhr ich ihn an. »Und im übrigen liegst du völlig daneben: Ich schäme mich nicht etwa deswegen, wie wir uns kennengelernt haben. Die Leute könnten die Situation bloß falsch interpretieren, da sie nicht wissen, daß du nur für Eligibility gearbeitet hast, weil du damals einen Spionageroman schreiben wolltest.«

»Mich würde das nicht stören.«

»Dir ist also gleichgültig, daß man, abgesehen von den gehässigen Dingen, die die Leute über dich sagen würden, auch zu dem Schluß gelangen könnte, ich hätte mir unbedingt einen Mann angeln wollen, egal zu welchem Preis?«

»Ich habe unsere Ehe immer als etwas betrachtet, das niemanden außer uns etwas angeht, und ich bin ziemlich überrascht, daß es dir lieber gewesen wäre, wir hätten uns auf einer Teegesellschaft im Pfarrhaus kennengelernt.« Ben zog sich an den Herd zurück und fing an, die Sauce in dem kleinen Topf zu rühren. »Eines der Dinge, die ich immer an dir geliebt habe, Ellie, war die Bereitschaft, der ganzen Welt zu trotzen.«

»Wir müssen Rücksicht auf die Kinder nehmen.«

»Sicher, aber ich würde mir keine Sorgen machen, selbst wenn Mrs. Swabucher das Geheimnis lüftet. Niemand, der dich kennt, Schatz, würde glauben, daß du jemals etwas so Unerhörtes tun würdest, wie dir einen Mann fürs Wochenende zu mieten und den windigen Typ letztlich zu heiraten.«

»Herzlichen Dank!« Ich wischte mir mit dem Handrücken über die Augen, stieß die Tür zum Foyer auf und verpaßte dem glücklosen Kellner, der gerade in die Küche gehen wollte, eine Beule an der Stirn; dann stapfte ich in Richtung Speisesaal, wo ich jäh stehenblieb. Gleich hinter dem Durchgang stand Brigadegeneral Lester-Smith, den Aktenkoffer in der Hand, in angeregtem Gespräch mit einem großen, breitschultrigen Mann – Lionel Wiseman, dem führenden Rechtsanwalt der Stadt und Exehemann meiner Freundin Bunty. Beide Männer zeigten sich erfreut, mich zu sehen, und der Brigadegeneral fügte hinzu, daß sie sich hier zum Mittagessen getroffen hätten, um einige Kleinigkeiten bezüglich Miss Bunchs Testament zu besprechen.

»Mrs. Haskell wird das Haus neu für mich herrichten«, unterrichtete er seinen Rechtsbeistand fröhlich.

»Ausgezeichnet!« Mr. Wiseman neigte seinen ansehnlichen

Silberkopf in meine Richtung. »Dies im Verein mit Ihren familiären Verpflichtungen hält Sie sicherlich sehr in Atem. Zu sehr in Atem, denke ich mir« – er räusperte sich – »um Bunty oft zu sehen.«

»O nein.« Ich versuchte, regelmäßig zu atmen und meinen Blick nicht zu Mrs. Swabucher abschweifen zu lassen. »Ich habe vor, den Kontakt zu Bunty aufrechtzuerhalten.«

»Mrs. Wiseman ist ein geschätztes Mitglied des Bibliotheksvereins«, ergänzte Brigadegeneral Lester-Smith.

»Hervorragend!« Mr. Wiseman sprach ganz allgemein an den Raum gewandt. »Freut mich zu hören, daß meine Exfrau ein aktives Leben führt. Wissen Sie zufällig, Mrs. Haskell, ob sie sich mit jemandem trifft?«

»Mit einem Mann, meinen Sie?« fragte ich.

»Man will ja kein Spielverderber sein.« Lionel Wiseman mied meinen Blick und sah direkt zu Mrs. Swabucher hinüber, und der Brigadegeneral folgte seinem Beispiel.

»Diese Frau in Rosarot«, sagte der letztere vom Fußboden aus, wo er herumkroch, um seinen gefallenen Aktenkoffer aufzuheben, »sie ist eine . . . bemerkenswerte Frau, wenn Sie mir die Bemerkung verzeihen, Mrs. Haskell. Ich bin nicht firm in Damenmode, aber diese Federboa zieht den Blick wirklich magisch an.«

Es hatte ihm offensichtlich den Atem verschlagen. Der Brigadegeneral keuchte schwer, als er sich wieder aufrichtete, und ich fragte mich, ob ich wohl Zeugin jenes Markenzeichens romantischer Literatur wurde – der Liebe auf den ersten Blick. Mir persönlich war, als stecke eine Kanonenkugel in meiner Brust, als mir aufging, daß er mit glänzenden Augen auf die Entdeckung reagieren würde, daß ich mit Mrs. Swabucher zu Mittag aß, und mich zaghaft bitten würde, ihn der Venus in Pink vorzustellen. Dem Himmel sei Dank für Mr. Wiseman. Er fing einen Kellner ab, teilte uns nach einem leisen kurzen Wortwechsel mit, daß in der nächsten halben Stunde kein

Tisch frei werden würde, und schlug Brigadegeneral Lester-Smith vor, sie sollten ihr Glück im nächsten Pub versuchen, dem Dark Horse.
»Dann sollten wir uns beeilen, damit Sie nicht zu spät in Ihre Kanzlei zurückkommen, Lionel.« In dieser Antwort schwang deutliche Erleichterung mit, was mich, als die beiden Männer mir noch einen guten Tag wünschten und aufbrachen, zu der Vermutung veranlaßte, daß den Brigadegeneral aller Mut verlassen hatte und er lieber in sicherer Entfernung von den Reizen der Dame träumte, als zu riskieren, daß seine Hoffnungen für immer von ihrer gleichgültigen Reaktion auf seine glühenden Blicke zunichte gemacht wurden.
Mrs. Swabucher studierte die in Leder gebundene Karte und sah erst auf, als ich mich an den Tisch setzte und die Serviette über meinen Schoß breitete. Falls sie gesehen hatte, wie ich mit den beiden Männern sprach, ließ sie sich nichts anmerken, und als ich ihr fröhliches Gesicht betrachtete, vergaß ich den Brigadegeneral.
»Da sind Sie ja wieder, Giselle.« Sie hob ihr Wasserglas und trank einen Schluck. »Haben Sie die Brosche gefunden?«
»Die was? Ach, Sie meinen ...?«
»Die Brosche, die Ihrer Großmutter gehörte.«
»Ach, die.« Meine Hand fuhr an den Ausschnitt meiner Bluse. »Im Foyer war sie nicht, und allmählich glaube ich, daß ich sie gar nicht getragen habe.«
»Gut möglich, aber Sie machen sich trotzdem Sorgen, nicht wahr, meine Liebe? Sie sind ganz rot, und wen kann das bei diesem warmen Wetter wundernehmen? Was Sie brauchen, ist ein schönes kaltes Getränk. Der Kellner, so ein netter junger Mann - sehr attraktiv, dieser dunkle italienische Typ -, war schon da, um unsere Bestellung aufzunehmen, und ich habe ihm gesagt, wir wollten den Fasan, Röstkartoffeln und Pastinaken. Kein Kalorienzählen bei solch einem besonderen Anlaß, so lautet Tante Evangelines Befehl. Hätte Ben es auf

eine dünne Frau abgesehen, dann hätte er nicht Sie geheiratet, oder, meine Liebe?«

»Wohl kaum«, murmelte ich und starrte auf den Tisch.

»Er liebt Sie genau so, wie Sie sind. Vergessen Sie das nie, und versuchen Sie nicht, sich zu verändern; das wird die Zeit schon für Sie erledigen. Eines Tages, ehe Sie sich versehen, werden Sie Ben anschauen und entdecken, daß Sie beide scheinbar über Nacht alt und runzlig geworden sind und ...«

»Mrs. Swabucher!« Die Verzweiflung trieb mich dazu, ihren Redefluß zu unterbrechen. »Ich werde Ihnen und Eligibility Escorts ewig dankbar sein, aber – um ganz offen zu sprechen – ich bin nicht daran interessiert, an einer landesweiten Werbekampagne mitzuwirken!«

Einen Augenblick dachte ich, sie hätte einen Erstickungsanfall. Dann ging mir auf, daß sie kicherte. »Wie dumm von mir! Ich hätte wissen sollen, Giselle, daß Sie annehmen mußten, ich meinte Eligibility, als ich von einer geschäftlichen Angelegenheit sprach, aber dieses Geschäft habe ich bereits vor Jahren verkauft, mit recht ordentlichem Gewinn, als ich beschloß, mich auf ein neues Abenteuer einzulassen.«

»Ach ja?« Ich nahm verschwommen wahr, wie der Kellner unsere Teller vor uns hinstellte.

»Von Eligibility war ich ernüchtert.« Mrs. Swabucher brach ihr Brötchen in zwei Hälften und bestrich diese großzügig mit Butter. »Bis auf seltene Ausnahmen, wie in Ihrem Fall und dem des lieben Bentley, fand ich, daß dem Begleitgeschäft das romantische Element abgeht, und wie Sie sicherlich schon bei unserer ersten Begegnung gemerkt haben, bin ich Romantikerin durch und durch.« Sie preßte eine Hand an den Busen ihres altrosa Kostüms. »Tagein, tagaus meine Kartei durchzugehen, um den richtigen Herrn zu finden, der eine traurige kleine Witwe zu einer Aufführung im Westend begleitet, bot nach einer Weile dann doch nicht mehr die Erfüllung.« Sie

lächelte mich verschmitzt an. »Würden Sie mir bitte Salz und Pfeffer reichen?«
Während ich mir alle Mühe gab, meiner Verblüffung Herr zu werden, schob ich ihr die kleinen Streuer hin und griff zu Messer und Gabel, ohne die Absicht, sie unmittelbar zu benutzen.
»Dann ... erzählen Sie mir von Ihrem neuen Unternehmen.«
»Wie mein verstorbener Ehemann Reginald zu sagen pflegte« – Mrs. Swabucher schnitt begeistert ihren Fasan an –, »lernen wir weit mehr aus unseren Erfolgen als aus unseren Mißerfolgen. Und Eligibility hat mich gelehrt, maskulines Potential bezüglich außergewöhnlicher romantischer Wirkung auf kommerzieller Ebene einzuschätzen. Ich wurde die Agentin eines jungen Mannes, der Ambitionen hatte, als Model für Romantitel zu arbeiten. Der Rest ist, wie man so schön sagt, Geschichte. Und ich weiß, Sie werden mir beipflichten, Ellie, daß der romantischen Literatur noch nie jemand solchen Glanz verliehen hat wie unser ungeheuer attraktiver ...«
»Karisma!«
»Also wissen Sie jetzt, warum ich hier bin, Giselle.« Mrs. Swabucher hatte es geschafft, den Löwenanteil ihres Fasans zu verdrücken, während ich dasaß und die Frau bestaunte, die den Traumliebhaber zu den Höhen von Ruhm und Reichtum geführt hatte. »Als meine Sekretärin gestern Ihren Anruf entgegennahm und Sie anfragten, ob Karisma zu einer Benefizveranstaltung nach Chitterton Fells kommen könnte, war ich nicht anwesend. Doch später, als sie es mir erzählte, war ich überaus ärgerlich, daß ich Sie verpaßt hatte. Denn eine Bitte von Ihnen oder von dem lieben Bentley ist etwas ganz Besonderes für mich.«
»Ich bin Mitglied des Bibliotheksvereins ...«
»Eine verdienstvolle Organisation, da bin ich sicher.« Mrs. Swabucher legte Messer und Gabel hin. »Und natürlich dachte ich sogleich daran, daß Sie, abgesehen von meinem

Wunsch, Ihnen gefällig zu sein, Giselle, in diesem reizenden kleinen Schloß leben, das die ideale Kulisse für eine Fotoserie mit Karisma abgeben würde. Eines der Fotos könnten wir für den *Dream-Lover*-Kalender für das kommende Jahr benutzen, oder wir könnten sogar ein komplettes Buch daraus machen. Daher schlage ich vor, meine Liebe, daß Karisma, begleitet von mir, seinem Haarstylisten, seinem Fitneßtrainer und seinem Fotografen zwei Tage auf Merlin's Court verbringt, wenn er zu der Benefizveranstaltung Ihrer kleinen Bibliothek herkommt. Sie oder auch der liebe Bentley brauchen kein Essen für ihn zuzubereiten. Karisma nimmt ausschließlich faserreiche, proteinarme, mit Vitaminen angereicherte Kost zu sich, die von seinem Leibkoch für ihn zubereitet wird. Habe ich schon erwähnt, daß Emanuel auch mitkommen wird? Na, nun sagen Sie schon, meine Liebe, sind das akzeptable Bedingungen für Sie, Giselle?«

Akzeptabel? Karisma, die Verwirklichung sämtlicher weiblicher Phantasien, ein Gast in meinem Heim? Die Vorstellung, daß ich imstande sein würde, ganz nach Belieben sein atemberaubend schönes Antlitz und seine unvergleichliche Statur zu schauen, war so unglaublich, daß ich die Fingernägel in meine feuchten Handflächen bohrte und den Schmerz als Beweis dafür willkommen hieß, daß ich nicht träumte.

Zu spät merkte ich, daß ich auch nicht atmete. »Mrs. Swabucher ... Ben und ich fühlen uns geehrt ... Schwebt Ihnen schon ein Datum vor, eines, das sich nicht mit einer von Karismas wirklich wichtigen Verpflichtungen überschneidet, damit ich es dem Bibliotheksverein unterbreiten kann? Und natürlich werden wir auch wissen müssen, was er für sein Erscheinen bei der Benefizveranstaltung als Gage verlangt.«

»Karisma und ich haben darüber beraten, und in Anbetracht meiner Beziehung zu Ihnen und dem lieben Bentley verzichtet Karisma gern auf sein übliches Honorar. Ich werde den Betrag nicht nennen, weil Sie sonst vom Stuhl fallen würden, Ellie.

Wir haben es schließlich mit einem Nationalheiligtum zu tun.« Mrs. Swabucher zog ihre Federboa um ihre Schultern zurecht und lächelte huldvoll dem Kellner zu, als er sich vorbeugte, um ihren Teller wegzunehmen. »Sie haben keinen einzigen Bissen gegessen, Giselle«, sagte sie, als ich dem Mann bedeutete, daß ich fertig war. »Immer noch in Sorge wegen Ihres Gewichts, wie, meine Liebe? Wie dumm von Ihnen, weil mein geliebter Karisma Ihnen nämlich, sobald Sie ihn kennenlernen, sagen wird, daß er an allen Frauen, ganz gleich welcher Gestalt, Kleidergröße oder welchen Alters, die Schönheiten sieht.« Ihre Augen wurden feucht. »Er ist wirklich und wahrhaftig ein Mann für jedes Lebensalter des Herzens.«

»Er ist wunderbar«, sagte ich mit einem Zittern in der Stimme.

»Ein einzigartiger Mann.« Mrs. Swabuchers Augen leuchteten vor Stolz. »Wie Sie selbst sehen werden, Giselle, schon am kommenden Samstag.«

»Das ist ja morgen!«

Sie blieb völlig gelassen. »Ich weiß, es ist kurzfristig. Aber leider ist Karisma Jahrzehnte im voraus ausgebucht, und daß er an diesem Wochenende zur Verfügung steht, ist ein reiner Glücksfall. Mein Plan sieht so aus, daß er den Samstag auf Merlin's Court bleibt, um die Fotosession zu machen, und dann am Sonntag nachmittag seinen Auftritt in Ihrer putzigen kleinen Bibliothek absolviert. Nachdem er die Morgenandacht in der anglikanischen Kirche besucht hat«, fügte Mrs. Swabucher hinzu und hob ihre Handtasche auf den Schoß. »Karisma ist ein zutiefst spiritueller Mensch, Giselle.«

»Das ist überhaupt kein Problem«, sagte ich. »St. Anselm ist nur einen Katzensprung von Merlin's Court entfernt. Allerdings mache ich mir Sorgen, daß uns nicht genügend Zeit bleibt, die Benefizveranstaltung anzukündigen und ein einigermaßen großes Publikum anzulocken. Was Karisma gegenüber unfair wäre, und« – ich zögerte, denn ich wollte nicht

geldgierig erscheinen – »und wir würden auch gern soviel Geld wie möglich für die Gedenkstatue von Miss Bunch, unserer kürzlich verstorbenen Bibliothekarin, sammeln.«
Aber Mrs. Swabucher winkte nur freundlich ab. »Seien Sie unbesorgt. Die Nachricht von Karismas öffentlichen Auftritten verbreitet sich wie ein Lauffeuer. Mein Vorschlag ist, daß Sie heute abend ein Treffen Ihrer Bibliotheksgruppe arrangieren, und Sie werden sehen, meine Liebe, alles wird sich richten. Wenn Sie möchten, verschiebe ich meine Rückkehr nach London und begleite Sie ...«
Ehe sie zu Ende sprechen konnte, erschien ein Kellner mit einem Handy neben ihr, vergewisserte sich, daß sie Mrs. Swabucher war, und teilte ihr mit, daß ein Gentleman am Apparat sei, der mit ihr sprechen wolle. Sie dankte ihm mit einem Lächeln, das ein reichliches Trinkgeld verhieß, als sie den Hörer ans Ohr hielt. »Karisma, bist du das, mein Ungestümer?«
Sie kicherte leise, zwinkerte mir zu und lauschte dann konzentriert. »Ja, ja, es ist alles arrangiert. Giselle ist entzückt, geradezu aus dem Häuschen vor Freude. Wir werden auf Merlin's Court wohnen; was könnte praktischer sein! ... Nein, ich bin noch nicht dazu gekommen, mit ihr über das Who's Who von Chitterton Fells zu sprechen, aber ich bin ganz sicher, daß wir einige geistsprühende Persönlichkeiten treffen werden, und – wer weiß? – vielleicht werden wir sogar zum Tee im Garten des Pfarrhauses eingeladen. Es ist eines dieser putzigen kleinen viktorianischen Fleckchen Erde. Auf Wiedersehen, mein ... o ja, ist sie, sie sitzt mir gegenüber am Tisch, einen Moment.«
Mrs. Swabucher reichte mir das Telefon. »Karisma möchte kurz mit Ihnen sprechen, meine Liebe.«
»Er will mit *mir* sprechen?« Ich klammerte mich verzweifelt am Handy fest, rutschte fast vom Stuhl und krächzte: »Hallo?!?«
»Giselle ... welch wunderschöner Name!« Die heisere

Stimme vibrierte gefühlvoll. »Ich zähle bereits die Stunden, bis wir uns kennenlernen, denn ich zweifle nicht daran, daß Sie ebenso schön wie freundlich sind. Bis Samstag bewahre ich Sie als Traum in meinem Herzen.«
Es war zuviel: Ich sah ihn deutlich vor mir, wie seine Fingerspitzen sanft den Hörer berührten. Mir schwirrte der Kopf, und noch ehe ich die Zunge vom Gaumen lösen konnte, hörte ich ein Klicken und dann nur noch das Freizeichen.
Ehrfurchtsvoll stellte ich das Handy aus und gab mir alle Mühe, Mrs. Swabuchers Gesicht wieder scharf einzustellen.
»Erstaunlich . . ., daß Karisma sich so sehr für die Benefizveranstaltung einer Kleinstadtbibliothek interessiert, daß er Ihnen nachtelefoniert, um herauszufinden, welche Vereinbarungen getroffen wurden.«
»Ich habe ihm erzählt, daß ich vorhatte, im Abigail's mit Ihnen zu essen, und so ist er eben, meine Liebe, immer so rücksichtsvoll. Ein Herz aus Gold.«
»Er ist Ihnen sicher sehr ergeben.« Ich hatte immer noch glänzende Augen. »Und Sie sind wohl wie eine Mutter für ihn.«
»Nun ja, das würde ich nicht sagen.« Mrs. Swabucher war damit beschäftigt, ihre Handtasche zu öffnen. »Ich bin eigentlich nicht der mütterliche Typ. Reginald und ich hatten keine gemeinsamen Kinder, obgleich ich ihm geholfen habe, seine drei aus erster Ehe aufzuziehen, und wir einander sehr verbunden sind, wie Sie sich vielleicht vorstellen können. Reggie, der Älteste, nach seinem Vater benannt, sieht mir immer über die Schulter, wenn es um meine Geschäfte geht. Ein netter, liebenswürdiger Mann, aber seine Überängstlichkeit hat den Jungen über seine Jahre hinaus altern lassen, und ich mache mir Sorgen, daß er letztlich unter den gleichen gesundheitlichen Problemen leiden wird, die meinem Reginald in seinen letzten Lebensjahren zu schaffen gemacht haben.« Sie wartete nicht auf eine Antwort, sondern fuhr hastig fort. »Das Alter

kann sehr unangenehm sein, aber glauben Sie mir, Giselle, ich kämpfe um jeden Zentimeter Boden gegen die Erosion.« Mrs. Swabucher berührte mit zwei Fingern ihren rosarot getönten Kopf und hinterließ eine Beule in ihrer Toupierfrisur. »Aber ich habe nicht vor, so etwas Kindisches zu tun, wie noch einmal zu heiraten. Ende des Gesprächs über mein langweiliges altes Ich! Hier« – sie griff in ihre Handtasche und förderte einige Gegenstände zutage –, »das ist für Sie, ein paar kleine Geschenke von Karisma – eines seiner *Bodybuilding-is-beautiful*-Trainingsvideos, ein Autogrammfoto in herzförmigem Rahmen, ein Kalender und eine Halbliterflasche von seinem Parfüm *Desire.*«

»Ich bin sprachlos«, sagte ich und versuchte, sowohl meine Gefühle als auch die Geschenke in den Griff zu bekommen. Und wer war dieser Fremde mit der finsteren Miene, der sich unserem Tisch näherte? Ich hatte meinen Krach mit Ben in der Küche komplett vergessen, was nicht verwunderlich war, wenn man an meine Gefühlsachterbahn der letzten halben Stunde dachte.

Leider war der Abend schon besetzt, falls ich eine Notsitzung des Bibliotheksvereins arrangieren konnte, doch im Aufstehen schwor ich mir, sobald das VIP-Wochenende vorbei war, Qualitätszeit mit meinem Mann zu verbringen. Sein Lächeln hatte eine kühle Note, als er sich erkundigte, ob unser Mittagessen uns geschmeckt hätte. Irgend etwas hielt mich davon ab, mit Karismas bevorstehendem Besuch herauszuplatzen. Später, wenn wir günstigerweise allein wären, gäbe es noch ausreichend Gelegenheit dazu, festzustellen, daß Ben nicht die geringste Ahnung hatte, welch große Ehre uns und unserem bescheidenen Heim zuteil wurde. Da er der männlichen Spezies angehörte, würde er auf meine Forderung, von heute auf morgen das Haus neu herzurichten, vermutlich nicht gerade begeistert reagieren.

»Müssen Sie umgehend wieder nach London zurück, Mrs.

Swabucher?« fragte er recht liebenswürdig, als er uns ins Foyer geleitete.

»Nicht vor heute abend, lieber Junge.« Die Frau, die uns zusammengebracht hatte, ähnelte einem Vogel mit seltenem rosa Federkleid, als sie dreimal so viele Schritte machte wie er, um mit ihm mitzuhalten. »Giselle und ich müssen noch jede Menge Pläne schmieden für . . .«

»Heute nachmittag«, warf ich hastig ein. »Oh, Mist! Ich habe Sylvia Babcocks Geschenk unter dem Tisch liegenlassen! Ben, wärst du so lieb, es für mich zu holen?«

»Dein untertänigster Diener«, erwiderte er, und während er das Päckchen holte, erklärte ich Mrs. Swabucher rasch, daß Sylvia ein frisch verheiratetes Mitglied des Bibliotheksvereins war und daß ich drei Fliegen mit einer Klappe schlagen könnte, wenn ich bei ihr vorbeifuhr, ihr das Geschenk gab, bevor ich es noch endgültig vergaß, und ihr von Karismas Besuch und der Bibliotheksversammlung erzählte.

Mein Ehemann zögerte unseren Aufbruch nicht hinaus, indem er mich in einen dreiminütigen Knutschclinch verwickelte, so daß wir von der Glocke eines Ringrichters hätten getrennt werden müssen. Ja, als Mrs. Swabucher und ich in meinem Wagen vom Abigail's wegfuhren, kam mir der Gedanke, daß Bens Benehmen an diesem Tag mich an jemanden erinnerte, einen äußerst ärgerlichen Jemand, aber mir fiel nicht ein, wer es sein könnte oder warum ich ein Gefühl des Unbehagens empfand, das schon an eine Vorahnung grenzte.

Der Groschen fiel erst, als wir in die Straße einbogen, in der die Babcocks lebten – lauter identische Doppelhaushälften mit den gleichen Spitzengardinen, handtuchgroßen Vorgärten und Namen wie Dun-Rumin oder Myshatow an den Briefkästen. Es war heiß. Brütend heiß. Das Innere des Wagens war wie ein Backofen, auf zweihundertfünfzig Grad eingestellt, und ich spürte, daß ich so knusprig wurde wie ein Yorkshire Pudding.

Ein typischer englischer Sommer, ein einziger Tag gnadenloser Hitze, um den Kauf von Shorts und T-Shirts zu rechtfertigen. Schon am folgenden Tag hätten wir den guten alten grauen Himmel samt Nieselregen wieder. Die Sonne hatte den Himmel mit ihrem grellen Licht gebleicht, die Blätter an den Bäumen transpirierten heftig, und die Rosen im Garten der Babcocks, Hausnummer einundvierzig, sahen aus, als wollten sie gleich ihre Stöcke abbrechen und zur Veranda hinüberkriechen, um ein wenig Schatten zu finden. Die Schlagzeilen der Zeitungen würden vermutlich *Heißester Tag seit fünfundzwanzig Jahren!* lauten, so wie wenigstens einmal jeden Sommer, um neunzig Prozent der Bevölkerung daran zu hindern, lecke kleine Boote zu besteigen und gen Florida zu segeln.

Bezeichnenderweise ließ Mrs. Swabucher ihre Federboa liegen, als sie aus dem Wagen stieg, und wir taumelten den Weg zum Haus hoch wie zwei Feuerwehrleute, die dringend nasse Lappen brauchten, um sie sich um den Kopf zu wickeln. Ich mußte all meine Kraft aufbieten, um auf die Klingel zu drükken, bevor ich gegen meine Gefährtin sank, die ebenfalls so aussah, als wollte sie gleich ihren Geist aufgeben.

Aber nicht lange. Wildes Gebell ließ die Hauswände erbeben und zwei Ziegel vom Dach herunterrutschen, die unsere Köpfe um Haaresbreite verfehlten. Eine schwarze pelzige Gestalt sprang am Fenster neben der Tür hoch, und die Klauen der Kreatur zerkratzten die Scheibe. Auf einen jämmerlichen Schrei folgte das matte Versprechen: »Ich komme, so schnell ich kann! Rühren Sie sich nicht vom Fleck, oder er stürzt sich auf mich, dessen bin ich mir gewiß!«

Sylvia Babcock bot ein trauriges Bild, als sie die Tür öffnete. Sie war so tadellos zurechtgemacht wie stets, in einem adretten bedruckten Kleid, jedes Löckchen war an seinem Platz, ihr Lippenstift perfekt aufgetragen, doch ihre Hände zitterten, und ihre Augen sahen aus wie die Glasexemplare, die man Teddybären annäht. Und just zu einem kuscheligen Teddybären wurde mein Hundefreund Heathcliff bei meinem Anblick. Er setzte sich brav, ließ seine riesige rosa Zunge heraushängen, legte seinen massigen Schädel auf die Seite und grinste breit, als wollte er sagen: »Aha, die nette Dame, die mich aus meinem Dasein als Waise errettet und dieses liebevolle Heim für mich gefunden hat, kommen Sie doch rein, und bringen Sie Ihre Freundin mit. Meine Hacienda ist auch Ihre Hacienda!«

»Hallo, Sylvia«, sagte ich, obwohl ich meine Zweifel hatte, daß sie sich freute, mich zu sehen. »Dies ist Mrs. Swabucher, die, man höre und staune, Agentin von Karisma. Sie hat ihn liebenswürdigerweise dazu überredet, an unserer Benefizveranstaltung für Miss Bunch teilzunehmen. Können Sie unser Glück fassen?«

»Wie nett«, lautete die matte Antwort. »Albert und ich sind gerade erst vom Einkaufen zurückgekommen, Sie hätten uns fast verpaßt.« Sylvia zuckte zusammen, und fast sprangen ihre Glasaugen ab, als Heathcliff mit dem Schwanz ausholte, um sie daran zu erinnern, daß der gute Ton es verlangte, uns hereinzubitten. »Treten Sie ein.« Sie zog die Tür zwei Zentimeter weiter auf. Als ich über die Türschwelle trat, Mrs. Swabucher dicht auf den Fersen, hatte ich das Gefühl, daß ich mich von meiner besten Seite zeigen sollte, und hielt ihr das Geschenkpäckchen hin. Mist! Es gelang mir nicht, schnell genug zu erklären, daß es ein Hochzeitsgeschenk war, und mit einem dankbaren Wuff sprang Heathcliff hoch, entriß es meinem kraftlosen Griff und jagte durch die Diele davon.

»Sie müssen ihn mal in die Hundeschule bringen, meine Liebe.« Mrs. Swabucher sprach aus, was alle dachten. »Nur ein wohlerzogenes Haustier macht glücklich.«

»Nur ein *totes* Haustier macht glücklich«, stieß Sylvia in einem ungewohnten Zornesausbruch hervor. »Aber ich habe Angst, ihn nach draußen auf die Straße zu lassen, damit er überfahren wird, weil Albert so vernarrt in ihn ist.« Die arme Sylvia, sie hatte wirklich vor allem und jedem Angst, von

Spinnen bis zu der Gefahr, die Seiten eines Buches zu schnell umzublättern. Einmal, als Lord Pomeroy bedauerlicherweise während einer Bibliothekssitzung Blähungen hatte, war sie wie mitten in einem Hurrikan in Deckung gegangen. Und nur meinetwegen, aufgrund meiner Einmischung, wurde ihre Hoffnung auf ein Eheglück mit dem sympathischen Mr. Babcock auf eine sehr harte Probe gestellt.

»Sie müssen das Glück Ihres Ehemannes vor das Ihre stellen, meine Liebe.« Mrs. Swabucher, der die Hitze immer noch zu schaffen machte, fächelte sich mit einer behandschuhten Hand Luft zu. »Wie ich so manches Mal am eigenen Leib erfahren habe, muß eine Frau bereit sein, zum Wohle des Mannes, den sie liebt, *jedes* Opfer zu bringen.«

Weit entfernt davon, gekränkt zu sein, weil eine Fremde sich in ihre persönlichen Angelegenheiten einmischte, hellte Sylvias tadellos geschminktes Gesicht sich auf. »Sie haben recht, ich darf nicht vergessen, daß Albert ein Geschenk Gottes ist, das Salz der Erde, der Mann, auf den ich mein ganzes Leben gewartet habe. Ich sollte mich nicht so in meine Wut hineinsteigern, weil er manchmal vergißt, die Schuhe auszuziehen, wenn er ins Haus kommt, oder die Klopapierrolle falsch herum einhängt oder nicht daran denkt, die Seife abzuspülen und kurz abzutupfen, wenn er sich die Hände gewaschen hat. Er hat das Herz auf dem rechten Fleck . . . wenn er auch nicht immer seine Klamotten aufhängt.«

»Apropos Dinge, die nicht da sind, wo sie sein sollten«, sagte ich, »vielleicht sollten wir Heathcliff das Hochzeitsgeschenk wieder abknöpfen. Ich habe nämlich nicht daran gedacht, eine Versicherung dafür abzuschließen.«

»Und dann können wir ein, zwei Worte über meinen wunderbaren Karisma wechseln und darüber, daß er durch seinen Besuch nicht nur Geld für Ihren Denkmalfonds beschaffen, sondern auch Chitterton Fells zu einem Platz auf der Landkarte verhelfen wird. Na, ist das nicht eine erfreuliche Aussicht!« sagte Mrs. Swabucher, ganz Geschäftsfrau, überschwenglich. Und Sylvia, zusätzlich ermutigt von der Andeutung, daß wir nicht vorhatten, unseren Besuch auf den ganzen Nachmittag auszudehnen, ging voran in die Küche. Der Raum, nicht viel größer als ein Geräteschuppen, war in ebenso tadellosem Zustand wie der Rest des Hauses. Heathcliff saß unter dem Tisch und zog geschickt die Schleife auf, die das Hochzeitsgeschenk zierte, und der einzige Schandfleck, unfreundlich ausgedrückt, war Mr. Babcock. So wie er aussah, kam er gerade von seiner vierzehnten schwerbeladenen Tour vom Auto zurück, das ein paar Meter vor der geöffneten Hintertür geparkt war.

Seine Arme waren voll mit Einkaufstüten, aus denen Cornflakes und Waschpulver hervorquollen. Das Haar klebte ihm an der Stirn, und von seinem hochroten Gesicht troff der Schweiß, als er eine Ladung auf dem Tisch abstellte und eine andere auf seinem Bauch abstützte. Sylvia hatte recht, er war ein richtiger Schatz. Er erklärte ihr, daß er alle übrigen Lebensmittel in der Vorratskammer und im Kühlschrank verstaut hatte, begrüßte mich herzlich und brachte auch seine Freude darüber zum Ausdruck, Mrs. Swabucher kennenzulernen.

»Ist dieses Wetter noch zu fassen?« Er wischte sich mit dem Hemdsärmel über das Gesicht und stieß gegen eine Einkaufstüte, die wiederum eine Tüte, die schon auf dem Tisch stand, umriß, so daß der Inhalt beider, darunter ein Rinderbraten und ein riesiger Kopf Blumenkohl, herausfiel, Dosen mit gebackenen Bohnen und Ochsenschwanzsuppe zur Tischkante rollten und nacheinander mit dumpfem Krachen auf dem Fußboden landeten.

Sylvia hatte nervös versucht, Heathcliff dazu zu bewegen, das Hochzeitsgeschenk herauszurücken. Jetzt stieß sie einen durchdringenden Schrei aus. Der Hund, der ihn zweifellos als Hilferuf interpretierte, kam unter dem Tisch hervorgeschos-

sen und nahm die Verfolgung einer Dose Ananas auf, stieß Mrs. Swabucher zur Seite und kam erst schlitternd zum Stehen, als der Rinderbraten mit einem Satz vom Tisch sprang.
»Hierher, Cliffy!« Mr. Babcock schlug ohne rechte Überzeugung auf seinen breiten Oberschenkel. »Liebes Hundchen, komm zu Daddy.«
Eines mußte man Heathcliff lassen, er spitzte zumindest ein Ohr, doch sein Jagdinstinkt war geweckt, und bevor sein geplagtes Frauchen einen weiteren Schrei ausstoßen konnte, hatte er den Rinderbraten mit seinen mächtigen Kiefern gepackt und sauste damit nach draußen in die sengende Hitze des Gartens.
»Ihm nach, Albert!« rief Sylvia schrill. Sie war begreiflicherweise außer sich angesichts der Dellen in dem einst vollkommenen Küchenfußboden. »Das ist unser Sonntagsbraten! Albert!« jammerte sie.
Mr. Babcock reagierte sogleich. Ich bezweifle, daß er sah, wie ich ihm das zerkaute Geschenkpäckchen hinhielt, oder hörte, wie ich vorschlug, er solle es Heathcliff im Tausch gegen den Braten anbieten. Schnaufend und prustend verschwand er durch die Tür, und als Mrs. Swabucher und ich durch das Fenster über der Spüle spähten, sahen wir, wie er sich in der mörderischen Sonne mutig in die Schlacht Mann gegen Tier stürzte. Es war ein ehrfurchtgebietender Anblick, ein erbittertes Gerangel, in dem beide Kombattanten keinen Zentimeter Rinderbraten preisgeben wollten, und dann ... ja, es sah tatsächlich so aus, als ob der Sieg an Mr. Babcock gehen würde. Ich wollte schon in Jubel ausbrechen, als er losließ, ein paar Schritte rückwärts taumelte und in Zeitlupe auf dem Rasen zusammenbrach.
Mein entsetzter Blick begegnete dem von Mrs. Swabucher. Ich wußte genau, was sie dachte: Armer Mann, welch eine lächerliche, sinnlose Art zu sterben.

12. Kapitel

Noch eine auf der Gefallenenliste.« Vanessa schlug mit einem Kissen nach einer Fliege und trat zurück, um den Anblick ihres erlegten Opfers auszukosten. Sie und ich befanden uns in dem holzgetäfelten Arbeitszimmer auf Merlin's Court. Gerta war in der Küche und buk wie eine Besessene Kartoffelkuchen, während die Zwillinge ihren Mittagsschlaf hielten. Und Mrs. Swabucher, die den jähen Tod meines freundlichen Milchmannes schwerer nahm, als man angesichts ihrer erst fünf Minuten alten Bekanntschaft vermutet hätte, ruhte sich oben in einem der Gästezimmer aus.

Ich war selbst ziemlich erledigt. Bis der Notarzt und eine Auswahl von Feuerwehrwagen eintrafen, hatte ich alle Hände voll damit zu tun gehabt, die hysterische Sylvia in den Armen zu halten und zu stützen, damit sie nicht umkippte und sich oder dem Küchenfußboden eine Beule beibrachte. Als dann die Profis übernahmen, war ich ungeheuer erleichtert. Ich berichtete kurz, was ich beobachtet hatte, versprach, für weitere Fragen zur Verfügung zu stehen, und konnte mich anschließend mit Mrs. Swabucher in die relative Ruhe meines eigenen Heims flüchten.

»Hier.« Vanessa ließ das Kissen, das sie benutzt hatte, um die Fliege zu killen, auf den Sessel am Kamin fallen. »Setz dich hin, Ellie, und reiß dich zusammen. So wie du dich aufführst, könnte man meinen, daß du mit diesem Mann verheiratet warst. Wie wär's mit einem Sherry?« Ihr Lieblingsgetränk, weil es zu ihrer Augenfarbe paßte. Sie ging die Karaffen auf dem Servierwagen durch und goß einen kräftigen Schluck in ein Glas.

»Nein danke.« Ich winkte ab, lehnte meinen schmerzenden Kopf zurück und starrte bedrückt auf die vergitterten Fenster. Die Sonne, die genug Schaden für ein ganzes Leben angerichtet hatte, machte Feierabend und versteckte sich hinter Wolken, die im Laufe der letzten halben Stunde wie aus dem Nichts aufgetaucht waren.

»Trink das.« Meine Cousine hielt mir das Glas vor die Nase. Ihre plötzliche Besorgnis verblüffte mich, bis ich das Glitzern an ihrem Finger bemerkte, das das Funkeln des Kristallglases in meiner Hand weit in den Schatten stellte. Ihr Verlobungsring. Er hatte um mindestens zwei Karat zugelegt, seit ich ihn das letztemal gesehen hatte. Die arme Fliege. Vanessa hatte sie nur als Vorwand getötet, mit der linken Hand, wie mir jetzt klar wurde, um mich zu blenden und zu einem Kommentar über ihren Ring zu verleiten. »Wie findest du ihn?« Sie hockte sich auf die Kante eines Sessels, legte ihren tizianroten Kopf auf die Seite, und der Verlobungsdiamant ruhte auf ihrem übergeschlagenen Bein. »George, der Schatz, ist heute nachmittag, als du weg warst, mit mir losgezogen und hat ihn in diesem sündhaft teuren Juweliergeschäft in der Market Street für mich gekauft.«

»Aber du hattest doch schon einen Ring ...«

»Stimmt.« Vanessa hauchte den neuen Edelstein an und polierte ihn mit dem Saum ihres olivgrünen Rockes. »Aber du weißt ja, wie Männer sind! George hatte es sich in den Kopf gesetzt, daß ich etwas zwei- oder dreimal so Schönes verdient hätte. Und du kennst mich ja, Süße, ich bemühe mich, eine ganz und gar gehorsame Verlobte zu sein. Den ersten kleinen Stein will er zu einem Anhänger umarbeiten lassen, den ich an unserem Hochzeitstag tragen soll. Ist er nicht ein Schatz?«

»Das Salz der Erde«, murmelte ich und mußte wieder an den verstorbenen Mr. Babcock denken.
»Da, schon wieder, du willst mir andauernd mein Glück madig machen.« Vanessa glitt von ihrem Sessel und ging zum Schreibtisch hinüber, der mit all den tröstlichen Spuren von Bens fleißigem Gebrauch übersät war. Dort lagen seine handgeschriebenen Rezepte, ein Durcheinander von Kulis und Bleistiften und Stapel von Gourmetzeitschriften.
»Ich habe lediglich gesagt ...« begann ich.
»Ja, aber *wie* du es gesagt hast.« Meine Cousine schloß die Augen, so daß ihre Wimpern sich fächerförmig auf ihren rosigen Wangen ausbreiteten. »Ich weiß, was du denkst, Ellie – Asche zu Asche und dieses ganze langweilige Zeug. Aber es ist ja nicht meine Schuld« – sie warf mir einen quengeligen Blick zu – »daß dieser Babcock ins Gras gebissen hat, oder? Und so ungern ich auch Öl auf die Wogen gieße, dir kann man ebensowenig einen Vorwurf machen.«
»O doch, kann man!« Ich kippte den Sherry in einem Zug hinunter und setzte das Glas auf dem Beistelltisch ab. »Hätte ich den Mann nicht dazu getrieben, Miss Bunchs Hund zu nehmen, dann wäre er jetzt nicht tot.«
»Unsinn.« Vanessa füllte mein Glas wieder und reichte es mir. »Vermutlich hatte er ein schwaches Herz oder irgendeine andere Krankheit und hätte es so oder so nicht mehr lange gemacht.«
»Da könntest du recht haben«, gab ich zu. »Ich weiß noch, wie Mr. Babcock an dem Tag, als er hierherkam und Heathcliff mitnahm, einen schlimmen Anfall hatte – er versuchte es herunterzuspielen, aber man merkte deutlich, daß mit ihm etwas nicht stimmte.«
»Siehst du! Und wenn du mich fragst« – Vanessa füllte mein Glas erneut und goß sich selbst eines ein – »dann sollte statt dessen seine Frau die Qualen der Verdammten erleiden.« In ihren Augen blitzte Boshaftigkeit auf. »Es sei denn, deine

Freundin Sylvia hat den alten Bock wegen seiner Lebensversicherung geheiratet und ihn dem Hund nach in die Bullenhitze geschickt, weil sie wußte, daß er ein sicherer Kandidat für einen Schlaganfall oder einen Herzinfarkt war. Denk mal darüber nach – es könnte doch sein, daß sie sich insgeheim ins Fäustchen lacht, die schlaue Hexe, während sie nach außen scheinheilig Rotz und Wasser heult.«

»Du hast eine gemeine Phantasie.« Ich nippte an meinem dritten Sherry und setzte mich aufrecht hin. »Ich bin sicher, Sylvia hat ihren Mann vergöttert.«

»Auch noch, als es ein Fall von Liebst-du-mich-so-liebst-du-meinen-Hund wurde? Wirklich, Schätzchen« – Vanessa drapierte sich anmutig auf den niedrigen Hocker vor dem Kamin –, »du bist solch ein Unschuldslamm. Gleich erzählst du mir noch, daß du glaubst, ich sei in George verliebt. Und weißt du was? So verrückt es klingt, ausnahmsweise hättest du sogar recht. Es ist nicht das gleiche wie das, was du mit Ben hast, oder zumindest anfangs hattest, lauter tiefe Blicke und Geigen im Hintergrund. Aber mir reicht es. Irgendwie passen wir zueinander, und so komisch es auch klingt – wenn ich mit George zusammen bin, stört es mich wirklich nicht, wenn wir nicht jede Minute über mich sprechen.«

»Das freut mich für dich, Vanessa.«

Sie umfaßte ihre linke Hand mit der rechten und studierte ihren Ring. »Ehrlich, ich war es nicht, die auf einen größeren Diamanten gedrängt hat. Ich glaube, hin und wieder ist George ein wenig unsicher wegen seiner bescheidenen Herkunft, und dann ist es ja wohl auch nur natürlich, daß er sich Sorgen macht, irgendein umwerfender Typ könnte aus heiterem Himmel auftauchen und mich im Sturm erobern. Aber ich kann mir nicht vorstellen, wie in Chitterton Fells so was passieren sollte, du etwa?«

»Nein, es sei denn ...«

»Und selbst wenn Mr. Traumprinz persönlich auf der Türschwelle stehen würde, Ellie, ich habe mich entschlossen, ein anderer Mensch zu werden; ja, ich habe vor, in Sachen Nettigkeit Karriere zu machen. So schlimm kann es schließlich nicht werden. Ich denke es mir so, daß ich an den Wochenenden freihabe, zweimal im Jahr Ferien mache, mit fünfundsechzig oder so in Pension gehe und mein Leben als Miststück beschließe.« Vanessa saß auf ihrem Hocker und blickte eine Zeitlang mit umflorten Augen in die Zukunft, bevor sie hinzufügte: »Habe ich dich gerade eben abgewürgt? Verzeih mir meine grobe Gefühllosigkeit, Schätzchen, und sag, was immer du zu sagen hast, ganz gleich *wie* belanglos es ist.«

»Es war nichts Weltbewegendes.« Ich stand auf und stellte erfreut fest, daß meine Beine nicht mehr wackelig waren. »Als du von der Möglichkeit sprachst, daß ein irrsinnig gutaussehender Mann auf Merlin's Court auftauchen könnte, fiel mir nur ein, daß ich dir wegen der Babcock-Tragödie noch gar nicht erzählt habe, warum Mrs. Swabucher hier ist. Und angesichts deiner Modelkarriere wird es dich sicher interessieren, daß sie die Agentin von Karisma ist, dem ...«

»Ich weiß, wer er ist. Wer kennt ihn nicht – nackt bis auf seinen Lendenschurz, wie er seine Muskeln spielen läßt und ansonsten seinen gebräunten Luxuskörper auf den Titeln dieser bescheuerten Liebesschnulzen herzeigt?« Vanessa rümpfte die Nase. Ich unterdrückte den Impuls, mit einem Kissen nach ihr zu schlagen.

»Nun ja, er kommt – in Anbetracht seiner unzähligen Verpflichtungen – unter großen persönlichen Opfern hierher, um uns dabei zu helfen, Geld für Miss Bunchs Gedenkstatue zu sammeln.«

»Miss wer?«

»Die Bibliothekarin, die kürzlich an ihrem Arbeitsplatz tot umfiel, nachdem sie der Lesergemeinde jahrzehntelang treu gedient hatte, von der so mancher – zum Beispiel ich – hin und wieder ganz gern einen Liebesroman liest. Heathcliff war der

Hund von Miss Bunch und« – ich setzte mich wieder hin, mit einem Plumps, von dem sich mir der Kopf drehte und mein logisches Denkvermögen zum Fenster hinausflog – »ich weiß nicht, warum ich nicht an den Rigglesworth-Fluch gedacht habe, als heute erneut das Schicksal zuschlug.«

»Ich komme nicht mehr mit, Schätzchen!« Vanessa steckte den Stöpsel wieder in die Sherrykaraffe, zum Zeichen, daß ich in ihren Augen bereits mehr intus hatte, als mir guttat.

»Die arme Sylvia Babcock ist Mitglied des Bibliotheksvereins, und als ich zu ihr fuhr, wollte ich die Pläne für Karismas Besuch mit ihr durchgehen. Wie konnte ich nur zulassen, daß meine Aufregung angesichts der Aussicht, Gottes Geschenk an die Frauen kennenzulernen, mich blind machte gegen die Erkenntnis, daß wir eine Katastrophe heraufbeschwören, wenn wir ihn hier empfangen? Ich habe den anderen Vereinsmitgliedern schon gestern gesagt, daß der alte Hector nicht die Sorte Geist ist, die sich einfach in Luft auflöst, und ich hatte völlig recht.«

»Fang nicht an zu spinnen, Ellie«, sagte meine Cousine. »Du siehst zwar jedesmal wie eine Leiche aus, wenn dein Make-up aufgefrischt werden muß, aber verlaß dich drauf, *du* weilst immer noch unter den Lebenden.«

»Was man von dem verstorbenen Mr. Babcock nicht behaupten kann«, sagte ich grimmig, »und Gott allein weiß, wem es bestimmt ist, Hector Rigglesworths nächstes Opfer zu werden.«

Allem Anschein nach hatte Vanessa ernsthaft die Absicht, die menschliche Seite ihrer Persönlichkeit zu entwickeln, denn sie drängte mich mit einer Stimme ähnlich der, die ich bei Abbey und Tam anschlagen mochte, mich zu beruhigen und ihr die ganze Geschichte zu erzählen, ganz egal wie langweilig. Daher lieferte ich ihr einen ungekürzten Bericht über Hector und seine sieben Töchter, seinen Fluch auf dem Sterbebett und den äußerst beunruhigenden Zufall, wenn man es denn so nennen konnte, daß Miss Bunch an seinem hundertsten Todestag ihr Ende gefunden hatte. Es auszusprechen, half. Als ich fertig war, dachte ich, daß ich meiner Geschichte den Titel »Der Rigglesworth-Hokuspokus« hätte geben sollen, und ich konnte meiner Cousine nicht böse sein, als sie mir die Meinung sagte.

»Was den Sherry angeht, bin ich mir nicht sicher«, erklärte sie, »aber Schauerromane hast du eindeutig zu viele konsumiert. Die Frau ohne Kopf, die bei Tag im Nordturm spukt und bei Nacht mit ihren Ketten rasselt, während sich im Vorratsschrank des Butlers die Leichen stapeln. Ich behaupte nicht, daß man sich über diese Bücher nicht amüsieren kann, vor allem wenn Karisma den Titel schmückt. Aber mal ehrlich, Schätzchen, ich bin überrascht, daß du diesen abergläubischen Quatsch ernst nimmst. Was würde denn die Pfarrerin dazu sagen? Ach, sitz nicht so da und laß den Kopf hängen« – sie tätschelte besagten Teil meiner Anatomie aufmunternd – »vertrau mir, Ellie, ich werde ihr kein Sterbenswort davon sagen. Ich will ja nicht, daß du exkommuniziert wirst und dir an meinem Hochzeitstag die Türen von St. Anselm versperrt sind. Es wäre ja schlimm, getraut zu werden, ohne dich dabeizuhaben, damit die Leute gehässige Vergleiche anstellen können – zu wessen Gunsten, brauchen wir nicht erst zu fragen.« Sie wickelte eine Strähne ihres Seidenhaars um einen Finger und schaute verträumt in eine Zukunft aus weißem Satin und Spitze. »Ich muß üben, rot zu werden, und an meinem bescheidenen Lächeln arbeiten.« Sie seufzte. »Hat die Liste der bräutlichen Pflichten denn nie ein Ende?« Bis zur Unkenntlichkeit hatte Vanessa sich jedenfalls noch nicht verändert.

Die Sonne lugte zwischen den Wolken hervor. Ich beschloß, das als ein Zeichen zu nehmen. Der Tod von Mr. Babcock war in der Tat eine Tragödie. Ich empfand tiefes Mitgefühl für Sylvia, und ich fühlte sogar mit dem erneut verwaisten Heathcliff, der durch einen fünf Zentimeter breiten Spalt im

Zaun entwischt war, noch bevor sein Herrchen den letzten Atemzug getan hatte, und jetzt zweifellos herumstreunte. Ein Hund ohne Heimat. Aber so geht es nun mal zu auf dieser Welt, auch ohne daß unsichtbare Mächte aus dem Jenseits eingreifen müssen.

»Danke für den moralischen Zuspruch, Van«, sagte ich.

»Wie wär's, wenn wir zur Feier des Tages essen gehen?« Sie arbeitete wieder an ihrer neuen Persönlichkeit. »Wir könnten ins Abigail's gehen und Ben sagen, daß wir eine Überraschungsparty für ihn geben. George lädt uns bestimmt ein, wenn ich ihm einen Nachtisch verspreche. Und ich denke, wir könnten außer den kleinen Knirpsen sogar Georges Mutter miteinbeziehen und diese Freundin von dir mit den rosa Haaren.«

»Ich kann nicht.« Ich sah auf die Uhr und stellte fest, daß es nach fünf war. »Ich muß mich ans Telefon hängen, ein Treffen in der Bibliothek arrangieren und anschließend mit Mrs. Swabucher hinfahren.«

Vanessa zuckte die Achseln. »Wie du willst. Ich jedenfalls habe nicht vor, Gertas Klöße zu essen und an Bleivergiftung zu sterben. Wenn du mich fragst, ist diese Frau eine echte Strafe. Mal abgesehen von ihren Kochkünsten, glaube ich nicht, daß sie ganz richtig im Kopf ist. Ach, guck mich doch nicht so an, Ellie! Ich will damit nicht andeuten, daß die Kleinen noch in der Suppe landen, wenn du sie nicht jede Sekunde im Auge behältst, aber sie ist auf jeden Fall ...«

»Ein Dampfkochtopf, der gleich explodiert?« Ich biß mir auf die Unterlippe. »Da hast du vielleicht recht, und ich kann es mir weiß Gott nicht leisten, mit Abbey und Tam irgendwelche Risiken einzugehen, auch wenn Gerta mir wegen ihrer Eheprobleme leid tut. Vielleicht ... ja, ich hab's! Morgen früh sage ich ihr, daß es, da Karisma und sein Anhang am Wochenende kommen, das beste wäre, wenn sie in Freddys Cottage übersiedelt und die nächsten Tage darauf verwendet, sich dort

einzuleben. Das verschafft mir ein wenig Zeit, mir auf lange Sicht einen Plan zu überlegen, durch den sie nicht draußen auf der Straße landet wie der arme Heathcliff.«
»Du bist so weichherzig« – Vanessa schüttelte den Kopf –, »und um dir zu zeigen, daß ich ebenfalls liebenswürdig und großmütig sein kann, erlaube ich dieser Frau, sich der Clique anzuschließen, solange sie keine Tüte für Reste mitbringt.«
Ich bedankte mich bei meiner Cousine, dann ging ich, da ich Schritte vor der Tür hörte, in die Halle, wo ich Mrs. Swabucher vorfand, die bedeutend besser aussah und Lust auf eine Tasse Tee und vielleicht auch eine Scheibe Toast hatte, bevor wir zur Bibliothek aufbrachen. Betreten gestand ich, daß ich noch nicht dazu gekommen war, die anderen Vereinsmitglieder anzurufen.
»Sie hatten einen schlimmen Schock, Giselle«, tröstete Mrs. S mich, »und ich mußte alles auch noch schlimmer machen, indem ich mich aufführte, als hätte ich einen mir nahestehenden Menschen verloren. Reginald, der Engel, sagte immer, ich sei zu gut für diese Welt, und die Wahrheit ist, meine Liebe, als ich diesen Mann heute nachmittag sterben sah, brach die Erinnerung an das Dahinscheiden meines Mannes wieder über mich herein. Aber«, so fuhr sie tapfer fort, »selbst wenn das Ende von Mr. . . .?«
»Babcock«, soufflierte ich.
»Richtig. Wie ich gerade sagen wollte, selbst wenn sein Ende nicht gerade rühmlich war, so hatte er doch einen schnellen Tod. Reginalds letzte Monate waren eine endlose Folge von Bettpfannen und Brechnäpfen. So viele Schläuche führten an dem einen Ende in ihn hinein und zum anderen wieder hinaus, daß er aussah wie ein Löschwagen.«
»Es tut mir so leid.« Ich legte mitfühlend den Arm um ihre altrosa Schultern.
»Dumm von mir, so zu jammern, Giselle, aber ich glaube nicht, daß ich diese Hölle noch einmal durchstehen könnte.

Der Anblick, wie Mr. Babcock ganz blau wurde, hat mir vor Augen geführt, daß ich keineswegs ein zäher alter Vogel bin. Der Tod ist gewöhnlich eine häßliche Angelegenheit. Und der Gedanke daran, daß mir jemand, den ich liebte, so unsanft entrissen wurde ... es war – wie soll ich sagen« – sie betastete die daunenweiche rosarote Stola – »als sei eine Gans über mein Grab gegangen. Aber genug von meinem Geschwätz, meine Liebe. Sie müssen bei dem Bibliotheksverein anrufen, und ich muß mein Make-up ausbessern, damit ich nicht so aussehe, als wäre ich hundertzwei Jahre alt.«

Während Mrs. Swabucher im Bad Lippenstift auftrug und die Mascarabürste schwang, rief ich Mrs. Dovedale in ihrem Tante-Emma-Laden an und hatte das Glück, sie noch zu erwischen, bevor sie das Rollo an der Tür herunterließ und nach Hause zockelte. Sie brachte ihre Freude darüber zum Ausdruck, daß Karisma kam, drückte ihr Erstaunen aus, weil es sich so kurzfristig ergab, und fragte nicht nach, warum Mrs. Swabucher es vorgezogen hatte, sich persönlich mit mir in Kontakt zu setzen, sondern erbot sich freundlicherweise noch, die anderen Mitglieder des Bibliotheksvereins davon zu benachrichtigen, daß heute abend um sieben Uhr ein außerplanmäßiges Treffen stattfände.

Erst als ich den Hörer aufgelegt hatte, fiel mir ein, daß ich mit keinem Wort die Babcock-Tragödie erwähnt hatte. Doch als ich im Laufe der nächsten halben Stunde mehrmals erneut bei Mrs. Dovedale anzurufen versuchte, war die Leitung jedesmal besetzt. Und nachdem ich mit den Zwillingen geschmust, Mrs. Swabucher ihren Tee und Toast gemacht, Vanessas Geschick im Aufdecken der Geschirrs bewundert und mit Gerta gesprochen hatte, erschien es mir zwecklos, es noch einmal zu probieren. Mrs. Dovedale würde den Laden inzwischen längst verlassen haben, um eine Kleinigkeit zu essen und sich frischzumachen, bevor sie zur Bibliothek aufbrach.

Während der Fahrt nach Chitterton Fells war ich mit meinen

eigenen Gedanken beschäftigt und versäumte es, Mrs. Swabucher irgendwelche interessanten Bäume oder Zaunpfosten auf unserer Strecke zu zeigen. Gerta hatte meinen Vorschlag, daß sie übergangsweise in das Cottage am Tor ziehen sollte, mit löblicher Selbstbeherrschung aufgenommen. Keine Ausrufe nach dem Motto »Sie wollen mich loswerden!«. Kein hemmungsloses Schluchzen. Sie hatte mir sofort beigepflichtet, daß das Haus mit Karisma und seinen Trabanten aus allen Nähten platzen würde, und räumte ein, es wäre nett, ein kleines Haus für sich zu haben. Ich sollte mich schämen. Am Schluß kam ich mir vor wie der Lordscharfrichter.
Ich überlegte immer noch, ob ich mich nicht von Vanessa hatte verrückt machen lassen, was das Au-pair betraf, als ich den Wagen parkte und Mrs. Swabucher die Stufen hinauf in die Bibliothek führte. Ich persönlich hätte lieber den Hintereingang benutzt und es so vermieden, Miss Bunchs Nachfolgerin an ihrem Tisch sitzen zu sehen. Doch es erschien mir nur recht und billig, Karismas Agentin vorzustellen und den Grund für ihre Anwesenheit zu erklären. Leider war Mrs. Harris eine Frau ganz nach Hector Rigglesworths Geschmack. Die neue Bibliothekarin gestand ohne rot zu werden, daß sie nie von der Welt führendem Romantitelmodel gehört hatte, nie Romane las, außer von der hochliterarischen Sorte, und verlieh der Hoffnung Ausdruck, daß das Interesse der Leserinnen und Leser während ihrer Amtszeit auf Bücher erbaulicherer Natur gelenkt werden könnte.
Angesichts dieses Empfangs war Mrs. Swabucher wenig geneigt, ihre Liebenswürdigkeit an die muffige Luft zu verschwenden, und wir gingen, nach nur einem kurzen Abstecher, um Bücher mit Karisma auf dem Titel zu suchen, durch die Tür in den engen Durchgang mit der Toilette zur Rechten und der Treppe zur Linken, wo wir Mrs. Dovedale durch den Hintereingang hereinkommen sahen. Ihr nettes, hausbackenes Gesicht hellte sich auf, als ich sie Mrs. Swabucher vorstell-

te, doch sie hatte keine sehr erfreulichen Neuigkeiten auf Lager.

»Es tut mir furchtbar leid, Ellie, aber ich hatte kein Glück damit, heute abend die ganze Gruppe zusammenzutrommeln. Gladstone Spike sagte, er hätte heute abend noch so viel zu backen, weil er und seine Frau am Wochenende Besuch erwarten. Und den Brigadegeneral habe ich überhaupt nicht erreicht, obwohl ich eine Nachricht bei seiner Hauswirtin hinterlassen habe. Was Sylvia Babcock betrifft« – Mrs. Dovedale holte zitternd Luft –, »habe ich mir damit das Schlimmste bis zum Schluß aufgehoben. Ich hatte meine liebe Mühe, sie zu erreichen, aber als ich schließlich doch durchkam und sie es mir erzählte, traute ich meinen Ohren nicht. Die allerfurchtbarste Neuigkeit! Wie es scheint, ist ihr Mann heute nachmittag plötzlich tot umgefallen.« In den freundlichen grauen Augen stand Kummer.

»Ich hätte es Ihnen sagen sollen«, murmelte ich schuldbewußt.

»Sie standen unter Schock«, warf Mrs. Swabucher ein, »und in solchen Momenten blockt der Verstand ab.« Sie wandte sich an Mrs. Dovedale. »Wir waren beide bei den Babcocks und sahen die ganze entsetzliche Szene mit an. Der Hund stürzte mit dem Sonntagsbraten nach draußen, und Mr. Babcock beging den fatalen Fehler, ihm nachzusetzen, an einem Tag, der heiß genug war, sowohl ihn als auch das Rindfleisch zu rösten.«

»Der Hund?« sagte Mrs. Dovedale. »Ich kann mir nicht vorstellen, daß Sylvia einen Hund hat. Sie ist eine so penible Hausfrau, und Tiere, selbst die allerbravsten, wie ich sehr gut weiß, da ich selbst ein halbes Dutzend Katzen habe, hinterlassen überall Haare und Pfotenabdrücke und verkratzen die Möbel.«

Wie aufs Stichwort, um die Richtigkeit dieser Feststellung zu belegen, war ein aufgeregtes, entschlossenes Scharren an der

Hintertür zu hören. Ich wich zurück und trat auf das eine Ende von Mrs. Swabuchers Boa, die ihr von der Schulter geglitten war, als sie anscheinend vor Schreck gegen die Wand geprallt war. Bis ich sie, die Boa und mich gefangen hatte, hatte Mrs. Dovedale dem Unbekannten bereits tapfer die Stirn geboten und die Tür geöffnet. Heathcliff kam in unsere Mitte gesprungen wie der Bote von Schnitter Tod. Sogleich schrumpfte der schmale Durchgang auf die Größe eines Schuhkartons zusammen. Und der Sauerstoffvorrat schmolz auf Kriegsrationen zusammen.

»Er ist beim Anblick seines sterbenden Herrchens ausgerissen«, sagte ich, während ich versuchte, mein Herz gegen den Hund zu verhärten, der sich auf dem Fußboden ausstreckte und, da er ein Tier von sehr wenig Verstand war, die Gestalt eines langhaarigen schwarzen Läufers annahm. »Vermutlich war er zuerst bei Miss Bunchs Haus und ist dann immer der Nase nach hierhergelaufen. Weiß der Himmel, was aus ihm werden soll.«

»Ich würde ihn ja nehmen« – Mrs. Dovedale klang aufrichtig –, »aber meine Katzen kommen alle schon in die Jahre, deshalb wäre es ihnen gegenüber oder auch Heathcliff gegenüber nicht fair. Vielleicht würde Sir Robert ihm ja ein Dach über dem Kopf bieten.« Als sie seinen Namen aussprach, verschleierten sich ihre Augen, und ich war mehr denn je davon überzeugt, daß sie eine mädchenhafte Schwärmerei für unseren Vereinskollegen hegte. »Dieser Mann hat so ein weiches Herz – Geht es Ihnen nicht gut, Mrs. Swabucher? Sie sind ganz blaß um die Nase.«

»Es ist nichts, Liebes.« Diese Antwort wurde durch ihr rosarotes Haar widerlegt, das an Farbe verloren hatte. »Albern von mir, aber kurz bevor dieser Hund an der Tür kratzte, hatte ich ein ganz komisches Gefühl, so als stünde dort jemand im Schatten und lachte uns aus. Das hat mich völlig aus dem Gleichgewicht gebracht; Sie haben ja gesehen, wie ich

gegen die Wand geprallt bin, Giselle« – sie rieb sich die rechte Schulter –, »aber jetzt habe ich wieder festen Boden unter den Füßen.«
Ohne Vanessas moralischen Zuspruch von vorhin hätte ich Mrs. Swabucher zweifellos in die Legende um Hector Rigglesworth eingeweiht und mir gleichzeitig eingeredet, daß ich ebenfalls etwas Unheilvolles gespürt hatte, das knapp außerhalb meines Blickfeldes lauerte. Da jedoch mein gesunder Menschenverstand wiederhergestellt war, schlug ich statt dessen vor, daß wir nach oben in den Lesesaal gingen und die Kaffeemaschine in Gang setzten, damit Mrs. S vor Beginn der Sitzung eine belebende Tasse Kaffee zu sich nehmen konnte. Das Problem, was in unmittelbarer Zukunft mit Heathcliff geschehen sollte, war gelöst, als er mit einem Schwanzwedeln signalisierte, er werde uns folgen, wohin wir auch gingen, und hätte auch gegen einen Ingwerkeks nichts einzuwenden.
»Es ist irgendwie komisch, vor dem Brigadegeneral hier zu sein«, bemerkte Mrs. Dovedale, als wir oben an der Treppe anlangten und über das schmale Stück Perserteppich in den Lesesaal gingen. »Er ist solch ein feiner Kerl, sorgt immer dafür, daß alles, eingeschlossen der Kaffee, fertig ist, bis wir übrigen eintreffen. Ich hoffe nur, es geht im gut. Seine Wirtin deutete an, ihm sei ein wenig unwohl gewesen, als sie ihn heute nachmittag sah.«
»Na ja, an dem Essen im Abigail's kann es nicht gelegen haben«, witzelte ich, als ich über Heathcliff hinwegstieg, der sich unvermittelt und ohne ein Wuff ausgestreckt hatte, als versteckten wir uns vor einer Verfolgerbande und unser Leben hinge von seinem Schweigen ab. »Ich habe ihn zur Mittagszeit mit Lionel Wiseman dort getroffen, aber die Wartezeit für einen Tisch war ihnen zu lang und sie sind woanders hingegangen. Vielleicht ist er das ja«, sagte ich, als Schritte auf der Treppe erklangen und der Hund schwanzwedelnd wieder zum

Leben erwachte. Aber es war nicht Brigadegeneral Lester-Smith.

Die Person, die in dem getäfelten Raum zu uns stieß, war Sir Robert Pomeroy, wie er leibte und lebte. Bis ich ihn Mrs. Swabucher vorgestellt hatte, war Heathcliff schnüffelnd hinter den Schrank mit dem Kaffeevorrat geschlüpft und Bunty Wiseman eingetroffen.

»Ich kann's nicht fassen!« Ihre blonden Locken waren zerzaust, als wäre sie gerade Hals über Kopf aus der Dusche gesprungen, und ihre Augen funkelten verschmitzt, als sie dastand und uns musterte, die Hände an den Hüften ihrer ultraengen Jeans. »*Karisma* wird leibhaftig bei uns erscheinen! Ich sage euch, ich bin ein Nervenbündel. Ob er sich auf den ersten Blick in mich verknallt und mich an Ort und Stelle vernascht, was meint ihr? Meine Mutter hat immer gesagt, ich soll immer frische Unterwäsche anziehen für den Fall, daß ich mal in solch eine Notsituation gerate, aber bisher habe ich nie zurückbekommen, was ich für Waschpulver und Weichspüler ausgegeben habe.«

Bunty klimperte mit den Wimpern, befeuchtete ihre Lippen und tänzelte auf Zehenspitzen um den Tisch herum, wo Mrs. Dovedale und Sir Robert die Kaffeetassen aufdeckten, um Mrs. Swabucher die Hand zu schütteln.

»Ich bin die ehemalige Mrs. Wiseman, und Sie müssen die Frau hinter diesem unglaublichen Supertyp sein. Freut mich, Sie kennenzulernen. Mann, was für eine tolle Federboa! Lassen Sie die lieber nicht hier herumliegen, sonst könnte ich auf die Idee kommen, sie zu klauen, um mich an die zu erinnern, die ich beim Striptease trug, bevor ich mich mit Lionel einließ.«

»Sie können Sie sich jederzeit ausleihen, meine Liebe.«

»Wir haben gerade von Lionel gesprochen«, mischte ich mich ein. »Ich habe ihn und den Brigadegeneral heute im Abigail's getroffen, und er hat mich ausdrücklich nach dir gefragt, Bunty.«

»Tja, da kann man ihn nur beglückwünschen.« Die Augen blitzten, aber ihr Mund war weicher geworden. »Wie sah er aus?«

»So attraktiv wie eh und je.«

»Nicht von Reue zerfressen?«

»Er wirkte ein wenig niedergeschlagen«, sagte ich und war mir bewußt, daß der Kaffee in den Tassen bereits kalt wurde. Außerdem wollte Mrs. Swabucher bestimmt endlich mit der Sitzung anfangen – ob mit oder ohne Mr. Poucher. Weder er noch Brigadegeneral Lester-Smith waren in der Zwischenzeit aufgetaucht.

»Aber du würdest Li nicht als von Reue gepeinigt beschreiben?« Buntys Mund wurde hart. »Ach, vergiß es! Dieser Mann serviert mich wegen der Kirchenorganistin ab, und weil es mit dieser kleinen Affäre nicht hingehauen hat«, denkt er, daß er und ich wieder da anknüpfen können, wo er mit mir aufgehört hat! Da hat er sich aber geschnitten! Die ganze Welt ist ein Theater und jeder einzelne Kerl ein Schauspieler. Mein Leben geht weiter.«

»Stichwort weitergehen«, sagte ich, »vielleicht sollten wir davon ausgehen, daß der Brigadegeneral und Mr. Poucher verhindert sind, und Sir Robert bitten, die Sitzung zu eröffnen.« Als ich zum Tisch hinübersah, stellte ich fest, daß unser nobler Edelmann in ein Gespräch mit Mrs. Dovedale vertieft war, das, obgleich es darum ging, wer von der Gruppe Zucker nahm, so intim war wie eine Umarmung. Ich mußte mehrmals ihre Namen wiederholen, um sie zu uns zurückzuholen.

Als ich sah, wie die nette Mrs. Dovedale ihre Röte und ihre Verwirrung zu verbergen suchte, indem sie die Löffel auf den Untertassen zurechtrückte, überlegte ich, ob sie und Sir Robert wohl jetzt, da sie beide günstigerweise verwitwet waren, ihre unterschiedliche Stellung vergessen und die in ihrer Jugend vereitelte Leidenschaft in die Tat umsetzen würden.

Oder war es, wie es bei den Wisemans der Fall zu sein schien, zu spät für einen zweiten Anlauf?
»Was! Was! Werde ich auf der Brücke verlangt?« Sir Robert blies seine roten Backen auf, klopfte auf die Wölbung in seiner Weste und nahm seinen Platz ein. »Verdammt böse Sache, diese Geschichte mit Sylvia Babcocks Ehemann«, sagte er, als wir übrigen uns ebenfalls setzten. »Ist ja schon nicht mehr lustig, dieses Massensterben. Zuerst Miss Bunch, und jetzt dieser Milchmann. Reißt ein Loch ins gute alte Sparschwein, aber einen Kranz müssen wir wohl schicken.«
»Mir war gar nicht aufgefallen, daß Sylvia nicht da ist«, sagte Bunty. »Sie ist ja auch nicht gerade der lebhafte Mittelpunkt der Gruppe. Aber Mann, sie war nicht mal vier Wochen verheiratet. Wann ist das alles passiert?«
Inzwischen hätte ich in der Lage sein sollen, die Geschichte aus dem Effeff herunterzurasseln, doch eine Viertelstunde verging, teils wegen Mrs. Swabuchers Ergänzungen, in denen es unter anderem um ihren betrauerten verstorbenen Ehemann ging, bis ich sämtliche Details der nachmittäglichen Tragödie zum besten gegeben hatte. Und als ich fertig war, erwähnte niemand Hector Rigglesworth oder ließ darauf schließen, daß er an ihn denken mußte, indem er sich konvulsivischem Zittern hingab. Endlich waren wir dann soweit, uns der wichtigen Aufgabe zuzuwenden, Karismas Auftritt auf der Benefizveranstaltung zu planen.
»Ganz schön kurzfristig. Was! Was!« Sir Robert übernahm mit dieser Einschätzung die Führung und sorgte dafür, daß sich Mrs. Swabucher die rosaroten Federn sträubten.
»Ich fürchte, das läßt sich nicht ändern. Wie ich Giselle bereits erklärte, als wir zusammen zu Mittag aßen, ist es ein Wunder, daß Karisma überhaupt dieses eine Wochenende frei hatte.«
»Wir Glücklichen!« Bunty strahlte. »Gestern noch wollte er nicht kommen. Jetzt zählen wir die Stunden bis zu seinem Eintreffen. Jeder würde denken, daß da jemand seine Bezie-

hungen hat spielen lassen.« Sie lachte glucksend. »Als ob Ellie zum Beispiel Insiderinfos hätte.«
Mrs. Swabucher ignorierte meinen beschwörenden Blick. »Tatsächlich habe ich Giselle und den lieben Bentley vor ein paar Jahren in London kennengelernt, und ich wußte, daß sie hierher übergesiedelt waren, um auf Merlin's Court zu leben. Als meine Sekretärin mir mitteilte, sie habe einen Anruf von einer Mrs. Haskell von der Bibliothek in Chitterton Fells entgegengenommen, mit der Anfrage, ob Karisma an einer Benefizveranstaltung teilnehmen könne, stellte ich daher sogleich unsere Planung um, damit ich einer mir sehr ans Herz gewachsenen jungen Dame aus der Klemme helfen konnte.«
Wie hübsch ausgedrückt. Was machte es da schon, daß Mrs. Swabucher den Reiz von Merlin's Court als Fotohintergrund für Karisma unerwähnt gelassen hatte? Mich störte es nicht, wenn sie sich als Philanthropin darstellte. Sie hatte meinen guten Ruf gerettet und mir die Dankbarkeit meiner Kollegen vom Bibliotheksverein verschafft.
»Demnach, Ellie, haben wir diese goldene Gelegenheit Ihnen zu verdanken.« Mrs. Dovedale kam um den Tisch herum und schenkte mir zur Belohnung Kaffee nach. »In künftigen Jahren, wenn die Leute in dieser Gegend von Miss Bunchs Denkmalsbenefiz sprechen, wird Ihr Name in aller Munde sein.«
»Vielen Dank«, sagte ich, ganz besonders erfreut über das heiße Getränk, denn im Raum war es eiskalt geworden, ein Hinweis darauf, daß der Abend weiter gediehen war, als man von ... unserer wohlmeinenden, jedoch langsamen kleinen Gruppe sagen konnte. Als Sir Robert meinen Blick auffing, blies er seinen Schnäuzer hoch und machte dann mehrere ausgezeichnete Vorschläge, wie man die Veranstaltung möglichst schnell bekanntmachen könne, um die Menschen in Scharen anzulocken und sie fünf Pfund pro Kopf für das Vergnügen bezahlen zu lassen, Karisma kennenzulernen.
Sir Robert wollte höchstpersönlich den Radiosender anrufen

und ebenso eine Ankündigung in der nächsten Abendausgabe des *Tittle Tattle* arrangieren. »Und falls es nicht zuviel verlangt ist. Was! Was!« – hier wurden zärtliche Blicke ausgetauscht – hoffe er, daß Mrs. Dovedale einen Anschlag, auf dem für die Veranstaltung geworben würde, im Schaufenster ihres Ladens aufhängen werde.

»Das mache ich gern.« Er wurde mit einem innigen Lächeln belohnt.

»Und wenn Gladstone Spike noch einen Handzettel entwirft« – Bunty sprudelte über vor Begeisterung – »und mir eine Liste der Gemeindemitglieder von St. Anselm gibt, verteile ich sie gern. Wir wollen ihm doch das Gefühl geben, daß er einbezogen ist, oder?« Vielleicht hatte sie vergessen, daß Gladstone nicht befürwortet hatte, Karisma zur Mitwirkung an unserem Benefiz einzuladen, und mein Instinkt riet mir ab, darauf hinzuweisen, daß der Mann vielleicht dringendere Sorgen hatte. Statt dessen erbot ich mich, Ben zu veranlassen, einen Anschlag in das Fenster des Abigail's zu hängen und meinen Friseur ebenfalls darum zu bitten. Und mir wären vielleicht sogar noch mehr glänzende Ideen gekommen, hätte Mr. Poucher meinen Gedankengang nicht durch sein Erscheinen unterbrochen.

»Ha!« Er blieb am Tischende stehen, rieb sich die Hände und sah aus – wie Mrs. Malloy gesagt hätte – wie eine Woche Regen. »Ich habe mich nicht verspätet, kann nicht sein, wenn der Brigadegeneral noch nicht da ist. Und ich werde sowieso nicht viel verpaßt haben – bloß 'ne Menge Geschwätz, das wenig mit dem Thema zu tun hat.« Sein finsterer Blick griff Mrs. Swabucher als den Anlaß heraus, der ihn aus dem Haus getrieben hatte. »Meine Mutter hatte einen von ihren komischen Anfällen, und es hat ewig gedauert, sie zum Einschlafen zu bringen, selbst nachdem ich ihr etwas in die Milch gegeben hatte. Verflixtes Weib, morgen früh wird sie wieder so munter sein wie ein Fisch im Wasser. Im Gegensatz zu Sylvia Babcocks Mann, wie man hört.«

Ich hatte Heathcliff ganz vergessen. Seit er hinter dem Kaffeeschrank verschwunden war, hatte er keinen Laut mehr von sich gegeben – bis jetzt. Als der Name seines Herrn beschworen wurde, kam er wie ein schwarzer haariger Pfeil aus dem Schatten geschossen. Eines mußte ich ihm zugute halten: Er wußte genau, daß laute Stimmen in Bibliotheken nicht geduldet werden. Doch da er schon seine Wuffs auf ein Minimum beschränkte, entlud sich seine aufgestaute Energie, indem er Mr. Poucher umwarf wie einen Kegel und sich auf seine Brust setzte.

»Gutes Hundchen!« Mrs. Dovedale versuchte ihn mit einem Ingwerkeks wegzulocken. »Er tauchte heute abend hier auf, kurz nachdem Ellie und ich kamen, und wir haben es nicht fertiggebracht, ihn auf die Straße zu jagen.«

»Sie hatten immer schon ein Herz aus Gold.« Sir Roberts Stimme war belegt vor lauter Gefühl, und in der Hoffnung, er ließe sich dazu bewegen, dem Waisen ein Heim zu bieten, fing ich an, Heathcliffs Leidensgeschichte zu erzählen. Anscheinend machte ich meine Sache herzerweichend gut, denn Mr. Poucher, der nach wie vor flach auf dem Fußboden lag, verkündete überraschend, er wolle das Tier zu sich nehmen.

»Er wird nicht der erste sein, der mir ein Ohr abkaut«, sagte er und tätschelte die pelzige Last auf seiner Brust. »Außerdem wird er mich nicht heiraten wollen, daher dürfte Mutter keine Einwände haben, wenn ich ihn mit nach Hause bringe. Runter mit dir, Junge. Wir leihen uns für heute abend das Kabel von der Kaffeemaschine, und morgen kaufe ich dir eine richtige Leine.«

»Heißt das, die Sitzung ist beendet?« flüsterte Mrs. Swabucher mir ins Ohr, als der Rest der Gruppe sich um den neuen Haustierbesitzer scharte und ihm Tips zu Futter, Spielen und den Vorteilen regelmäßiger Spaziergänge gab.

»Ich weiß nicht genau«, sagte ich. »In der Regel stellt der Brigadegeneral den Antrag, die Sitzung aufzuheben, und jemand unterstützt ihn, aber da er nicht hier ist, haben wir uns nicht an die Satzung gehalten.«

Und im großen Maßstab betrachtet, war das wohl auch unwichtig. Während Mrs. Dovedale Mr. Poucher dabei behilflich war, die behelfsmäßige Leine an Heathcliffs Halsband festzuknoten, versprach sie, am Sonntag morgen Kuchen und mehrere Kisten Limonade an die Bibliothek zu liefern. Sichtlich gerührt, erbot Sir Robert sich galant, Papierservietten, Tassen und Teller zur Verfügung zu stellen. Bunty sagte, sie werde mit anfassen, wo es nötig wäre, und ob es nicht am besten sei, die Fressalien und Getränke hier oben zu servieren, da der Drachen am Empfang von klebrigen Fingern und Kuchenkrümeln vermutlich nicht besonders erbaut sein würde. Schließlich blieb es Mr. Poucher überlassen, die Frage zu stellen, auf die es ankam.

»Wird uns auch noch jemand sagen, wann das ganze Vergnügen anfangen soll?«

Mrs. Swabucher und ich sahen einander an und sagten wie aus einem Munde: »Um zwei Uhr.« Fast alle stimmten zu, daß dies eine gute Zeit zwischen den Mahlzeiten sei, und im Nu leerte sich der Raum. Heathcliff gab das Startsignal, indem er am Tisch ein Bein hob, und sein neues Herrchen führte ihn mit dem Versprechen davon, an jedem Laternenpfahl auf dem Heimweg anzuhalten. Sir Robert und Mrs. Dovedale folgten ihnen, und Bunty war nur wenige Schritte dahinter. Mir und Mrs. Swabucher schien ein ähnlich schneller Abgang bevorzustehen, bis ich merkte, daß im Zuge der wichtigen Entscheidungen, die gefüllt worden waren, niemand daran gedacht hatte, die Kaffeekanne auszuleeren oder die Tassen und Unterteller zu spülen.

Nun ja! Wir zwei machten uns ans Werk, und fünf Minuten später war der Tisch abgeräumt, und ich kam gerade aus der kabuffgroßen Küche, als wir Schritte auf der Treppe hörten. War das Miss Bunchs Nachfolgerin, um uns zu verwarnen, weil wir unser Zeitlimit überschritten hatten? Oder war einer von der Gruppe zurückgekommen, weil er etwas vergessen hatte? Mrs. Swabucher legte sich gerade die Boa - die sie abgenommen hatte, während sie mir half - wieder um die Schultern, als niemand anders als der Brigadegeneral erschien. Er blieb auf der Türschwelle stehen, und ich spürte sofort, daß etwas nicht stimmte. Sein Aktenkoffer, sonst ein wesentlicher Teil von ihm, fehlte. Und sein Blick ging durch mich hindurch, als wäre ich der Geist von Hector Rigglesworth. Er heftete sich schwermütig auf Mrs. Swabucher.

»Es ist schön, dich wiederzusehen, Evangeline«, sagte er.

»Sie müssen mein Gedächtnis auffrischen« - ein Lächeln liftete ihr rundliches Gesicht, doch ihr Blick war verblüfft -, »ich fürchte, ich weiß nicht mehr, wo wir uns begegnet sind.«

»Wie seltsam«, sagte Brigadegeneral Lester-Smith mit einem traurigen Zucken seiner Lippen. »Ich habe dich gleich erkannt, als ich mich heute in dem überfüllten Speiseraum im Abigail's umschaute und das Mädchen, das ich einst liebte, am Fenster sitzen sah.«

»Sie können unmöglich . . .« Die Boa glitt Mrs. Swabucher von den Schultern und landete in einem Häuflein einst rosaroter Träume auf dem Fußboden.

»Doch, ich bin's«, lautete die erstickte Antwort. »Ich bin der Mann, den du geheiratet hast, Evangeline, vor langer, langer Zeit.«

13. Kapitel

Sie hat ihren eigenen Mann nicht wiedererkannt?«
Ben und ich waren im Salon, dessen Fenster offenstanden und die warme Abendluft hereinließen; er hatte sich auf das Sofa mir gegenüber gelümmelt. Die Erschöpfung meines Ehemannes nach dem langen Arbeitstag machte sich daran bemerkbar, daß er meinem ausführlichen Bericht über das schicksalhafte Wiedersehen kaum zugehört hatte.

»Ich habe dir bereits erzählt, und zwar zweimal«, sagte ich, »daß die Ehe vor einer Ewigkeit annulliert wurde.«

»Aber das macht ihn doch noch nicht zu einem flüchtigen Bekannten, um Himmels willen! Sie haben zusammengelebt, im selben Bett geschlafen, sich geliebt!«

»Nein, haben sie nicht.« Ich wurde allmählich ungeduldig. »Evangeline - die jetzige Mrs. Swabucher - und der Brigadegeneral haben ihre Ehe nie vollzogen. In der Hochzeitsnacht flippte sie aus und floh aus dem Brautbett, um niemals zurückzukehren.«

»Diese Frau muß total plemplem sein. Ich staune, daß du sie allein nach London hast zurückfahren lassen.«

»Das ist unfair!« empörte ich mich über diese männliche Sichtweise. »Ihre Hochzeit mit dem Brigadegeneral fand vor über dreißig Jahren statt. Das war eine andere Zeit. Sie war ein behütetes Mädchen, das nicht die geringste Ahnung vom wirklichen Leben hatte.«

»Hatte ich auch nicht« - Ben faltete die Hände und warf sich in Denkerpose – »und trotzdem bin ich in unserer Hochzeitsnacht nicht in Tränen ausgebrochen und habe geschluchzt, ich wollte zu meiner Mummy.«

»Mir ist schleierhaft, wie du dich darüber lustig machen kannst; der Brigadegeneral war viel liebenswürdiger. Er hat verstanden, daß seine Braut, als sie zu ihm kam, dachte, Intimität bedeute, sich auf den Mund zu küssen, während man nur sein Nachtzeug trägt, und die Ehe bestünde darin, das Marmeladenglas zu teilen.«

»Armer Teufel, ich bin nicht im mindesten überrascht, daß er nach solch einer höllischen Erfahrung niemals wieder geheiratet hat.« Ben fing an, vor dem Kamin auf und ab zu gehen. »Gibt es irgendeine Gerechtigkeit auf dieser Welt? Nach all den Jahren begegnet er der verängstigten Jungfrau wieder und erfährt, daß sie sich einen anderen Ehemann gesucht und es irgendwie geschafft hat, auf Dauer bei der Stange zu bleiben. Oder« – er hob süffisant eine Braue – »wirst du mir gleich erzählen, daß die Swabucher-Ehe ebenfalls nie vollzogen wurde?«

»Doch, natürlich.« Ich stopfte mir ein Kissen in den Nacken und kuschelte mich im Sessel zusammen. »Aber wie Mrs. Swabucher mir erzählt hat, nachdem Brigadegeneral Lester-Smith uns verlassen hatte, war Reginald, der schon einmal verheiratet gewesen war, überwiegend an Kameradschaft interessiert. Er war ein freundlicher, empfindsamer Mann, der ganz behutsam vorging und niemals überzogene Forderungen stellte.«

»Wie edel!«

»Ich finde, es klingt, als sei er ein Engel gewesen.«

»Wie die Sorte Mann, die *du* hättest heiraten sollen?« Ben stand jetzt mit einem Arm auf den Kaminsims gestützt da, und sein Ton ärgerte mich.

»Wir sprechen nicht von uns.«

»Entschuldige, das war wohl deplaziert. Was ich jedoch merkwürdig finde, ist, daß Mrs. Swabucher später einen Begleitservice aufgezogen hat. Ich hätte nicht gedacht, daß solch ein Unternehmen zu einer viktorianisch denkenden Frau paßt.«

»Wie du wissen solltest, da du für sie gearbeitet hast«, erwiderte ich so vorsichtig, wie ich konnte, »war an Eligibility Escorts niemals etwas Anrüchiges; ich glaube, sie hat sich als eine Art gute Fee gesehen, die dafür sorgte, daß keine Frau allein zum Ball, ins Theater oder zur Büroparty gehen mußte. Sie ist eine sehr liebenswerte Frau, und ich dachte immer, du magst sie.«

»Das tue ich auch; sie hat uns zusammengebracht.« Ben rieb sich die Stirn. »Entschuldige, Ellie, daß ich so muffelig bin. Manchmal holt mich der lange Tag im Abigail's ein, aber das ist kein Grund, schnippisch zu dir zu sein. Dein Tag kann auch nicht sehr lustig gewesen sein. Vanessa erwähnte heute abend im Abigail's, daß der Mann deiner Freundin Sylvia gestorben ist. Sie hatte keine Zeit, mir Näheres zu erzählen, weil im Abigail's soviel Betrieb war, aber wie ich höre, war er unser Milchmann. Ging es Mrs. Swabucher denn gut, als sie nach London aufgebrochen ist?«

»Sie war noch ein wenig mitgenommen.«

»Vielleicht hättest du ihr anbieten sollen, hier zu übernachten.«

»Ich habe es ihr vorgeschlagen, aber sie mußte zurück, um mit Karisma die Vereinbarungen fürs Wochenende zu besprechen.«

»Mit wem?«

»Du liebe Güte!« Ich schnellte hoch und sah meinen Mann schuldbewußt an. »Ich habe dir noch gar nichts davon erzählt, oder? Du weißt nicht mal, warum Mrs. Swabucher mich überhaupt besucht hat.«

»Du hattest Angst, sie wollte dich für irgendeine Werbekampagne für Eligibility Escorts einspannen.«

»Ich habe mich geirrt, und es tut mir leid, Liebling, wie ich mich im Abigail's aufgeführt habe. Letzten Endes ging es darum, daß Mrs. S nicht mehr im Eskortgeschäft tätig ist. Sie ist die Agentin von ...«

»Dem Typ mit dem komischen Namen?«

»Genau«, sagte ich und schilderte anschließend die Abfolge von Ereignissen, die gewährleisten sollte, daß Miss Bunchs Denkmalsbenefiz ein voller Erfolg werden würde.

»Und wir sollen diesen Adonis das Wochenende über beherbergen!« Ben wirkte nicht sonderlich begeistert davon, daß er die seltene Gelegenheit erhielt, Gastgeber eines Stars zu sein, der sich eventuell dazu überreden lassen würde, ihm ein paar Tips in Sachen Muskelaufbau zu geben. »Tja, dann laß mich mal lieber wissen, auf was ich mich einstellen muß. Trägt er zum Beispiel normale Klamotten oder bloß einen Tanga?«

»Sei doch nicht albern!« Ich wandte mich ab, um mein glutrotes Gesicht zu verbergen. »Wenn du dir Sorgen machst, daß Karismas Anwesenheit hier den ganzen Haushalt auf den Kopf stellen wird, dann irrst du dich. Wir brauchen nicht mal für ihn zu kochen. Er bringt seinen eigenen Koch mit, ebenso seinen Trainer, seinen Friseur und ich weiß nicht, wen sonst noch.«

»Du hast recht, Schatz, hört sich völlig unkompliziert an.« Ben durchquerte das Zimmer und legte mir beschwichtigend die Hand auf die Schulter. »Ich sollte eigentlich nach draußen gehen und kräftig an meinem Tarzansprung durch die Bäume üben, damit ich mit unserem Gast Erfahrungen austauschen kann, wenn er kommt, aber ich glaube, ich gehe lieber nach oben und sehe nach, ob Abbey und Tam schön warm zugedeckt sind. Vanessa hat Gerta dabei geholfen, sie ins Bett zu bringen, und gewartet, bis ich nach Hause kam, bevor sie noch einmal mit ihrem Verlobten ausging, aber es fehlt mir, den Kindern gute Nacht zu sagen.« Er blieb an der Tür stehen und lächelte wehmütig. »Meinst du, daß Karisma zusätzlich zu all seinen anderen Eigenschaften auch noch der sensible Männertyp ist?«

Tief in mir zog sich etwas zusammen, doch ehe ich antworten konnte, war Ben verschwunden, und als ich ihm nachgehen wollte, hörte ich Stimmengemurmel, und Gerta kam zur Tür herein. In ihrem wollenen Morgenmantel sah sie anheimelnd und völlig normal aus, ihr geflochtenes Haar wand sich ordentlich um ihren Kopf. Bestimmt war ich die Verrückte, weil ich auf Vanessas abfällige Bemerkungen gehört hatte, wir hätten einer wahnsinnigen Kinderfrau Unterschlupf bei uns gewährt.

»Frau Haskell«, begann sie, und ihre leise Stimme wie auch ihr sanftmütiges Betragen trugen keineswegs dazu bei, mein schlechtes Gewissen zu beseitigen, »entschuldigen Sie, wenn ich so spät zu Ihnen hereinkomme. Ich war in der Halle, ich wollte mir etwas heiße Milch machen, und da sah ich Herrn Haskell, der mir sagte, daß sie allein hier drinnen sind.«

»Meine Cousine ist noch mit George Malloy aus«, sagte ich und wünschte, die Gewissensbisse würden meine Stimme nicht so hölzern klingen lassen. »Setzen Sie sich doch, Gerta, und erzählen Sie mir, wie das Abendessen im Abigail's war.«

»Es war sehr gut.« Gerta setzte sich aufs Sofa, die Hände auf den Knien, und lächelte. »Abbey und Tam hatten viel Spaß und aßen ihre Teller ganz leer. Frau Mop kam auch und sah vergnügt aus. Ich glaube, sie mag Ihre Cousine allmählich, die sogar zu mir sehr nett war. Herr Malloy machte viele Witze darüber, daß ich dachte, er sei verrückt, und daß ich die Polizei angerufen habe. Wir haben alle viel gelacht, und eine kleine Weile vergaß ich meinen großen Kummer.«

»Das freut mich«, sagte ich und setzte mich neben sie.

»Aber der Schmerz ist immer noch hier« – Gerta legte eine Hand auf ihr Herz –, »so daß ich sehr froh bin, daß Sie mich aus dem Haus schaffen, bevor dieser Mann kommt.«

»Karisma?«

»Genau der, Frau Haskell.« Die Zöpfe lösten sich aus ihrer Verankerung und fielen mit einem Plop auf ihre hängenden

Schultern. »Und jetzt sehe ich sonnenklar, warum Sie Schritte unternommen haben, um mich zu retten.«

»Ach ja?«

»Frau Mop hatte ein Buch mit diesem fast ganz nackten Mann auf dem Umschlag dabei. In ihrer Handtasche, im Restaurant. Und als Ihre Cousine ihr erzählte, daß er in Ihr Haus kommt, hat sie ihn mir gezeigt. Es war fast mehr, als ich ertragen konnte, ohne daß mir die Tränen übers Gesicht liefen.«

»Oje«, murmelte ich.

»Er sieht meinem Mann so ähnlich.«

»Wirklich?«

»Die Haare sind viel länger, und mein Ernst trägt seine Hosen immer bis dahin, wo sie sein sollten, nicht nur um seine privaten Körperteile, aber ansonsten sind sie derselbe Mann.«

»Grundgütiger!« Ich fragte mich allmählich, ob Vanessa nicht doch recht gehabt hatte. »Davon haben Sie gar nichts gesagt, als Sie Karisma neulich morgens im Fernsehen sahen.«

»Ich war zu besorgt, daß Frau Mop den Kindern solch eine Person vorführen wollte, anstatt die Dinosaurier, um zu bemerken, was direkt vor meinem Gesicht passierte. Und ich muß Ihnen danken, Frau Haskell, weil Sie mich davor bewahren, verrückt zu werden.«

»Ach ja?«

»Ja.« Gerta nahm meine Hand und drückte einen leidenschaftlichen Kuß darauf. »Sie haben sich erinnert, was ich Ihnen von meinem Ernst erzählt hatte, und wußten, daß ich mit diesem unbekleideten Mann nicht in einem Haus sein kann. Der ganze Vortrag, den Sie gehalten haben, daß er viele Bedienstete mitbringt und es doch schön wäre, wenn ich ein ruhiges Plätzchen für mich hätte – daraus hat nur Ihr gutes Herz gesprochen. Und ich kann niemals genug Strudel und Klöße machen, um es zu vergelten.«

Mir fehlten die Worte, aber selbst wenn ich versucht hätte, etwas zu sagen, wäre meine Stimme untergegangen, als Gertas

Kopf ruckartig zum offenen Fenster herumfuhr und sie einen Schrei ausstieß, der den Vorhang der Länge nach zu zerreißen drohte.
»Er ist hier!« Sie war aufgesprungen und barg ihr Gesicht in den Händen. »Ich muß zum Cottage gehen, ehe er hereinkommt und mein Verstand nie wieder der alte ist.«
»Wir erwarten Karisma nicht vor morgen abend«, versicherte ich ihr, ziemlich verblüfft über ihre Panik. »Sie müssen den Schatten eines Baumes gesehen haben, oder vielleicht ist Ben kurz nach draußen gegangen. Es wird langsam dunkel, daher ist es kein Wunder, daß Sie ihn mit jemandem verwechseln, über den wir gerade gesprochen haben.«
Dies war nicht Ellie Haskells Abend. In eben diesem Moment kam mein Mann ins Zimmer gestürzt, die Augenbrauen bis zur Mitte der Stirn hochgezogen, und aus seinen Nasenlöchern quoll Rauch. »Wer hat diesen furchtbaren Schrei losgelassen? Ich war oben, und es klang dennoch, als ginge eine Sirene in meinem Kopf los.« Soviel dazu, daß Ben der Schleicher in der Dunkelheit gewesen war. Gerta und ich hatten beide den Mund geöffnet, um es ihm zu erklären, als es an der Tür läutete.
»Das müssen Vanessa und George sein«, sagte ich, während mein Herz zu hüpfen und zu springen anfing. »Wer könnte es auch sonst sein?« Es hatte keinen Zweck mehr, zu sagen, daß Gertas Hypothese Unsinn war, denn plötzlich befand ich mich allein im Zimmer. Sie war mit schlotternden Knien durch die Verandatüren auf den Hof entkommen, und Ben war zur Haustür gegangen, um aufzumachen.
»Guten Abend. Ich hoffe, die Uhrzeit ist noch nicht zu fortgeschritten.«
Die maskuline, unglaublich sexy klingende Stimme war mir so vertraut wie mein eigenes Gesicht im Spiegel über dem Bücherregal, als ich verzweifelt-vergeblich versuchte, mein Haar glattzustreichen, und mir eifrig über die Lippen leckte, damit

sie auch nur annähernd begehrenswert aussahen. Ich hatte die Stimme nicht nur im Fernsehen gehört, nein, in einem geheimen Winkel meines Herzens hatte ich sie immer schon gekannt, seit undenklichen Zeiten möglicherweise, und auf jeden Fall seit der Zeit, als ich aufgehört hatte, das *Jahrbuch für Schulmädchen* zu lesen, und statt dessen mit Heathcliffs Namensvetter die Moore von Yorkshire durchwanderte.

»Ellie, rate mal, wer gerade gekommen ist!« In der Stimme meines Mannes lag höfliche Begeisterung, doch wie er aussah, als er wieder hereinkam, das wissen nur die Götter. Meine Augen blickten an meinem Gatten vorbei auf die Verkörperung all meiner romantisierten Träume. Karisma! Hier, leibhaftig, in meinem Haus. Mit seinem prächtigen Wuchs, seinen kraftvollen, breiten Schultern, der wallenden Haarmähne und diesen Augen, die mir tief ins Herz blickten, als hätte er ebenfalls eine Ewigkeit auf diesen Moment gewartet, vertrieb er jeden zurechnungsfähigen Gedanken. Er war in der Tat die Männlichkeit in Person und – mein Herzschlag verlangsamte sich zu einem gleichmäßigen dumpfen Pochen – übermenschlich schön.

»Hallo«, sagte ich, erstaunlicherweise noch aufrecht stehend und imstande, ihm die Hand zu reichen. Erst jetzt konzentrierte ich mich auf seine Kleidung – Bluejeans und eine schwarze Lederjacke, die bis zur Taille offen war, ohne die Andeutung eines Hemdes darunter. Er trug sie wie eine zweite Haut.

»Giselle ...« Sein Lächeln hätte die Eiszeit hinweggeschmolzen, als er sich vorbeugte und jede einzelne meiner Fingerspitzen küßte. »Es ist so liebenswürdig von Ihnen und Ihrem Gatten, mich in Ihrem Haus als Gast zu empfangen. Aber ich habe Mist gebaut« – die Redewendung floß ihm wegen des kontinentalen Akzents in der tiefen Stimme entzückend von den Lippen – »ich stehe früher vor Ihrer Tür, als Sie mich erwartet haben.«

»Er und Mrs. Swabucher haben sich mißverstanden.« Mit diesem Einwurf rief Ben mir ins Gedächtnis, daß er auch noch da war. »Aber ich habe Mr. Karisma gesagt, daß es kein Problem ist. Es wird nicht mehr als eine halbe Stunde dauern, ein Zimmer für ihn herzurichten, und ich wollte sowieso erst in fünf Minuten ins Bett.«
»Ich störe ...« Karismas Augen verdunkelten sich vor Kummer.
»Unsinn. Wie kommen Sie denn darauf?« Ben schlenderte zwischen mir und unserem Gast und zeigte einladend auf die Sessel und Sofas. »Sie können Mrs. Swabucher anrufen, sobald wir davon ausgehen können, daß sie zu Hause eingetroffen ist, und ihr Bescheid sagen, daß Sie hier sind. Warum setzen Sie sich in der Zwischenzeit nicht mit Ellie hin, und ich hole euch beiden etwas zu trinken? Einen Sherry für dich, Liebling?« Die Stimme war die des ergebenen Gatten, doch der Blick, den er mir zuwarf, war unergründlich. »Und was darf's für Sie sein, mein Herr?«
Karisma war vor dem Spiegel stehengeblieben und raufte sich mit einer Hand das goldbraune Haar. Er machte ein verblüfftes Gesicht, als er sich umdrehte. »Verzeihen Sie, ich habe nicht mitbekommen, was Sie gerade sagten.«
»Etwas zu trinken?« Ben hielt die Kristallkaraffe hoch, aus der er meinen Sherry eingeschenkt hatte. »Ich kann Ihnen einen ganz anständigen Brandy anbieten, oder ziehen Sie Scotch vor?«
»Sie sind zu freundlich, aber wenn es Ihnen nichts ausmacht, hätte ich lieber ein Glas Gemüsesaft, falls Sie frisch gepreßten dahaben, oder ...« Er faßte das Schweigen als abschlägige Antwort auf und erklärte: »Ich nehme ein Glas Mineralwasser.«
»Aus unserer höchsteigenen Quelle.« Der kleine Scherz meines Mannes prallte an Karisma ab, der, als er das Perrier entgegennahm, es für besser erklärte als alles andere, was

derzeit auf dem Markt zu haben war. Oder war er nur höflich? Der Welt schönster Mann war ein Rätsel, so rief ich mir in Erinnerung, bis auf ein Thema.

»Ich *liiiebe* Frauen«, sagte er.

Ben, der solch exquisites Feingefühl nicht zu würdigen wußte, hob nur eine Braue.

»Sie sind mein berauschender Nektar.« Karisma beugte sich vor, so daß seine klassischen Gesichtszüge und seine unvergleichliche Statur jedes andere Objekt, ob belebt oder unbelebt, verblassen ließen. Er machte das Zimmer zum Himmel. Er *war* das Zimmer. »Für mich sind alle Frauen schön. Sie nähren meinen Geist, meine Männlichkeit, machen Musik in meinem Herzen.«

»Entschuldigen Sie, wenn ich mir noch etwas zu trinken hole.«

Es war unverzeihlich von Ben, daß seine Stimme klang, als werde er zu übermäßigem Alkoholgenuß getrieben, doch Karisma schien es nicht zu bemerken. Er sah mich an, als ob ich ein ganzes Orchester wäre.

»Frauen haben etwas, das uns Männern fehlt.« Seine Miene drückte äußerste Zärtlichkeit aus, was die schiere körperliche Kraft dieses Mannes nur noch betonte. »Sie haben die Gabe der Freundschaft. Ein Blick in Ihre Augen . . . Giselle . . . sagt mir, daß es viele Menschen in Chitterton Fells gibt, die sich an Sie wenden, wenn Sie dringend jemanden brauchen, der ihnen das Gefühl gibt, zur menschlichen Rasse zu gehören.«

»*Sie* hat *mich*.« Das Geräusch, mit dem Ben den Stöpsel wieder in die Karaffe steckte, explodierte in der Luft wie ein Schuß, was mich zwang, endlich meine Stimme wiederzufinden.

»Ich glaube, Karisma hat von unserem Freundeskreis gesprochen«, sagte ich so freundlich, wie ich eben konnte. »Und in der Hinsicht haben wir doch Glück, oder, Liebling? Seit wir hier leben, haben wir einige wunderbare Menschen kennenge-

lernt, zum Beispiel die Mitglieder des Bibliotheksvereins, die Ihnen alle ja *sooo* dankbar sind, Karisma, daß Sie etwas von Ihrer kostbaren Zeit opfern, um die Attraktion unserer Benefizveranstaltung zu sein.«
»Das ist kein Problem.« Bescheiden scheute er vor weiteren Bekundungen meiner Dankbarkeit zurück. »Das ist ein wunderschönes Haus, in dem Sie leben. Es ist fast wie ein Märchenschloß, ganz so wie Mrs. Swabucher gesagt hat.«
»Sie kennen ja den alten Spruch«, erwiderte Ben mit vielsagendem Achselzucken. »My home is my castle.«
»Ja, ich habe das Sprichwort gehört.« Karisma ging zu den Fenstern hinüber, durch die man noch einen Teil des Grundstücks in amethystfarbenem Licht sehen konnte. »So schöne Bäume, und Sie liegen so weitab von allem. Sie werden nicht von anderen Häusern bedrängt.«
»Das Pfarrhaus ist ziemlich nah.« Ich sprach zu seinem breiten Rücken, während ich die raubtierhafte Anmut bewunderte, mit der er sich im offenen Fenster abstützte.
»Und die Leute, die dort wohnen, sind Ihre guten Freunde?«
»Eudora und Gladstone Spike sind ganz besondere Menschen. Sie ist eine sehr engagierte Geistliche ...«
»Und er ist ein hervorragender Koch.« Ben trank sein Brandyglas leer und stellte es neben den Karaffen ab. »Sicher, manche Menschen mögen es nicht für den Gipfel der Maskulinität halten, einen Kuchen zu zaubern, aber da ich selbst Koch bin, Mr. Karisma – obgleich ich annehme, daß das in der Glitzerwelt, in der Sie zu Hause sind, keinen großen Wert hat –, bin ich geneigt, ein Hoch auf den Mann auszubringen, der Eiweiß und Eigelb voneinander trennen kann.«
Wäre mein Mann im Alter der Zwillinge gewesen, dann hätte ich ihn wie einen begossenen Pudel ins Bett geschickt. Doch da ich mich mit seiner stimmungsdämpfenden Gegenwart abfinden mußte, machte ich gute Miene zum bösen Spiel.
»Gladstone schreibt auch den *Clarion Call*, das Kirchenblatt

von St. Anselm«, sagte ich. »Er schafft es, einen richtigen Krimi daraus zu machen. Vorige Woche konnte ich kaum abwarten, bis es erschien, um die Fortsetzung über die mitreißende Entdeckung eines Kirchenregisters in einer Keksdose in der Sakristei zu lesen ...« Meine Stimme erstarb, als mir aufging, wie sehr Karisma das alles langweilen mußte.

»Ich würde Ihre Freunde *liiiebend* gern kennenlernen, Giselle.« Er wandte sich vom Fenster ab und stand in Dämmerlicht gehüllt da, als sei er gerade hereingesprungen, nachdem ihn die Steuereintreiber des Königs, die ihn verdächtigten, uns mit geschmuggeltem Brandy zu beliefern, die Klippe entlanggehetzt hatten. »Vielleicht können wir sie ja morgen besuchen. Ich bringe ihnen ein Foto in Lebensgröße von meinem Strandkalender mit.«

»Die Spikes werden ihr Glück kaum fassen können.« Es gelang Ben, leidlich aufrichtig zu klingen.

»Stichwort Fotos, Karisma«, sagte ich, »Mrs. Swabucher sagte mir, Sie würden Ihren eigenen Fotografen mitbringen und Ihr Personal. Aber Sie sind allein gekommen.«

»Nicht ganz« – wieder mischte mein Mann sich ein – »es müssen an die fünfzig Gepäckstücke in der Halle stehen.«

»Es grassiert eine Verstimmung bei mir zu Hause.« Karisma schüttelte die zerzausten Locken aus seiner edlen Stirn. »Eine Magenverstimmung. Der Koch hatte ein Mittagessen für sich, den Trainer und meinen Haarstylisten zubereitet, während ich auf einem Fototermin war. Und als ich zurückkam, erlitt ich einen großen Schock. Sie krochen alle auf dem Fußboden im Eßzimmer herum. Es war entsetzlich, das Stöhnen und Ächzen. Armer Wu Ling, er sagt, wenn es ihm wieder besser geht, wird er sich umbringen müssen. So etwas ist ihm bisher noch nie passiert. Er sagt, er muß irgendwie die Frau des Küchengottes beleidigt haben, und sie hat mein Haus mit einem Fluch belegt.«

»Giselle glaubt nicht an Flüche.« Vanessas Stimme schwebte von der Tür zu uns herein, bevor ich fragen konnte, ob auch dem Fotografen ein Unglück zugestoßen war. Vanessa, die mit George Malloy im Kielwasser hereinkam, hatte nie lieblicher ausgesehen. Ihr bernsteinfarbenes Seidenkleid war an den Schenkeln sehr hoch und am Hals sehr tief ausgeschnitten. Sie war barfuß und glühte wie eine Junirose, und ich merkte, daß ich mich aufrichtig freute, sie zu sehen.

»Du hast mir doch gesagt, er kommt morgen, Ellie!« Sie blieb fünf Zentimeter vor Karisma stehen, hob ihm das Gesicht entgegen und berührte mit einem perlmuttfarbenen Fingernagel seine Finger. »Wie interessant, wir haben fast dieselbe Haarfarbe. Meine ist natürlich« – ihre Lippen öffneten sich zu einem nachdenklichen Lächeln –, »und Ihre?«

»Nessie!« George drückte seine Bestürzung aus, indem er eine der Sandalen fallen ließ, die er für sie getragen hatte. Sogar Ben wirkte peinlich berührt, als er Karisma zu einer Statue seiner selbst erstarren sah. Ich hatte Mitgefühl mit dem Mann, auch wenn er das Format hatte, Geronimo von seinem Bronzesockel zu stoßen.

»Meine Cousine Vanessa ist so neckisch.« Ich versuchte mich an einem Lachen, doch es verhedderte sich in meinen Stimmbändern. »Und im Augenblick ist sie ganz besonders ausgelassen, Karisma, weil sie sich vor kurzem mit George Malloy verlobt hat, dessen Mutter wohl eine Ihrer ergebensten Anhängerinnen hier in Chitterton Fells ist.« Ich führte den rothaarigen, rotgesichtigen Verlobten vor, mit dem Ergebnis, daß er auch die zweite Sandale fallen ließ, und plapperte weiter drauflos. »George stellt Fitneßgeräte her, und Vanessa modelt für seine Fernsehspots.«

»Also sind Sie und ich in derselben Branche. Könnte es nicht sein, daß wir eines Tages zusammenarbeiten – etwa so?« Karisma erwachte schwungvoll wieder zum Leben. Er zog die seiner unwürdige Vanessa mit einer eleganten Bewegung an sich und drapierte sie über seinen Arm. Ihr Haar ergoß sich fast bis auf den Fußboden, und ihr Busen wölbte sich über dem Halsausschnitt ihres Kleides. Es war eine Pose geradewegs vom Cover eines Zinnia-Parrish-Romans, und mir blieb fast das Herz stehen, als ich meinen Blick davon losriß und George Malloy ansah. Er war ebenfalls zu einem Bild geworden – einem Bild völliger Niedergeschlagenheit. Wie konnte er sich auch anders sehen als übergewichtig, stumpfgesichtig und stinklangweilig im Angesicht solch scharfer Konkurrenz? Er war nicht wie Ben, der sich, wenn er auch kein Romantitelkaliber haben mochte, auf Alltagsniveau durchaus sehen lassen konnte und keinen Grund hatte, Minderwertigkeitskomplexe zu entwickeln.

Da ich ein Feigling ersten Grades war, flüchtete ich vor Georges verwundetem Blick, indem ich sagte, ich müsse nach den Kindern sehen. Ben folgte mir mit solcher Geschwindigkeit aus dem Zimmer, daß er mir, als ich die Tür schloß, dicht auf den Fersen war.

»Vanessa ist wirklich das Allerletzte«, wütete ich, »und du warst auch nicht viel besser.«

»Der Typ ist eine kapitale Nervensäge.«

»Schsch! Er wird dich noch hören.«

»Gut! Was für ein egozentrischer Hohlkopf! Der Mann spricht nicht – er *verströmt* sich! Und erzähl mir nicht, daß er zum Fenster gegangen ist, um die Aussicht zu bewundern! Er hat sich selbst in der Scheibe geliebt.«

»Wie kannst du nur so gehässig sein?« Ich hatte Mühe, meine Empörung im Flüsterton loszuwerden. »Er ist ein *Star*. Solche Menschen sind nicht wie du und ich. Sie haben Flair, Spontaneität und . . .«

»*Karisma*?« knurrte Ben. »Hast du jemals einen blöderen Namen gehört? Ich bin mir jedesmal, wenn ich ihn ausgesprochen habe, wie ein Volltrottel vorgekommen. Und wozu braucht jemand – ob Mann oder Frau – soviel *Haar*? Wir werden es noch tagelang aufsaugen und für Gott weiß wieviel Geld die Abflußrohre reinigen lassen müssen.«

»Er ist zu einer Hilfsaktion hier.«
»Weil er Bibliotheken *liiiebt*? Bring mich nicht zum Lachen, Ellie.«
»Worauf willst du eigentlich hinaus?«
»Muß ich noch deutlicher werden? Dieser Mann hat doch Hintergedanken.«
»Da hast du recht.« Ich zeigte lächelnd die Zähne. »Mrs. Swabucher muß Karisma ein Bild von mir gezeigt und ihm vorgeschwärmt haben, daß die Männer umfallen wie die Fliegen, sobald ich den Raum betrete. Woraufhin er wußte, daß er es keinen Tag länger ohne mich aushalten konnte.«
»Mein Eindruck ist eher« – Ben trat zurück und stieß zwei Koffer um – »daß er überstürzt die Stadt verlassen mußte, weil die Polizei hinter ihm her ist, da er mit seiner Art, sich zu kleiden, die Moral dieses Landes untergräbt. Nimm nur die Fakten, Ellie! Er läßt dir nicht ausreichend Zeit, um seinen Besuch richtig vorzubereiten, und dann trifft er einen Abend früher ein als erwartet. Und wirf mal einen Blick auf sein Gepäck! Ich muß erst sämtliche Möbel aus seinem Zimmer schaffen, wenn ich den ganzen Krempel hineinschaffen will!«
»Er wird für die Fotosession wer weiß wie oft die Kleider wechseln müssen.« Ich richtete die umgefallenen Koffer mit zwei Fußtritten wieder auf. »So wie Mrs. Swabucher sich ausgedrückt hat, plant er sicher, den überwiegenden Teil zumindest eines Tages vor der Kamera zu verbringen.«
»Falls der Fotograf auftaucht.«
»Natürlich wird er kommen«, sagte ich kalt. »Ich gehe davon aus, daß er morgen früh mit Mrs. Swabucher eintrifft. Und wenn du sonst keine Gemeinheiten mehr loswerden willst, gehe ich jetzt wieder rein und sehe nach, was unser Gast macht.«
Bens ... zornfunkelnder Blick erlosch. »Entschuldige.« Er streckte die Hand aus, dann ließ er sie wieder sinken. »Ich

weiß auch nicht, warum ich so gemein bin, Ellie. Diese Bibliothekssache ist wichtig für dich, und es wird mich nicht umbringen, dir zuliebe nett zu dem Typ zu sein. Morgen kriegst du eine neue und verbesserte Version von mir geliefert; das ist ein Versprechen.«

Ich sah zu, wie er sich eine Reisetasche unter den Arm klemmte, drei von den größeren Koffern nahm und die Treppe hochging. Einen Augenblick lang war ich versucht, ihm hinterherzulaufen, doch als er sagte: »Ich werde ihm sogar frisch gepreßten Gemüsesaft zum Früstück servieren«, mußte ich mich anstrengen, um die Worte noch zu verstehen, da er bereits auf der oberen Galerie angelangt war. Und als ich die Halle durchquerte, hatte ich das Gefühl, er könnte ebensogut auf dem Mond sein.

Erst als ich über Tobias stolperte, der unter dem Tisch in der Halle hervorkam, wurde mir bewußt, daß ich unbedingt zehn Minuten aus dem Haus mußte. Ich nahm meinen pelzigen Freund auf den Arm, öffnete die Tür zum Salon und streckte den Kopf hinein. Die Szene, die sich dort bot, hätte ganz alltäglich gewirkt, wären Karisma und Vanessa zwei andere Menschen gewesen. Sie taten nichts Anrüchigeres, als sich am Fenster miteinander zu unterhalten. Doch das Nebeneinander seines intensiven Machismos und ihrer auffallenden Schönheit sorgte für eine Dramatik, die für einen Dreiakter gereicht hätte. Und da war noch George Malloy. Er stand am Kamin, und es war bestürzend deutlich, daß ihm die Statistenrolle zugedacht war.

»Hallo!« Meine allzu muntere Stimme ließ mich selbst zusammenzucken. »Ich muß die Katze zu ihrem Abendspaziergang ausführen, aber ich bleibe nicht lange weg.«

»Sie gehen allein, so spät?« Karisma kam zwei Schritte auf mich zu. »Ich werde Sie begleiten, und wir werden uns unterhalten, wie wäre das?«

Vanessa klatschte in die Hände und lachte glucksend. »Wie

schön für dich, Ellie, mit Mr. Romanze höchstpersönlich im Mondschein spazierenzugehen, durch seinen Haarumhang vor drohendem Regen geschützt.«

Bei diesen Worten erwachte George plötzlich zum Leben. »Nessie, sie ist eine verheiratete Frau.«

»Ich komme bestens allein zurecht, danke, Karisma.« Ich zog mich wieder in die Halle zurück, während Tobias sich mit den Krallen aus meinen Armen zu befreien suchte. Er hatte nie zu den Katzen gehört, die organisierte Freizeitaktivitäten schätzen, und kaum waren wir aus dem Haus, da ließ er mich auch schon durch ein grimmiges Miauen wissen, was er von mir und meinen tollen Ideen hielt. Ich setzte ihn ihm Hof ab, überquerte die Zugbrücke, ging weiter über die kiesbestreute Einfahrt und machte an dem Cottage am Tor halt. Zum erstenmal seit ihrem Verschwinden durch die Verandatür fiel mir Gerta wieder ein. Sollte ich anklopfen und nachsehen, ob mit ihr alles in Ordnung war? Nein, lieber nicht. Vermutlich machte sie sich zum Schlafengehen zurecht.

Was, so fragte ich mich, als ich auf die Straße hinaustrat, was war eigentlich los mit mir? Warum war mir zumute, als hätte ich am liebsten einen Felsbrocken hochgewuchtet und ihn holterdipolter von der Klippe stürzen lassen? Warum war ich nicht außer mir vor Freude? Ich war die Frau, die von jeder Angehörigen meines Geschlechts, die genug Atem im Leib hatte, um Karismas Namen zu keuchen, beneidet werden würde. Er war Gast in meinem Haus. Er hatte mit mir gesprochen, meine Hand geküßt, mich mit genügend Feuer angesehen, um sich die Wimpern zu versengen. Die bequeme Antwort lautete, daß ich wütend auf Ben war, weil er meiner unschuldigen Begeisterung einen Dämpfer aufgesetzt hatte. Doch als ich auf der Höhe des Pfarrhauses angelangte, aus dem kein Lebenszeichen zu vernehmen war, kam ich zu dem Schluß, daß Vanessa das Problem war. Es ärgerte mich, daß sie solch eine Schau abzog, um Karismas Aufmerksamkeit zu erringen, denn dadurch hatte sie George verletzt. Und es war nicht meine Art, mich am Kummer eines anderen Menschen zu weiden.

Und dann war da noch Gerta, dachte ich gereizt. Wie konnte ich glänzender Stimmung sein, wenn sie sich im Cottage verschanzen mußte? Sie würde morgen nicht zu uns ins Haus kommen wollen, aus Angst, Karisma zu begegnen, an dem mit Sicherheit niemand außer ihr die geringste Ähnlichkeit mit ihrem Mann feststellen konnte. Als ich den Hügel hinuntermarschierte, auf dem es mit jedem Schritt dunkler wurde, wußte ich, daß ich mehr als genug Grund hatte, aufgewühlt zu sein; aber war da nicht noch etwas anderes, irgendein unausgegorener Gedanke, der fast, aber nur fast an die Oberfläche kam und der wahre Grund für meine Nervosität war?

Eine Katze sprang über die Hecke, dann huschte sie blitzschnell in die Dunkelheit. War Tobias mir gefolgt? Manchmal legte er einen geradezu unheimlichen Hang an den Tag, meine geheimsten Gedanken zu belauschen. Doch nicht heute abend. Das Tier, das ich jetzt unter einem Baum hocken sah, war weniger beleibt als mein Freund und so schwarz wie der Umhang einer Hexe.

»Hierher, miez miez!« In meinem verwirrten Geisteszustand dachte ich schon, daß ich sie so lockte, bis ich eine Gestalt durch ein Tor in der Hecke treten und langsam auf mich zukommen sah, mit ausgestreckter Hand, als biete sie einen Leckerbissen dar. Erst als wir uns fast Nase an Nase gegenüberstanden, war ich imstande, zu erkennen, daß es sich um eine Frau handelte. Sie war von Kopf bis Fuß in Schwarz gehüllt, so wie die Katze, dünn wie ein Zaunpfahl und strömte einen vertrauten . . . leicht schimmeligen Geruch aus. Ich blinzelte.

»Miss Tunbridge . . . Schön, Sie zum zweiten Mal an ein und demselben Tag zu treffen.«

»Mrs. Haskell?« Sie trat zurück, um mich besser sehen zu können, so daß ich einen kurzen Blick auf ihr – mit Sicherheit gefärbtes – pechschwarzes Haar erhaschte, das oben auf ihrem Kopf zu kleinen Löckchen frisiert war. »Also haben Sie sich tatsächlich entschlossen, mich zu besuchen. Wie nett. Wenn Sie eben einen Moment warten, meine Liebe, bis ich meine unartige Miezekatze gefunden habe, bitte ich Sie zu einer schönen Tasse Tee herein. Oder sollen wir Holunderbeerwein trinken, zur Feier des Tages?«

»Oh, aber es ist schon so spät ... Und wirklich, ich wollte bloß einen kleinen Spaziergang machen ...« Zu spät sah ich, daß das Haus, das zwischen den Bäumen zu uns herüberspähte, Tall Chimneys war. Einst die Residenz von Hector Rigglesworth, und nun das Heim von Miss Ione Tunbridge. »Ich komme ein andermal zum Tee bei Ihnen vorbei«, versprach ich, als sie sich bückte, um die Katze aufzunehmen, die gerade erneut über die Hecke hatte springen wollen.

»Aber ich möchte, daß Sie jetzt mit reinkommen.« Ich hörte das Schmollen in ihrer Stimme, und es ließ sich nicht leugnen: ich brannte förmlich darauf, das Haus, das eine solch wichtige Rolle in der Dorflegende spielte, von innen zu sehen. »Enttäuschen Sie mich nicht, Mrs. Haskell« – sie ging bereits auf das Tor zu –, »ich mag es nicht, wenn ich meinen Willen nicht bekomme.« Ihr leises Kichern traf zufällig mit einem kleinen Windstoß zusammen, bei dem es mir kalt den Rücken hinunterlief. »Es war uns von jeher bestimmt, einander zu begegnen. Das weiß ich, seit ich Sie damals an Ihrem Hochzeitstag in die Kirche gehen sah. Sie sahen so verängstigt aus, und ich habe um Ihretwillen geweint, meine Liebe.«

»Das war nur, weil ich zu spät zur Trauung kam«, sagte ich genauso wie am Morgen, als Vanessa und ich die Dame in Schwarz vor St. Anselm getroffen hatten.

»Ihr Mann ist sehr attraktiv.« Die auffrischende Brise mochte ihre Stimme verzerrt haben, denn was eigentlich ein Kompliment war, klang eher wie ein Vorwurf. Inzwischen hatten wir die Hälfte des Weges zur Eingangstür von Tall Chimneys zurückgelegt. Und so wie die Bäume uns von allen Seiten einschlossen und alles bis auf winzige Fetzen Himmel verdeckten, kam man leicht auf den Gedanken, daß es in diesem Haus, ebenso wie in der Bibliothek, spukte.

Als Miss Tunbridge die von Kletterpflanzen überwucherte Veranda erklomm, fiel mir mein Picknick mit Ben auf der offenen Grasfläche zur Rechten des Hauses ein. Was hatte ich da noch mal empfunden, wann immer ich hierher gesehen hatte? Ich wußte es nicht zu benennen, selbst als das Gefühl erneut auf mich einstürmte. Es hatte zu viele unterschiedliche Ingredienzen, die miteinander vermischt waren: Bedrängnis, Boshaftigkeit, Bitterkeit und, vielleicht am schlimmsten von allem, Langeweile.

»Da wären wir!« Miss Tunbridge öffnete die Tür auf einen schmalen Flur mit sehr dunkler Tapete und einer Treppe, die sich an einer Seite nach oben wand. Es roch streng nach Katze; dennoch hatte ich meine Zweifel, daß Miez, Miez, trotz ihres Getues, als ihr Frauchen sie absetzte, imstande wäre, die Mäuse wieder in ihre Löcher zu treiben, wenn sie sich entschlössen, auszubrechen und eine Freßparty zu veranstalten. Ich stellte mir vor, wie Hunderte scharfer Äuglein uns von den Bodendielen aus beobachteten.

Das Leitmotiv der Einrichtung in dem eher kleinen Wohnzimmer, in das meine Gastgeberin mich führte, waren Verfall und Verwesung. Jeder Quadratzentimeter war mit genügend Möbeln vollgestopft, um einen Trödelladen damit zu füllen, was es sehr schwierig für mich machte, mich zu einem Stuhl hindurchzuzwängen. Mich hinzusetzen hieß, Gefahr zu laufen, ihm oder mir ein Bein zu brechen. Die Tapete schälte sich von den Wänden, die Vorhänge hingen in Fetzen vor den Fenstern; doch erstaunlicherweise fühlte ich mich allmählich weniger beklommen.

»Es ist mir ja solch eine Freude.« Miss Tunbridge glitt zwischen zwei Tischen hindurch und nahm eine verstaubte Flasche Wein oben von einer Trittleiter. Und sogleich sah ich eine der sieben Töchter von Hector Rigglesworth vor mir, wie sie ihre langen Röcke zusammenraffte und leichtfüßig die Sprossen erklomm, um auf den Bücherregalen nach ihrem Lieblingsroman von den Brontës zu suchen. *Die Herrin von Wildfell Hall* – das mußte er sein, entschied ich. Seite um Seite leidvollen Frauenschicksals und bewährter Tugend. Doch, o Schreck, eine der anderen Schwestern hatte sich mit dem Buch in den hinteren Salon davongemacht, und Hector Rigglesworth mußte in den stürmischen Wind hinaus, um zur Bibliothek zu gehen und dort ein Exemplar auszuleihen.

Miss Tunbridges Stimme unterbrach meine Träumereien. »Ich weiß gar nicht, was ich mit den Weingläsern gemacht habe. Könnten Sie mit dieser kleinen Ziervase vorliebnehmen?«

»Die reicht völlig«, sagte ich.

»Und für mich leere ich eben dieses Aspirinfläschchen aus.« Sie klang so vergnügt wie ein Kind, schenkte ein und nahm auf einem klobigen Stuhl zwei Tische von mir entfernt Platz. »Oh, es macht solchen Spaß, wieder mal einen Gast zu haben. Als meine Eltern noch lebten, haben wir alles immer in großem Stil gemacht. Ich war ein Einzelkind und wurde in jeder Hinsicht verwöhnt, Mrs. Haskell.«

»Bitte nennen Sie mich Ellie.«

»Sie sind solch ein Schatz.« Miss Tunbridge ließ ihre Weinphiole auf den Schoß ihres rostschwarzen Kleides fallen, anscheinend ohne es zu bemerken, und klatschte in ihre verhutzelten Hände. »Ich mochte die Frau, mit der Sie heute morgen zusammen waren, nicht. Sie ist eine große Schönheit, so wie ich früher, und selbst in diesem späten Abschnitt meines Lebens, liebe Ellie, setze ich mich ungern der Konkurrenz aus.«

»Vanessa wird heiraten; deshalb wollte sie sich die Kirche ansehen.« Ich fügte fast hinzu: »Wissen Sie nicht mehr?« Aber das wäre unhöflich gewesen und hätte vermutlich auch nichts genützt. Miss Tunbridge hatte mit der Wirklichkeit nicht viel

am Hut. Dennoch sah ich mich genötigt, nach den früheren Bewohnern ihres Heims zu fragen.
»Die Rigglesworths?« Sie verzog abfällig das Gesicht, wodurch sie tiefe Falten zu denen hinzufügte, die bereits da waren. »Ich weiß nicht, warum die Leute solch ein Aufhebens um sie machen. Ich habe Fotos von den Schwestern gesehen, und keine einzige machte vom Aussehen viel her. Der alte Hector gab einen Ball für sie, als die jüngste siebzehn wurde, aber ich habe gehört, es war eine sehr schäbige Feier.« Miss Tunbridge lächelte. »Meine Eltern hingegen veranstalteten einen Tanz für mich, von dem in der ganzen Grafschaft gesprochen wurde.«
»Wie reizend!«
»Ich war« – sie stand auf und spreizte sich eitel – »sehr, sehr schön! Das sagte jeder. An jenem Abend bekam ich vier Heiratsanträge. Alle von äußerst begehrten Männern, aber« – ihre Stimme schwächte sich zu einem Flüstern ab – »ich beging den fatalen Fehler, den von Hugh anzunehmen.«
»Sie müssen sich so betrogen gefühlt haben, als Hugh an Ihrem Hochzeitstag nicht erschien.« Das Mitgefühl ließ mich vergessen, daß ich gehofft hatte, sie dazu zu bewegen, mir das Haus zu zeigen. Und ihre Antwort führte mir vor Augen, daß es ungehörig gewesen wäre, meinen Besuch in die Länge zu ziehen.
»Ach, aber Hugh ist doch gekommen – eine Stunde vor der Trauung, um mir zu sagen, daß er sich in eine meiner Brautjungfern verliebt hatte. Er sagte, er hoffe, ich würde es nehmen wie eine Dame, und ich habe mich auch wirklich sehr wohlerzogen benommen. Ich vergoß keine einzige Träne, als ich ihm eins mit dem Schürhaken über den Schädel gab und sah, daß er tot war. Meine Eltern waren so gut zu mir. Sie begruben ihn im Wäldchen und sagten, wir würden nie wieder davon sprechen. Aber das war natürlich dumm von ihnen, nicht wahr?« Miss Tunbridge lächelte mich entzückt an. »Wie konnte ich so etwas für mich behalten, ohne darüber den Verstand zu verlieren?«

14. Kapitel

»Wo ist er?« Mrs. Malloy kam am nächsten Morgen in die Küche geklappert, als ich Abbey und Tam gerade ihr Frühstück gegeben hatte.

»Wer?« fragte ich und ließ einen Löffel fallen, als sie die Tür hinter sich zuknallte.

»Karisma, wer sonst!«

»Er ist mit Ben zum Bahnhof gefahren, um Mrs. Swabucher abzuholen. Sie kommt mit dem Zug.« Ich wusch den Löffel ab und gab ihn Abbey zurück, die im Begriff war, vor lauter Frust loszuheulen, weil sie sah, daß ihr Bruder das Eierlaufen gewinnen würde. »Tut mir leid, Mrs. Malloy, aber Sie werden sich noch eine Weile gedulden müssen, bis Sie sich Karisma in die Arme werfen können.«

»Und ob ich mich auf ihn schmeißen werde. Ich werde ihn *umbringen*, das werde ich.«

Was war los mit dieser Frau? Hatte sie Klebstoff geschnüffelt oder, Gott bewahre, zuviel Gesichtspuder inhaliert? Ihr Make-up schien sie auf jeden Fall in aller Eile angeklatscht zu haben. Ihr Rouge war überall, und ihre Augenbrauen waren mit ultraviolettem Lippenstift aufgemalt.

»Hier« – ich zog einen Stuhl zurück –, »Sie sehen aus, als müßten Sie sich unbedingt setzen.« Die Zwillinge hörten auf zu essen und lauschten unserem Gespräch mit offenen, eiverschmierten Mündern.

»Ich bleib' lieber stehen.« Mrs. Malloy schaute auf ihre hochhackigen Schuhe hinunter, von denen einer braun und der andere blau war. »Wenn ich mich setze, komm ich nich' mehr hoch.« Ihre Miene wurde noch grimmiger. »Wenn eine Frau in meinem Alter die ganze Nacht kein Auge zutut, Mrs. H, dann muß es ja irgendwo aushaken – und zwar nich' an meinem Korsett. Ich war derart außer mir, kann ich Ihnen sagen, daß ich das angezogen habe, das meinem dritten Mann gehörte, und an dem war nich' viel dran« – abfälliges Naserümpfen – »egal wo.«

»Warum haben Sie denn die ganze Nacht kein Auge zugetan?« Ich rettete Tams Schale, bevor er sie sich auf den Kopf stülpen konnte wie einen Kampfhelm.

»Ich staune, wie Sie mich das fragen können, Mrs. H, da Sie doch eigentlich wissen müßten, was gestern abend hier in Ihrem Haus geschehen ist. Mein Goldjunge kam nach Hause und hat auf mich eingeredet, bis die Sonne aufging.«

»Ach«, erwiderte ich, als auch mir endlich ein Licht aufging, »George war besorgt, weil Vanessa ihn mehr oder weniger ignoriert hat, als sie sich mit Karisma unterhielt.«

»*Besorgt*?« Mrs. Malloys Busen drohte ihre violette Bluse zu sprengen. »Das arme Lämmchen hat stundenlang in meinen Armen geweint!« Sie fing meinen Blick auf und schaute schnell zur Decke. »Na schön, er hatte bloß Tränen in den Augen, aber eine Mutter spürt es, wenn ihrem Baby das Herz bricht. Und es mag eine Überraschung für Sie sein, Mrs. H« – sie preßte eine Hand an die Stirn und wischte eine ihrer Brauen weg – »aber ich gebe nicht Ihrer Cousine die Schuld.«

»Ach nein?« Ich gab mir Mühe, meine Enttäuschung nicht durchklingen zu lassen.

»Ich glaube, ich hab' sie falsch eingeschätzt.« Mrs. Malloys Ton machte deutlich, wer dafür verantwortlich war. »Sie war ganz reizend, als wir gestern abend essen waren, und sagte, wenn sie früher ein bißchen kühl gewesen wäre, dann täte ihr das irrsinnig leid. Ich hatte den Eindruck, daß ihr irgendwer in den Kopf gesetzt hatte, ich wäre ein ziemlicher Schnösel und sähe auf Leute, die meinem intellektuellen Niveau nicht gewachsen sind, herab.«

»Hat Vanessa auch in Ihren Armen geweint?«

»Sie brauchen nicht sarkastisch zu werden, Mrs. H. Langer Rede kurzer Sinn, sie hat versprochen, als Schwiegertochter zu spuren, und ich konnte sehen, daß sie meinen George sehr gern hat. Und ich brauch' Ihnen nich' erst zu sagen, daß er hin und weg ist von ihr, weshalb ich diesen Karisma in kleine Scheibchen schneiden könnte, weil er Unfrieden zwischen ihnen gestiftet hat.«

»Na, das ist ja ein Umschwung. Ich dachte, Sie sind ganz verrückt nach diesem Mann. Sie sind doch fast in den Fernseher gekrochen, als er neulich auftrat.«

»Wir haben alle unsere albernen Momente.« Mrs. Malloy sah zu, wie ich den Zwillingen die Gesichter abwischte und sie von ihren Stühlen hob. »Und ich sollte mich wohl auch nich' wundern, wie Sie weiter Ihren Geschäften nachgehen, als wär's völlig in Ordnung, daß Karisma meinem Jungen das Herz bricht. Wenn's Ihnen nich' piepegal wäre, dann hätten Sie den Typ gleich gestern abend vor die Tür gesetzt.«

»Er hat doch nichts Anstößiges getan.« Ich nahm das Frühstücksgeschirr, ging um Abbey und Tam herum, die Tauziehen spielten, und begab mich zur Spüle. »Er kann ja nichts dafür, daß er so unglaublich gut aussieht. Selbst Ben ist verschnupft, und ich habe ihn ganz bestimmt nicht angeschmachtet. Meiner Ansicht nach« – ich gab Spülmittel in die Spülschüssel – »war Karisma von Vanessa nicht besonders eingenommen. Sie hat einen Witz über seine Haare gemacht, der äußerst geschmacklos war. Aber Ihre künftige Schwiegertochter weilt noch im Land der Träume, und ich kann mich nicht für das verbürgen, was geschehen ist, während ich gestern abend aus dem Haus war. Als ich wiederkam, war George gegangen, und bis auf die Halle war es im ganzen Haus dunkel.«

»Wann genau sind Sie denn zu Hause eingetrudelt?« Mrs. Malloy sprach aus den Untiefen ihres neuentfachten Mutterinstinkts.
»Spät.« Ich ließ eine Schale auf dem Seifenwasser schaukeln, trocknete mir die Hände ab und setzte mich auf den nächstbesten Stuhl. Mit der Erinnerung an meine überstürzte Heimkehr von Tall Chimneys kamen auch all die gruseligen Gefühle wieder, die mich um jede Biegung und Windung der Cliff Road begleitet hatten.
»Na, Sie brauchen mir nich' gleich ins Gesicht zu springen.«
»Entschuldigung. Ich habe auch nicht viel geschlafen.«
»Ach, so war das, wie?« Mrs. Malloy überwand ihre Abneigung, ihre Füße zu entlasten, und verhalf sich zu einem Stuhl. »Mr. H hat Ihnen wohl sämtliche Tricks gezeigt, die er auf Lager hat, damit Sie wissen, daß er zweimal soviel Mann ist wie Karisma, wenn 'ne Runde lebende Schaukel auf dem Programm steht.«
»Nein, das war es nicht«, sagte ich hastig und hoffte, daß Abbey und Tam zu beschäftigt damit waren, ihr Lager in der Vorratskammer aufzuschlagen, um auf Mrs. Malloys gewagte Anspielungen zu achten. »Ben schlief wie ein Toter, als ich ins Bett kam. Und apropos T-O-T – der Grund, warum ich kaum geschlafen habe . . .« Ich verstummte und fragte mich, ob ich das Thema wirklich anschneiden sollte.
»Ich glaube, ich weiß schon, was Sie sagen wollen. Und wenn Sie jedes Wort buchstabieren, sitzen wir nächste Woche noch hier.« Mrs. Malloys Stimmung hatte sich sichtlich gehoben. »Das mit Mr. Babcock ist schon im ganzen Dorf rum, und wenn Sie mich fragen, ist es reichlich verdächtig, daß er ins Paradies abberufen wird, wo er nich' mal 'nen Monat verheiratet war. Denken Sie mal scharf nach, Mrs. H.: Seine Braut in mittleren Jahren taucht vor ungefähr einem Jahr aus heiterem Himmel hier auf, und nach allem, was wir wissen, könnte sie ein regelrechter Blaubart sein.«

»Unsinn«, erwiderte ich und maß der Tatsache, daß Vanessa ebenfalls etwas in der Art gesagt hatte, keine Bedeutung bei. »Mr. Babcock hatte ein schwaches Herz.«

Aber Mrs. Malloy schüttelte den Kopf über meine Naivität. »Benutzen Sie mal Ihre Birne. Stichwort begehrter Junggeselle: Das arme Schwein stand schon mit einem Bein im Grab, deshalb zuckt keiner auch nur mit der Wimper, als sie ihm von hinten einen Schubs gibt. Ich sag's Ihnen, sie wird sich von Kopf bis Fuß in Schwarz werfen, samt Schleier, mindestens. Ein klares Zeichen von Gewissensbissen ... also, warum gucken Sie mich so an, Mrs. H.?«

»Weil der Grund, warum ich kaum geschlafen habe, der ist«, sagte ich, »daß ich, als ich gestern abend einen Spaziergang machte, Ione Tunbridge, die jungfräuliche Braut, traf, auch bekannt als die Frau in Schwarz, und als sie mich auf ein Glas Holunderbeerwein mit zu sich nahm ...«

»... hat Sie Ihnen erzählt, daß sie ihren Kerl an dem Tag, an dem sie heiraten sollten, abgemurkst hat, weil er mit einer der Brautjungfern ein Techtelmechtel hatte, und der Nichtsnutz unter einer der Tannen im Garten vermodert?« Mrs. Malloy hob ihre verbliebene violette Braue und fügte sicherheitshalber noch ein besserwisserisches, süffisantes Grinsen hinzu.

»Sie meinen, es ist kein Geheimnis?«

»Und da glauben Sie doch tatsächlich, Mrs. H., Sie sind die Auserwählte, die das Exklusivgeständnis dieser Frau zu hören kriegt, weil sie ein so nettes, liebes Gesichtchen haben oder was auch immer. Tja, tut mir leid, daß ich Ihre Seifenblase platzen lasse, Herzchen! Ione Tunbridge erzählt diese Geschichte seit Jahren, und sie läuft immer noch so frei herum wie ein Piepmatz. Also was sagt Ihnen das?«

»Die Polizei ist damit ausgelastet, den Verkehr zu regeln, und kann sie nicht zum Verhör laden?«

»Sie brauchen nich' gleich beleidigt zu sein.« Mrs. Malloy setzte ihre herablassendste Miene auf. »Es heißt, sie hätten bereits mit ihren kleinen Eimerchen und Schäufelchen bei ihr herumgestochert. Aber ich glaube nicht, daß sie sich große Hoffnungen gemacht haben, einen Treffer zu laden, da die alte Dame meines Wissens mindestens drei verschiedene Versionen erzählt hat, was dem verschwundenen Bräutigam zugestoßen sein soll.«

»Das muß nicht heißen, daß sie ihn nicht umgebracht hat.«

»Wenn meine Meinung irgend etwas zählt« – Mrs. M hätte der heilige Paulus sein können, der sich an die Korinther wandte – »würde ich sagen, der junge Mann ist mit der Brautjungfer getürmt, sie haben ihre Namen geändert und sind untergetaucht, denn wenn man damals eine Frau sitzenließ, noch dazu am Tag der Hochzeit, bedeutete das, daß man nie wieder zum Tee ins Pfarrhaus eingeladen wurde. Und Ione Tunbridge hat sich all die Jahre sehnlichst gewünscht, sie könnte ihn endlich an der Gurgel packen.«

»Mir hat sie erzählt, sie hätte ihn mit dem Schürhaken niedergeschlagen.«

»Das meine ich ja eben, Mrs. H.« Ihr Lächeln war überheblich. »Es ist nie zweimal dieselbe Geschichte. Wenn die Polizei also nicht nachts wachliegt und sich fragt, ob sie nicht jeden Baum in einer Meile Umkreis von Tall Chimneys ausbuddeln sollte, weiß ich beim besten Willen nicht, warum Sie sich über das Gefasel einer irren Alten so aufregen.«

»Der Garten und der umliegende Wald hatten etwas ...« – ich stand auf, um die Zwillinge besser im Auge behalten zu können –, »etwas Trostloses und Bedrückendes, selbst im hellen Tageslicht, als Ben und ich dort unser Picknick gemacht haben. Na ja, ich nehme an« – ich bückte mich und fing ein Feuerwehrauto ab, das über den Fußboden schoß und mir fast die Füße abgesäbelt hätte – »das könnte daran liegen, daß das Haus Hector Rigglesworth und seiner unverheirateten Töchterschar gehört hat. Obwohl ich eigentlich zu dem Schluß gelangt war, daß diese ganze Gespenstergeschichte nur ein

Haufen abergläubischen Blödsinns ist.« Ich gab Tam das Spielzeugauto zurück.
»Es bringt nichts, unsere Phantasie mit uns durchgehen zu lassen.« Mrs. Malloy stand auf und strich das Oberteil ihres Taftkleides glatt. »Aber Sie brauchen den Kopf nicht hängen zu lassen, Herzchen, da Sie wohl nicht die einzige sind, die in diesem Punkt schuldig ist.«
»Sie meinen, Sie haben sich Ihren eigenen Phantasien hingegeben, was Sylvia Babcock anbelangt?«
»An die hab' ich nicht gedacht, Mrs. H., und ich stehe zu meinem Verdacht. Glauben Sie mir, dieses ganze hysterische Getue und Gekreische, wenn das kleinste Staubkörnchen in ihrer Küche auftaucht, ist ein abgekartetes Spiel. Knallhart, so is' sie wirklich unter all ihren Schmachtlöckchen. Stopft ihre Opfer gegen ärztliche Anweisung mit Eclairs und Pastetchen voll, sagt, sie müßten für den Sex Kraft tanken, bis sie, hopplahopp, tot umfallen. Ich hab' mal in der Zeitung von einer Frau gelesen, die die Herztabletten von ihrem Mann mit irgendwelchen anderen Pillen vertauscht hat, die ihm keinen Deut halfen. Typisch Mann, nichts davon zu merken. Und ich würde es Sylvia Babcock durchaus zutrauen, das gleiche zu tun, damit sie mit Tränen in ihren heimtückischen Augen die Lebensversicherung kassieren kann. Ich kann Ihnen sagen, ich darf gar nich' dran denken.«
»Dann denken wir eben nicht daran.« Ich setzte Abbey auf den Schaukelstuhl zu Tobias, der fleißig ein Nickerchen hielt, und befahl Tam, nicht auf die Kufen zu treten, um seine irdischen Gefährten an die Zimmerdecke zu befördern. »Vergessen wir Sylvia Babcock einfach, Mrs. Malloy.«
»Wer hat den Namen dieser Frau denn erwähnt?« Sie klang ernstlich eingeschnappt. »Was ich eigentlich sagen wollte – bevor uns jemand auf Abwege gebracht hat –, ist, daß mein George vielleicht seiner Phantasie die Zügel hat schießen lassen in dem Punkt, daß Karisma Vanessa Avancen gemacht

hat. Ich glaube, es war gar nich' persönlich gemeint, schließlich hat dieser Mann es sich zum Beruf gemacht, die Knie von Frauen in Wackelpudding zu verwandeln.«

»Er hat mir die Hand geküßt.« (Irgend jemandem mußte ich es erzählen.)

»Na sehen Sie!« Mrs. Malloy hätte mir nicht derart deutlich zu signalisieren brauchen, daß somit kein Zweifel mehr daran bestehen konnte, daß Karisma am vergangenen Abend lediglich seine berufliche Pflicht erfüllt hatte. »Ich wette, da sind Sie ganz flatterig geworden. Und wenn er sich das Hemd aufgeknöpft hätte, Mrs. H, dann hätten Sie gedacht, er will Ihnen einen Heiratsantrag machen.«

Ich wollte dieser Behauptung gerade widersprechen, als die Gartentür aufging und der Liebesgott höchstpersönlich hereinkam, gefolgt von Ben und Mrs. Swabucher. Sogleich schrumpfte die Küche auf ihre halbe Größe zusammen. Die Vorhänge an den offenen Fenstern erzitterten, und da waren sie nicht die einzigen. Weder die Buchumschläge, auf denen er abgebildet war, noch meine Begegnung mit ihm am Abend zuvor hatten mich angemessen auf seinen Anblick bei hellem Tageslicht vorbereitet. Er war das ehrfurchtgebietende Bild männlicher Vollendung. Hypnotische Augen und ein herrliches Kinn. Um es ohne Umschweife zu sagen: über einhundertachtzig Zentimeter purer sexueller Energie.

»Meine Eingeweide schlagen Purzelbäume«, zischte Mrs. Malloy mir ins Ohr.

»Sie sollten eben nicht aufs Frühstück verzichten«, sagte ich und merkte, daß man von mir das gleiche sagen konnte. Der Grund, warum mir zumute war, als hätte sich in meinem Leben gerade eine große Kluft aufgetan, war ganz offensichtlich, daß ich mich angesichts all dessen, was ich an diesem Morgen zu tun gehabt hatte, mit nur einer Scheibe Toast begnügt und mir nicht die Mühe gemacht hatte, Zucker in meinen Tee zu tun. Doch dies war nicht der Augenblick, um über mein Befinden nachzudenken. Selbst wenn man in Betracht zog, daß auch Ben trotz seiner Bräune im Vergleich zu Karisma blaß aussah, schien Mrs. Swabucher, obgleich sie in ihre Erkennungsfarbe gekleidet war, keineswegs rosaroter Stimmung zu sein.

»Sie müssen ja ganz erschöpft sein von Ihrer Hin- und Herreiserei.« Wenn ich atemlos klang, als ich mich zu ihr schob, dann lag es daran, daß ich Mrs. M. unter den Achseln gepackt hielt, damit sie nicht umkippte.

»Ich habe im Zug ein Schläfchen gemacht« – ihrem Lächeln fehlte es an Schwung – »und es war wundervoll, von Karisma und . . .«

Sie blinzelte vor Anstrengung, sich an Bens Namen zu erinnern.

»Stehen wir nicht hier herum und schwatzen«, sagte mein Mitgastgeber mit einem bedauerlichen Mangel an Umgangsformen, während er mir Abbey in die Arme packte und mich auf diese Weise zwang, Mrs. Malloy ihren eigenen zwei Beinen zu überantworten.

»Ich verriegle schon mal die Tür, während jemand anders die Fenster verbarrikadieren kann. Wie schade, daß wir kein Gewehr – oder auch zwei – im Schrank unter der Treppe verstaut haben, aber ich schätze, wir können uns vorläufig mit Tams Wasserpistole behelfen.«

»Wovon redet er da?« Mein Blick ging zu Karisma, dessen Augen sich verdunkelt hatten und tiefe Gefühlsverwirrung ausstrahlten.

»Ich glaube, er macht Spaß.«

»Dann haben Sie und ich einen sehr unterschiedlichen Sinn für Humor«, beschied Ben ihm energisch. »Ich persönlich fand es nicht im mindesten amüsant, daß ganze Horden Ihrer weiblichen Fans schluchzend und kreischend neben dem Wagen herliefen, als wir den Bahnhof verließen. Ich dachte, wenigstens zwei von ihnen würden sich vors Auto werfen, aber mit denen, die in ihre eigenen Fahrzeuge sprangen oder sich die Zündschlüssel eines Unglücklichen schnappten und die Jagd bis an unser Tor fortsetzten, hatte ich überhaupt nicht gerechnet.«

»Ich *liiiebe* diese Frauen.« Karisma warf sein reiches, wallendes Haar zurück und sprach in ein unsichtbares Mikrofon. »Es ist stets mein Wunsch, Freude in ihr Leben zu bringen, doch mein Schutzengel« – hier schaute er mit noch weicherem Blick und Mund Mrs. Swabucher an – »meine liebe Evangeline hat gesagt, ich soll vor morgen in der Bibliothek keine Autogramme geben.«

»Das ist richtig.« Ben hievte Tam, der lautstark Aufmerksamkeit eingefordert hatte, auf seine Schulter. »Lassen Sie die Frau, die wollte, daß Sie Ihr Autogramm auf ihre Unterwäsche setzen, ruhig ihre fünf Kröten bezahlen und sich in die Schlange stellen wie der Rest der weiblichen Bevölkerung von Chitterton Fells.«

»Ich überlege . . .« Mrs. Malloy erwachte mit einem Klimpern ihrer Wimpern wieder zum Leben. Eine Schrecksekunde lang dachte ich, sie würde sich aus ihrem Korsett schälen und es mit schüchternem Lächeln für die begehrte Unterschrift darbieten. Aber ich tat ihr unrecht. »Ich überlege, ob ich nicht schnell mal nach draußen gehen und nachsehen soll, ob eine von diesen Schnepfen so frech war, in den Garten einzudringen.«

»Sie sind eine tapfere Frau!« Ihre Hand wurde ergriffen und an Karismas unvergleichliche Lippen geführt, noch ehe ich sie einander geziemend vorstellen konnte, und aus Furcht, daß sie draußen vor dem Haus zusammenbrechen würde, folgte ich ihr durch die Tür und die Stufen hinunter in den Hof. Von dort hatten wir einen ausgezeichneten Blick auf eine Reihe von Gesichtern, die über die Hecke zwischen unserem Grund und Boden und der Straße spähten.

»Sie sehen aus wie die geköpften Frauen Heinrichs des Achten«, bemerkte ich, nur um von Mrs. Malloy übertönt zu

werden, die aus Leibeskräften brüllte, sie werde, wenn sie nicht alle miteinander verdufteten, die Hunde von der Kette lassen, dann würden sie schon sehen, wer hier wen verfolgte.
»Wir haben doch nicht mal einen Hund«, protestierte ich, als die Hecke im Nu geräumt war.
»Und wessen Schuld ist das?« Mrs. M lüpfte den Halsausschnitt ihres Kleides und blies hinein, um sich abzukühlen. »Auf dem Weg zur Bushaltestelle habe ich von Mrs. Dovedale gehört, daß Sie den Wauwau der Bibliothekarin gestern abend zum zweitenmal weggegeben haben, an Mr. Poucher ... wenn man vom Teufel spricht ...«
»Heathcliff?«
»Nein. Mr. Poucher. Da kommt er gerade zum Tor herein, und wenn meine Augen mich nicht täuschen, hat er seine Mutter mitgebracht. Eine knurrige alte Hexe. Mitte Achtzig, und bis vor kurzem schien keine Hoffnung zu bestehen, daß sie mal Feierabend macht. Aber ich hab' gehört, jetzt baut sie allmählich ab, also vielleicht« – Mrs. Malloy sah richtig mütterlich aus – »kann Mr. Poucher bald endlich ein bißchen seine Jugend genießen.«
In Anbetracht der Tatsache, daß der fragliche Gentleman über sechzig war, fiel es schwer, sich vorzustellen, daß er in die Disco gehen würde, wenn er sich keine Sorgen mehr zu machen ob brauchte, ob er pünktlich zu Hause sein würde, und keine Gefahr mehr lief, daß sein Taschengeld einbehalten wurde. Aber ehe ich das sagen konnte, waren Mutter und Sohn in Hörweite. Mrs. Malloy ließ sich von diesem Umstand mitnichten stören.
»Sehen Sie, was ich meine?« Sie stieß mir den Ellbogen in die Rippen. »Die hat doch ein richtiges Raubvogelgesicht, oder nicht?« Bedauerlicherweise traf das zu. Mrs. Pouchers Gesicht wies genügend scharfe Ecken und Kanten auf, um andere ernsthaft zu verletzen. »Und warten Sie erst mal ab, bis die alte Fledermaus den Mund aufmacht.« Mrs. M dachte nicht

daran, ihren eigenen zu halten. »Im Vergleich zu ihrer Stimme klingt ein Zahnarztbohrer wie ein Kanarienvogel.«

»Schsch«, machte ich und mußte meine finstere Miene gleich in ein herzliches Lächeln verwandeln, als die Pouchers bei uns anlangten und wir einander begrüßten. Ich vermutete, daß ich diesen Besuch Heathcliff zu verdanken hatte und daß man mir genauestens sagen würde, wohin ich mir meinen Hund stecken konnte. Aber ich lag völlig daneben. Als ich das Thema zögernd anschnitt, verzog Mrs. Poucher ihren verkniffenen Mund tatsächlich zu einem Lächeln. Und wenn man nach dem überraschten Blick ihres Sohnes gehen konnte, dann kam das alle Jubeljahre einmal vor.

»Zerbrechen Sie sich wegen ihm man bloß nich' den Kopf«, krächzte sie. »Ich hab' nich' mehr als zwei böse Worte gesagt, als mein Junge gestern abend ohne Vorwarnung diesen Hund angeschleppt hat. Er ist 'n ganz nettes Tierchen, und bei all den Einbrüchen, über die man in der Zeitung liest, kann es einer kranken alten Frau nich' schaden, 'n bißchen Schutz zu haben. Und ich hab' mir überlegt, während ich mein Morgenklistier mixte, daß wir ihn jederzeit zu Zuchtzwecken verwenden und so ein hübsches Sümmchen verdienen können, zumindest genug, um seinen Unterhalt zu bezahlen.«

»Er is' doch bloß 'ne Promenadenmischung, Ma.« Mr. Poucher meldete sich trübsinnig, aber tapfer zu Wort und erhielt einen versteinerten Blick zur Antwort, der Böses ahnen ließ, was die Chance betraf, daß er heute abend aufbleiben und fernsehen dürfte. Kein Wunder, daß seine Mundwinkel immer so tief hingen. Vermutlich waren die Treffen des Bibliotheksvereins die einzige Gelegenheit für ihn, aus dem Haus zu kommen, ohne daß ihm das Gefühl vermittelt wurde, er sei ein pflichtvergessener Sohn. Und selbst da gab es Tage, an denen er zu spät kam. Hatte er nur Spaß gemacht, als er gestern abend sagte, er habe heimlich etwas in die heiße Milch seiner Mutter rühren müssen, um sie außer Gefecht zu setzen? Mein

Blick begegnete dem von Mrs. Malloy, und ich empfing ihre Botschaft klar und deutlich. Aber gewiß war es doch eine Sache zu denken, daß Mr. Poucher allen Grund gehabt hätte, seine Mutter schon vor Jahren loszuwerden, und eine ganz andere, zu mutmaßen, die geschwächte Gesundheit einer achtzig Jahre alten Frau sei darauf zurückzuführen, daß ihr Sohn endlich beschlossen hatte, das Gängelband ein für allemal zu kappen?

»Entschuldigung.« Ich blinzelte zu ihm hinauf. »Ich habe nicht mitbekommen, was Sie gerade sagten . . .«

»Das kommt, weil er so nuschelt«, erklärte Mrs. Poucher mit einer Stimme, die das Dach vom Haus abzudecken drohte. »Konnte ich ihm nie abgewöhnen, nicht mal als ich bei anderen Leuten putzen ging und mich schief und krumm gearbeitet habe, damit er Sprechunterricht bei einem richtigen Lehrer nehmen konnte.« Zwei Schornsteinköpfe rutschten seitwärts. »Ich darf gar nich' dran denken, wieviel Geld ich für den Burschen ausgegeben habe – ein Gebiß, sobald er eins brauchte –, und man könnte meinen, ich hätte um die Kuppel von St. Paul's gebeten, als ich sagte, ich wollte mitkommen und mir diesen Star angucken, wegen dem alle so aus dem Häuschen sind.«

»Sie sind gekommen, um Karisma zu sehen?« Ich wagte es nicht, Mrs. Malloy anzusehen.

»Genau das hab' ich auch gesagt«, knurrte Mr. Poucher. »Ma hat fast vier Wochen im Bett gelegen, aber heute morgen kam sie gar nicht schnell genug aus dem Haus, um hierher zu düsen. Ich mußte Heathcliff zu Hause lassen, weil ich befürchtete, daß er zusammenklappt, wenn er versucht, auf dem Weg zur Bushaltestelle mitzuhalten.«

»Kommen Sie doch rein.« Ich gab mir Mühe, herzlich zu klingen. »Karisma wird sich freuen, Sie beide kennenzulernen.«

»Ich geh' nach Hause«, verkündete Mrs. Malloy. »George

will bestimmt 'ne Kleinigkeit zu Mittag essen, und ich muß die Füße hochlegen. Und wenn Sie mich fragen, gehört es sich für Frauen, die über ein gewisses Alter hinaus sind, nicht, um ein Sexsymbol so viel Aufhebens zu machen.« Nachdem sie diesen Hieb an Mrs. Poucher ausgeteilt hatte – mit der Gelassenheit einer Frau, die Karisma keine Viertelstunde zuvor dreist mit den Blicken verschlungen hatte –, verschwand Mrs. M in Richtung Einfahrt. Und ich ging über den Hof voran zur Küche, in der wir den Mann, für den Millionen Frauen einen Mord begangen hätten, nur um ihn als Gast zu haben, allein vorfanden.

Nachdem er der alten Dame die Hand geküßt und riesengroße Begeisterung demonstriert hatte, weil er ihren Sohn kennenlernte, richtete Karisma uns aus, daß Mrs. Swabucher sich nicht wohl fühle und sich hingelegt habe und daß Ben oben bei den Zwillingen sei.

»Mr. Poucher ist Mitglied des Bibliotheksvereins«, sagte ich gerade, als die Gartentür aufging und Bunty Wiseman hereingetrippelt kam, in einem unglaublich kurzen Minirock, eine Kamera über die Schulter geschlungen und einen Schreibblock in den Händen.

»Entschuldigt, wenn ich ungebeten hereinplatze«, trällerte sie mit unverhohlener Unaufrichtigkeit und erntete einen steinernen Blick von Mrs. Poucher, die in dem blonden Eindringling begreiflicherweise eine gefährlichere Rivalin sah als in mir. Armer Karisma! Die Entdeckung, daß er mir leid tat, war ein Schock. Wie lange noch konnte er weiter so seine Mähne schütteln und einer Frau nach der anderen tief in die Augen schauen, ohne das Gefühl zu haben, daß er Stücke aus seinem Herzen herausriß und sie auf Verlangen mit seinem Autogramm versah? Konnten Ruhm und Geld das wert sein? Ob er sich wünschte, nur einen Augenblick mit Mr. Poucher tauschen zu können, der unbeachtet im – selbstverschuldeten – Schatten stand?

»Ich bin sprachlos!« Bunty war alles andere als das, als sie um Karisma herumtänzelte, ihn erst von der einen, dann von der anderen Seite musterte, ihm ein bezauberndes Lächeln und der alten Mrs. Poucher giftige Blicke entlockte. »Ehrlich, Kris, in Fleisch und Blut sehen Sie sogar noch phantastischer aus als auf den Buchtiteln oder selbst im Fernsehen. Und es ist ein wahres Glück, daß ich geschieden bin, weil ich nämlich finde, daß wir heiraten sollten. War bloß ein Witz!« Ihr Kichern schwebte in der Luft wie Sonnenstrahlen zu Musikbegleitung. »Obwohl, wenn Sie darauf bestehen« – sie trat noch näher an ihn heran –, »könnten wir gern ein Wörtchen mit der Pfarrerin reden, um zu sehen, wann die Kirche verfügbar ist.«

»Das würde ich *liiiebend* gern tun.« Karismas Stimme bebte und in seinen Augen lag Leidenschaft, was es verzeihlich machte, daß Bunty annahm, sie habe da Erfolg gehabt, wo Millionen vor ihr gescheitert waren, zumal sie ihre grauen Zellen an der Tür abgegeben hatte.

»Ellie« – sie prallte rückwärts gegen mich –, »ich möchte, daß du meine Brautjungfer bist, aber gib nicht viel Geld für ein Kleid aus. Bei dieser Hochzeit werden die Leute für niemand außer für den Bräutigam Augen haben.«

»Sei kein Dummkopf«, sagte ich, bevor Mrs. Poucher sich ein Tranchiermesser schnappen konnte. »Karisma will dich nicht heiraten. Er will sich St. Anselm ansehen und die Spikes kennenlernen.«

»Oh!« Bunty schmollte niedlich. »Ich denke, das kann ich noch akzeptieren, da Gladstone Mitglied des Bibliotheksvereins ist und es nur ein paar Schritte zum Pfarrhaus sind. Es wäre weit schwerer zu ertragen, Karisma, wenn ich Sie für einen religiösen Fanatiker halten müßte. Eine behaarte Brust geht in Ordnung, aber bei härenen Gewändern hört's bei mir auf.« Sie betrachtete Karismas Gesicht; offenbar suchte sie nach einer Bestätigung dafür, daß eine Ehe zwischen ihnen von vornherein zum Scheitern verurteilt wäre. Ich hielt es nicht für angebracht, darauf hinzuweisen, daß Mrs. Swabucher ihren Klienten als zutiefst spirituellen Menschen bezeichnet hatte, der während seines Aufenthalts in Chitterton Fells gern die Messe besuchen wollte. In diesem Augenblick gab Mrs. Poucher, ohne rot zu werden, krächzend zum besten, daß sie gottesfürchtige Männer für unglaublich sexy hielt. Mr. Poucher knurrte etwas Unverständliches. Und Karisma, der es, wie man wohl kaum noch extra zu erwähnen braucht, tagtäglich mit solch naßforschen Leuten wie Bunty zu tun hatte, schien es eine volle Minute lang die Sprache zu verschlagen.

»Auf der Fahrt zum Bahnhof, um Evangeline abzuholen, Giselle, war Ihr Mann so freundlich, am Pfarrhaus anzuhalten.« Seine herrlichen Augen hoben mich aus den anderen hervor, doch die Intensität, die verhieß, daß die Zeit Kopf stand, fehlte. »Ich habe geläutet und geklopft, aber niemand öffnete.«

»Nicht daran gewöhnt, abgewiesen zu werden, wie, mein hübscher Junge?« Mr. Poucher ließ sich die Worte genußvoll auf der Zunge zergehen und schenkte dem Zornesblick, den seine Mutter ihm zuwarf, keine Beachtung.

»Die Spikes haben an diesem Wochenende Besuch«, sagte ich und wünschte sogleich, ich hätte die Klappe gehalten. Ich lag ja vielleicht falsch mit der Annahme, daß der Besucher in irgendeiner Hinsicht mit Gladstones Operation in Zusammenhang stand, aber je weniger ich unter diesen Umständen sagte, um so besser.

»Heute ist ein schöner Tag, also sind sie vermutlich weggefahren oder machen einen Spaziergang am Strand.« Nachdem die Spikes und ihr Hausgast damit vom Tisch waren, fand Bunty fast ganz zu ihrem alten Schwung zurück. »Also, dann mal zum Geschäftlichen.« Sie zupfte am Schulterriemen ihrer Kamera und fuchtelte mit dem Notizblock vor Karismas einzigartiger Nase herum. »Ich bin nicht nur hergekommen, um Sie

zu bestaunen, ehrlich nicht, Kris! Ich muß Sie für den Anschlag interviewen, den ich im Schaufenster meines Friseurs und anderswo aufhängen will.«
»Es ist mir ein großes Vergnügen.«
»Na, dann lassen Sie mich mal überlegen« - Bunty brachte aus der Kameratasche einen Bleistift zum Vorschein -, »was wollen meine Leserinnen wissen?«
»Fragen Sie ihn, ob er einen Schlafanzug trägt!« kreischte Mrs. Poucher und brachte es mittels ihrer feuchten Lippen und ihres geröteten Gesichts fertig, daß sich diese eher plumpe Anzüglichkeit unglaublich lasziv anhörte.
Bunty, Profi durch und durch, beachtete sie nicht. »Kris, erzählen Sie mir etwas über Ihre politischen Ansichten.«
»Ich *liiebe* Frauen.« Mit unendlicher Raffinesse öffnete Karisma zwei seiner Hemdknöpfe.
»Und Sie würden gern mehr von uns in führenden Regierungspositionen sehen?«
»Ich *liiebe* es, wenn Frauen glücklich sind.«
»Entschuldige mal, Bunty«, sagte ich, »du willst doch einen Anschlag entwerfen, keinen Artikel für *Women's Own* schreiben, und es ist wirklich nicht fair, Karismas Zeit zu vergeuden, wenn du doch im Grunde nur Zeit und Ort seines Erscheinens auf Miss Bunchs Benefizveranstaltung angeben mußt. Andererseits« - ich merkte, daß ihre Lippen zitterten - »wäre es vielleicht eine große Hilfe, wenn du ein paar Fotos machen könntest, vor allem im Freien.«
»Das wäre phantastisch.« Karisma strahlte Begeisterung aus.
Ich lächelte ihn an. »Wir dürfen einen der Gründe nicht aus den Augen verlieren, aus denen Sie hergekommen sind. Mrs. Swabucher hat ausdrücklich gesagt, ein Hauptgesichtspunkt sei, daß Sie das Haus von außen als Hintergrund für Fotos benutzen wollten.«
»Ja, so ist es.«
»Schade, daß der Fotograf noch nicht da ist. Sie haben den

ganzen Morgen verloren, aber bis er kommt, wird Bunty sicher gern einige Schnappschüsse von Ihnen machen.«
»Sie kann ein Bild von mir in seinen Armen machen.« Mrs. Poucher sprach mit einer gräßlichen Entschlossenheit, die keinen Widerspruch von ihrem leidgeprüften Sohn duldete. Ohne weiteren Verzug ging die Gartentür auf und wieder zu, und ich hatte die Küche wenigstens dreißig Sekunden für mich allein, bevor das Telefon läutete. Ich ging eigentlich davon aus, daß Ben oben am Zweitapparat abnehmen würde. Als jedoch keine Stille einkehrte, mußte ich annehmen, daß die Zwillinge ihn im Kinderzimmer gefangenhielten. Ich ging in die Halle und hob dort ab.
»Ellie« – Eudora Spike sprach atemlos und hektisch in mein Ohr – »ich muß unbedingt mit dir reden, wenn du ein paar Minuten Zeit hast.«
»Natürlich. Geht es um die Renovierung?«
»Nein, nichts dergleichen.«
»Das ist gut, weil ich mich nämlich bei dem ganzen Wirbel diese Woche leider noch nicht in Ruhe hinsetzen und Ideen für dein Schlafzimmer entwickeln konnte oder ...«
»Ja, mir ist klar, daß du eine Menge um die Ohren hast, ganz besonders jetzt, wo dieser Mann bei euch wohnt.« Es trat eine Pause ein, und ich sah vor mir, wie Eudora auf ihrer Unterlippe herumkaute. »Er ist heute morgen bei uns vorbeigekommen; Gladstone hat ihn zufällig vom Fenster aus gesehen, und ich muß leider gestehen, daß wir ihm einfach nicht aufgemacht haben.«
»Ihr hattet bestimmt eure Gründe.« Mehr brachte ich nicht heraus.
»Und ich möchte dir alles erklären, Ellie, aber nicht am Telefon. Könntest du herkommen, nur für eine halbe Stunde?«
»Ich bin in ein paar Minuten bei dir«, versprach sie und legte gerade den Hörer auf, als ich Ben, gefolgt von den Zwillingen, die Treppe herunterkommen sah.

»Entschuldige, daß ich nicht rangegangen bin«, sagte er zu mir. »Abbey war auf dem Töpfchen, und Tam hopste wild herum, während er wartete, bis er an der Reihe war.«

»Das war Eudora. Für mich.«

»Stimmt was nicht?«

»Ich weiß nicht so recht.« Ich lehnte mich an ihn und dachte, wie schön solche Alltagsmomente doch waren. »Ich habe versprochen, auf einen Plausch bei ihr vorbeizukommen.«

»Dann geh schon.« Er berührte mein Gesicht, und ich wußte, daß er verstand, warum Eudora, deren Leben zu einem Großteil darin bestand, sich die Probleme anderer Leute anzuhören, manchmal eine Freundin brauchte, der sie ihr Herz ausschütten konnte. Ich ging zur Vordertür hinaus und vermied es auf diese Weise, Karismas Fotosession zu stören oder erklären zu müssen, wohin ich ging, und in die peinliche Lage zu kommen, ihm nicht anzubieten, mich zu begleiten. Es war sehr schade, daß die derzeitige Situation der Spikes sie davon abhielt, ihn im Pfarrhaus zu empfangen, wo er so großes Interesse an der Kirche hatte.

Als ich an dem Cottage am Tor vorbeikam, schaute ich zu den Fenstern hoch und fragte mich schuldbewußt, ob Gerta sich wohl von den Schrecken des gestrigen Abends erholt hatte, die, mochten sie mir persönlich auch weit hergeholt vorkommen, für sie sehr real waren. Es war furchtbar nachlässig von mir, nicht nach ihr gesehen zu haben. Daß ich kaum Zeit gehabt hatte, zu Atem zu kommen, war keine Entschuldigung. Ich nahm mir fest vor, auf dem Rückweg vom Pfarrhaus an ihre Tür zu klopfen, und wenn niemand aufmachte, würde ich durchs Fenster einsteigen.

Eudora ersparte es mir, mich für diese Art des Zutritts zum Pfarrhaus zu entscheiden, indem sie die Tür öffnete, noch ehe ich läutete.

»Es ist so lieb von dir, daß du gekommen bist, Ellie. Ich weiß nicht, wann ich jemals so dringend eine Freundin gebraucht habe.« Sie umarmte mich und schob mich in das angenehm altmodische Wohnzimmer. »Du hast bestimmt gemerkt, daß ich neulich, als du kamst, um über die Renovierung zu sprechen, nicht ganz auf der Höhe war.«

»Ich habe schon gespürt, daß irgendwie der Haussegen schiefhing, aber ich hoffte, es wäre nichts Ernstes. Wir sind ... das heißt«, stammelte ich, »Ben und ich haben dich und Gladstone so gern.«

»Danke, Liebes.« Eudora lächelte matt, während sie mir bedeutete, ich solle mich an den Tisch setzen, der mit Kaffee für zwei und einem von den Biskuitkuchen ihres Mannes gedeckt war. »Ich möchte gern über Gladstone mit dir reden.« Sie nahm im Sessel mir gegenüber Platz und starrte in den leeren Kamin.

»Ich dachte mir schon, daß es um ihn geht«, sagte ich.

»Normalerweise bin ich ein sehr verschwiegener Mensch, Ellie, aber hierbei geht es auch um dich.«

»Ach ja?« Meine Hand stellte die Kaffeetasse wieder hin, nach der sie gerade erst gegriffen hatte.

»Insofern es um deinen Mann geht.« Eudora wandte sich mir mit entschlossen munterem Gesicht zu. »Weißt du, Ellie, Gladstone hat Ben schon immer sehr bewundert, sie haben das gleiche Interesse am Kochen, und das ist ein ganz besonderes Band zwischen zwei Männern. Dann, als deine Cousine Vanessa in der Kirche ohnmächtig wurde und Ben sie so mühelos hochhob, so hat Gladstone mir erzählt, sei ihm zum erstenmal bewußt geworden, wie unglaublich attraktiv Ben ist und daß kein Weg daran vorbeiginge – er sei der Mann, den er haben wollte. Einen anderen würde er nicht akzeptieren.«

»Ben kann er aber nicht kriegen!« fuhr ich auf, ohne an den Kummer der armen Eudora zu denken.

»Und ich habe gedacht« – sie lachte verlegen –, »daß der Gedanke dir schmeicheln würde.«

»Ach wirklich?« Ich wurde allmählich ziemlich sauer. Sicher, es war eine Sache, wenn eine Frau ihren Mann in seiner Entscheidung unterstützte, sich einer Geschlechtsumwandlung zu unterziehen, aber etwas ganz anderes war es, ihn zu ermutigen, sich an den Ehemann einer Freundin heranzumachen.

»Du bist keine Spießerin, so wie ich, Ellie, und ich weiß, du schwärmst für Liebesromane, also verzeih mir bitte, daß ich irrtümlich davon ausgegangen bin, daß es dir gefallen würde, Ben auf dem Cover des Buches abgebildet zu sehen, das in den Augen von Gladstones Lektor ein absoluter Bestseller werden wird.« Sie lächelte mich milde an.

»Ich bin völlig durcheinander«, sagte ich und trat den Beweis dafür an, indem ich gleich wieder aufstehen wollte, nachdem ich mich gerade gesetzt hatte. »Könntest du bitte ganz von vorn anfangen, Eudora, und mir sagen, wer dein Mann ist, wenn er nicht den vollkommenen Biskuitkuchen backt oder das Gemeindeblatt verfaßt?«

15. Kapitel

Zinnia Parrish!« Ben saß am nächsten Morgen auf der Bettkante und zog seine Socken an. »Was für ein Name ist das für einen Mann?«

»Einer mit viel Verkaufswert.« Ich gab es auf, mir die Haare zu bürsten, was kein großes Opfer war, da ich in letzter Zeit in dieser Routineübung stark nachgelassen hatte und derart aus der Form geraten war, daß fünfzig Striche mich geschafft hätten. »Sie - äh - Gladstone Spike ist einer der beliebtesten Romanschriftsteller der heutigen Zeit. Seine - *ihre* Bücher verkaufen sich tonnenweise.«

»Wir sprechen von Liebesromanen, richtig?« Ben nahm meinen Platz am Frisiertisch ein und kämmte sich ganz gemütlich. Wir brauchten uns nicht zu beeilen, da Vanessa sich im Zuge ihres angestrebten Imagewechsels erboten hatte, auf die Zwillinge aufzupassen, bis wir nach unten kamen.

»Du brauchst nicht gleich die Nase zu rümpfen«, sagte ich gereizt zu dem Mann im Spiegel.

»Ich habe nichts dergleichen getan.«

»O doch. Das tun die Leute andauernd. Sie lehnen Liebesromane ab, weil es angeblich keine echten Bücher sind, und tun so, als könnte das literarische Meisterwerk schlechthin nur ein Roman sein, der, im Präsens geschrieben, von Leuten handelt, die sechshundert Seiten lang Nabelschau betreiben, und von dem sich ganze drei Exemplare verkaufen, weil nur der überdurchschnittlich intelligente Mensch den blöden Titel kapiert.«

»Ellie« – mein Mann trat hinter mich und legte mir die Hände auf den Mund – »ich wollte Gladstone Spikes schriftstellerisches Talent nicht in Abrede stellen. Als du und ich uns kennenlernten, war ich im Begriff, einen Spionageroman zu schreiben, weißt du noch? Und wir wissen, wie das ausgegangen ist.«
»Du hast ein Kochbuch veröffentlicht« – ich entwand mich ihm –, »und ein sehr gutes dazu.«
»Danke, Schatz, aber ich bezweifle stark, daß es jemanden die ganze Nacht wachgehalten hat, aus lauter Spannung, ob das Rindfleisch Wellington unbeschadet aus dem Backofen hervorgegangen ist. Offengestanden bin ich ziemlich eifersüchtig auf Gladstone.«
Jetzt war der Augenblick gekommen, um Ben mitzuteilen, daß er, wenn schon nicht sein Name auf einem Roman aus seiner eigenen Feder stand, zumindest die Chance hatte, das Titelbild des nächsten Knüllers von Zinnia Parrish zu zieren. Doch irgend etwas hielt mich davon ab. Statt dessen plapperte ich weiter darüber, wie erstaunt ich gewesen war, als ich erfuhr, daß eine meiner Lieblingsautorinnen unser Freund und Nachbar war.
»Was mich erstaunt« – Ben stand auf und knöpfte seine Manschetten zu –, »ist, daß du es mir nicht schon gestern erzählt hast; ich hätte erwartet, daß du schleunigst nach Hause läufst und darauf brennst, es loszuwerden.«
»Auf dem Heimweg vom Pfarrhaus« – ich wandte mich von ihm ab und fing an, die Decke über das Bett zu breiten – »bin ich beim Cottage vorbeigegangen, um nach Gerta zu sehen. Und sie war so fertig mit der Welt, daß ich fast eine Stunde lang versucht habe, sie zu überreden, zum Mittagessen zu uns rüberzukommen. Aber sie sagte immer wieder, sie könne es nicht riskieren, Karisma über den Weg zu laufen, weil er ihrem Mann so ähnlich sähe, daß sie auf der Stelle einen Nervenzusammenbruch bekommen würde.«

»Klingt für mich so, als hätte sie bereits einen.«
»Ich mache mir Sorgen um sie.« Ich steckte die Decke an meiner Seite des Bettes fest. »Als Gerta mir einen Schnappschuß von Ernst zeigte, habe ich bloß einen untersetzten, kahlen Mann mit Schnäuzer gesehen, ohne auch nur einen Schimmer von Ähnlichkeit mit Karisma, wie ich das Foto auch drehte und wendete; aber so ist die Liebe. Und das hat mich ins Nachdenken gebracht. Vielleicht hat der Frosch sich gar nicht in einen Prinzen verwandelt, als das Mädchen in dem Märchen ihn küßte – das heißt, außer in ihren Augen. So daß er in fünfzig Jahren häuslichen Glücks, bis zu dem Tag, an dem er schließlich verschied, auf einem Seerosenblatt im Waschbecken nächtigte. Und wo immer sie hingingen, stellte sie ihn Frauen, die panische Angst hatten, daß er an ihren Röcken hochspringen würde, und Männern, die gelobten, nie wieder einen Tropfen Scotch anzurühren, solange sie lebten, als ihren Prinzgemahl vor.
»Trarallera« – das war Bens unreife Reaktion auf meine tiefschürfenden Ergüsse.
»Ich habe nicht von dir gesprochen. Die Leute erzählen mir andauernd, wie attraktiv du bist.« Nachdem ich das letzte Kissen aufgeschüttelt hatte, setzte ich mich aufs Bett. »Wenn jemand in unserer Beziehung der Frosch ist, dann ich.«
»Na, wer demonstriert denn jetzt falsche Bescheidenheit?«
»Na ja, mir hat nie jemand angeboten, auf dem Titel ...«
»Was war das?«
»Nichts.« Ich lächelte zu ihm hoch. »Ich bin bloß abgeschweift, also zurück zu dem Grund, warum ich dir gestern noch nicht von Gladstone Spike erzählt habe. Wenn du mal genau überlegst, Ben, dann wirst du feststellen, daß wir nach meiner Rückkehr keinen Augenblick für uns waren. Zum Glück waren Bunty Wiseman und die Pouchers ja schon weg. Aber entweder war Vanessa anwesend, oder ich redete mit Mrs. Swabucher, die nicht verhehlen konnte, daß sie total

deprimiert war wegen der Begegnung mit Brigadegeneral Lester-Smith. Die Zwillinge belegten ständig mich oder dich mit Beschlag. Und dann war da natürlich noch Karisma, von dem man nicht erwarten konnte, daß er den ganzen Tag nur dastand und seine Mähne schüttelte. Das alles war ganz schön erschöpfend, und als wir endlich nach oben ins Bett gingen, schlafwandelte ich praktisch schon.«

»Das mit dem Fotografen ist interessant.« Bens Stimme klang gedämpft, weil er gerade einen Pullover über den Kopf zog.

»Du meinst, daß er nicht aufgetaucht ist?«

»Genau. Soweit ich verstanden habe, hat Mrs. Swabucher dir im Abigail's gesagt, daß die Fotosession mit Merlin's Court als Hintergrund einer der Hauptgründe von Karismas Anwesenheit hier wäre. Lanzelot, der das Schloß tapfer gegen die Feinde des Königreichs verteidigt. Aber siehe da – kein Fotograf. Und ich habe bei beiden nichts von größerer Enttäuschung gemerkt, du?«

»Nein, aber wie ich schon sagte, Mrs. Swabucher war nicht ganz auf der Höhe, und das hat Karisma, der sie wohl sehr gern hat, bestimmt nicht gleichgültig gelassen. Worauf willst du hinaus, Ben?«

»Daß die Geschichte mit den Fotos ein Vorwand war.« Ben ließ sich aufs Bett fallen, verschränkte die Hände hinter dem Kopf und kreuzte die Knöchel. »Ich frage mich, ob Karismas Bereitwilligkeit, an eurem Bibliotheksbenefiz teilzunehmen, nicht etwas mit Gladstone und seinen Büchern zu tun hat.«

Der berühmte Knackpunkt. Mein Augenblick der Wahrheit war gekommen, und jetzt wünschte ich, daß ich die Sache nicht so hätte schleifen lassen. Ausreden, Ausreden. Ich hätte mir gestern durchaus die Zeit nehmen können, um Ben ins Bild zu setzen, wäre ich nur bereit gewesen, mich der Erkenntnis zu stellen, daß man mich hinters Licht geführt hatte.

»Mir ist nie der Gedanke gekommen« – ich saß da und ließ den Saum der Tagesdecke durch meine Finger gleiten –, »daß

Mrs. Swabuchers Beteuerungen, Karisma könnte wirklich nur an diesem einen Wochenende in der Bibliothek auftreten, irgendwie komisch sind. Ich war einfach dankbar, daß er überhaupt kommen wollte, besonders nachdem wir am Telefon eine Abfuhr kassiert hatten. Wegen des kurzfristigen Termins war es unmöglich, groß für die Veranstaltung zu werben, aber in einem so kleinen Ort wie Chitterton Fells verbreitet sich so etwas ja wie ein Lauffeuer.« Ich hielt inne und holte zittrig Luft. »Wie leichtgläubig von mir! Ich war gerührt, als Mrs. Swabucher sagte, Karisma wollte in die Kirche gehen. In meinem Kopf schrillten auch keine Alarmglocken, als er fragte, ob wir irgendwelche unmittelbaren Nachbarn hätten. Aber im nachhinein fällt mir auf, wie oft er das Gespräch auf Gladstone Spike lenkte, weil er hoffte, du oder ich würden anbieten, ihn vorzustellen. Und er muß einen Tag eher gekommen sein, um mehr Zeit zu haben, die Bekanntschaft einzufädeln.«
»Und warum mußte es ausgerechnet dieses Wochenende sein?« Ben griff nach meiner Hand.
»Weil, wie ich von Eudora weiß, Gladstones Lektor seinen Besuch im Pfarrhaus angekündigt hat, um über das Buch zu sprechen, das gerade im Entstehen begriffen ist. Es ist die Fortsetzung zu einem Megabestseller der verstorbenen Azalea Twilight, und in der Presse hat es viele Mutmaßungen gegeben, ach was, man hat bis zur Raserei spekuliert, weil der Verlag sich geweigert hat, publik zu machen, wer den Bombenauftrag an Land gezogen hat, *Ein unvergeßlicher Ritter* zu schreiben. Ein ebenso sorgsam gehütetes Geheimnis ist, daß Gladstone Zinnia Parrish ist.«
»Wie ist Karisma denn dann an diese Information gekommen?«
»Jemand ist wegen des Titelbildes an ihn herangetreten.«
»Darf ich raten – eine Frau?« Ben legte sich wieder hin und warf mir unter den Wimpern hervor einen Blick zu. »Eine, die so überwältigt war von der Berühmtheit und der Faszination

dieses Mannes, daß sie ihm alles erzählte, was er wissen mußte, ohne überhaupt zu merken, daß sie den Mund aufgemacht hatte. Aber ich begreife folgendes nicht, Ellie. Warum hat Karisma sich all diese Mühe gemacht, um Gladstone kennenzulernen, wenn er den Auftrag für den Titel von *Ein unvergeßlicher Ritter* bereits in der Tasche hat?«

»Er könnte alle möglichen Gründe haben.« Ich sprang vom Bett auf und marschierte zum Fenster und wieder zurück.

»Richtig, aber wie schätzt Eudora die Sache ein?«

»Sie meint, Karisma wußte, daß Gladstone entsetzt war bei der Aussicht, daß er das Titelbild ziert, und zwar deshalb, weil Karisma körperlich nicht die geringste Ähnlichkeit mit dem Helden von *Ein unvergeßlicher Ritter* hat, und weil solch eine Verfälschung die Integrität des Buches verletzen würde. Offenbar hat Gladstone eine Figur geschaffen, deren gutes Aussehen eher auf Eleganz beruht als auf ungebändigter Kraft. Er ist mittelgroß, hat dunkles lockiges Haar in normaler Länge, und seine Augen sind abwechselnd smaragdgrün und nachtblau.«

»Ja, dann« – der praktische Ben zuckte mit keiner Wimper seiner smaragdgrünen Augen – »soll Karisma doch eine Perücke aufsetzen, sich in einen Anzug werfen und sich klein machen.«

»Sei nicht albern«, sagte ich gereizt, »das könnte er seinem Image nicht antun, und Gladstone hätte nie seine Zustimmung dazu gegeben. Eudora sagte, ihr Mann hätte Stunden, nein, Tage damit zugebracht, den Vertrag mit seinem Verlag durchzugehen, in der Hoffnung, ein Hintertürchen zu finden. Doch es hat alles nichts genützt; er hat kein Vetorecht bezüglich der Titelgestaltung.« Als ich wohlverdienterweise Atem schöpfte, fielen mir die Dokumente ein, die ich auf dem Couchtisch im Wohnzimmer des Pfarrhauses gesehen hatte, und wie ich, weil ich meine dumme Phantasie mit mir durchgehen ließ, gedacht hatte, es seien Formulare, auf denen er sein Einverständnis mit der Operation erklären müsse.

»Eudora meinte, das alles hätte Gladstone sehr mitgenommen«, fuhr ich fort. »Er muß wohl gedacht haben, es liege eine Art Fluch auf ihm, als der Bibliotheksverein beschloß, Karisma zu der Benefizveranstaltung einzuladen. Und welch ungünstiger Zeitpunkt, wo er bald ins Krankenhaus geht.«

»Irgendwas Ernstes?«

»Er muß sich beschneiden lassen.«

»Autsch«, sagte Ben.

»Anscheinend hätte er das schon vor Jahren machen lassen sollen, und Eudora war äußerst frustriert - wegen der Situation, meine ich.«

»Willst du damit sagen« - Ben setzte sich auf und schwang die Beine vom Bett -, »daß Karisma Hals über Kopf hierher geeilt ist, weil er - als der sensible Typ, der er ist - wegen Gladstones negativer Reaktion auf sein geplantes Erscheinen auf dem Titelbild eines Romans keinen Schönheitsschlaf mehr gefunden hat?«

»Nein, das war es nicht. Er kam deshalb, weil er vor ein paar Tagen davon unterrichtet wurde, daß er den Auftrag nun doch nicht bekommt.«

»Ich kann nicht ganz folgen, Ellie.«

»Es ist alles ganz einfach«, sagte ich. »Gladstone war so außer sich - er konnte nicht stricken, er konnte keinen Biskuitkuchen backen -, daß er seinem Lektor mitteilte, er fühle sich nicht länger verpflichtet, seine Identität geheimzuhalten. Er drohte, mit der Information an die Öffentlichkeit zu gehen, daß er Zinnia Parrish ist. Und dadurch sah die Sache plötzlich ganz anders aus.«

»Ein cleverer Schachzug von unserem Freund.«

»Der Lektor flehte Galdstone an, es sich noch einmal zu überlegen, er sagte, die Verkaufszahlen von *Ein unvergeßlicher Ritter* würden in den Keller gehen, sollte bekannt werden, daß der Roman von einem Mann, noch dazu einem Mann, der graue Strickjacken trägt und das Kirchenblatt verfaßt, geschrieben wurde. Doch Gladstone blieb eisern, auch als sein Lektor einen Riesenstrauß Blumen schickte und sagte, er wolle an diesem Wochenende ins Pfarrhaus kommen, um mit ihm über einen überaus lukrativen Vertrag für das nächste Buch von Zinnia Parrish zu verhandeln. Und vorgestern erhielt Gladstone die Nachricht, wenn er einwillige, seine Identität weiterhin vor der Öffentlichkeit geheimzuhalten, würde Karisma im Gegenzug nicht auf dem Titelbild erscheinen.«

»Woraufhin« – Ben stand auf und sah mich mit zusammengezogenen Brauen an – »Mrs. Swabucher hierhergedüst kam, um sich zum Mittagessen mit dir im Abigail's zu treffen. Sag mal, Schatz, meinst du nicht auch, daß sie und ihr reizender Klient eine reichlich miese Tour abgezogen haben?«

»Karisma mache ich keinen Vorwurf.«

»Nein, sicher nicht.«

»Man konnte kaum erwarten, daß er nach diesem, wie es ihm vorkommen mußte, beruflichen Schlag ins Gesicht einfach klein beigab. Er ist das berühmteste Covermodel der Welt, und *Ein unvergeßlicher Ritter* ist ein wichtiges Buch. Aber« – ich wandte mich von Ben ab und spielte mit den Kerzenhaltern auf dem Kaminsims herum – »ich bin ein wenig verletzt, weil Mrs. Swabucher ihre Beziehung zu uns ausgenutzt hat, um an Gladstone heranzukommen.«

»Du könntest einen gewissen Trost daraus ziehen«, erwiderte Ben sanft, »daß der Plan fehlgeschlagen ist.«

»Sehr vieles ist von Anfang an schiefgegangen«, sagte ich, »zum Beispiel, daß seine Mitarbeiter krank wurden. Und ich glaube wirklich, daß er einen Fotografen hierhaben wollte, weil Eudora mir erzählt hat, daß Gladstone das Haus seines Helden in *Ein unvergeßlicher Ritter* nach dem Vorbild von Merlin's Court gestaltet hat. Von daher wäre es ein großes Plus für Karisma gewesen, Fotos von sich vorweisen zu können, auf denen er vor dem authentischen Hintergrund posiert.«

»Er hatte wieder kein Glück, als er gestern unbedingt im Pfarrhaus vorsprechen wollte.« Ben zeigte keinerlei Mitgefühl. »Mir fiel auf, daß er gestern abend längst nicht mehr so scharf darauf war, der Chorprobe zuzusehen, als du erwähntest, die Spikes wären nicht da.«
»Er hat vor, heute morgen in die Kirche zu gehen«, sagte ich, »aber Eudora hat mir erzählt, Gladstone wolle diesmal nicht an der Messe teilnehmen, weil sein Lektor vor dem Mittagessen kommt, und darüber müssen wir reden, Ben.«
»Über das Mittagessen?«
»Nein, über den Lektor.« Ich ließ mich auf einen Stuhl fallen, streckte die Beine aus und betrachtete meine Füße. »Gladstone will, daß du den Mann kennenlernst und ihn mit deinen fotogenen Qualitäten beeindruckst. Warum machst du denn ein so verblüfftes Gesicht?« fragte ich so freundlich wie möglich. »Du verstehst doch bestimmt, wovon ich rede. Der Lektor will Gladstone in seiner derzeitigen versöhnlichen Stimmung glücklich machen. Und Gladstone will dich auf dem Titel von *Ein unvergeßlicher Ritter*.«
»Das ist doch ein Witz?«
»Eudora zufolge bist du der Held, wie er leibt und lebt.«
»Bin ich das?« Ben musterte sich mit beunruhigend selbstgefälligem Lächeln im Spiegel des Frisiertisches.
»Gladstone wurden überraschend die Augen geöffnet, als Vanessa in der Kirche in Ohnmacht fiel und du sie in deinen männlichen Armen auffingst.«
»Wirklich?«
»Also« – meine Augen waren geschlossen, aber ich konnte hören, wie er die Brauen hochzog – »meinst du, daß du den Job annimmst?«
»Ich muß erst darüber nachdenken.« Ben trat hinter mich und drückte mir einen Kuß auf den Kopf. »Was weißt du denn über den Romanhelden?«
»Zu Beginn ist er weit weg von Merlin's Court, oder wie

immer es in dem Buch heißt, und macht tapfer das Beste daraus, daß er nach einem Schiffbruch auf einer Kokosnußinsel gelandet ist, mit nichts anderem als einer überwältigend schönen Frau.«

»Müßte ich nackt posieren?«

»Nein ... mit Sicherheit dürftest du eine Augenklappe anbehalten.«

»Das alles ist ja sehr schmeichelhaft. Aber ich muß Rücksicht auf deine Gefühle nehmen, Liebes. Wie wäre dir zumute bei dem Gedanken, daß Millionen Frauen meine muskulöse Brust begaffen und mich nachts mit zu sich ins Bett nehmen?«

»Ich wäre hocherfreut«, log ich. »Du würdest vermutlich viel Geld verdienen, und es ist ja nicht so« – ich zwang mich zu einem munteren Lächeln –, »als müßtest du für alle Zeit die Laufbahn eines Covermodels einschlagen.«

»Da hast du recht« – er zog mich an sich –, »und selbst wenn ich das täte, glaube ich nicht, daß ich das Restaurant aufgeben würde. Man muß realistisch bleiben, Ellie, und der Tatsache ins Auge sehen, daß die Nachfrage nach meinen Diensten nachlassen würde, sobald meine jugendliche Spannkraft dahinschwindet. Wenngleich ich« – er ließ mich unvermittelt los, wandte sich wieder dem Spiegel zu und zog die Wangen ein – »wenn es einmal soweit ist, die Entwicklung wohl hinauszögern könnte, indem ich mir das Haar färben ließe und mich einem Facelifting unterzöge.«

»Warum da aufhören?« Ich preßte die Hände an meine Hüften, damit sie aufhörten zu zittern. »Du könntest ebensogut aufs Ganze gehen – dir das Fett absaugen und den Bauch straffen lassen. Aber greifen wir nicht vor; erst mußt du Gladstones Lektor kennenlernen, auch wenn sich das nach dem, was Eudora sagt, nach einer reinen Formsache anhört. Du sollst um eins zum Mittagessen im Pfarrhaus sein und ...«

»Das wird nicht hinhauen.« Ben hörte auf, mit seinem Spiegelbild zu flirten, und wandte sich zu mir um. »Ich würde mich zu dem Bibliotheksbenefiz verspäten – falls ich es überhaupt schaffen würde, dort zu erscheinen.«

»Du brauchst nicht zu kommen.«

Ich hob die Hand, als er etwas sagen wollte. »Wirklich, es würde mir nichts ausmachen. Gladstone ist viel eher verpflichtet, dort zu erscheinen, als du, aber es ist verständlich, daß er Karisma aus dem Weg gehen möchte, selbst wenn er keine dringendere Verpflichtung hätte. Eudora will für ihn einspringen, und auf diese Weise werde ich ihr beistehen können. Das einzige Problem sind die Zwillinge. Ich hatte daran gedacht, Vanessa zu bitten, auf sie aufzupassen, aber das klappt nicht.«

»Wieso nicht?«

»Weil« – irgendwie schaffte ich es, einen fröhlichen Ton anzuschlagen – »Eudora sagte, Gladstone wünsche, daß Vanessa dich zu dem Gespräch begleitet. Auf diese Weise könntet ihr die Pose nachstellen, die dir diese einmalige Chance verschafft hat. Sie ist ein professionelles Model, und wer weiß, vielleicht wird ihr ja die Rolle der Heldin angeboten. Ich bin sicher, meine hübsche Cousine findet einen Auftrag als Buchtitelmodel unendlich viel reizvoller, als Verrenkungen für George Malloys Fitneßgeräte machen zu müssen.«

Ehe Ben antworten konnte, ging die Schlafzimmertür auf, und, wenn man vom Teufel spricht, Vanessa schwebte herein – ein Bild, wie dazu geschaffen, einem schiffbrüchigen Helden neues Leben einzuhauchen.

»Oh, tut mir leid«, säuselte sie, »ich hatte gehofft, ich würde in einem durch und durch dekadenten Augenblick stören.«

»Das tust du« – ich lächelte sie an –, »wir haben von dir gesprochen.«

»Na, dann unterbreche ich ja äußerst ungern« – Vanessa stieß einen Seufzer aus, der ihren aprikosenfarbenen Seidenrock flattern ließ –, »aber da ist ein Anruf für dich, Ellie. Ein Brigadegeneral Lester-Smith. Und seine Stimme klang ganz aufgeregt, also solltest du lieber schnell rangehen und ihn beruhigen, während Ben mir erzählt, wie ich zum Thema eures faszinierenden Gesprächs geworden bin. Mach dir keine Sorgen wegen der Kleinen« – sie hielt mir die Tür auf und vollführte einen spöttischen Knicks – »um sie schwirren jede Menge Leute herum. George ist gerade mit seiner Mutter eingetroffen, und vor zehn Minuten ist Karisma runtergekommen.«

»Ellie, ich denke, wir sollten unser Gespräch später fortsetzen«, sagte Ben.

»Und ich denke« – ich sah ihn über die Schulter hinweg an –, »daß du dich mit Vanessa beraten mußt. Ich bin sicher, sie wird dich überzeugen, daß es falsch wäre, Gladstone zu enttäuschen.«

Wie ganz und gar edel von mir, dachte ich, als ich durch den Korridor zum Telefonapparat oben an der Treppe ging. Das Problem war nur, ich hatte nicht die geringste Ahnung, warum ich mir edel vorkommen sollte. Ben bot sich eine einmalige Chance. Es gab keinen Grund auf der Welt, zu hoffen – geschweige denn, zu erwarten –, daß er ablehnen würde. Und ich hatte verdammt noch mal nicht das Recht, im Geiste auf Vanessa einzuprügeln. Wenn sie letztlich auf dem Titel von *Ein unvergeßlicher Ritter* erschien, dann nicht deshalb, weil sie sich um den Job gerissen hatte. Die liebe, süße Nessie konnte ja nichts dafür, wenn sie äußerst wirkungsvoll in Ohnmacht fiel und in den Armen meines Ehemannes geradezu erhaben aussah. Ich sagte mir, daß es mies von mir wäre, ihnen keinen Beifall für ihr Arbeitsethos zu zollen, wenn sie just in diesem Augenblick ihre Rollen im Schlafzimmer probten, und nahm den Hörer auf.

»Hallo«, zwitscherte ich, ganz die edle, aufopfernde Ehefrau.

»Ich bitte um Vergebung, Mrs. Haskell, wenn ich Sie bei etwas Wichtigem störe. Ein alleinstehender Mann neigt dazu, zu vergessen, daß andere Menschen im wirklichen Leben stehen.«

Brigadegeneral Lester-Smith klang ausgesprochen niedergeschlagen, und ich wünschte, ich hätte ihn aufmuntern können, indem ich ihm aufregende Details über karierte Sofakissen für das Haus erzählte, das er von Miss Bunch geerbt hatte. Statt dessen sagte ich ihm, ich würde mich in den nächsten Tagen mit dem Projekt beschäftigen.

»Ich rufe nicht wegen des Hauses an, Mrs. Haskell.«

»Nein, das hatte ich auch nicht angenommen.«

»Es hat mir ziemlich zu schaffen gemacht, Evangeline nach all den Jahren wiederzusehen. Ich bin froh, daß sie danach ein erfülltes Leben gehabt hat. Sie hat etwas aus sich gemacht. Hat einen anständigen Kerl geheiratet, so scheint es. Und jetzt managt sie die Karriere eines weltberühmten Stars. Sie hat ihn offenbar sehr gern.«

»Ja«, sagte ich.

»Es hätte mich nicht überraschen sollen.«

»Das mit Karisma?«

»Daß Evangeline mich ansah« – die versagende Stimme des Brigadegenerals traf mich ins Herz – »als wisse sie nicht, wer ich bin. Natürlich waren wir ja auch nur sehr kurze Zeit verheiratet. Und es war zudem keine echte Ehe – sie endete nicht einmal mit einem Knall – der Scheidung –, sondern mit dem Wimmern der Annullierung.«

»Sie hatten wenig Zeit, sich innerlich vorzubereiten, bevor Sie Mrs. Swabucher plötzlich von Angesicht zu Angesicht gegenüberstanden.« Ich strampelte mich ab, hoffte, ihn aufmuntern zu können, ohne ihm das Gefühl zu geben, daß er eine Heulsuse war. »Sie muß völlig von der Rolle gewesen sein, als Sie in der Bibliothek auftauchten. Wir hatten an dem Abend ziemlich viel von Ihnen als dem ›Brigadegeneral‹ geredet, aber ich wüßte nicht, daß Ihr Name gefallen wäre. Bitte nehmen Sie es sich nicht zu sehr zu Herzen, wenn sie im ersten Augenblick, als Sie zu ihr sprachen, nicht geschaltet hat. Ich bin sicher, das war der Schock, nicht weil sie sich nicht ...«

»... genau erinnern konnte, wo sie mich schon mal gesehen hatte?« Der Versuch von Brigadegeneral Lester-Smith, in sachlichem Ton zu sprechen, scheiterte kläglich. »Verzeihen Sie, Mrs. Haskell, wenn ich es nicht mit Fassung tragen kann, aber – und um das zu sagen, rufe ich an – ich glaube nicht, daß ich heute zu Miss Bunchs Benefizveranstaltung kommen kann. Ich schäme mich, es zugeben zu müssen, aber ich weiß nicht, ob ich mich wie ein Offizier und Gentleman verhalten könnte.«

»Sie sind begreiflicherweise durcheinander.«

»Eigentlich bin ich« – der Brigadegeneral klang überrascht –, »wenn Sie meine Ausdrucksweise verzeihen, verdammt sauer. Mir ist klar geworden, Mrs. Haskell, daß es Evangeline, wenn ich mich in unserer Hochzeitsnacht wie ein Wilder aufgeführt hätte, anstatt an meine gute Kinderstube zu denken, leichter gefallen wäre, sich daran zu erinnern, daß sie mit mir vorm Altar gestanden hatte.«

»Ich glaube, Sie machen einen Fehler, wenn Sie nicht zu der Benefizveranstaltung kommen.« Er hatte mein ganzes Mitgefühl. »Zum einen weiß keines der anderen Mitglieder des Bibliotheksvereins so gut wie Sie, wie man die Kaffeemaschine bedient, und, was noch wichtiger ist, ich glaube, Sie müssen Mrs. Swabucher wiedersehen, um Ihre Gefühle bewältigen zu können. Versprechen Sie mir, wenigstens noch mal darüber nachzudenken?«

Ich verabschiedete mich rasch, damit der Brigadegeneral nicht dachte, ich wolle ihn unter Druck setzen, und legte auf. Der Zeitpunkt war ausgezeichnet gewählt, denn noch ehe ich die Stufen hinuntergehen konnte, kam Mrs. Swabucher in einem altrosa Morgenmantel und passendem Haarnetz aus ihrem Zimmer. Ehrlich gesagt war ich ihr nicht besonders freundlich gesonnen, und zwar nicht erst seit dem kummervollen Anruf des Brigadegenerals; doch sie hatte dunkle Ringe unter den Augen, ein Zeichen, daß sie nicht gut geschlafen hatte. Und sie sah älter aus, da sie kein Make-up trug, wenn man von dem bißchen Lippenstift absah. Daher wurde ich weich und war in erster Linie Gastgeberin und erst in zweiter Linie die Trösterin der Mühseligen und Beladenen.

»Hat das Telefon Sie aufgeweckt?« fragte ich.

»Das Läuten hat mir vor Augen geführt, Giselle, daß es höchste Zeit für mich Faulpelz ist, aus dem Bett zu kriechen.« Mrs. Swabucher schaute auf ihre flauschigen rosaroten Pantoffel hinunter. »Sicherlich will Karisma, daß ich an diesem reizenden Morgen mit ihm in die Kirche gehe.«

»Wie schade«, sagte ich, während das Blut in meinen Adern wieder gefror, »daß der Mann der Pfarrerin, Gladstone Spike, heute morgen nicht in der Kirche sein wird. Und ich glaube auch nicht« – ich sah auf ihren Scheitel, weil sie immer noch auf ihre Pantoffeln sah – »daß es Ihnen etwas nützen würde, die Hintenrum-Taktik aufzugeben und Gladstone einen offiziellen Besuch abzustatten. Er ist heute beschäftigt, sehr beschäftigt.«

»Giselle« – Mrs. Swabucher sah flatterig aus, als trüge sie ihre Federboa – »wie haben Sie das mit meinem kleinen Komplott herausgefunden?«

»Warum nennen wir den Betrug nicht einfach Betrug?« Es gelang mir, mit fester Stimme zu sprechen, indem ich die Hände um den Hals des Geländerknaufs legte und kräftig zudrückte. »Gladstones Frau hat mir alles über *Ein unvergeßlicher Ritter* erzählt. Sie ist eine Freundin von mir, und deshalb haben Sie Ben und mich benutzt, in der Hoffnung, den Autor durch List und Tücke Karisma gewogen zu machen« – hysterischer Unterton in meinem Lachen – »nicht wahr?«

»Tut mir leid, Giselle.« Mrs. Swabuchers Stimme klang geziemend schuldbewußt. »Ich habe Sie gern, und der mörderische Konkurrenzkampf in diesem Geschäft gefällt mir ganz und gar nicht. Wie Brigadegeneral Lester-Smith Ihnen bestätigen könnte, bin ich von Natur aus sehr empfindsam. Ich reagiere eher instinktiv auf Situationen, als kühl und besonnen zu handeln.«

»Wie faszinierend«, sagte ich.

»Das ist bei Geschäftsabschlüssen immer meine Stärke und meine Schwäche zugleich gewesen. Genau deshalb habe ich schon fünf Minuten, nachdem ich Sie kennenlernte, gewußt, daß Ben und Sie das ideale Paar sind. Eine richtige Aschenputtel-Geschichte. Und Sie müssen verstehen, daß meine Loyalität in dieser Sache in erster Linie meinem lieben Jungen galt. Wenn er bei diesem Auftrag den kürzeren zieht, wird ihn vielleicht ein anderes aufstrebendes Covermodel überflügeln und an seiner Stelle als Starfire Man der neuen *Moonstruck*-Reihe verpflichtet. Dennoch hatte Karisma, der Engel« – Mrs. Swabuchers Augen verschleierten sich – »Bedenken wegen meines Vorgehens.«

»Ich bin überzeugt, in diesem Punkt sind Sie ehrlich.« Meine Stimme schraubte sich in die Höhe, und ich konnte sie nicht wieder herunterziehen, weil meine Hände nach wie vor das Geländer würgten. »Karisma wäre nicht der Traummann einer jeden Frau, wenn er hinter diesem sagenhaft männlichen Äußeren nicht zugleich der Inbegriff vollendeten Feingefühls wäre.«

»Sie müssen die Dinge von zwei Seiten betrachten, Giselle, meine Liebe.« Mrs. Swabucher hatte sich allmählich wieder in der Gewalt. »Es stimmt, ich hatte gehofft, Ihre Freundschaft mit den Spikes würde uns den Weg ebnen, auf scheinbar ganz natürliche und angenehme Weise wieder mit Zinnia Parrish ins Gespräch zu kommen. Aber wir hatten durchaus nicht vor, nur zu nehmen und nicht zu geben. Karisma hat diese Spendenaktion in seinen ungeheuer vollen Terminplan eingeschoben, weil er tief bewegt war, als ich ihm erzählte, daß Ihre kleine Gemeinde Geld für eine Statue zum Gedenken an eine Bibliothekarin sammeln will, die an der Stätte ihres Wirkens starb.«

»Und weil es eine ausgezeichnete Gelegenheit zu sein schien, Druck auf Gladstone Spike auszuüben, seinen Standpunkt noch einmal zu überdenken.«

»Das ist nicht nett, Giselle.«

»Das finde ich allerdings auch.«

»Und ich wüßte nicht, warum Sie jetzt, da ich Ihnen die Sache erklärt habe« – Mrs. Swabuchers Stimme klang forsch und tadelnd – »bei dem Autor nicht ein gutes Wort für Karisma einlegen sollten.«

»Das würde überhaupt nichts nützen. Gladstone weiß, wie Karisma aussieht, und seine Frau«, sagte ich tapfer, »hat mir gesagt, daß sein Herz an einem anderen Kandidaten für das Titelbild hängt.«

Mrs. Swabuchers Gesicht wurde einen Ton dunkler als ihr Morgenmantel. »An wem?« wollte sie wissen.

»Einem Unbekannten.« Ich holte unsicher Luft. »Heißt das, Karisma sagt seinen Auftritt in der Bibliothek ab?« Mein Herz krampfte sich zusammen bei diesem Gedanken, aber Gladstone war nicht käuflich, und wenn Miss Bunch nun doch nicht für die Nachwelt in Bronze gegossen wurde, dann sollte es eben so sein. Die Frau, die nie gezögert hatte, wenn es darum ging, Strafgebühren von Leuten zu kassieren, die behaupteten, sie treibe sie damit in den Ruin, würde es verstehen.

»Karisma wird seinen Verpflichtungen nachkommen.« Mrs. Swabucher trug ihr Haarnetz jetzt wie eine Krone. Mir kam flüchtig der Gedanke, daß sie mit Gladstones Anwesenheit in der Bibliothek rechnete, und da ich wußte, daß er anderweitig mit seinem Lektor, Ben, und Vanessa beschäftigt sein würde, empfand ich genügend Mitgefühl, um vorübergehend von meinem gerechten Zorn Abstand zu nehmen.

»Falls Sie sich Sorgen machen, daß Sie dort Brigadegeneral Lester-Smith begegnen, er war vorhin am Telefon, und er sagte – wenngleich er seine Meinung noch ändern könnte – er habe nicht vor, an der Benefizveranstaltung teilzunehmen.«

»Das würde mir die Sache bedeutend erleichtern, Giselle. Als ich sah, daß die Zeit ihm sein ganzes gutes Aussehen genommen und ihn in einen wandelnden Aktenkoffer verwandelt hat, war ich so schockiert« – Mrs. Swabucher faßte sich an die Schultern –, »daß ich meine Federboa fallen ließ und sie aufzuheben vergaß, als wir die Bibliothek verließen.«
»Sie liegt bestimmt noch im Versammlungszimmer.« Ich verzichtete auf den Hinweis, daß der neue Hausdrache eventuell eine gepfefferte Strafgebühr im Austausch gegen die Boa erheben würde. In der Hoffnung, daß Brigadegeneral Lester-Smith nicht bloß meinetwegen seine Meinung zu dem Benefiz änderte, murmelte ich etwas Zusammenhangloses wie ich müsse nach den Zwillingen sehen und verließ Mrs. Swabucher, um mich der Welt des Erdgeschosses zu stellen.
Als ich die Küche betrat, fand ich dort den Drachen, der dem Exemplar in der Bibliothek noch ein, zwei Dinge hätte beibringen können, mit einer Tasse Tee am Tisch vor.
»Guten Morgen, Mrs. H.« Sie wandte den Kopf mit dem paillettenbesetzten Hut und musterte mich von unten nach oben und von oben nach unten. »Oder sollte ich guten Nachmittag sagen?«
»Wo sind die anderen, Mrs. Malloy?«
»Ein Raumschiff ist vor knapp zwei Minuten auf dem Herd gelandet.« Sie stand auf und strich ihre Cordsamthüften glatt. »George ging ohne ein Wort des Abschieds mit den Kleinen an Bord, und stellen Sie sich vor, Karisma, Mr. Wunderbar höchstpersönlich, wollte sich unbedingt anschließen. Es ging alles so schnell, Mrs. H. – hast du nicht gesehen, waren sie schon in 'ner Wolke aus grünem Rauch verschwunden.«
»Ist das Tee, was Sie da trinken?«
»Ich wollte Sie bloß schonen.«
»Wieso?« Ich hielt mich an der Rückenlehne eines Stuhls fest. »Ist irgendwas mit Tam oder Abbey?«
»Nur daß Sie ihnen himmelangst gemacht haben.« Mrs. Mal-

loy sah mich unter ihren Neonlidern hervor streng an. »Jemanden da oben aus Leibeskräften anzubrüllen – wer auch immer es gewesen sein mag.«

»Ich habe nicht gebrüllt.«

»Na, geflüstert haben Sie nich', das steht schon mal fest. Ich hab' den beiden Männern gesagt, sie sollen mit den Kleinen nach draußen gehen, bevor die Teller von der Anrichte fliegen und noch jemand zu Schaden kommt. Wer war's denn« – hinreißendes Lächeln – »der Sie so in Rage gebracht hat, Mrs. H.? Sagen Sie nich', daß es die Nessie von meinem George war; ich hab' das Mädel richtig ins Herz geschlossen, seit sie mir ihren Pelzmantel vom letzten Jahr versprochen hat. Scheint so, als hätte sie Nerz über. Und ich will nich' glauben, daß Sie Ihren Mann ins Gebet genommen haben. Männer sind so empfindlich. Stellen Sie sich vor, Karisma war ganz verlegen, als ich ihn dabei erwischte, wie er sich selbst im Toaster bewunderte, und ihm sagte, es koste ihn nich' mal 'ne Bahnfahrkarte, in die Halle zu gehen und sich da im Spiegel anzugucken.«

»Ich habe, wie Sie es nennen«, sagte ich steif, »Mrs. Swabucher ins Gebet genommen.«

»Weswegen denn, Herzchen?« Die violetten Lippen zuckten richtig vor Spannung; doch ehe ich mich entscheiden konnte, ob ich Mrs. Malloys ungesunde Neugier befriedigen sollte oder nicht, kam ihr Sohn zur Gartentür herein. Sein gerötetes Gesicht ließ sein Haar im Vergleich zu Ingwer verblassen, als er eine faszinierende Frage stellte.

»Möchten die Damen vielleicht rauskommen und dem Duell zusehen?«

»Dem was?«

»Bloß ein kleiner Spaß zwischen ihm und Karisma.« Seine Mutter strahlte ihn in törichtem Stolz an. »Sie wollen 'ne kleine Show-Einlage zum besten geben, so wie man's in den Errol-Flynn-Filmen sieht, für die Kleinen. Is' doch nichts dabei, oder? Ich hab' George gestern abend von den beiden Schwertern erzählt ...«

»Es sind Floretts, Mum.«

Mrs. Malloy stupste mich in die Seite. »Das nenne ich Bildung. Keine Frage, mein Goldjunge hat Grips im Überfluß.«

»Das werden Sie nicht mehr so sehen«, sagte ich säuerlich, »wenn er aus dem Tritt gerät und ihm der Kopf abgesäbelt wird.«

»Unsinn!« Mrs. Malloy baute sich auf schwindelerregend hohen Stöckelabsätzen vor mir auf. »Wie gesagt« – sie warf mir einen vernichtenden Blick zu –, »ich sprach mit George über die Floretts ...«

»Du hast gerade Möhren in dem Sieb abgewaschen, Mum«, ergänzte der Mann, den sie einst an ihrem beträchtlichen Busen genährt hatte.

»Genau, das tat ich.« Mrs. M.s Ton war eine Warnung, daß mütterlicher Stolz bei Unterbrechungen, wenn sie sprach, aufhörte. »Dabei mußte ich an die Drahtschutzmasken denken, die Mrs. H. zusammen mit den Floretts auf dem Kirchenfest gekauft hatte. Erinnern Sie sich, wir haben neulich darüber gesprochen, Mrs. H. Jedenfalls, kurz und gut, als Karisma heute morgen runterkam, sagte ich, es wäre 'ne Schande, wenn zwei junge Kerls an einem so schönen Morgen im Haus hockten – ob sie nich' nach draußen gehen und Pirat spielen wollten.«

»Sie sagten doch«, erwiderte ich eisig, »alle wären eben erst nach draußen gegangen, um ein wenig Ruhe zu haben.«

»Und nie wurde ein wahreres Wort gesprochen.« Mrs. Malloy schob ihren Sohn zur Gartentür hinaus, mit dem Versprechen, Mummy komme gleich zum Zugucken nach. »Ich hab' bloß den Teil ausgelassen, daß George und Karisma die Schwerter und die übrige Ausrüstung mitgenommen haben. Und dazu wollte ich noch kommen«, fügte sie mit einem tugendhaften Schürzen der Lippen hinzu, »wenn Sie endlich über Ihren

Krach mit Mrs. Swabucher hinweg wären und nich' mehr ein Gesicht machen würden, als tät's Ihnen leid, daß Sie die Frau nich' umgebracht haben.«
»Apropos Mordgelüste« – ich ging rasch zum Fenster und spähte hinaus, konnte jedoch weder die Schwertkämpfer noch meine Kinder entdecken –, »sind Sie sicher, daß Ihre clevere Idee nicht der Hoffnung entsprungen ist, daß George Karisma an der Stelle aufspießt, wo's am meisten weh tut, damit Ihr Sohn auf diese Weise seine Eifersucht auf einen angeblichen Rivalen um Vanessas Zuneigung abreagieren kann?«
»Auf den Gedanken wäre ich nie gekommen.« Mrs. Malloy schaffte es, empört auszusehen. »Ich bin kein nachtragender Mensch, wenigstens nich' gegenüber einem Mann, der mich an unaussprechlichen Stellen in Zuckungen verfallen läßt.«
Ihre Stimme folgte mir auf den Hof hinaus, und kurz darauf war sie mir selbst dicht auf den Fersen. Der Himmel war tiefblau – segelte unter falscher Flagge, fand ich, weil dies alles andere als ein schöner Morgen war. Er hatte übel angefangen, und jetzt drückte mich eine Vorahnung nieder, daß gleich etwas Gräßliches passieren würde. Die Bedrückung, die ich während meines Picknicks mit Ben im Garten von Tall Chimneys empfunden hatte, war nichts im Vergleich dazu. Ich wünschte, schwarze Wolken würden aufziehen und dem grausamen Spotten all dieses unbarmherzigen Blaus ein Ende bereiten.
Abbey und Tam kamen über die Steinfliesen auf mich zugewackelt, und ich hätte sie beide hochgenommen, hätte Mrs. Malloy sich bei meiner Tochter nicht die Ehre gegeben. Was war ich für eine miserable Mutter, daß ich nicht sofort zu ihnen geeilt war! Wer konnte wissen, ob George nicht vorhatte, einen Kampf auf Leben und Tod auszufechten, um die Ehre seiner geliebten Nessie zu verteidigen! Und bei zwei Männern, die miteinander abrechneten, gar auf der Schwelle zu einem Duell standen, konnte man sich nicht darauf verlas-

sen, daß sie richtig auf meine Kinder aufpaßten. Außerdem war da noch der Burggraben. Es bestand keine Gefahr, daß meine Lieblinge ertranken, weil wir ihn vor ihrer Geburt trockengelegt hatten. Und da es sich um die Ziervariante eines Burggrabens handelte, war er auch nicht sehr steil. Dennoch, die Vorstellung, daß eines der beiden Kleinen über die steinerne Einfassung fiel, reichte, um mich Tams kräftigen kleinen Körper eng an mein heftig klopfendes Herz pressen zu lassen.

Mrs. Malloy teilte meine Befürchtungen ganz offensichtlich nicht. Sie setzte sich, Abbey auf den Knien, auf eine Bank im Sarkophagstil und gab die Bemerkung zum besten: »Eine wahre Augenweide, Mrs. H.« Sie sprach nicht von den Schönheiten der Natur ringsum, der Sonne am Himmelszelt, dem berauschenden Duft der Blumen oder dem grünen Dach der Bäume. Ihr Blick hing an den beiden Männern, die mit gekreuzten Floretts am anderen Ende des Hofes standen. Einer, dazu geboren, das tödliche Menuett zu tanzen, unschlagbar mit seinem kühnen guten Aussehen, dem Haar, das ihn umwehte wie ein Siegesbanner, noch ehe ein Hieb ausgeführt war. Der andere ein ungehobelter Bauerntrampel, dazu verdammt, wie eine überreife Tomate aufgespießt und von seinem Gegner umhergeschwenkt zu werden, bevor er hoch durch die Luft und in die Arme seiner enttäuschten Mutter geschleudert wurde.

»Was meinst du, Mum?« rief George. »Ist es nicht Zeit, Achtung, fertig, los zu sagen?«

»Mrs. Haskell, würden Sie mir die unschätzbare Ehre erweisen, als meine Sekundantin zu fungieren?« Karisma verneigte sich mit gebieterischer Würde über seinem Florett.

»Das ist doch albern.« Meine Worte wurden durch Tams Haar gedämpft.

»Ach, macht schon, na los«, wies Mrs. Malloy die Kombattanten an.

»Ja, ich möchte auf keinen Fall zu spät zur Kirche kommen«,

ertönte Karismas Stimme, als er seine Klinge auf Armeslänge von sich hielt und eine Reihe atemberaubender Tanzschritte vollführte.

»Sagten Sie, zu spät zur Kirche?« George lachte schallend. »Oder zum Kirchhof, alter Junge?«

»*En garde*!« erhielt er zur Antwort, und noch ehe ich Luft holen konnte, hatte das Duell begonnen. Das Aufblitzen funkelnden Stahls tat meinen Augen weh, aber ich konnte den Blick nicht abwenden. Mein gesunder Menschenverstand hatte sich kleckerweise wieder eingestellt, und ich sagte mir eifrig, daß Mrs. Malloy recht hatte, daß dies bloß ein harmloser Spaß war, als Georges Füße unter ihm wegrutschten, er »*Touché*!« schrie und wenige Zentimeter vor dem Burggraben auf den Rücken fiel.

Doch noch ehe seine Mutter zu Ende erbleichen konnte, war er wieder aufgesprungen, das Schwert noch in der Hand, bereit, weiterzufechten. Ich stellte fest, daß Georges Bereitschaft, seine Fitneßgeräte selbst zu testen, sich muskelmäßig ausgezahlt hatte, aber ob er Karisma aus eigener Kraft hätte überwältigen können, blieb offen. Denn wer kam in diesem Augenblick – im kritischen Stadium des Duells – in den Hof geweht wie eine Sommerbrise? Vanessa! Hielt sie inne, um Notiz davon zu nehmen, daß ihr Verlobter in männlichem Wettstreit begriffen war? Natürlich nicht. Ohne einen Blick für Mrs. Malloy und Abbey rauschte sie an mir und Tam vorbei, überquerte den Hof und tippte George auf die Schulter, ganz so, als sei er nur in ein Wortgefecht mit dem Nachbarn anstatt in einen Fechtkampf verwickelt.

»Liebling, du wirst nicht glauben, was ich dir zu erzählen habe!«

»Nicht jetzt, Nessie.« George parierte mit lobenswerter Geistesgegenwart einen Ausfall. »Ich bin beschäftigt ...«

»Aber es ist sooo aufregend«, gurrte meine Cousine, als die Klingen blitzten. »Ich habe die allerphantastischste Neuigkeit.

Es hat sich herausgestellt, daß der alte Knacker, der mit der Pfarrerin verheiratet ist, Liebesromane schreibt, und er will, daß Ben für das Cover eines Buches mit dem Titel *Ein unvergeßlicher Ritter* posiert, und es besteht eine sehr gute Chance, daß ich die Heldin darstellen darf.«

»Wie war das?« George erstarrte und senkte sein Florett, doch zum Glück hatte das keine Konsequenzen für ihn. Karisma, verständlicherweise abgelenkt, war einen Schritt zurückgewichen und landete mit einem entsetzlichen dumpfen Aufprall im trockenen Burggraben.

16. Kapitel

Sag es nicht, Eudora«, bat ich.
»Sag was nicht?«
»Daß er hoffentlich nicht nur leicht verletzt ist.«
»Ellie, wie kannst du nur annehmen, ich wäre ...«
»So unchristlich?« Ich lachte. Meine Freundin, die Geistliche, sah besonders nett aus in einer weichen rosaroten Bluse mit passender Strickjacke. »Ganz einfach – du bist auch nur ein Mensch, und du magst diesen Mann nicht, weil er Gladstone ein Dorn im Auge ist.«
»Aber das heißt doch nicht, daß ich frohlocke, wenn er sich bei dem Sturz schwer verletzt hat.«
»Er hat bloß eine Beule am Hinterkopf und einen roten Streifen am Hals, da, wo er sich mit dem Florett selbst geritzt hat, als er stolperte.«
»Das ist alles?« Eudora beugte sich zu mir und flüsterte mir liebenswert ungezogen ins Ohr: »Keine Chance, daß sein Ego was abgekriegt hat?«
Wir waren in der Bibliothek und wurden von der Menschenmenge gegen die Bleiglasfenster gedrängt, die auf die Market Street hinausgingen. Neunundneunzig Prozent davon waren Frauen, die auf die Ankunft des Königs der Covermodels warteten. Oben im Lesesaal stellten Bunty Wiseman und Mrs. Dovedale Erfrischungen in Form von Törtchen und Limonade bereit. Es hatte eine mittlere Panik gegeben, als das Kabel für die Kaffeemaschine nicht auffindbar war. Dann hatte man

sich daran erinnert, daß Mr. Poucher es als Leine benutzt hatte, als er Heathcliff mit nach Hause nahm. Und Sir Robert Pomeroy hatte mit bemerkenswertem Scharfblick darauf hingewiesen, daß eine Kaffeemaschine, die pro Durchlauf höchstens zehn Tassen ergab, wenig nützen würde angesichts der Größe des Publikums, zumal immer noch Leute zu den Bibliothekstüren hereindrängten. Wenn es auch keine Entschuldigung für Mr. Pouchers Versäumnis gebe, einen lebenswichtigen Teil des Bibliothekseigentums zurückzuerstatten – »Was! Was!« schloß Sir Robert.
Hätte Miss Bunch noch das Sagen gehabt, dann hätte sie zweifellos ein saftiges Bußgeld verhängt, plus dreißig Tage Büchersortieren. Und es schien, als wollte ihre Nachfolgerin gleichermaßen hart durchgreifen. Mrs. Harris benutzte ihre messerscharfen Ellbogen, um die Menge zu teilen, und kam jetzt auf Eudora und mich zu. In ihren Brillengläsern lag ein Glitzern, das für jeden, der die Absicht hatte, Informationen über das entwendete Kabel zurückzuhalten, Böses ahnen ließ.
»Mir ist zu Ohren gekommen, daß ein ernster Verstoß gegen die Hausordnung begangen worden ist.« Diese Erklärung gab sie in sehr lautem Ton ab, wodurch sie die weithin sichtbar angeschlagene Vorschrift verletzte, daß hier nur geflüstert werden durfte, selbst wenn die Bibliothek in Flammen stünde oder ein bewaffneter Raubüberfall stattfände. »Wenn so etwas noch mal passiert« – die Drachenlady drohte mir vorwurfsvoll mit dem Finger –, »werde ich keine andere Wahl haben, als dem Bibliotheksverein künftig den Zugang zu diesen Räumen zu verweigern.«
»Was ist denn geschehen?« Eudora verbiß sich ein Lächeln.
»Neulich abends wurde eine Boa auf dem Fußboden des Sitzungszimmers zurückgelassen.«
Zwei Frauen wenige Zentimeter vor uns kreischten durchdringend. Da ich schon vor mir sah, wie der ganze Raum in

eine Panik ausbrach, die damit enden würde, daß der Großteil der weiblichen Bevölkerung von Chitterton Fells zu Tode getrampelt wurde, erklärte ich rasch an alle in Hörweite gerichtet, daß die Spezies der Federboa gemeint war.

»Sie gehört Karismas Agentin, Mrs. Swabucher«, fügte ich hinzu.

»Und wenn sie der Königinmutter gehören würde«, fuhr die Drachenlady unbeirrt fort. »Sagen Sie dieser Frau, Mrs. Haskell, daß ich hier eine Bibliothek führe, kein Fundbüro. Man kann nur hoffen, daß ich nach dem Hauspicknick des heutigen Nachmittags keinen weiteren Grund zur Klage haben werde. Überwacht jemand, wer hier hereinkommt, so daß wir eine Checkliste haben, sollten hinterher irgendwelche Bücher fehlen?«

»Sir Robert Pomeroy kassiert den Eintritt«, antwortete ich.

»Und wann genau ist mit Mr. Karismas Ankunft zu rechnen?«

»In etwa einer Viertelstunde.«

»Damit wir uns recht verstehen, Mrs. Haskell, diesem Mann ist es nicht gestattet, sich am Empfang breitzumachen. Sollte er Autogramme geben wollen, mag er einen der Lesetische auswählen. Und ich hoffe sehr, daß er seinen eigenen Stift mitbringt und nicht erwartet, daß er sich einen von unseren leihen und die Mine verbrauchen kann. Die Bibliothek verfügt über sehr begrenzte Mittel, Mrs. Haskell.«

»Sie hat jedenfalls den Dreh raus, wie man sich unbeliebt macht«, sagte ich zu Eudora, als die Drachenlady in der Menge wippender Köpfe verschwand.

»Vielleicht ist sie verunsichert, weil sie in Miss Bunchs Fußstapfen treten muß.« Meine Freundin strich sich mit der Hand über ihr graues Haar. »Da wir noch etwas Zeit haben, Ellie, erzähl mir doch, was du davon hältst, daß dein Ehemann möglicherweise auf dem Cover von *Ein unvergeßlicher Ritter* erscheint.«

»Wenn es Ben glücklich macht« – ich lächelte munter –, »macht es auch mich glücklich.«

»Ach, ich wünschte, das wäre auch meine Einstellung gewesen, als Gladstone angesichts der Entschlossenheit seines Verlags, Karisma aufs Titelbild zu setzen, entschied, seine Identität als Zinnia Parrish zu enthüllen.« Eudora zupfte an den Ärmeln ihrer Strickjacke. »Aber ich habe nur an mich gedacht, wie mir zumute sein würde, wenn die Leute wüßten, daß Gladstone diese Bücher mit den ausführlich geschilderten Sexszenen geschrieben hat. Du hast selbst gesehen, wie unleidlich ich war, als du zum Pfarrhaus kamst, um über die Renovierung zu sprechen. Und leider muß ich zugeben, daß ich schon tagelang vorher in dieser Stimmung war. Hackte auf Gladstone herum, weil er sein Strickzeug herumliegen ließ. Als ob der Bischof nicht hätte hinsehen können, bevor er sich hinsetzte. Fauchte meinen Schatz ausgerechnet deswegen an, weil er es hinausschob« – Eudora senkte die Stimme – »sich beschneiden zu lassen. Ignorierte völlig, daß er aus Rücksicht auf mich ins Gästezimmer gezogen war, weil unser eheliches Intimleben brachliegt, bis er . . . da unten in Ordnung ist.«

»Sicher«, sagte ich.

»Ich hoffe nur und bete, Ellie, daß ich es an Gladstone wiedergutmachen kann.«

Ich legte einen Arm um sie, was angesichts der Menschenmenge gar nicht so einfach war. »Meinst du nicht, daß du ein wenig zu hart mit dir ins Gericht gehst? Ich kann deine Sorge verstehen, daß einige engstirnige Menschen, einschließlich deines Bischofs, es eventuell übel aufnehmen würden, daß der Ehemann einer Geistlichen heiße Liebesgeschichten schreibt.«

»Das war nicht das Problem.« Eudora starrte auf das Meer von Gesichtern. »Was mir zu schaffen machte, war die Aussicht, auf der Kanzel von St. Anselm zu stehen und von meiner Gemeinde begafft zu werden, und alle würden wissen, daß Gladstone sich all das schwüle Zeug nicht allein ausgedacht hat. Kein Mann, Ellie, hat derart viel Phantasie.«

»Ich verstehe, was du meinst«, sagte ich und versuchte vergeblich, das Bild aus meinem Kopf zu verbannen, wie Eudora ihre Jungfräulichkeit auf einem Billardtisch verlor, in unpriesterlicher freudiger Hingabe.

»Aber die gute Nachricht ist, daß der Verlag eingewilligt hat, Karisma nun doch nicht für die Titelgestaltung von *Ein unvergeßlicher Ritter* zu verwenden, und im Gegenzug hat Gladstone versprochen, nicht zu offenbaren, daß er Zinnia Parrish ist ... Ich hoffe, Ellie, daß mein Geheimnis sicher aufgehoben ist.«

»Ich habe daran gedacht, wenn auch ein wenig spät, Ben und Vanessa zur Diskretion zu ermahnen. Mrs. Malloy und ihr Sohn wissen allerdings Bescheid«, gab ich zu. »Es war praktisch unmöglich, sie außen vor zu lassen, da Vanessa ja George heiraten wird. Aber sowohl er als auch seine Mutter haben mir ihr Wort gegeben, daß sie niemandem etwas sagen. Und ich bin sicher, daß du dich auf sie verlassen kannst.«

Eudoras Augen wurden schmal. »Ich wünschte, in bezug auf Karisma könnte ich ebenso sicher sein. Versteh mich nicht falsch, ich glaube nicht, daß er es riskieren würde, Gladstones Verlag durch eine öffentliche Erklärung zu verprellen, aber ich würde es ihm durchaus zutrauen, die wahre Identität von Zinnia Parrish gerüchteweise durchsickern zu lassen, während er hier in Chitterton Fells ist.«

»Vielleicht schätzt du ihn auch falsch ein«, sagte ich zu ihr.

»Ellie, dieser Mann ist eine Schlange.«

Dieses letzte Wort wurde von einer Frau aufgeschnappt, die einen halben Meter vor uns stand, und es ging gleich an eine andere weiter, die sagte, sie habe vorhin schon etwas von einer Boa Constrictor gehört, die man oben im Lesesaal ausgesetzt hätte, sie habe es allerdings für ein aus der Luft gegriffenes Gerücht gehalten, das eine von Karismas fanatischsten Anhängerinnen in die Welt gesetzt hatte, einen Trick, um die Anzahl der Autogrammjägerinnen zu verringern.

»Hallo, ihr zwei!« Bunty Wiseman erschien aus heiterem Himmel, um Eudora und mich mit ihrem Sonnenstrahlenlächeln zu blenden. »Wir setzen hier unser Lebens aufs Spiel. Die meisten aus diesem Haufen würden einen Mord begehen, um die erste in der Schlange zu sein. Das bezieht sich nicht auf meinen Exehemann, wie ich wohl kaum zu erwähnen brauche. Li hat hundertprozentig klargemacht, daß er nur gekommen ist, um seine fünf Pfund für die gute Sache zu spenden. Ein echter Philanthrop, o ja.« Bunty riß ihre babyblauen Augen auf und klimperte mit den Wimpern. »Er hat mich überhaupt nicht ernst genommen, als ich ihm sagte, Karisma sei so hingerissen gewesen, als ich gestern die Fotos von ihm machte, daß er mir einen festen Job angeboten hätte, mit sämtlichen Zusatzgratifikationen.« Sie wackelte mit den Hüften, stieß die Unglückliche, die neben ihr stand, zur Seite und löste einen Dominoeffekt aus, an dem sechs weitere Frauen beteiligt waren.

»Hat Karisma Sie wirklich gebeten, seine persönliche Fotografin zu werden?« fragte Eudora sie.

»Ach Quatsch.« Bunty grinste verschmitzt. »Jedesmal, wenn ich auf den Auslöser drückte, mußte die alte Mrs. Poucher sich einmischen, sie verging in seinen Armen wie ein albernes Schulmädchen. Also wirklich! Ich hätte sie umbringen können, aber ihr kennt mich ja – ich bin keine Spielverderberin. Ich habe zu unserem alten Kumpel Mr. Poucher – der in diesem späten Stadium des Spiels wohl nicht mehr weiß, wie er aufhören soll, ihr Sohn zu sein – gesagt, daß er den Erstanspruch hat, sie in den Burggraben zu befördern. Warum guckst du mich denn so komisch an, Ellie?«

»Wir hatten heute morgen auf Merlin's Court einen Unfall.«

»O Mann!« Bunty sah erschrocken aus. »Und ich plappere hier lauter Blödsinn. Ist Ben was zugestoßen? Ist er deshalb nicht hier?«

»Nein, ihm geht's gut«, sagte ich.

Eudora schaltete sich ein. »Mein Mann und Ben haben eine Besprechung. Es geht um sein Schreiben.« Mir war klar, daß sie als wahrheitsliebende Frau nicht das Kirchenblatt meinte.

»Ein Problem, das in letzter Minute aufgetaucht ist«, steuerte ich rasch bei.
»Gladstone will sich nicht vor seiner Verantwortung gegenüber dem Bibliotheksverein drücken.« Seine loyale Gattin mußte lauter sprechen, um sich über dem angeregten Gespräch einer Gruppe von Frauen zu unserer Rechten Gehör zu verschaffen. »Ich bin als seine Stellvertreterin hier und übernehme nur zu gern alle Pflichten, die ihm übertragen wurden.«
Bunty lächelte sie spitzbübisch an. »Das ist furchtbar nett von Ihnen, Eudora. Ich bin sicher, Mrs. Dovedale wird Sie die Limonade einschenken lassen. Und wenn Sie diese Aufgabe erfolgreich bewältigen, besteht eine gute Chance, daß man Ihnen anspruchsvollere Dinge überträgt, zum Beispiel Sir Robert dabei zu helfen, das Geld zu zählen, das wir eingenommen haben. Aber denken Sie ja nicht« – sie schüttelte ihre blonden Locken – »daß Sie Karismas Assistentin sein können, weil ich nämlich bereits angeboten habe, neben ihm zu stehen, wenn er Autogramme gibt, und ihm die Finger abzutupfen, wenn der Füllfederhalter leckt.«
»Apropos unser Star« – mir schien es an der Zeit, wieder auf unser eigentliches Thema zurückzukommen – »er war es, der den Unfall hatte – aber keine Sorge, er hat sich nicht ernstlich verletzt.«
Bunty machte große Augen. »Was ist passiert?«
»Er ist in den Burggraben gefallen.«
»Es war nicht Karismas Schuld«, warf Eudora ein, dann überraschte sie mich, indem sie mit untypischer Bosheit hinzufügte: »Ob Sie's glauben oder nicht, er hat nicht versucht, auf dem Wasser zu wandeln.«
»Im Burggraben ist kein Wasser«, sagte ich. »Und wenn ich ein Wort mitzureden habe, wird es keine Duelle mehr auf Merlin's Court geben.«
»Keine *was*?« Buntys Stimme erhob sich schlagartig über das

Geschnatter rings um uns, und ich erklärte so knapp wie möglich, was geschehen war, und fügte hinzu, daß George Malloy es mir sehr schwergemacht hatte, sauer auf ihn zu sein, weil er darauf bestanden hatte, zur Buße den Babysitter für Tam und Abbey zu spielen, bis Ben oder ich nach Hause kamen.

»Um George gegenüber fair zu sein«, sagte ich, »seine Mutter war die Hauptschuldige. Sie hat ihm den Floh mit dem Duell ins Ohr gesetzt, weil sie dachte, er müsse seine Eifersucht auf Karisma abreagieren.«

»Wie eine Art Schulhofkeilerei?«

Ich nickte. »Mrs. Malloy zufolge war George völlig aus dem Häuschen, weil er mit Vanessa verlobt ist und dachte, Karisma hätte Interesse an ihr.«

»Oh, ganz bestimmt nicht«, rief Eudora aus. »Ich kann nicht glauben, daß Mr. Supermann untreu wäre, und er ist längst vergeben.«

»Sagen Sie bloß! Wie kann ich das denn in den Klatschspalten übersehen haben?« Bunty schob die Unterlippe vor und preßte sich die Fingerknöchel auf die Augen.

»Ich habe von Karismas langjähriger Liebesbeziehung mit sich selbst geredet.« Eudora machte keinen sonderlich reumütigen Eindruck, als sie hinzufügte: »Ihr müßt mir diese Herzlosigkeit verzeihen.«

»Schon kapiert« – Bunty zwinkerte mir zu –, »da sie in der Kirche tätig ist – und obendrein verheiratet –, leidet unsere liebe Freundin Höllenqualen bei dem Versuch, mit ihren intensiven körperlichen Empfindungen für ein Sexobjekt fertig zu werden. Überhaupt ist mir jetzt alles klar.«

»Was denn?« fragte ich.

»Warum Gladstone nicht gerade vor Begeisterung geplatzt ist, als wir im Bibliotheksverein darüber sprachen, Karisma einzuladen, und warum er jetzt mit Ben in einer Besprechung über das Kirchenblatt ist, anstatt die Leute hier zu fragen, ob sie ein großes oder kleines Stück Kuchen wünschen. Der arme Mann muß von Eifersucht zerfressen sein, genauso wie George Malloy.« Bunty stieß einen mitfühlenden Seufzer aus. »Aber Sie dürfen sich keine Vorwürfe machen, Eudora, wenn Sie im Schlaf von dem Liebesgott gesprochen haben. Sie sind eine Frau. Und es wird nicht das geringste nützen, wenn Sie sich sagen, daß Sie zu alt für ein heißes Abenteuer sind. Sie hätten gestern Mrs. Poucher sehen sollen.« Ein Klimpern der Wimpern. »Eine Frau, die eigentlich als archäologischer Fund in einem Museum stehen müßte! Statt dessen hat sie sich Karisma an den Hals geworfen. Und ich gehe jede Wette ein, daß die alte Vogelscheuche, als sie endlich von ihm abließ, gleich in den Bus gesprungen ist, um sich einen Vibrator zu kaufen.«

»Bunty!« Ich schaute mich um und hoffte inständig, daß niemand in der stetig wachsenden Menge diesen Wortwechsel mitbekommen hatte.

»Ich wette, die alte Hexe hat gesagt, sie brauche das allerneueste Modell gegen Muskelverspannungen oder einen eingeklemmten Nerv im Nacken«, fuhr Bunty unbeirrt fort. »Man sieht doch andauernd Inserate in den Zeitschriften, in denen sie als die Rettung für Menschen mit chronischen Nervenschmerzen angepriesen werden.«

»Ich muß mal wieder eine Zeitschrift lesen«, sagte Eudora mit dem Anflug eines Lächelns.

»Sie sind eine vielbeschäftigte Frau«, sagte Bunty zu ihrer Entschuldigung. »Ehrlich, ich staune, daß Sie überhaupt Zeit haben, Ihre Nase in etwas anderes als die Bibel zu stecken. Ich wollte sie ja auch immer mal lesen« – an dieser Stelle machte sie flüchtig ein tugendhaftes Gesicht – »aber irgendwer hat mir den Spaß verdorben, indem er mir erzählte, wie's ausgeht. Und ich muß sagen, Eudora, ich hätte Sie niemals – nichts für ungut – für eine Frau gehalten, die Liebesromane liest. Was ist denn Ihr Spezialgebiet? Schauerromane? Oder Arztromane –

wo *sie* die Lernschwester der Station ist und andauernd die Oberschwester verprellt, weil sie ihr Häubchen nicht richtig feststeckt, und *er* ist Sir Sowieso, ein genialer Pathologe, der einen grauen Rolls Royce fährt und dem seine liebe alte Kinderfrau den Haushalt führt?«

Eudora öffnete den Mund, doch ehe sie ein Wort sagen konnte, kicherte Bunty verschmitzt.

»Sagen Sie bloß, Sie stehen auf die ganz scharfen Sachen von Autorinnen wie Zinnia Parrish? Ich bin beileibe nicht das, was man unerfahren nennen würde, aber ich kann Ihnen sagen, aus den Büchern dieser Frau habe sogar ich noch ein, zwei Dinge gelernt.«

Ich glaube, Eudora und mir kam im selben Moment der Gedanke, daß wir lange genug untätig herumgestanden hatten. Und das war besonders ungezogen angesichts der Tatsache, daß so viele Mitglieder des Bibliotheksvereins fehlten. Mr. Poucher hatte ich noch nicht gesehen. Niemand konnte von der armen verwitweten Sylvia erwarten, daß sie erschien. Und ich hatte nicht viel Hoffnung, daß Brigadegeneral Lester-Smith seine Meinung bezüglich seines Kommens geändert hatte.

Es war höchste Zeit, uns den Weg durch das Gedränge keuchender Menschen zu bahnen und Sir Robert und Mrs. Dovedale bei den allerletzten Vorbereitungen für Karismas bevorstehende Ankunft zur Hand zu gehen. Als wir am Empfang anlangten, verließ Bunty uns, um nach oben in den Lesesaal zu gehen und sich davon zu überzeugen, so sagte sie uns, daß die Limonade nicht schlecht geworden war. Ich war versucht, meine Dienste als Vorkosterin der Sahnetörtchen anzubieten, um festzustellen, ob sie auch kein Gesundheitsrisiko für die Unbesonnenen darstellten. Doch als Eudora mich verließ und auf den Haupteingang zusteuerte, um Sir Robert an der Kasse abzulösen, und ich mich umdrehte, stieß ich mit Mr. Poucher zusammen.

Er schien nicht allzu begeistert, mich zu sehen. Ja, er hatte nie dermaßen nach sieben Tagen Regenwetter ausgesehen. Sein Regenmantel war ihm zu groß und erweckte den Eindruck, daß Mr. Poucher seit dem Vortag mehrere Größen abgenommen hatte. Seine Augen lagen tief in den Höhlen, und er zog die Füße nach, als er an mir vorbeigehen wollte, als sei ich in den feuchten Schwaden, die ihn einhüllten, unsichtbar.

»Hallo, Mr. Poucher!« Ich erwischte ihn am Ellbogen, als er im Begriff war, den Zorn der tyrannischen Bibliothekarin auf sich zu ziehen, indem er gegen den Tisch stieß und ihren Fälligkeitsstempel zu Boden schickte.

»Oh, Sie sind es«, erwiderte er mit tonloser Stimme und starrte durch mich hindurch in ein freudloses Jenseits. »Ich habe mich verspätet, aber ich glaube nicht, daß sich deswegen jemand zu Tode gegrämt hat ...«

»Was ist denn los?« Ich paßte mein Tempo seinen schleppenden Schritten an, während ich ihn zu einer Lücke in der Menge führte. »Es ist doch was passiert. Ist Heathcliff« – vor meinem geistigen Auge entstand ein beunruhigendes Bild, wie das gesamte Mobiliar eines Zimmers mit einem einzigen Schmatzer verschlungen wurde, gefolgt von der Bitte um eine Magentablette in Hundesprache – »ist Heathcliff das Problem?«

»Mit dem Hund ist nichts; er ist der einzige Trost, der mir geblieben ist.« Mr. Poucher trat einer Frau auf den Fuß und ließ sich zu keiner Reaktion auf ihren Schmerzensschrei herab. »Das Problem, wenn Sie es unbedingt wissen wollen, Mrs. Haskell, ist meine Mutter.«

»Sie ist krank geworden?«

»Schlimmer als das!«

»Oh, Mr. Poucher!« Ich griff mir an den Hals. »Sie haben mein tiefstes Mitgefühl.«

»Das werde ich brauchen, ganz bestimmt.« Seine Augen erwachten schlagartig wieder zum Leben. Und während ich noch in Kategorien der Leichenstarre dachte, klärte er mich auch schon auf. »Mutter hat einen schlimmen Rückfall erlitten. Sie ist wieder ganz gesund geworden.«

»Was?«

»Sie sprang heute morgen aus dem Bett, als wäre sie ein junges Mädchen, und seitdem ist sie unablässig auf Trab. Sang wie eine Lerche, während sie den Küchenfußboden schrubbte. Dann, als sie damit fertig war, machte sie das Wohnzimmer sauber, nahm die Vorhänge ab, um sie zu waschen, polierte das Messing, buk Kartoffelkuchen, molk die Kühe und grub das Stück Garten um, das ich dem Unkraut überlassen hatte. Und all das, noch ehe ich mit dem Rasieren fertig war.«

»Das grenzt ja an ein Wunder!«

»Und als wir uns zum Mittagessen hinsetzten, stieß Ma einige häßliche Drohungen aus.« Mr. Pouchers Gesicht umwölkte sich in einem Maß, daß ich fest mit einem Regenguß in der Bibliothek rechnete. Und ich bin fast sicher, daß ich Tränen in seinen Augen schimmern sah. »Sie sagte mir, sie habe es sich anders überlegt und beabsichtige nicht mehr, irgendwann in nächster Zukunft zu sterben. Und wenn ich nicht tun würde, was sie mir sage, werde sie sich vielleicht entschließen, überhaupt nicht mehr zu sterben.«

Ich war sprachlos.

»Und wir wissen ja, Mrs. Haskell, wer daran schuld ist, nicht wahr?«

»Ihr Arzt?«

Mr. Pouchers müdes Kopfschütteln deutete an, daß ich es war, die ärztliche Hilfe benötigte. »Dieser Mistkerl Karisma, er mußte Mutter ja unbedingt neues Leben einhauchen. Machte ein Getue um sie, als wäre sie eine zarte Rose. Erzählte die ganze Zeit, bis zum Erbrechen, wie sehr er alle Frauen liebt, gleichgültig, ob sie neunzehn oder zweiundneunzig Jahre alt sind. Er habe sie durch einen Kuß auf den Mund wieder zum Leben erweckt, sagt sie, als wäre sie Dornröschen und er der Prinz. Ist ein derart widerliches Geschwätz noch zu fassen?« Mr. Poucher holte gehässig Luft. »Warten Sie nur, bis ich diesen lästigen Störenfried erwische!«

Die hitzigen Worte waren noch nicht auf seinen Lippen abgekühlt, als ein rasender Aufschrei – »*Karisma!*« – durch den Raum fuhr wie ein orkanartiger Windstoß und der Mob, so dachte ich mit aufflammendem Schrecken, zu sämtlichen Exzessen der Götzenverehrung entschlossen, vorwärtsdrängte. Mit den Blicken suchte ich vergeblich nach Mrs. Swabucher. Dabei verlor ich Mr. Poucher aus den Augen, doch ich vergaß ihn ohnehin sofort, als ich zu meiner Verwunderung nur zwei Frauen vor mir Sylvia Babcock entdeckte. Ich kam nicht dazu, auf der Stelle mit ihr zu sprechen, da der Bibliotheksdrache sich der Lage gewachsen zeigte. Sie erklomm den Empfangstisch, stand breitbeinig da und blies dreimal in die Trillerpfeife, die Miss Bunch bekanntlich stets griffbereit gehabt hatte, damit Bücherdiebe auf ihr Signal hin vor lauter Angst ihre Beute fallen ließen. Die Menge verstummte, wenngleich in aller Augen die Begierde glomm.

Nachdem sie gebieterisch die Ordnung wiederhergestellt und die Warnung ausgesprochen hatte, daß keine weiteren derartigen Ausbrüche geduldet würden, nahm Mrs. Harris wieder ihren Platz ein. Mit anerkennenswerter Gelassenheit geleitete Sir Robert Pomeroy Karisma durch den Gang zwischen zwei dichtgedrängten Reihen von Menschen zu dem Tisch, an dem er Bücher signieren würde. Der Tisch stand zur Rechten des Türbogens, der zum Sachbuchbereich führte. Und über dem Türbogen thronte die Shakespeare-Büste. Es kam mir plötzlich komisch vor, daß William Shakespeare Karisma über die Schulter sehen würde, während er Autogramme gab. Komisch und ... ich kam nie dazu, zu entscheiden, wie sonst noch, weil mich eine stark geschminkte Frau mit paillettenbesetztem Hut und in einem durchgeknöpften Cordsamtkleid unter angemalten Brauen hervor anfunkelte und zu mir sagte, falls ich dachte, ich könnte mich vordrängen, wäre ich auf dem Holzweg.

»Mrs. Malloy!« Ich trat zurück, falls sie sich entschließen sollte, ihre Position zu unterstreichen, indem sie mir mit dem Haufen Paperbacks unter ihrem Arm eins auf den Kopf gab. »Ich dachte, Sie hätten sich vielleicht überlegt, lieber nicht zu kommen.«

»Soll ich das so auffassen, daß Ihnen das lieber gewesen wäre, Mrs. H.?« Sie plusterte sich empört auf, so daß ein Knopf von ihrem Kleid absprang und einen Volltreffer landete. Die Frau vor uns scherte blitzschnell aus der Schlange aus, woraufhin nur noch fünfundvierzig Köpfe vor uns waren.

»Natürlich wollte ich, daß Sie kommen«, sagte ich.

»Na, das beruhigt mich ungemein.« Ein Seufzer, der erneut einen Schuß auslöste und uns wieder ein Stück vorrücken ließ. »Ich dachte schon, meine Anwesenheit hier wäre Ihnen gewissermaßen peinlich, weil mein George diesen Schwertkampf offen und ehrlich gewonnen hat. Wenn's nach Ihnen gegangen wäre, Mrs. H., hätte ich ihm wohl sagen sollen, daß der gute Ton ihm gebiete, seinen Gegner gewinnen zu lassen, zumal der andere Knabe ohne seine Mutter da war und ihm deshalb keiner den Rücken stärkte.«

»Ich dachte, daß Sie vielleicht nicht kommen würden«, sagte ich, »weil Sie den Nachmittag eventuell lieber mit George verbringen wollten; vor allem da Vanessa weg ist und er sich freundlicherweise bereit erklärt hat, auf die Zwillinge aufzupassen.«

»Was, und auf meinen Ausgang verzichten?« Mrs. Malloy sah entsprechend schockiert aus. »Was wäre ich denn letzten Endes für eine Mutter, wenn ich den Unterschied zwischen Mutterliebe und Besitzanspruch nicht kennen würde? Einmal kommt der Tag, Mrs. H, an dem die Vogelmami das Nest verläßt.«

»Ohne eine Nachsendeadresse zu hinterlassen? Sie haben völlig recht, Mrs. Malloy. Glauben Sie mir, ich bereite mich darauf vor, in allernächster Zeit die Gängelbänder zu zerschneiden.« Wir waren jetzt nah genug an der Spitze der Schlange, um zu sehen, wie sich eine Frau in einem grellen orangefarbenen Kleid quer über den Tisch warf, eine Handvoll von Karismas wallendem Haar packte und an ihre Wange drückte.

»Ich kann nicht fassen, daß ich Sie leibhaftig vor mir sehe!« Ihre Stimme war erstickt vor Rührung ... und möglicherweise auch von einer Haarsträhne. »Sie sehen noch phantastischer aus als auf Ihren Bildern. Ich habe jedes Buch gelesen, auf dem Sie jemals abgebildet waren. Miss Bunch rief mich immer an, wenn die Bibliothek ein neues hereinbekam. Eine Freundin hat mir zu Weihnachten Ihr Fitneßvideo geschenkt, und ich werde mich in Unkosten stürzen und auch Ihren Kalender kaufen.«

»Wenn er als Taschenbuch erscheint, möchte ich wetten.« Mrs. Malloy stieß mich mit dem Ellbogen an.

»Ich *liiiebe* Frauen.« Karisma hörte sich allmählich an wie dressiert. Aber wer konnte es ihm verdenken? Bestimmt nicht die Frau in Orange, die ihm erzählte (in aller Ausführlichkeit), daß er ihr durch eine schlimme Ehe, den Tod eines geliebten Pekinesen und eine Fehde mit ihrem Nachbarn hindurchgeholfen hatte. Schließlich, höchstwahrscheinlich nach einem Tritt in die Kniekehle, wurde sie von einer gleichermaßen redseligen Anhängerin verdrängt.

»Ich glaube allmählich, daß ich es noch leicht habe, obwohl ich für meinen Lebensunterhalt die Klos anderer Leute schrubben muß«, seufzte Mrs. Malloy. »So toll ist dieser Starkult nun auch wieder nicht. Ja, bin fast soweit, es mir mit meiner Theaterkarriere noch mal zu überlegen. Ganz unter uns gesagt, Mrs. H. – weil ich nicht möchte, daß George sich aufregt –, es war ein Schock, als Karisma in hohem Bogen in den Graben flog.«

»Zum Glück hat er sich nichts Schlimmes getan.«

»Tja, ich mir aber!« Mrs. Malloys finsterer Blick sagte mir, was sie von meinem groben Mangel an Einfühlungsvermögen hielt. »In dem Augenblick is' irgendwas in mir gestorben, aber ich schätze, Sie haben keine Ahnung, wovon ich rede.«

»O doch!« schoß ich zurück. »Ich hatte mich langsam zu der Erkenntnis vorgearbeitet, aber bis zu dem Vorfall mit dem Burggraben war es mir noch nicht gänzlich bewußt geworden, daß ich durch die Begegnung mit Karisma meine« – ich blinzelte gegen die Tränen an – »meine erste große Liebe verloren habe. Da ich bin, wer ich bin, hatte ich ein größeres Problem damit, über sie hinwegzukommen, als andere, selbst nach der Heirat mit meinem wunderbaren Ben. Das Tolle am Liebhaber deiner Träume ist, daß du kein gefühlsmäßiges Risiko eingehst. Solltest du jemals böse auf ihn sein oder dich, was der Himmel verhüte, vorübergehend langweilen, kannst du ihm, wann immer du willst, das Buch vor der Nase zuschlagen. Es ist doch so: Du bist der Beziehung nur einige hundert Seiten lang verpflichtet.«

»Und ich stehe hier und frage mich, ob Karisma wohl eine Mutter hat, die ihn versteht.« Mrs. Malloy schob sich mit der Schlange vorwärts. »Oh, ich weiß, er hat seine Mrs. Swabucher, aber das ist nicht dasselbe, oder? Übrigens, wo steckt sie eigentlich?«

»Bestimmt irgendwo in der Nähe.« Ich spähte in die Menge, doch der einzige rosarote Farbfleck, den ich sah, war Eudoras Strickjacke. Als ich gerade sagen wollte, daß Mrs. Swabucher es sich vielleicht zum Prinzip machte, sich bei solchen Anlässen im Hintergrund zu halten, versetzte Mrs. Malloy mir wieder einen ihrer Knüffe mit dem Ellbogen.

»Na, das ist aber eine Überraschung!«

»Was denn?«

»Benutzen Sie Ihre Augen, Mrs. H!« Ärgerliches Schnauben. »Da ist Ione Tunbridge, ganz in Schwarz, wie gewohnt, etwa zehn Plätze vor uns. Stellen Sie sich vor, sie zeigt sich am hellichten Tag! Könnte es sein, daß dieser kleine Plausch mit

Ihnen neulich abends, Mrs. H., ihr dabei geholfen hat, ein paar von den Spinnweben in dieser gruseligen alten Dachkammer, die sie als ihren Verstand bezeichnet, loszuwerden?«

»Zwei Legenden treffen aufeinander.« Ich beobachtete, wie Miss Tunbridge an den Tisch trat und ihren Kopf mit der schwarzen Haube neigte, um zu Karisma zu sprechen.

»Sie sieht wirklich wie 'n Raubvogel aus.« Mrs. Malloy verlagerte ihren Bücherstapel unter den anderen Arm. »Ich wette, sie hat fünfzehn Zentimeter lange Klauen unter diesen gehäkelten Handschuhen da, aber was ich nich' verstehe, is', warum Sie 'n Gesicht machen, als wäre sie gerade über Ihr Grab gegangen.«

»Ich glaube, ich brauche unbedingt ein Sahnetörtchen«, erwiderte ich, weil ich mich nicht damit befassen wollte, nicht einmal in Gedanken, daß Miss Tunbridge, die auf Tall Chimneys lebte, vielleicht etwas aus der bewegten Vergangenheit des Hauses in die Bibliothek mitgebracht hatte. Erstaunlicherweise hatte ich bis jetzt noch nicht an Hector Rigglesworth gedacht. Und dafür gab es einen Grund, stellte ich fest. Als Karisma in den Burggraben gestürzt war, hatte ich fest geglaubt, er sei tot. Doch als sich dann herausstellte, daß er sich außer der Beule am Kopf und der Schramme am Hals keine Verletzung zugezogen hatte, hatte ich nicht nur schlichte Erleichterung empfunden, sondern war gleichzeitig zu der Einsicht gelangt, daß der Tod von Miss Bunch und von Mr. Babcock Unglücksfälle waren und in keiner Weise mit dem hundert Jahre alten Fluch zusammenhingen. Und doch erlitt ich gerade einen Rückfall. Was ich zu tun hatte, war, so überlegte ich, mich so schnell wie möglich aus dieser Schlange zu entfernen, bevor ich mich noch fragte, ob Miss Tunbridge neulich abends nicht doch die Wahrheit über den Mord an ihrem Bräutigam und sein Begräbnis auf dem Grundstück gesagt hatte, das einst im Besitz von Hector Rigglesworth gewesen war. Andererseits – ich wurde wieder munterer –, wenn man das alte Sprichwort »Aller guten Dinge sind drei« zugrunde legte, so konnte ich durchaus davon ausgehen, daß Hector Rigglesworth nach dem Tod von Mr. Babcock bereit war, seinen alten Groll zu begraben und sich auf Dauer ins Jenseits abzusetzen.

Ich erklärte Mrs. Malloy, ich hätte ihr lediglich Gesellschaft beim Schlangestehen geleistet und es sei höchste Zeit, daß ich mit meinen Kollegen aus dem Bibliotheksverein dafür sorgte, daß die Erfrischungen bereitstanden, wenn Karisma seine Signierstunde beendete. Sie bat mich keineswegs, sie nicht allein zu lassen, ja, sie zeigte überhaupt keine Regung, was ich von mir nicht behaupten kann, als ich wenige Augenblicke später Sylvia Babcock über den Weg lief und sah, wer neben ihr stand.

»Gerta! Was hat Sie denn dazu bewogen, hierher zu kommen?«

»Heute morgen buk ich Strudel in der Küche im Cottage, Frau Haskell« – sie stand mit hocherhobenem bezopftem Kopf und einem Leuchten im Gesicht da, das man in keiner Kosmetikabteilung kaufen konnte – »und ich wußte plötzlich, daß das Leben mehr zu bieten haben muß, als auf der Stelle zu treten. Die Tränen sind alle aufgebraucht. Ich muß akzeptieren, daß meine Ehe vorüber ist, und Ernst hinter mir lassen. Aber bevor das möglich ist, muß ich mich ein letztes Mal der Erinnerung an ihn stellen. Ihn in seinem neuen Leben zu sehen« – sie hob die Hände – »das ist zu schwer, und Fotos reichen nicht aus.«

»Also haben Sie sich entschlossen, sich Karisma aus der Nähe anzusehen, der«, so fügte ich Sylvia zuliebe hinzu, falls sie nicht eingeweiht war, »Sie so sehr an Ihren Mann erinnert. Das war sehr tapfer von Ihnen.«

»Es ist letzten Endes gar nicht so schwer.« Gerta lächelte und zeigte Grübchen, die ich noch nie an ihr bemerkt hatte. »Längst nicht so schlimm wie das, was Frau Babcock durchmachen muß, und doch ist sie hier.«

»Ich mußte endlich mal aus dem Haus!« Keines von Sylvias Löckchen war nicht an seinem Platz, und an ihrem grün-weiß gestreiften Kleid war keine einzige Knitterfalte zu sehen, trotz des Gedränges, ihre Stimme jedoch klang hysterisch. »Ich dachte, es wird mir besser gehen, wenn ich unter Menschen bin, aber ich zittere die ganze Zeit. Ich höre immer wieder, wie die Leute darüber reden, daß Albert so früh nach unserer Heirat gestorben ist . . . Ich weiß nicht, wie lange ich das noch ertragen kann, ohne völlig durchzudrehen und sie anzubrüllen, sie sollen die Klappe halten!«

»Die Menschen können so gefühllos sein. Wie wär's, wenn ich Ihnen ein Glas Limonade hole?« schlug ich vor und ging dann schnell zu der Tür, die zu dem kleinen Flur mit der Treppe nach oben zum Sitzungsraum führte. In der Eile erwiderte ich kaum den Gruß des attraktiven, silberhaarigen Lionel Wiseman. Und ich sah auch nicht zweimal hin, als ich Mrs. Swabucher bemerkte, die in einem blaßrosa Kostüm sehr schick aussah und in der Belletristikabteilung ins Gespräch mit Brigadegeneral Lester-Smith vertieft war. Also hatte er seine Meinung doch geändert und war gekommen! Ausgezeichnet. Da ich ihn jedoch als einen Mann kannte, der selbst unter den widrigsten Umständen noch bestrebt war, seinen Pflichten nachzukommen, war ich so überrascht auch wieder nicht.

Auf halber Höhe der Treppe sah ich Mr. Poucher von oben herunterkommen, und im Vorbeigehen – was, wie ich von Mrs. Malloy wußte, die ihre abergläubischen Momente hatte, allerschlimmstes Unglück brachte – fragte ich ihn, ob er daran gedacht habe, das Kabel der Kaffeemaschine wieder mitzubringen.

»Es ist in der Tasche meines Regenmantels«, murmelte er, während er die letzten Stufen hinunterhastete. »Ich habe keine Zeit zu plaudern, Mrs. Haskell, ich habe gerade durchs Fenster gesehen, daß Heathcliff draußen vor dem Hintereingang neben den Mülltonnen sitzt.«

»Sie meinen, er ist Ihnen hierher gefolgt?« Meine Knie zitterten völlig übertrieben angesichts dieser neuesten Eskapade des Hundes, als ich mich über das Geländer beugte. Und in dem schwachen Versuch, meine lächerliche Angst, daß Heathcliff schon die ganze Zeit ein Sendbote aus dem Jenseits war, zu überspielen, sagte ich, Mrs. Poucher habe ihn hoffentlich in ein Taxi gesetzt, anstatt ihn den ganzen langen Weg von der Farm laufen zu lassen.

»Ich schätze, sie hat absichtlich vergessen, dem armen Kerl Futter zu geben.« Die Bitterkeit ihres Sohnes wehte nahezu greifbar zu mir herauf, etwa so wie abgestandene Luft, die man aus einem Zimmer läßt, das viele Jahre lang verschlossen war. Doch kurz darauf schoß – zusammen mit Heathcliff – ein Schwall Sonnenlicht in den Flur, als Mr. Poucher die Tür öffnete. Um Ehre zu geben, wem Ehre gebührt – der Hund verkniff es sich, laut zu bellen. Ja, er winselte nur kläglich, als er sich um die Beine seines Herrchens wand.

»Habe ich dein feierliches Versprechen, daß du dich benimmst, wenn ich dich mit nach oben nehme?« Nach einem zustimmenden Wuff von dem schwarzen Biest wurde Mr. Pouchers finsteres Gesicht eine Spur sanfter. Er sah zu mir hoch. »Wenn Sie geloben, Stillschweigen zu bewahren, Mrs. Haskell, wird es keiner merken, wenn ich ihn hinter dem kleinen Schrank in der Ecke des Lesesaals verstecke.«

»Meine Lippen sind versiegelt«, versicherte ich ihm, nachdem ich meinen albernen Panikanfall niedergerungen hatte. »Aber sollte Mrs. Harris ihn finden, sitzen wir alle in der Tinte.«

Zu Heathcliffs Glück stießen wir auf keinerlei Schwierigkeiten, als wir ihn nach oben verschwinden ließen. Sir Robert und Mrs. Dovedale saßen an dem langen Tisch, der wie zu einem Hochszeitsbankett gedeckt war. Doch sie stellten kein Problem dar, da sie sich fest umschlungen hielten und kein Ende ihrer Umklammerung abzusehen war, als Mr. Poucher und Heathcliff auf Zehenspitzen durch den Lesesaal schlichen. Es war jedoch nur gut, daß sie schnell handelten. Kaum war der Hund hinter dem Schrank verschwunden, auf dem übrigens Mrs. Swabuchers Federboa lag, fuhr das knutschende Pärchen beim Geräusch von dröhnendem Füßestampfen auf der Treppe auseinander. Ehe Mr. Poucher und ich einen erleichterten Blick wechseln konnten, ergossen sich die Menschen in den Raum, als wollten sie ihn für Königin und Vaterland erobern. Und ich sah, daß auch der Korridor voll war mit jenen, die für den ersten Ansturm auf die Treppe nicht schnell genug gewesen waren.

Mindestens zehn Minuten lang war ich an der Seite von Mrs. Dovedale damit beschäftigt, Limonade auszuschenken. Die erste, der ich einen Becher reichte, war Mrs. Swabucher. Ich fragte sie, ob sie auch einen Becher für Karisma mitnehmen wolle.

»Lieber nicht, Giselle. Ich weiß nicht genau, wo er ist.« Sie versuchte zu lächeln. »Und bis ich ihn gefunden hätte, wäre in diesem Gewühl wohl schon alles verschüttet.«

»Der Andrang ist sensationell, und« – ich senkte die Stimme – »trotz der Dinge, die ich heute morgen gesagt habe, bin ich Ihnen und Karisma nach wie vor sehr dankbar, daß Sie es uns ermöglicht haben, das Geld für Miss Bunchs Statue zu sammeln.«

»Das höre ich gern, meine Liebe.« Sie benahm sich nicht so unbefangen wie sonst, aber nur Mrs. Swabucher wußte – ich war auf Spekulationen angewiesen –, ob das daran lag, daß ich sie enttäuscht hatte, weil ich nicht bereit gewesen war, ein Treffen mit Gladstone Spike zu arrangieren, oder daran, daß sie sich unwohl fühlte, weil sie einer neuerlichen Begegnung mit Brigadegeneral Lester-Smith ausgesetzt gewesen war. Als sie sich mit ihrem Limonadenbecher zurückziehen wollte, sagte ich ihr, daß ihre Federboa auf dem Eckschrank läge.

»Ich sehe sie nicht, Giselle« – ihr Blick folgte meinem –, »vielleicht hat sie jemand weggeräumt; ich gehe mal nachschauen.«

»Viel Glück!« rief ich ihr nach und sprach, während ich weiter Limonade für Frauen eingoß, die nur noch »Karisma!« keuchen konnten, schnell ein stummes Gebet, daß Heathcliff nicht hinter dem Schrank hervorgekommen war, um die rosarote Daunenboa mit seinem Riesenmaul zu schnappen und sich anschließend damit wieder in seine Höhle zu verziehen. Aber vermutlich machte ich mir unnötige Sorgen. Mrs. Swabucher würde ihr hochgeschätztes Accessoire unbeschadet wiederbekommen. Die schlechte Sicht war hier das Problem. Angesichts des aus allen Nähten platzenden Raumes hatte ich das Gefühl, durch ein Kaleidoskop zu sehen. Gegenstände wie Menschen wurden zu dreieckigen Splittern aus Buntglas, die in Sekundenbruchteilen ein neues Muster ergaben. Ich gab mir Mühe, ein vertrautes Gesicht zusammenzusetzen, doch nach einigen Minuten wurden selbst die Leute, die unmittelbar vor mir standen und die Hände nach Limonade ausstreckten, zu Einzelteilen eines riesenhaften Patchworkmenschen.

Ben leidet an Klaustrophobie. Wir reden nicht sehr oft darüber, und ich brauchte eine ganze Zeit, um zu merken, was mit mir los war. Genau in dem Augenblick, als ich zu dem Schluß gelangte, daß es höchste Zeit war, an einen Ort zu flüchten, an dem keine kritische Unterversorgung mit Sauerstoff bestand, explodierte der Raum in einer Kakophonie unbestreitbar von einem Hund stammenden Gebells. Und ich sah plötzlich zwei Lebewesen gleichzeitig scharf vor mir. Das eine war Heathcliff, der auf den Tisch sprang, mir den Limonadekrug aus der Hand schlug und unter seinen Riesenpfoten Sahnetörtchen und Sandwiches zermalmte. Das andere war Mrs. Harris, die todesmutige Bibliothekarin, die mit einer Stimme, lauter als das unheimliche Geheul des Hundes, zu wissen verlangte, wer für diesen Skandal verantwortlich war.

Ich war überrascht, daß Mr. Poucher nicht herbeigeeilt kam, um sowohl sein Haustier als auch die wilde Frau zu beschwichtigen. War es möglich, daß er draußen im Korridor stand, derart ins Gespräch vertieft, daß er den Lärm nicht mitbekommen hatte? Da ich das Gefühl hatte, daß es mir als seiner Komplizin oblag, ihn zu finden, bevor der Hund die Drachenlady in Stücke riß oder auch umgekehrt, stahl ich mich vor ihrem Zornesblick davon und schlängelte mich durch die Ritzen in der Menge zur Tür. Dort stieß ich frontal mit Sylvia Babcock zusammen. Und nachdem ich mich entschuldigt hatte, weil ich so unachtsam gewesen war, sah ich mich gezwungen, noch einen Augenblick bei ihr stehenzubleiben, um ihr zu sagen, wie leid es mir tue, daß ich ihr nicht das versprochene Glas Limonade gebracht hatte.

Sie packte mich am Arm und klang furchtbar atemlos. »Es spielt keine Rolle, o Gott, mein Herz pocht so schnell, ich habe Angst, daß es gleich platzt. Dieser gräßliche Hund! Ich wollte ihn niemals wiedersehen, aber plötzlich taucht er aus heiterem Himmel auf und heult so markerschütternd, als ob ... als ob er ein Gespenst gesehen hätte!«

»Sylvia«, sagte ich mit der ganzen Überzeugungskraft, die ich aufbringen konnte, »der Hund muß etwas gehört haben – ein ganz gewöhnliches, alltägliches Geräusch, das ihn erschreckt hat, vielleicht ein Türenschlagen oder das Knarren einer Bodendiele. Die Ohren eines Tieres sind um so vieles schärfer als unsere. Da, hören Sie! Er beruhigt sich schon wieder, und er wird sanft wie ein Lamm sein, sobald ich Mr. Poucher gefunden habe, der ihn netterweise bei sich aufgenommen hat.«

»Der ihn bei sich aufgenommen hat, nachdem ich meinen Mann umgebracht habe, das haben Sie doch gedacht, oder?« Sylvias Stimme wurde zu einem leisen Wimmern. »Das denken alle.«

»Das ist doch Unsinn«, redete ich ihr gut zu. »Sie müssen aufhören, sich Vorwürfe zu machen, weil Sie sich aufgeregt haben, als der Hund mit dem Roastbeef aus dem Haus stürzte. Wenn mir so was passiert wäre und Ben wäre zu Hause gewesen, dann hätte ich ihn angebrüllt, er solle sich auf der Stelle unserem Sonntagsbraten an die Fersen heften. Aber ich sehe ein, daß es Ihnen nicht guttut, sich in der Nähe von Heathcliff aufzuhalten. Wie wär's also, wenn Sie mit mir hinauskommen, und ich Mr. Poucher suche?«

Sylvia folgte mir einige Schritte, doch als ich keine Spur von meiner Zielperson entdecken konnte und sagte, ich wolle unten nach ihm suchen, drückte sie sich an Gerta, die unter einem Bild jener Bibliothekarin stand, an deren Stelle vor Jahrzehnten Miss Bunch getreten war. Was hatte Heathcliff dazu veranlaßt, praktisch aus dem Fell zu fahren? fragte ich mich. War es möglich, daß er etwas – oder *jemanden* – gesehen hatte, das oder der aus einer anderen Welt als der unseren kam? Sylvia, so vermutete ich stark, hatte an den verstorbenen Mr. Babcock gedacht, aber . . . nein – ich setzte entschlossen den Fuß auf die unterste Stufe –, ich würde es nicht zulassen, daß ich erneut im Sumpf abergläubischen Wahns versank.

Eine beherzte Entscheidung, die mich nicht davor bewahrte, einen Meter hoch in die Luft zu springen, als Eudora aus der Toilette zur Linken der Treppe kam. Unsere Pfarrerin war so weiß wie die Wand, und ihr starrer Blick war glasig, als sie dastand und an einem losen Faden an ihrer rosaroten Strickjacke herumzupfte. Sie zitterte.

»Was ist denn los?« fragte ich. »Hast du den Lärm oben gehört und Angst bekommen, es wäre etwas Schreckliches passiert? Es war nichts weiter«, redete ich ihr gut zu. »Mr. Poucher hat Heathcliff in den Lesesaal geschmuggelt, und der Hund ist ein wenig durchgedreht, das ist alles.«

»Nein, das ist nicht alles.« Meine Freundin holte zitternd Luft. »Bitte warte einen Augenblick, ich kann kaum atmen. Ich nehme an, das liegt an dem Schock, obwohl mich eine Krise normalerweise nicht derartig aus der Bahn wirft. Ellie, es hat ein furchtbares Unglück gegeben. Und ich weiß einfach nicht, wie ich es dir schonender beibringen könnte: *Karisma ist tot!*«

»Das kann nicht sein!« Ich taumelte rückwärts und lehnte mich an die Wand ihr gegenüber.

»Er liegt auf dem Fußboden in der Bibliothek.«

»Dann meditiert er bloß.« Meine Worte schwirrten mir im Kopf herum. »Menschen, die das wirklich gut können, verfallen in einen tiefen Trancezustand.«

»Es ist kein Irrtum möglich.« Eudora preßte die Hand an ihre Stirn. »Ich ging nach unten, nachdem ich Karisma weder im Lesesaal noch oben im Flur gefunden hatte. Ich hatte vor, ihm ganz offen zu sagen, warum Gladstone ihn nicht für das Titelbild von *Ein unvergeßlicher Ritter* haben wollte, und daß ich mich über seinen Versuch, meinen lieben, sanften Ehemann unter Druck zu setzen, ärgerte. Aber ich kam nicht dazu, mit ihm zu reden. Ich fand ihn ein paar Meter vor dem Tisch, an dem er die Bücher signiert hatte. Diese Shakespeare-Büste lag ebenfalls auf dem Fußboden. Sie muß von der Konsole an der Wand gestürzt sein und ihn am Kopf getroffen haben.«

»Du meinst, es war ein Unfall?« stammelte ich.

»Ellie« – Eudora kam stockend einen Schritt auf mich zu –, »was sollte es denn sonst gewesen sein?«

»Mord!!!«

Die Stimme ließ bittere Qual auf uns herabregnen, und als wir hochblickten, sahen wir Mrs. Swabucher in Zeitlupe gegen das Geländer sinken, bevor sie von einer Ohnmacht erlöst wurde und zu Boden fiel.

17. Kapitel

Mrs. Malloy sagte, selbst im Tod habe Karisma posiert wie ein Traum, und jemand sollte ein Foto machen, um sicherzustellen, daß er auf einem letzten Buchcover abgebildet werden könne.« Meine Stimme brach, als ich zu meinem Mann hochsah, und er drückte mir ein Glas Brandy in die Hand. »Er sah ganz phantastisch aus, Ben. Ich konnte kaum glauben, daß man ihm nicht bloß gesagt hatte, er solle sich auf den Boden legen, das Haar rings um sich ausgebreitet wie ein Fluß, der das Sonnenlicht einfängt, während die Kamera in liebevollem Abschiednehmen näher heranfährt.«

»Trink aus, Schatz.« Ben setzte sich zu mir aufs Sofa. Ich hatte so viel geweint, seit ich nach Hause gekommen war, daß mein Gesicht von der Stirn bis zum Kinn naß war. Es war sieben Uhr abends, aber der Gedanke an Essen war mir unerträglich, wenngleich ich wußte, daß ein Sandwich oder zwei mich eher aufrichten würden als Brandy.

»Tut mir leid, daß ich mich so gehen lasse.« Ich ging das Risiko ein, den Inhalt des Glases zu verschütten, als ich mich in die Kissen zurücklehnte und die Augen schloß. »Vielleicht sollte ich Mrs. Swabucher im Hollywood-Hotel anrufen, du weißt schon, das vor kurzem aufgemacht hat, das frühere Zuhause der Wisemans. Ich muß immer daran denken, daß ich sie hätte überreden können, heute nacht noch hierzubleiben, wenn ich mir nur mehr Mühe gegeben hätte.«

»Wie es scheint« – Ben strich mir das Haar aus der Stirn »hatte Mrs. Swabucher das Bedürfnis, allein zu sein.«

»Dann gehe ich nach oben und sehe nach den Zwillingen.«
»Sie schlafen tief und fest«, versicherte Ben mir, »und Vanessa hat versprochen, regelmäßig nach ihnen zu schauen.«
»Sie war ganz wunderbar.«
»Anscheinend läßt die Katze das Mausen doch.«
Die Begeisterung, mit er dies sagte, bekam mir auf meinen leeren Magen nicht. Einen Augenblick lang vergaß ich Karismas trauriges Schicksal und fragte mich, wie Bens und Vanessas Nachmittag im Pfarrhaus wohl verlaufen war. Natürlich hatten wir angesichts der schlimmen Nachricht, die ich mit nach Hause gebracht hatte, über dieses Thema noch nicht gesprochen. Doch jetzt hielt ich es durchaus für angebracht, mich danach zu erkundigen, um meinen Ehemann wissen zu lassen, daß ich selbst in tragischen Zeiten zuallererst eine aufmerksame Ehefrau war.
»Wollt ihr, Vanessa und du, denn nun für das Cover von *Ein unvergeßlicher Ritter* posieren?« Ich stellte mein Glas ab und griff nach dem Teller mit den Lachs- und Tomatensandwiches auf dem Couchtisch.
»Gladstones Lektor war Feuer und Flamme, aber wir haben später noch jede Menge Zeit, darüber zu sprechen. Anders als der arme Karisma« – Ben fing wieder an, mein Haar zu streicheln – »haben wir das ganze Leben noch vor uns.«
»Das stimmt.« Ich zog die Hand zurück, ohne ein Sandwich genommen zu haben. »Es fällt mir schwer, mir vorzustellen, daß er tot ist.«
»Fällt es dir ebenso schwer, Ellie, an Mrs. Swabuchers Anschuldigung zu glauben, daß er ermordet wurde?«
»Ich weiß nicht.« Ich schüttelte den Kopf. »Es ging alles so schnell, nachdem sie auf der Treppe in Ohnmacht gefallen war. Mr. Poucher erschien auf der Bildfläche und trug sie zu einem der Sofas in der Bibliothek. Und während Eudora sie dazu zu bewegen versuchte, einen Schluck Wasser zu trinken, war Brigadegeneral Lester-Smith plötzlich da und bestand

darauf, Mrs. Swabucher in seine Obhut zu nehmen. Dann war auf einmal alles voller Menschen, und es gab soviel Geschrei und Geheul, daß ich dachte, der Krankenwagen wäre schon da. Sir Robert Pomeroy hat ihn gerufen, und die neue Bibliothekarin hat es geschafft, die Menschen von ... von der Leiche fernzuhalten. Das ist so ziemlich alles, woran ich mich noch klar erinnere. Dann ist alles ganz verschwommen, als Männer mit einer Bahre hereingeeilt kamen und jede Menge Fragen gestellt wurden, besonders Eudora, da sie ihn gefunden hatte. Es kommt mir vor, als hätte es Stunden gedauert, bis wir alle gehen durften. Es wird natürlich eine Autopsie geben, aber ich bin ziemlich sicher, daß Karismas Tod offiziell als Unfall eingestuft wird.«

»Aber du siehst es anders?« Ben drückte mir ein Sandwich in die Hand und sagte, ich solle aufessen, ehe ich antwortete.

»Ich weiß nicht recht.« Ich schluckte gehorsam. »Unter anderen Umständen wäre es wohl unwahrscheinlich, daß diese große Marmorbüste von Shakespeare einfach so von der Wand gehechtet sein soll, aber trotz all meiner Entschlossenheit, logisch zu denken, kann ich die Möglichkeit, daß Hector Rigglesworth seine Hand im Spiel hatte, nicht ganz ausschließen.«

»Der Geist?«

»Man sagt, er soll geschworen haben, in der Bibliothek von Chitterton Fells zu spuken, bis er endlich für sein Leben in sklavischem Dienst an der Leidenschaft seiner Töchter für Liebesromane gerächt wäre. Und Karisma ist ... *war* doch die wandelnde Verkörperung der Helden dieser Bücher.«

»Ellie« – Ben schüttelte den Kopf – »du hattest einen schlimmen Schock, und du kannst nicht klar denken.«

»Ich versuche, die Fakten objektiv zu betrachten«, erwiderte ich ihm. »In diesem Jahr kehrt der Todestag von Mr. Rigglesworth zum hundertsten Mal wieder. Und überleg mal, Ben: Am Jahrestag selbst fiel Miss Bunch, eine allem Anschein nach völlig gesunde Frau, in der Bibliothek einfach so tot um, und neben ihr lag ein Buch mit dem Titel *Der Traumliebhaber*. Dann findet Mr. Babcock, der frischgebackene Ehemann eines Mitglieds des Bibliotheksvereins, sein Ende. Und« – ich stärkte mich mit einem zweiten Sandwich – »es müssen noch andere seltsame Vorkommnisse berücksichtigt werden, zum Beispiel, daß Karismas Mitarbeiter plötzlich von einer Lebensmittelvergiftung niedergestreckt wurden, was sie daran hinderte, mit hierher zu kommen und ein schützendes Auge auf ihn zu haben.«

»Er hatte doch Mrs. Swabucher als Wachhund.«

»Zugegeben«, sagte ich, »aber sie war nicht so respektgebietend wie gewohnt, weil sie von ihrer Begegnung mit dem Mann erschüttert war, den sie vor vielen Jahren in ihrer Hochzeitsnacht verlassen hatte. Und dieser Schock veranlaßte sie, ihre geliebte Federboa in der Bibliothek liegenzulassen.«

»Was hat das mit alldem zu tun?« Ben ging sich ein Glas Brandy eingießen.

»Sie war im Lesesaal« – ich versuchte, meinen Ärger nicht zu zeigen – »und suchte die Boa, vielleicht genau in dem Augenblick, als sie unten bei Karisma hätte sein sollen, um sich zwischen ihn und die Shakespeare-Büste zu werfen, als diese von der Wand herunterfiel. Ich habe nicht den geringsten Zweifel, daß sie ihr Leben hingegeben hätte, um seines zu retten. Aber es war nicht Mrs. Swabucher, die Hector Rigglesworth heute wollte. Es mußte Karisma sein.«

»Nehmen wir an, das alles hätte einen Bezug zur Wirklichkeit« – Ben nahm seinen Platz neben mir wieder ein –, »dann scheint mir, daß dein Geist ebensoviel, wenn nicht mehr Grund gehabt hätte, Gladstone Spike zu erledigen. Immerhin schreibt er genau die Sorte Bücher, die die Rigglesworth-Töchter ihr Leben lang lasen.«

»Daran habe ich auch schon gedacht«, gab ich zu. »Aber es könnte doch sein, daß der alte Hector eine andere Art der

Rache an unserem Freund Gladstone vollstrecken will. Eine, die bitterer wäre als der Tod.« Es fiel mir schwer, fortzufahren. »Sollte Eudora des Mordes an Karisma angeklagt und – so unglaublich es klingen mag – verurteilt werden, würde Gladstone bestimmt nicht weiterleben wollen.«

»Jetzt begibst du dich aber auf Glatteis.« Ben sprach in seinem beschwichtigendsten Ton. »Du hast doch selbst gesagt, es sei ziemlich unwahrscheinlich, daß Shakespeare es sich einfach so in seinen Marmorschädel gesetzt haben soll, von der Wand zu springen und auf Karismas Kopf zu landen.«

»Das heißt noch lange nicht, daß ich denke, Eudora hätte die Hand im Spiel gehabt.«

Ich rieb mir die Stirn, um die beginnenden Kopfschmerzen zu vertreiben. »Das hatte sie ganz bestimmt nicht. Aber ich weiß nicht, wie die Polizei, die auf die gemeinsten, argwöhnischsten Ideen kommt, die Tatsache bewerten wird, daß ich sie ganz in der Nähe des Tatorts fand, als alle anderen – meines Wissens – oben waren. Und sie war derart mitgenommen, daß sie erst aufs Klo ging, um sich zu fangen, anstatt die schlimme Nachricht sofort zu übermitteln.«

Ben musterte aufmerksam mein Gesicht. »Das finde ich ganz verständlich. Und ich weiß nicht, warum du dir solche Sorgen machst.«

»Weil man etwas aus dem Umstand konstruieren könnte, daß Eudora und ich zuvor in der Bibliothek über den Unfall am Burggraben sprachen und sie dumme Bemerkungen darüber machte, die man falsch interpretieren könnte, falls jemand zugehört hat. Außerdem würde sie bei einer Vernehmung durch die Polizei bereitwillig zugeben, daß sie Karisma gesucht hat, um ihm die Meinung zu sagen, weil er Gladstone wegen des Titelbilds von *Ein unvergeßlicher Ritter* unter Druck setzte.«

»Also war sie wütend auf ihn«, sagte Ben. »Ich lege meine Hand dafür ins Feuer, daß sie nicht die einzige war.«

»Beileibe nicht«, antwortete ich mit gedämpfter Stimme.
»Sag bloß, Ellie, du machst dir Sorgen, daß du selbst in Verdacht geraten könntest, sollte sich herausstellen, daß Karismas Tod kein Unfall war?«
»Es wird garantiert herauskommen, daß ich heute morgen Streit mit Mrs. Swabucher hatte, weil ich mich von ihr und Karisma ausgenutzt fühlte. Mrs. Malloy hat meine laut erhobene Stimme gehört und wollte wissen, was los gewesen sei. Und ... man könnte die ganze Sache total übertreiben, so daß es sich anhören würde, als wäre ich unsterblich in Karisma verliebt gewesen und bei dem Gedanken, daß er mich hintergegangen hat, komplett ausgerastet.«
»War es denn so?« fragte Ben in neutralem Ton.
»Ob ich ausgerastet bin und ihn getötet habe?«
»Nein – hast du was für diesen Mann empfunden?«
»Wie konnte ich, wo ich Karisma kaum kannte?«
»... und eine glücklich verheiratete Frau bist.«
»Ich glaube nicht, daß ich die Möglichkeit in Betracht ziehen würde, selbst verdächtigt zu werden, hätte Mrs. Swabucher nicht diese Beschuldigung ausgesprochen. Sie sah mir direkt in die Augen, als sie sagte, Karisma sei ermordet worden, und mich überlief es derart eiskalt, daß ich am liebsten davongelaufen wäre.«
»Komm mal her, mein kleiner Dummkopf.« Ben zog mich in seine Arme, und ich lehnte meinen schmerzenden Kopf an seine tröstliche Schulter.
»Glaub mir, ich will nicht, daß Eudora zur Polizeiwache geschleift wird«, flüsterte ich, »aber meine größte Angst ist, daß ich lebenslänglich eingesperrt und von dir und den Zwillingen getrennt werde. Es ist furchtbar, das zugeben zu müssen, aber der Grund, warum ich nicht aufhören konnte zu weinen, als ich nach Hause kam, war nicht so sehr Karismas Tod als vielmehr, daß ich den Blick nicht vergessen konnte, den Mrs. Swabucher mir zuwarf.«

»Das darfst du nicht überbewerten«, sagte Ben vernünftig. »Die Frau hatte einen Schock.«

»Das stimmt.« Aber ich war nicht überzeugt.

»Ich vermute eher, Ellie, wenn sie überhaupt an eine bestimmte Person dachte, dann an Brigadegeneral Lester-Smith. Der Mann muß doch verbittert sein; und sie hat vielleicht den voreiligen Schluß gezogen, daß er einen Weg gesucht hat, sie für den Schlag zu bestrafen, den sie seinem männlichen Ego vor vielen Jahren beigebracht hatte.«

Ich setzte mich aufrecht hin. »Oh, aber er ist ein so lieber Mensch. Es ist schwierig, sich vorzustellen, daß er Gewalt angewendet hat.«

»Wenn du nicht willst, daß er es war«, sagte Ben bereitwillig, »wie wär's dann mit Mrs. Malloy? Sie war an Ort und Stelle. Und Vanessa hat mir auf dem Weg zum Pfarrhaus erzählt, daß ihre zukünftige Schwiegermutter Karisma gegenüber ein wenig abgekühlt war, als sie dachte, er könne George ausstechen wollen.«

»Ach, jetzt fangen wir an zu spinnen!« Ich stand auf und setzte mich sofort wieder hin.

»Da bin ich anderer Meinung. Mir scheint, daß ich da einen wichtigen Punkt berührt habe, Ellie. Wenn jemand ermordet wird, und wir wissen ja nicht mal, ob das hier der Fall war, kann man fast jedem, der in irgendeiner Beziehung - wie entfernt auch immer - zu dem Opfer stand, das eine oder andere Motiv nachweisen, aus dem er das Verbrechen hätte begehen können.«

»Mir ist flüchtig der Gedanke gekommen«, gab ich zu, »daß Mr. Poucher der Schuldige sein könnte, falls es, wie du sagst, einen Schuldigen gibt. Er war äußerst aufgeregt, als er mir erzählte, seine übellaunige Mutter hätte nach ihrer gestrigen Begegnung und der Fotosession mit Karisma zu blühendster Gesundheit zurückgefunden. Und er war entschieden ausweichend in dem Punkt, wo er steckte, als Heathcliff den Lesesaal praktisch auf den Kopf stellte.«

»Siehst du.« Ben lächelte mich liebevoll an. »Die Liste der Leute mit einem Motiv ist endlos. Aber wir wollen sie nicht alle durchgehen. Ich finde, du solltest nach oben gehen und ein schönes entspannendes Bad nehmen, Schatz, während ich dir ein wenig Suppe heißmache. Und danach könntest du gleich ins Bett gehen, um auf andere Gedanken zu kommen.« Dieser Vorschlag hatte durchaus seinen Reiz, aber ich hatte den falschen Schluß gezogen. Ben fuhr fort, ich solle einige meiner Einrichtungsbücher mitnehmen und mich damit unter die Decke kuscheln.

»Das ist keine schlechte Idee«, sagte ich. »Es wäre schon entspannend, in Katalogen mit Federbetten für Eudora zu blättern« – einen Augenblick lang war mein Kopf wie leer – »und ... und passende Vorhangstoffe für das Haus von Brigadegeneral Lester-Smith zu suchen.« Ich verlieh meiner Dankbarkeit für Bens Aufmerksamkeit mit einem Kuß Ausdruck, als die Tür zum Salon aufging und Vanessa hereinglitt.

»Entschuldigt, ihr Turteltauben«, gurrte sie, als wir uns trennten, »aber du wirst am Telefon verlangt, Ellie. Es ist deine Freundin Eudora Spike, und sie war so durcheinander, als ich mich meldete, daß sie weder meine Hochzeit noch meine Karriere als Model erwähnte. Aber« – Vanessa sprach weiter, als ich bereits in die Halle eilte – »ich werde sie nicht kritisieren, da mir gerade eingefallen ist, daß ich über mein eigenes aufregendes Leben vergessen habe, euch beiden von Gerta, der unbezahlbaren Kinderfrau, zu berichten. Sie kam hierher und bat mich, euch zu bestellen, daß sie heute abend nach London fährt, um ein paar Sachen von zu Hause zu holen; ihr solltet also keinen Alarm schlagen, wenn ihr sie nicht finden könntet.«

Die Stimme meiner Cousine schwächte sich zu Gemurmel ab, als ich nach dem Hörer griff und Eudora atemlos fragte, wie es ihr ginge.

»Ich habe einen ziemlich beunruhigenden Anruf von Sir Robert erhalten«, berichtete sie mir. »Auf dem Heimweg von der Bibliothek ist er bei Mr. Poucher vorbeigegangen, um ihn zu fragen, ob er noch das Kabel von der Kaffeemaschine hätte, und erfuhr, daß die alte Mrs. Poucher am Nachmittag verschieden ist, anscheinend in der Zeit, während ihr Sohn abwesend war. Der Arzt war da und sagte, es sei ein eindeutiger Fall von Altersschwäche. Und wie man hört, hatte die alte Dame es morgens ziemlich übertrieben.«

»Noch ein Todesfall ...« sagte ich.

»Ja, es scheint einen nach dem anderen zu geben«, erwiderte Eudora gelassen, »und deshalb hat Sir Robert mich auch angerufen. Er hatte zuvor mit Mrs. Dovedale gesprochen, die wiederum kurz mit Bunty Wiseman geredet hatte, und sie alle sind überzeugt, daß in Chitterton Fells eine böse Macht am Werk ist. Darum hat Sir Robert mich gebeten, sofort eine Art Notexorzismus in der Bibliothek vorzunehmen, um sie von dem Geist von Hector Rigglesworth zu befreien.«

»Was? Heute abend?«

»Ellie, eigentlich müßte ich mit dem Bischof sprechen, aber der ist nicht erreichbar, und Gladstone hat den Eindruck, wenn ich nichts unternehme, könnte eine Panik ausbrechen und sich in ganz Chitterton Fells verbreiten. Daher halte ich es für das beste, wenn ich sofort zur Bibliothek fahre und eine Gebetsstunde abhalte, um Gottes Segen und Frieden für die Seele von Hector Rigglesworth zu erflehen.«

»Werden alle Mitglieder des Bibliotheksvereins teilnehmen?«

»Gladstone wird mich natürlich begleiten«, antwortete Eudora, »und ich gehe davon aus, daß die meisten anderen auch dasein werden. Kannst du es einrichten, ebenfalls zu kommen, Ellie? Mir wäre wohler, wenn du anwesend wärst.«

»Ich fahre sofort los«, versprach ich und fügte noch hinzu, daß ich eine Flasche Weihwasser mitbringen würde, die meine Schwiegermutter bei einem ihrer Besuche mitgebracht hatte.

Wir sollten uns jede Hilfe zunutze machen, die wir kriegen konnten.
Als ich in den Salon zurückkam und Ben von der neuesten Entwicklung berichtete, sagte er, für ihn höre sich das nach komplettem Blödsinn an, erbot sich jedoch, mich zur Bibliothek zu begleiten. Vanessa sagte mit einem engelhaft-aufopfernden Lächeln, sie werde dableiben und auf Abbey und Tam aufpassen, obgleich sie Pläne gemacht habe, mit George essen zu gehen, der immer noch ein wenig niedergeschlagen wäre, weil er befürchtete, daß er sich mit dem Burggraben-Vorfall unmöglich gemacht hatte und auf Merlin's Court nicht mehr gern gesehen war. Nachdem ich mich bei ihnen beiden bedankt hatte, sagte ich, daß ich lieber allein fahren wollte, da ich die Fahrt dazu nutzen könne, noch einmal über alles nachzudenken.
Zum Glück verstand Ben, wie mir zumute war. Er kam mit hinaus, als ich losfuhr, und verzichtete darauf, mir gute Ratschläge zu geben, außer daß ich niemandem - ob Freund oder Fremden - anbieten sollte, ihn nach Hause zu bringen, und er bestand darauf, daß ich kurz anrief, falls irgend etwas Beunruhigendes passierte. Ich merkte, daß er nicht im mindesten glaubte, der Exorzismus würde irgendwelche unheimlichen Ergebnisse zeitigen. Keine ekelerregenden Substanzen, die aus dem Mund Unglücklicher hervorbrachen, die von Dämonen besessen waren, wie sie in Filmen dokumentiert sind, in denen es um Ausflüge in die Welt des Okkulten geht. Was mich betraf, so wußte ich nicht recht, was ich erwartete, als ich durch den Hintereingang in die Bibliothek ging und wieder einmal die Stufen zum Lesesaal erklomm.
Ich war ein wenig überrascht, als ich vor der Tür auf Mrs. Malloy und Mrs. Dovedale stieß, Mrs. M. aber erklärte mir, sie hätten sich an der Bushaltestelle draußen vor dem Lebensmittelladen getroffen und sie hätte sich entschlossen mitzukommen, um mir moralische Unterstützung zu leisten.

»Sie sahen sehr blaß aus, als Sie heute nachmittag nach Hause gingen«, sagte Mrs. M, »deshalb sagte ich, als ich mich ausgeruht und eine Tasse Tee getrunken hatte, zu George, ich würde meinen Hut aufsetzen und meinen Mantel anziehen und schnell mal zu Merlin's Court rübergehen, um zu sehen, wie's Ihnen geht. Nur gut, daß ich Mrs. Dovedale an der Bushaltestelle gesehen habe, sonst hätte ich das Fahrgeld verschwendet.«

»Das ist sehr lieb von Ihnen, Mrs. Malloy«, sagte ich, während wir den Raum betraten. Dort fanden wir Sir Robert Pomeroy im Gespräch mit Bunty Wiseman vor, in dem es darum ging, ob es angebracht war oder nicht, zu diesem Anlaß Ingwerkekse zu servieren. Mrs. Dovedale nahm Glückwünsche dafür entgegen, wie schön sie nach dem verhängnisvollen Benefiz alles wieder hergerichtet hatte. Und ich nutzte die Gelegenheit, um Mrs. Malloy zu sagen, daß ich fand, sie selbst sehe auch nicht besonders munter aus.

»Muß an meinem neuen Rouge liegen«, sagte sie. »Ich hätte bei meinem gewohnten Coral Reef bleiben sollen, anstatt die Sorte auszuprobieren, die Vanessa mir empfohlen hat - nicht, daß ich damit andeuten will, daß sie's drauf anlegt, mich wirklich alt genug für Georges Mutter aussehen zu lassen. Das Mädchen ist für ihre Verhältnisse ganz nett zu mir, Mrs. H, und ich nehme ihr ab, daß sie meinen Jungen liebt. Deshalb wär's mir auch lieber, wenn Sie ihr kein Wort davon sagen, was mich vor lauter Sorge ganz krank macht.«

»Ich wußte doch, daß etwas nicht stimmt!«

»Bestimmt rege ich mich ganz umsonst so auf.« Mrs. Malloy warf mir einen Blick zu, der mich zum Widerspruch herausforderte. »Ich muß bloß immer denken, ob dieser Sturz, den Karisma gedreht hat, als er im Burggraben landete, ihn nich' irgendwie geschwächt hat. Mit anderen Worten, Mrs. H, ob seine Birne schon angeknackst war, als diese Statue auf ihn fiel. Sie wissen schon, worauf ich hinauswill: Am Ende könnte man meinem George die Schuld geben, und einen Sohn im Gefängnis zu besuchen war noch nie meine Vorstellung von gelungener Freizeitgestaltung.«

»Da sehen Sie aber zu schwarz«, sagte ich zu ihr, obgleich ich dachte, daß sie vielleicht gar nicht so unrecht hatte. Und, so muß ich leider zugeben, ich stürzte mich mit einem Gefühl der Erleichterung auf diese Möglichkeit. So furchtbar der Gedanke auch war, daß Karisma gestorben war, weil er an einem Tag gleich zwei kräftige Schläge auf den Kopf erhalten hatte, so war er in meinen Augen doch der Möglichkeit vorzuziehen, daß er den gespenstischen Machenschaften von Hector Rigglesworth zum Opfer gefallen war. Oder, schlimmer noch, von jemandem ermordet worden war, den ich kannte.

»Karisma ist in den Burggraben gefallen, weil er aus dem Tritt geraten ist«, sagte ich bestimmt. »Niemand kann George für das, was passiert ist, verantwortlich machen.«

»Glauben Sie das man bloß nich', Herzchen!« Sie tupfte sich mit einem Taschentuch die Augen. »Da draußen sind Millionen von Frauen, die nach einem Sündenbock Ausschau halten werden, wenn sie vom Tod ihres Idols erfahren. Und das Gerücht, daß mein Junge wegen Vanessa eifersüchtig auf ihn war, wird sich verbreiten wie die Masern.« Mrs. Malloy holte zitternd Luft. »Es gibt nur einen Ausweg, wir müssen die Schuld schlicht und einfach jemand anderem in die Schuhe schieben.«

Es gefiel mir nicht, wie sie mich dabei ansah, aber ehe ich etwas erwidern konnte, kamen Eudora und Gladstone herein, gefolgt von Sylvia Babcock. Noch immer keine Spur von Brigadegeneral Lester-Smith, und ich fragte mich schon, ob er wohl befürchtete, daß Mrs. Swabucher sich uns anschloß, als Mr. Poucher auf der Bildfläche erschien; er trug eine schwarze Armbinde zu Ehren, so war anzunehmen, seiner verstorbenen Mutter.

»Genau der Mann, den ich sprechen wollte. Was! Was!« Sir

Roberts Schnäuzer sträubte sich energisch, als er mit ausgestreckter Hand auf ihn zuschritt. »Wenn ich bitten dürfte, alter Knabe, ich und unsere Kollegen vom Bibliotheksverein wären Ihnen sehr dankbar für die Rückgabe des Kabels zur Kaffeemaschine.«
»Hier – da haben Sie das verflixte Ding.« Mr. Poucher brachte es aus der Tasche seines Regenmantels zum Vorschein und stand mit bitterböser Miene da, was seinen üblichen bedrückten Gesichtsausdruck noch unterstrich. »Ich weiß, was Sie alle denken. Ich bin nicht so blöd, daß ich nicht auf Anhieb durchschaut hätte, daß dieser ganze Blödsinn von wegen Exorzismus lediglich ein Mittel war, mich herzulocken, damit ich zusammenbreche und ein Geständnis ablege. Aber ich war's nicht, der dem Toten diese rote Schramme beigebracht hat. Ich schwöre beim Grab meiner Mutter« – er verzog die Lippen zu einem säuerlichen Lächeln – »daß ich dieses Kabel hier nicht dazu benutzt habe, Karisma zu erwürgen.«
»Natürlich nicht, mein Lieber«, sagte Mrs. Dovedale mit ihrer sanften Stimme. »Ich habe die Schramme gleich gesehen, als er hier eintraf, so wie alle anderen auch.«
Mrs. Malloy und ich tauschten einen Blick aus, doch es war Eudora, die standhaft erklärte, daß keinerlei Zusammenhang zwischen der Schramme an Karismas Hals und seinem Tod bestand. Gladstone fügte freundlich hinzu, daß er keinerlei Verdacht gegen Mr. Poucher hege. Und Bunty meldete sich mit der Information zu Wort, sie sei viel zu sehr damit beschäftigt gewesen, gewisse andere Teile von Karismas Anatomie zu begutachten, um sich auf seinen Hals zu konzentrieren.
»Na dann« – Sir Robert setzte eine leutseligere Miene auf – »würde ich sagen, wir stöpseln die Kaffeemaschine ein und genehmigen uns alle ein Täßchen, bevor wir mit dem Exorzismus beginnen. Was! Was!« Dieser Vorschlag wurde mit verschiedenen Graden von Begeisterung aufgenommen. Eudora lächelte mich matt an, als ich die Weihwasserflasche aus mei-

ner Tasche holte und ihr reichte. Mrs. Malloy lebte auf, als Sylvia Babcock zu ihr schlich und ein Gespräch anfing. Doch Bunty war nicht ihr übliches sonniges Selbst, als sie auf mich zukam.

»Mir ist ganz flau, Ellie.«

»Ich weiß auch nicht, was einen bei einem Exorzismus erwartet«, pflichtete ich ihr bei.

»Das habe ich nicht gemeint.« Sie fuhr sich aufgeregt durch die blonden Locken. »Ich habe gehört, wie Mrs. Swabucher sagte, Karisma sei ermordet worden, und ich habe das furchtbare Gefühl, mein Ex könnte es getan haben.«

»Lionel? Aber er ist ein angesehener Anwalt.«

»Was hat das schon zu bedeuten?« Bunty unterdrückte ein Schluchzen. »Er liebt mich immer noch, sag bloß nicht, daß es nicht so ist, weil ich ihn nämlich in- und auswendig kenne, und wenn er hier wäre, würde ich ihn windelweich schlagen, weil er mir solche Angst macht. Seit der Scheidung spioniert er mir hinterher, um zu sehen, ob ich mit einem anderen herummache, und blöd wie ich bin, mußte ich ihm heute nachmittag, als er hier auftauchte, sagen, Karisma hätte sich auf den ersten Blick Hals über Kopf in mich verliebt.«

»Ach, um Himmels willen, Bunty«, rief ich, »du regst dich wegen nichts und wieder nichts so auf. Lionel ist kein Dummkopf. Er muß gewußt haben, daß du das erfunden hast.«

»Herzlichen Dank, Schwester.«

Typisch Mrs. Malloy, daß sie auf ihren Stöckelschuhen mitten in unser Gespräch geklappert kam. In einem Bühnenflüstern, das bis zur hintersten Reihe eines Theaters getragen hätte, verkündete sie, daß sie wisse, wie und warum Karisma abgetreten sei. Doch ehe sie unsere lebhafte Neugier stillen konnte, schlug Sir Robert bedauerlicherweise mit einem Löffel gegen die Kaffeekanne und schlug vor, wir sollten uns alle eine Tasse von dem Gebräu holen und, falls es niemanden beleidigte, uns von den Ingwerkeksen bedienen, bevor wir unsere Plätze am

Tisch einnahmen. »Oder verwechsele ich alter Trottel einen Exorzismus mit einer Séance?«
Mrs. Dovedale unternahm mit einem zärtlichem Blick den Versuch, ihn aufzuklären, indem sie sagte, ihres Wissens bestünde der Sinn eines Exorzismus darin, bösen Geistern zu sagen, sie sollten verschwinden, während eine Séance sie einlud, zu einem kurzen Besuch vorbeizukommen.
Gladstone hatte am Tisch gesessen und friedlich gestrickt. Jetzt sagte er milde: »Nun, ich kann nur hoffen, daß Hector Rigglesworth, sollte er die Zeichen mißdeuten und sich zeigen, wenigstens den Anstand besitzt, sich nicht von den Ingwerkeksen zu nehmen. Es sind ohnehin kaum genug für alle da. Ich habe schon zu Eudora gesagt« – Gladstone lächelte seine Frau liebevoll an – »daß ich nicht recht weiß, ob es zulässig ist, zu einem Exorzismus einen Biskuitkuchen mitzubringen, und sie stimmte mir zu, daß es nicht anginge, ein gesellschaftliches Ereignis aus dem Abend zu machen. Was« – die Nadeln klapperten weiter – »keine Kritik an Ihren Ingwerkeksen sein soll, Sir Robert.«
»Es sind nicht seine Kekse.« Mrs. Dovedales Gesicht rötete sich vorteilhaft, als sie sich im Namen des Mannes an ihrer Seite zu Wort meldete. »Der Brigadegeneral hat sie zur vorletzten Sitzung mitgebracht, was übrigens sehr nett von ihm war.«
»Apropos«, fragte ich, »wollen wir warten, bis er kommt, bevor wir damit anfangen, Hector Rigglesworth an einen Ort zu verbannen, der möglichst außerhalb des Säumnisgebühreneinzugsbereichs der Bibliothek ist?«
»Ehrlich, ich glaube nicht, daß Brigadegeneral Lester-Smith kommt.« Bunty reichte mir eine Tasse Kaffee. »Ich glaube, er würde es komisch finden, Mrs. Swabucher allein zu lassen.«
»Du meinst, sie ist bei ihm?«
»So habe ich gehört.« Bunty sah Mrs. Dovedale an, die zustimmend nickte.

»Ich dachte, sie ist im Hollywood Hotel abgestiegen.« Es bereitete mir ein wenig Mühe, diese neue Entwicklung zu verdauen. »Mrs. Swabucher muß es sich anders überlegt haben, nachdem ich mit ihr gesprochen habe. Aber warum um alles in der Welt sollte sie lieber in dem möblierten Zimmer von Brigadegeneral Lester-Smith unterschlüpfen?«

»Ich habe ihr Gespräch mitangehört«, sagte Sylvia Babcock aus einer Ecke des Raumes, wo sie bisher gestanden hatte, als nehme sie nicht wahr, was rings um sie geschah. »Er ließ nicht locker, lud sie immer wieder ein. Mir schien es, als hätte er sie am Ende mürbe gemacht, und es ging ihr vorher ja schon nicht gut, oder?«

»Wäre es nicht schön« – Mrs. Dovedale lächelte zu Sir Robert hoch –, »wenn aus dieser schrecklichen Sache wenigstens ein Gutes entstünde und zwei Menschen schließlich ihr Glück in den Armen des jeweils anderen fänden?« Mir war nicht ganz klar, von wem sie sprach, aber da ich eine romantische Natur bin, hoffte ich, daß Mrs. Swabucher und der Brigadegeneral einen Weg fanden, wenn nicht zurück zu den herrlichen Tagen ihrer ersten Verliebtheit, so doch zu etwas ähnlich Herzerwärmendem und Magischem. Bestimmt, so dachte ich, als ich zu Gladstone in seiner grauen Strickjacke hinübersah, war doch nichts unmöglich, wenn dieser Mann ein Doppelleben als Zinnia Parrish, die Autorin der schärfsten Liebesschnulzen der Welt, führen konnte.

Als ich mich schließlich wieder gefangen hatte, zog Sir Robert auf Anraten von Mrs. Dovedale, die sagte, daß der Exorzist, so erinnere sie sich von einer Sendung im Fernsehen, in die Welt der Dunkelheit eintauchen müsse, um den Kampf mit dem Bösen auf dessen eigenem Terrain aufzunehmen, die Vorhänge zu. Als sich tiefe Schatten über den Raum senkten, tasteten sich alle zu ihren Plätzen am Tisch vor, und erst als ihre Stimme praktisch mein rechtes Ohr ansprang, merkte ich, daß meine Nachbarin zur Rechten Eudora war.

»Meine lieben Freunde, in eurem Namen und dem meinen bitte ich unseren himmlischen Vater, er möge mit Wohlwollen auf alle seine Diener herabsehen und durch seine unvergängliche Liebe der Seele von Hector Rigglesworth Frieden schenken.«

»Das wird den Kerl nicht verscheuchen«, murmelte Mrs. Malloy an meinem linken Ohr. Und das Kreischen, das vom andere Ende des Tisches kam, stammte nicht von Hector Rigglesworth, es sei denn, er hatte sich eine weibliche Stimme zugelegt, weil er mit all diesen Töchtern zusammengelebt hatte. Ich tippte eher auf Sylvia Babcock.

»Wie wär's, wenn wir es mit dem Weihwasser versuchen, Liebes?« Das war Gladstone, und Eudora sagte, es stünde direkt vor ihr, sie könne es nur nicht finden.

»Ah, da ist es ja!« Ihre Stimme klang merklich angespannt, als sie deklamierte: »Hebe dich hinweg, Hector Rigglesworth, von diesem irdischen Ort und lasse die Bibliothek von Chitterton Fells ungestört ihrem Dienst an der Gemeinde nachgehen.« Das war nicht fair, dachte ich. Eudora konnte im Nu arbeitslos werden, sollte der Bischof von dieser Eskapade erfahren. Ein Wasserspritzer landete auf meiner Wange. Ein weiterer spitzer Schrei war von – jetzt war ich ganz sicher – Sylvia Babcock zu hören. Und ich selbst zuckte nervös zusammen, was Mrs. Malloy mir nachtat, als hätten wir diese Bewegung zuvor zusammen einstudiert.

Ein Luftzug war uns über den Rücken gefahren wie ein Gifthauch, fand ich, die Dunkelheit ließ nach, und in den Schatten wurden blasse runde Flecke, unsere Gesichter, sichtbar, die alle zur Tür starrten.

»Ist er es?« fragte Mrs. Dovedale mit zitternder Stimme, woraufhin sich Sir Roberts Arm sofort beschwichtigend um ihre Schultern legte.

»Er kommt, um *mich* zu holen!« Sylvia erhob sich wie ein Keil aus Mondlicht von ihrem Stuhl. »Er kommt, um mich in die

Hölle mitzunehmen, weil ich meinen Mann wegen der Lebensversicherung ermordet habe.«

»Oh, um Himmels willen, halten Sie bloß die Klappe, Frau!« knurrte Mr. Poucher und rappelte sich vom Stuhl auf.

»Ich war es! Ich habe Albert Saccharintabletten gegeben anstelle seiner Herztabletten. Es sah ohnehin nicht wie Mord aus, da er bereits mit einem Bein im Grab stand. Aber ich wußte, daß der Teufel hinter mir her ist, als er in Gestalt dieses schwarzen Hundes auftauchte. Und heute kam er wieder, um mir ins Gesicht zu lachen.« Sylvia schluchzte hysterisch, als Sir Robert und Mr. Poucher schließlich die Vorhänge aufrissen, so daß genügend Licht hereinfiel, um eine schwarzgekleidete Gestalt sichtbar werden zu lassen, die in der Tür stand.

»Guten Abend«, sagte Ione Tunbridge. »Verzeihen Sie die Störung, aber ich habe meinen Besuch in der Bibliothek und die ganze Aufregung heute derart genossen, daß ich zu der Einsicht gelangt bin, es mit meinem Hang zur Einsamkeit vielleicht etwas zu weit getrieben zu haben. Daher bin ich heute abend wiedergekommen, um mir ein Buch auszuleihen, und diese liebe kleine Bibliothekarin erzählte mir, im Lesesaal fände eine Sitzung statt und ich würde bestimmt mit Ausrufen des Entzückens empfangen, sollte ich mich in Ihrer Mitte zeigen.«

»Hocherfreut, Madam.« Sir Robert bemühte sich, ganz den freundlichen Gastgeber zu spielen.

»Na, erzähl keine Märchen, du süßer kleiner Racker!« Miss Tunbridge kicherte neckisch und drohte ihm mit einem schwarzen Häkelfinger. »Es ist doch mehr als klar, daß ich die Leidensgeschichte dieser hübschen jungen Dame unterbrochen habe« – sie heftete ihre schwarzen Augen auf Sylvia, die herzerweichend schluchzte – »ehe sie sämtliche erschütternden Details berichten konnte. Da ich selbst einen Mord begangen habe, wenn auch nur einen – was mich, so gebe ich zu, nicht zur Expertin macht – weiß ich sehr gut, daß es unbedingt erforderlich ist, den Leuten zu erzählen, was du getan hast. Andernfalls lastet dein ganzes Leben lang ein häßliches Geheimnis auf dir.« Sie ging zu ihr hinüber und legte ihre knochigen Hände um Sylvias Gesicht, wodurch sie wirkungsvoll einen Schrei im Keim erstickte. »Es spielt keine Rolle, ob man Ihnen glaubt oder nicht, Liebes. Die Polizei scheint meine Geschichte nicht ernstgenommen zu haben. Aber das ist ihr Problem, oder, meine Süße?«

»Ich hab's Ihnen doch gesagt, sie hat ihn abgemurkst!« sagte Mrs. Malloy triumphierend zu mir, als Stimmengewirr den Raum erfüllte. »Oh, ich gebe zu, daß ich dachte, Miss Tunbridge würde bloß Märchen erzählen – und das muß ich vielleicht überdenken –, aber mit Sylvia B. hab' ich voll ins Schwarze getroffen. Übrigens, Mrs. H., das hab' ich vorhin gemeint, als ich sagte, daß ich ausgeknobelt hätte, wie Karisma gestorben ist. Und Sie müssen mir zustimmen, daß es einem klar wie Kloßbrühe in die Augen springt!«

»Was denn?«

»Kommen Sie schon.« Ihr Ellbogen grub sich schmerzhaft in meine Rippen. »Benutzen Sie den Grips, den Gott Ihnen gegeben hat. Unsere Mrs. Babcock geriet in Panik, weil sie dachte, man wäre ihr auf die Schliche gekommen, deshalb hat sie Karisma abgemurkst, damit es so aussah, als ginge hier einer von diesen Serienkillern um. Hören Sie mir zu, Mrs. H.?«

»Ja«, sagte ich. Die Kälte in meiner Stimme erstaunte mich.

»Und, was sollen wir unternehmen?«

»Jemand muß die Polizei anrufen.« Ich wandte mich zur Tür.

»Sir Robert leitet heute abend die Sitzung, also können Sie es getrost ihm überlassen.«

»Und wo wollen Sie jetzt hin?« rief Mrs. Malloy mir nach, als ich in den Flur hinauseilte.

»Jemanden besuchen«, rief ich zurück, aber vielleicht hörte sie mich nicht, weil ich bereits halb die Treppe hinunter war.

Es war eiskalt, als ich auf die Straße trat, und der Schauer, der langsam meinen Rücken hinunterkroch, ließ mich unter der Laterne kurz innehalten. Vielleicht hätte ich Mrs. Malloy sagen sollen, wohin ich ging, und daß sie, wenn ich binnen einer Viertelstunde nicht zurück war, die Polizei nach mir schicken sollte. Aber wenn ich das getan hätte, dann hätte sie darauf bestanden, mich zu begleiten. Und das wollte ich nicht, für den Fall, daß es gefährlich wurde. Dasselbe galt für Ben, so sehr ich auch wünschte, er stünde jetzt neben mir. Die Polizei anzurufen und von meinem Verdacht zu erzählen hätte keinen Zweck gehabt. Ich wußte, besonders jetzt, da ich die Anhaltspunkte in Gedanken noch einmal durchging, daß sie zu fadenscheinig waren, um auch nur annähernd von Beweiskraft zu sein. Doch wenn ich untätig blieb, würde jemand, den ich kannte, in großer Gefahr schweben, ohne es zu wissen.

Ich hörte meine Füße über die Market Street in Richtung Barberry Road rennen und merkte, daß ich nur noch um die Ecke zu biegen und eine Seitenstraße zu überqueren brauchte, dann wäre ich da. Das hohe, schmale Haus, dessen Haustür nur wenige Zentimeter von der Fahrbahn entfernt war, kam in rasend schnellem Tempo auf mich zu, und im Nu stand ich auf der gründlich geschrubbten Steinstufe und läutete.

Es dauerte vermutlich nur dreißig Sekunden, obwohl es mir wie ein Jahr vorkam, bis die Tür von einer Frau mit einer bedruckten Schürze geöffnet wurde. Graue Haare lugten unter ihrem Kopftuch hervor.

»Hallo ...« Ich versuchte, nicht so kurzatmig zu sprechen. »Ist Brigadegeneral Lester-Smith zu Hause?«

Sie musterte mich argwöhnisch von oben bis unten. »Ja.«

»Dürfte ich reinkommen und ihn kurz sprechen?«

»Na, ich weiß nicht ...« Ihre Stimme klang, als sei dies alles andere als eine normale Frage. »Er zahlt pünktlich auf die Minute seine Miete und gehört auch nicht zu denen, die irgendwelche Scherereien machen. Aber er hat oben schon eine

Dame bei sich, und das sieht dem Brigadegeneral gar nicht ähnlich, das sage ich Ihnen.«

»Nun ja, eigentlich wollte ich sie sprechen«, sagte ich.

»Oh, dann ist es etwas anderes. Sie werden es sich also nicht zur Gewohnheit machen, hier auf der Matte zu stehen.« Sie trat zurück und zeigte auf die Treppe. »Seine Zimmer liegen vorne rechts, und ich wäre Ihnen dankbar, wenn Sie auf dem Weg keinen Lärm veranstalten, weil mein anderer Untermieter mir sonst die Hölle heiß macht.«

»Danke«, sagte ich zu ihr und gab mir große Mühe, daß mein Herz nicht zu laut pochte, als ich auf Zehenspitzen die Treppe hinaufging. Meine Hand fühlte sich an wie ein Mehlsack, als ich sie hob, um an Brigadegeneral Lester-Smiths Tür zu klopfen. Er öffnete, ehe ich sie wieder sinken lassen konnte, und spähte mit leicht überraschter Miene zu mir hinaus.

»Guten Abend, Mrs. Haskell!«

»Ich möchte mit Ihnen sprechen«, sagte ich.

»Gewiß.« Er führte mich in ein tadelloses Wohnzimmer, das einladend aussah, obwohl jedes einzelne Möbelstück mit militärischer Präzision ausgerichtet war. »Geht es um die Renovierung des Hauses?«

»Nein.« Ich setzte mich auf den Stuhl, den er mir anbot. »Es geht um Karismas Tod. Es tut mir leid, das sagen zu müssen, Brigadegeneral Lester-Smith, aber ich muß Mrs. Swabucher beipflichten, daß es kein Unfall war.«

»Ich verstehe.« Er nahm mir gegenüber Platz und zog mit großer Sorgfalt die Knie seiner Hosen glatt. »Evangeline ist im Schlafzimmer.« Er wies mit dem Kopf auf eine Tür links vom Kamin. »Sie ruht seit einigen Stunden. Und ich bezweifle, daß sie uns hören wird.«

»Das ist gut.« Ich hielt mich mit beiden Händen an meiner Tasche fest.

»Sind Sie hier, um mir zu sagen« – er lächelte unendlich

traurig – »daß Sie der Meinung sind, ich hätte den Burschen umgebracht?«

»Nein.« Ich blinzelte gegen die Tränen an. »Ich glaube, Mrs. Swabucher hat Karismas Leben ein Ende gesetzt. Als sie auf der Treppe stand und sagte, er sei ermordet worden, dachte ich, sie wolle jemand anders beschuldigen. Aber eben in der Bibliothek tauchte plötzlich Ione Tunbridge auf und sagte, wenn jemand ... so etwas tut, dann hätte er das dringende Bedürfnis, es zu gestehen. Sie ist eine seltsame Frau, und ich glaube nicht, daß ihre Theorie in den meisten Fällen standhält, aber ich sah das, was Mrs. Swabucher gesagt hatte, doch in neuem Licht. Mir fiel ihr Augenausdruck ein, als sie sagte: ›Mord‹, und ich habe den Eindruck, sie wollte, daß ich die Wahrheit weiß, weil es eine Qual für sie war, es für sich zu behalten – mit dem furchtbaren Wissen, was sie getan hatte, ganz allein zu sein.«

»Evangeline liebte ihn.«

»Deshalb hat sie es getan«, sagte ich zu Brigadegeneral Lester-Smith. »Sie hatte Angst um ihn. Sie mußte mitansehen, wie man ihm den Auftrag für den Titel von *Ein unvergeßlicher Ritter* entzog, und ich glaube, plötzlich sah sie den Tag vor sich, an dem er nicht mehr der Traummann aller Frauen sein würde. Und das konnte sie nicht ertragen. Sie hatte mit angesehen, wie ihr Ehemann eines langsamen, würdelosen Todes starb, das hat sie mir neulich noch erzählt.«

»Also glauben Sie« – der Brigadegeneral starrte in den rußfreien Kamin –, »daß Evangeline die Shakespeare-Büste genommen und ihm einen Schlag auf den Kopf versetzt hat?«

»Nein, das hätte sie nie getan.« Ich rutschte auf meinem Stuhl herum. »Ich habe zwei und zwei zusammengezählt, zum Beispiel, daß Eudora, nachdem sie mir eröffnet hatte, Karisma sei tot, kaum atmen konnte. Und heute abend zu Hause, kurz bevor ich zu dem Exorzismus aufbrach, wollte ich gerade Kataloge nach Federbetten durchsehen, um eines mit einer guten synthetischen Füllung zu finden, weil Eudora, als ich mit ihr über die Umgestaltung ihres Schlafzimmers sprach, erwähnte, sie sei allergisch gegen Federn. Verstehen Sie, worauf ich hinauswill, Brigadegeneral?«

»Evangelines Federboa.«

»Eudora trug heute nachmittag eine rosarote Strickjacke, und ich weiß noch, daß sie, als sie vor mir stand und mir von Karisma berichtete, an einem, wie ich annahm, losen Faden zupfte. Und wenn es eine Daune war, eine von vielen, die vielleicht durch die Luft gewirbelt sind, als sie sich über die Leiche beugte, und ihre Atemnot nicht von dem Schock kam, sondern eine allergische Reaktion war? Mrs. Swabucher trug ihre Boa nicht, als Karisma Autogramme gab. Sie hatte sie neulich im Lesesaal vergessen, und ich sagte ihr, wo sie war, als ich Limonade auf der Benefizveranstaltung einschenkte.«

»Sie behaupten demnach, Mrs. Haskell, daß Evangeline mit der Boa nach unten gekommen sein muß, nachdem sie mit Ihnen gesprochen hatte.« Brigadegeneral Lester-Smith setzte sich aufrecht hin. »Aber das reicht wohl kaum als Beweis, daß sie ihn damit erstickt hat.«

»Das denke ich auch nicht«, sagte ich langsam. »Ich denke, sie . . .« Es war schwierig, das Wort auszusprechen. »Sie hat ihn damit erdrosselt, weil er ja bereits eine Schramme am Hals hatte. Und da sie nicht mehr logisch denken konnte, hoffte sie, die neue Verletzung würde für die alte gehalten werden.«

»Sah er denn aus wie ein Mann, der erdrosselt wurde?« fragte Brigadegeneral Lester-Smith mit wehmütigem Spott.

»Er sah aus wie Apoll, der auf den Sonnenaufgang wartet, aber ich glaube nicht, daß Mrs. Swabucher mehr tun mußte, als die Enden der Boa kurze Zeit straffzuziehen, falls er durch den Schlag auf den Kopf mit der Shakespeare-Büste bewußtlos war. Und so ist es doch gewesen, oder, Brigadegeneral? Sie waren dort und haben alles mitangesehen, nicht wahr? Deshalb haben Sie sie angefleht, mit Ihnen nach Hause zu kommen, und sie schließlich überredet.«

»Ich wollte sie beschützen.« Brigadegeneral Lester-Smith ging zum Fenster hinüber und fuhr mit dem Rücken zu mir fort: »Ich wußte, daß es nicht für lange sein würde, aber ich hatte das Gefühl, das sei ich ihr schuldig, weil sie einmal meine Frau gewesen war, zumindest einen Tag lang. Nach der Autogrammstunde war ich eine Weile oben, aber immer wieder sah ich Evangeline, wo ich auch stand. Zuvor hatten wir ein wenig miteinander geredet, und ich dachte, ich hätte meine Erschütterung angesichts unseres Wiedersehens überwunden, aber ich merkte, daß ich mir etwas vormachte. Ich ging wieder nach unten in die Bibliothek. Karisma saß noch am Tisch und sah die Bücher mit seinem Bild auf dem Titel durch. Doch als ich am Empfangstisch vorbeiging, stand er auf. Er tat ein paar Schritte, dann kam die Shakespeare-Büste von der Wand geflogen und traf ihn am Kopf. Vielleicht hat jemand die Konsole, auf der sie stand, gelockert. Aber das ist wenig wahrscheinlich, weil sie immer sehr massiv auf mich wirkte. Das Krachen wurde von dem Geheul des Hundes übertönt.«

»Ja«, sagte ich, »er hat einen geradezu unheimlichen Lärm veranstaltet.«

Brigadegeneral Lester-Smith fuhr fort, als hätte er mich nicht gehört. »Einen Augenblick stand Karisma vollkommen reglos da. Dann taumelte er und stürzte zu Boden. Ich wollte gerade zu ihm gehen, Mrs. Haskell, da sah ich Evangeline mit ausgestreckten Armen auf ihn zueilen. Und sogleich schnürte mir Bitterkeit die Kehle zu, und ich dachte, sie wird mir die Schuld geben, es würde meine Schuld sein, so wie in unserer Hochzeitsnacht. Sie würde mich beschuldigen, den Jungen niedergeschlagen zu haben, um mich an ihr zu rächen. Daher versteckte ich mich hinter den Regalen, Mrs. Haskell, als der Feigling, der ich bin. Und ich sah, wie sie neben ihm niederkniete und seine Wange berührte. Es war zuviel! Ich schloß die

Augen. Und als ich die Kraft hatte, wieder hinzusehen, nahm sie die Boa von seinem Hals.«

»Vielleicht glaubte sie, daß er es so gewollt hätte. Angenommen, sie wußte, daß er Angst vor dem Altern hatte? Ich habe diese gehässigen Bemerkungen gehört, er wäre der einzige Mann auf der Welt, der selbst seinen Teller als Spiegel benutze. Wenn es stimmte, so vielleicht deshalb, weil er das Bedürfnis hatte, sich immer wieder seines guten Aussehens zu versichern.«

»Was sie getan hat, ist ein Verbrechen« – der Brigadegeneral kam langsam auf mich zu – »aber sie war kein böser Mensch. Sie war ein Mädchen, das niemals ganz erwachsen wurde, genau wie die Rigglesworth-Töchter, so daß sie nur den Mann von ganzem Herzen und mit ganzer Seele lieben konnte, der den Zauber nicht dadurch zerstörte, daß er erreichbar für sie war.«

»Was geschieht jetzt?« fragte ich.

»Warum gehen wir nicht rein und sehen sie uns an?« Sanft führte Brigadegeneral Lester-Smith mich zur Tür. »Evangeline sagte mir, sie wolle etwas nehmen, das ihr dazu verhelfen würde, hundert Jahre lang zu schlafen, bis ihr Märchenprinz sie mit einem Kuß aufweckt.«

Epilog

Es war zwei Monate später, und wieder fand eine Sitzung des Bibliotheksvereins im Lesesaal statt. Sylvia Babcock war nicht mehr unter uns, aus Gründen, über die wir in diesen Tagen selten sprachen. Dafür war Mrs. Malloy zu unserer kleinen Gruppe gestoßen, und die Stimmung an diesem Abend war ausgelassen. Brigadegeneral Lester-Smith präsidierte an der Kaffeemaschine, deren Kabel jetzt mit einem knallroten Aufkleber versehen war, der es zu Bibliothekseigentum erklärte. Mr. Poucher hatte Heathcliff heute abend nicht hinter dem Eckschrank versteckt; dafür bekamen wir die neuesten Neuigkeiten von ihm zu hören, so wie jedesmal. Der Hund hatte seinem derzeitigen Herrchen nicht etwa Tod und Verderben gebracht, sondern sich als Cupido betätigt. Eines Tages, als Mr. Poucher einen Spaziergang mit ihm auf dem Tierfriedhof machte - nachdem Heathcliff Interesse bekundet hatte, die Gräber seiner illustren Vorfahren aufzusuchen -, waren sie einer Frau begegnet, die das kürzliche Dahinscheiden ihres geliebten Corgi betrauerte. Es war Heathcliff, der das Eis zwischen ihnen brach, indem er sich mit dem Kranz davonmachte, der gerade erst neben dem Grabstein des teuren Toffee niedergelegt worden war, und für Mr. Poucher war eine Romanze erblüht. Sir Robert und Mrs. Dovedale nährten nach wie vor die Hoffnung in mir, daß sie eines Tages den Bund fürs Leben schließen würden. Bunty Wiseman sprach davon, Lionel eine zweite Chance zu geben. Gladstone Spike

setzte seine geheime Schriftstellerkarriere als Zinnia Parrish fort. Alles in allem gedieh die romantische Liebe im Umkreis der Bibliothek von Chitterton Fells also prächtig.
Mit dem Mord an Karisma schien der Geist von Hector Rigglesworth Frieden gefunden zu haben. Manche von uns glaubten, daß er sich gegenüber der Bibliothek hinreichend gerächt fühlte und sich aus eigenem Antrieb davongemacht hatte. Andere dachten, der Exorzismus sei ausschlaggebend gewesen. Mr. Poucher blieb dabei, daß er an den Rigglesworth-Quatsch nie geglaubt hätte. Diese Meinung wurde an diesem Abend auf die Probe gestellt, als Brigadegeneral Lester-Smith sich erhob und seinen Rechenschaftsbericht abgab.
»Wie der Bericht des Kassenwarts zeigen wird« – er öffnete seinen Aktenkoffer und brachte ein Bündel Papiere zum Vorschein, die hochoffiziell aussahen – »ist es uns gelungen, die beträchtliche Geldsumme einzunehmen, die wir brauchen, um das Andenken unserer verschiedenen Bibliothekarin zu ehren. Ursprünglich war geplant, eine Bronzestatue von Miss Bunch in Auftrag zu geben. Doch kürzlich wurde der Verein darauf hingewiesen, daß die Bibliothek ernsthafte Probleme mit Schwamm- und Holzwurmbefall hat, was zu einem Absacken des Gebäudes geführt hat. Mit dem Ergebnis, daß« – der Brigadegeneral hielt inne und senkte den Kopf – »Bücher von den Regalen fielen und bekanntlich ein sehr schweres Objekt von seinem Sockel kippte. Daher lautet mein Vorschlag, daß wir das Andenken von Miss Bunch am besten ehren, indem wir den Verfall des Gebäudes stoppen. Sollen wir darüber abstimmen?«
Es war unsere einhellige Meinung, daß Miss Bunch ihre Bronzestatue gern diesem edlen Zweck opfern würde, aber bevor wir zu weiteren Tagesordnungspunkten übergingen, flüsterte Mrs. Dovedale Sir Robert hörbar zu: »Schwamm und Holzwurm – genau das hat Hector Rigglesworth doch verheißen, als er die Bibliothek mit dem Fluch belegte!«
»Ich habe meinen Hund nicht zu Hause gelassen, wo er sich

selbst um sein Abendessen kümmern muß«, knurrte Mr. Poucher, »um mir hier einen Haufen Stuß anzuhören.«

»Ich will nicht meine Meinung zu Mr. Rigglesworth zum besten geben« – Mrs. Malloy stützte ihre schwarzen Taftellenbogen auf dem Tisch ab –, »weil ich noch nicht lange genug Mitglied bin, um viel über ihn zu wissen, bis auf das, was ich von Mrs. H. gehört habe, und es taugt nichts, das für bare Münze zu nehmen. Aber so wahr ich hier sitze, es gibt etwas, eine Präsenz, wenn Sie wollen, die ich neuerdings jedesmal spüre, wenn ich in die Bibliothek komme.«

»Das finde ich auch!« Bunty riß ihre kornblumenblauen Augen weit auf. »Ich spüre es auch, aber ich bin sicher, es ist nicht der alte Hector, weil ich davon nämlich überall ein warmes Kribbeln bekomme, als glühte ich von innen heraus, und wenn ich von hier weggehe, komme ich mir immer wunderschön vor.«

»Als würde ich angebetet, so ein Gefühl habe ich«, sagte Mrs. Dovedale.

Sir Robert zupfte an seinem Schnäuzer, sagte mehrmals: »Was! Was!«, was keine Überraschung war, und schlug vor, wir sollten mit unserer Tagesordnung fortfahren. Brigadegeneral Lester-Smith brachte hastig den nächsten Stapel ordentlich betippten Papiers zum Vorschein, und die Sitzung verlief reibungslos, bis es Zeit war, Schluß zu machen. Am Fuß der Treppe blieb ich kurz stehen, um zu prüfen, ob ich auch so etwas spürte, wie die Frauen es beschrieben hatten. Aber nichts tat sich. Und nachdem ich den Vereinsmitgliedern gute Nacht gesagt hatte, die mit mir hinuntergekommen waren, steuerte ich auf meinen Wagen zu.

»Ich wollte schon lange mal mit Ihnen reden«, sagte Mr. Poucher, der plötzlich aus dem Schatten auftauchte. »Es geht um den Tag von Miss Bunchs Benefizveranstaltung und darum, daß ich nicht da war, als Heathcliff im Lesesaal über die Stränge schlug.«

»Es heißt, Hunde heulen, wenn jemand stirbt«, sagte ich.
»Ja« – Mr. Poucher sah freudlos erfreut aus, als er hörte, daß sein Haustier mal etwas richtig gemacht hatte – »aber der Grund, warum ich nicht da war, um ihn zu beruhigen, war, daß ich gerade zur Toilette ging. Und als ich sie verschlossen vorfand – wie wir später ja erfuhren, war Mrs. Spike drinnen –, ging ich nach draußen in die Gasse, um mich von der miesen Limonade zu erleichtern.«
»Ich bin Ihnen dankbar, daß Sie diese offene Fragen geklärt haben«, sagte ich.
»Mutter hätte mir die Hölle heißgemacht, wenn sie es gewußt hätte.« Mr. Poucher schien beinahe in liebevollen Erinnerungen versunken, als er das sagte, bevor er sich verabschiedete und zu Heathcliff und seiner Herzallerliebsten nach Hause trottete. Und ich fuhr heim nach Merlin's Court.
Ben wartete im Salon auf mich. Wir hatten einen ganz besonderen Abend mit Geplauder und Cappuccino geplant. Ich war mittlerweile ziemlich geübt darin, den Schaum zu machen, nachdem ich mir das Lehrvideo angesehen hatte. Ich lief schnell nach oben, sah zu Abbey und Tam herein, und als ich wieder nach unten kam, erzählte ich Ben, daß ich an diesem Morgen einen Brief von Gerta erhalten hatte. Sie war sehr zufrieden mit ihrem neuen Job – sie arbeitete in einem Café, ganz ähnlich dem, das sie und ihr Mann geführt hatten – und wollte insbesondere Ben sagen, daß die Bekanntschaft mit ihm sie davon überzeugt hatte, daß es auf dieser Welt doch noch anständige Männer gab.
Er und ich sprachen dann über Vanessas bevorstehende Hochzeit mit George Malloy. Und vermutlich, weil ich Gladstone in der Bibliothek gesehen und mich diese Begegnung an die jüngsten Ereignisse erinnert hatte, fragte ich Ben, ob er seine Entscheidung, nicht auf dem Titelbild von *Ein unvergeßlicher Ritter* zu erscheinen, nicht doch bedauere.
»Überhaupt nicht«, sagte er, als er sich zu mir aufs Sofa setzte,

»und ich glaube, Vanessa empfindet ebenso. Zuerst fand sie es sehr reizvoll, aber als es soweit war, wollte sie lieber für Georges Firma posieren.« Er grinste. »Außerdem war da noch der Umstand, daß ihr Ohnmachtsanfall in der Kirche darauf zurückzuführen war, daß sie schwanger ist.«

»Ich fürchte, du bist mir gegenüber nicht ganz ehrlich hinsichtlich deiner Gefühle«, sagte ich zu ihm. »Wolltest du denn wirklich nicht den Titel eines schwülen Bestsellers zieren?«

»Nur eine Überlegung hat mich in Versuchung geführt.«

»Und die wäre?«

»Daß du mich als deinen Traummann ansehen würdest.« Ben wandte sich mir zu und umschloß mein Gesicht mit seinen Händen. »Bin ich das, Ellie?«

»Nein«, sagte ich leise. »Du bist der Mann, der neben mir liegen soll, wenn ich morgens aufwache, weil jeder Tag mit dir wie eine neue Seite in meiner liebsten Liebesgeschichte aller Zeiten ist.«

Danksagung

Vielen Dank meinen Freundinnen und Freunden von der Peoria Public Library für ihre großzügige Unterstützung. Einen Extrastrauß Dank an Maggie Nelson und Jean Shrier, weil sie mich mit Informationen über den Bibliotheksgeist versorgten; ohne diese Zutat hätte es nicht halb soviel Spaß gemacht, dieses Buch zu schreiben.

Außerdem möchte ich meinem Sohn Jason danken, weil er mich Schritt für Schritt durch das finstere Labyrinth meines ersten erwachsenen Textverarbeitungssystems geführt hat.